청동

첫 번째 이야기

은태경 장편소설

libration

황태자의 달 첫 번째 이야기

가하)

청동 첫 번째 이야기

지은이 은태경
펴낸이 이형기
펴낸곳 도서출판 가하

초판인쇄 2011년 10월 31일
 1판 6쇄 2014년 7월 10일
출판등록 2008년 10월 15일 제 318-2008-00100호

주소 서울 영등포구 양평로 67, 1209 (당산동5가, 한강포스빌)
전화 02-2631-2846 **팩스** 02-2631-1846

www.ixbook.co.kr

ISBN 978-89-6647-093-8 04810
        978-89-6647-092-1 04810(set)

값 9,000원

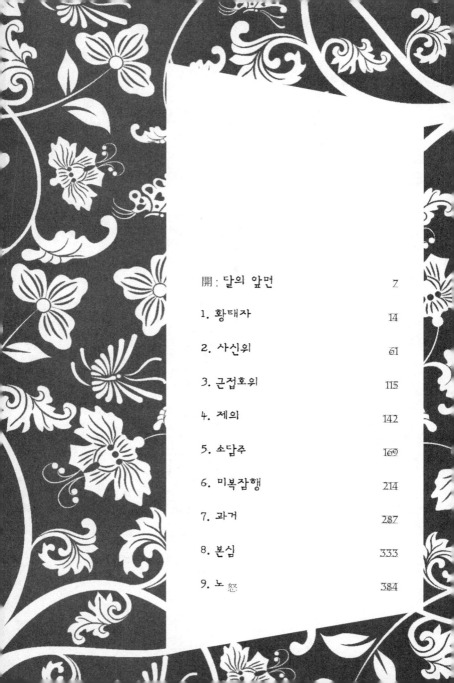

開
달의 앞면

알록달록 단풍이 버썩 말라 떨어지기 시작한 매종산魅鍾山의 한 중턱.

매종산은 도성 근교치고 산세의 험준함이 단연 으뜸이라, 봄·가을에나 심마니들이 찾을까 화전민조차도 적을 두지 않는 것으로 유명한 곳이다. 더구나 이같이 찬바람이 휭 부는 겨울 초입에는 사람 그림자를 구경하기란 심히 어려운 일이었다.

사박사박.

산짐승이 지나가는 소리일까. 아니다. 놀랍게도 어린 계집이었다. 그렇다면 길을 잃은 걸까. 그것도 아니다. 시무룩한 기색은 있어도 여기가 어딘지 몰라 산을 헤매는 모습은 아니었다.

어린 계집은 아이답지 않게 눈빛이 살아 있었으며 걸음걸이는 씩씩하고 제법 당찼다. 나이는 많게 잡아봤자 일곱에서 여덟 정도로만 보였다. 투박한 활을 사선으로 멘 채 자신의 몸통만 한 나무통을 양손에 쥐고 있었고, 곱상한 외모와 어울리지 않게 옷차림은 색이 바란 허름한 무복이었다.

"휴, 동물을 어디서 구하지?"

아이 특유의 맑고 고운 소리였다. 여아의 이름은 '아현'으로 작

7

은 몸에 비해 실제 나이는 열 살이었다.

아이는 작았다. 한 해가 다르게 쭉쭉 크는 아이들의 특성상 고 작 여덟로 보인다는 건 그만큼 왜소한 체격을 가졌다는 말이 된 다.

"스승님이 잡아오랬는데."

불만보다 스승의 명을 완수하지 못할까 봐 그것이 더 걱정인 지 귀여운 입에서 한숨이 간간이 터져 나온다.

아현은 스승과 함께 매종산 기슭에 지어진 작은 초가에 기거 하고 있었다.

스승은 아현이 네 살이 되던 해부터 손에 검을 쥐어주며 무공 을 가르쳤고, 수련은 오늘날까지 계속 이어져 적지 않은 성취를 이룩하여왔다. 그는 무술연마를 빙자한 심부름을 종종 시켰는 데, 지금과 같이 물 긷기와 저녁거리가 될 만한 동물 잡아오기도 그것에 속했다.

가을만 되어도 매종산은 춥다. 성큼 다가온 겨울철에는 더더 욱 그렇다.

아현의 입에서 끊임없이 생겼다 사라졌다 하는 입김이 그것을 증명한다. 매종산의 혹독한 겨울을 아는 동물들은 가을부터 동 면에 들어가므로 요즘같이 흙이 바짝 언 시기에는 눈 씻고 찾아 봐도 동물의 꼬리털 하나 구경할 수 없다. 그래서 아까부터 계속 한숨이 나왔던 것이고.

"그 많던 토끼와 꿩은 다 어디로 간 거야? 휴우, 물부터 긷는 게 좋겠지?"

그래도 두 가지 중 한 가지는 거뜬히 할 수 있는 일이라 계곡이 있는 쪽으로 방향을 틀었다. 목표가 정해지자 느릿한 발걸음이 제법 빠르게 앞으로 나아간다.

계곡으로 가다 보면 크고 작은 바위들을 흔히 볼 수 있는데, 아현은 그중에 어느 한 바위를 가리켜 '산신령할아버지'라고 불렀다.

산신령할아버지 바위는 생긴 것부터가 남달랐는데, 누군가가 억지로 눌러놓은 듯 산 비탈진 아랫부분에 콕 박혀 있는 것이 그랬고, 그 주위에 잡풀들이 자라 바위를 한 아름 감싸는 형세도 평범하지 않았다. 요즘은 날이 날인지라 누렇게 변해버린 풀들이 바위에 붙어 있지만 울창한 푸른 숲이 되는 한여름에는 그야말로 긴 풀들이 사방으로 뻗곤 하였다.

특히 바위에 새겨진 음각형태의 노인그림은 다른 바위들과 확연히 구분되는 부분으로, 인자한 표정이 아주 일품인 노인그림을 향해 '할아버지, 안녕하세요. 잘 지내셨나요?' 하고 혼잣말을 즐길 정도로 아주 마음에 든 바위였다.

아현은 오늘도 마찬가지로 그냥 지나치지 못하고 그 앞에 잠시 멈추었다. 나무통을 내려놓고 두 손 모아 합장했다.

"산신령할아버지, 저 왔어요."

대답은 없지만 바위에 새겨진 노인이 계속 말해보라며 고개를 끄덕끄덕 하는 것 같았다.

"스승님이 오늘 수련의 하나라고 동물을 잡아오라 하셨어요. 근데 아무리 찾아도 없는 거예요. 그래서 멧돼지가 자주 출몰한다는 반대 능선으로 갈까 싶었는데, 스승님은 그건 꿈도 꾸지 말래요. 한 마리도 아니고 무리 지어 다니는 녀석들이라 저에겐 아직 위험하다고 하셨어요. 휴우, 산신령할아버지, 해가 지기 전까지 작은 토끼라도 좋으니 한 마리라도 발견할 수 있게 빌어주세요."

아현은 나무통을 다시 양손에 하나씩 잡고 바위를 향해 꾸벅 인사했다.

"그럼 이만 가보겠습니다. 계곡물이 완전히 얼기 전에 얼음을 깨 물을 길어야 하거든요."

아현이 이 바위를 '할아버지'가 아닌 '산신령할아버지'라고 지칭한 데는 그럴 만한 이유가 다 있었다.

지난봄까진 그냥 할아버지로 부른 것을 어느 한 사건을 계기로 호칭이 변하였던 것이다.

그때도 이렇게 대수롭지 않은 인사로 안부를 물었었다. 과하지 않을 정도로만 적당한 선에서. '할아버지, 안녕하세요?', '오늘 날이 좋아요.' 대개 이런 식이었는데, 그날은 이상하게 발길이 쉽사리 떨어지지 않아 딱 한 마디를 더 했더랬다.

"오늘 새로운 보법을 배웠는데요. 이렇게……, 이렇게……, 이다음에는 항상 발이 꼬여요. 완벽하게 해서 스승님에게 보여드리고 싶은데……. 에이, 내가 지금 뭐 하고 있지?"

투덜거리며 빨랫감을 들고 계곡으로 향했다.

시간을 들여 빨래를 마치고 다시 돌아오는 길이었다. 그 바위 앞을 그냥 지나치려다 눈에 밟히는 뭔가를 발견하고 우뚝 걸음을 멈추었다.

"어? 이건!"

아현이 그렇게 애먹던 보법이 발자국 모양으로 순서 있게 찍혀 있었다. 발자국 하나하나가 움푹 들어간 것이 어린 아현이 보아도 웬만한 실력이 아니라는 것을 확실히 알 수 있을 정도였다.

"설마, 스승님이 지켜보셨다가 내가 말한 걸 듣고 해주신 건가?"

'에이, 설마.'

정말 설마였다. 친절한 분이긴 하나 무술수련에 있어서만큼은 혹독하리만치 아현을 몰아붙이는 스승이었다.

"그럼 대체 누가?"

고개를 갸웃거리다 곧 방긋 미소를 지었다.

"헤헤, 어쨌든 이 기회를 놓치면 안 되지."

해가 질 때까지 완벽하게 연습한 뒤, 집으로 돌아가 스승에게 검사를 마쳤다.

그날, 스승의 보기 드문 칭찬으로 아현은 기분이 날아갈 듯하였다.

그 이후부터 아현은 종종 그 바위 앞에 서서 중얼거리는 일이 잦아졌다. 정말 놀라운 건 간절히 바라는 바를 입 밖으로 내면 개중에 몇 개는 소원이 이루어진다는 것이다.

아무리 생각하여도 스승은 아닌데, 스승이 아니라면 딱히 떠오르는 인물도 없어 고민에 고민을 거듭하기를, 결국에는 산신령님이 분명하다고 결론을 내리고 말았다.

참으로 어린아이다운 생각이었다.

이런 저런 생각으로 금세 계곡에 다다른 아현은 나무통을 내려놓고 활을 빼내어 그 옆에 가지런히 놓았다.

"어? 꽁꽁 얼었잖아."

잠시 울상을 짓다 두리번두리번 끝이 뾰족한 돌조각을 찾아내어 비교적 얇은 얼음층을 탕탕 깨부수었다. 아현의 고집스런 노력 끝에 얼음이 균열을 그렸고 마지막 일격 같은 동작으로 마침내 구멍을 만들었다. 얼어버린 손끝을 후후 불고 나서 나무통에 물을 한가득 담았다.

아슬아슬한 외형과는 다르게 물이 가득 담긴 나무통을 들고 가는 걸음걸이가 아주 야무지다. 물을 쏟지 않으려 집중에 집중을 더하는 모습이 귀엽기 그지없었다.

"엇!"

아현이 산신령할아버지 바위를 지나칠 때였다.

"헤에."

바위 앞에 곱게 놓인 토끼, 꿩의 시체를 보고 아현의 얼굴이 헤벌쭉 풀어졌다. 들고 가기 쉽도록 다리 사이를 끈으로 연결해 매듭까지 지어져 있었다. 나무통을 얼른 바닥에 내려놓고 손으로 털을 쓰다듬었다. 아직 온기가 느껴졌다.

아현은 사방팔방 고개를 휙휙 돌려보며 주위 인기척을 찾으려 애썼다.

갸웃.

"아무도 없는 것 같은데."

그러다 언제 고민했냐는 듯 맑게 웃으며 아무렇지 않게 동물 시체를 엮은 천을 어깨에 둘렀다. 두 손을 가지런히 맞잡아 산신령할아버지 바위를 향해 절을 한다.

"산신령할아버지가 잡아주신 거 맞죠? 제 소원 들어주신 거죠? 정말 감사합니다. 이 은혜 잊지 않을게요!"

청동

첫 번째 이야기

자리에서 일어나 무릎을 털고 다시 무거운 나무통을 들었다. 근심이 사라져서인지 빈 나무통을 들 때보다 물이 가득 담긴 지금이 훨씬 더 가벼운 느낌이었다. 천근만근 무겁던 발에 깃털이 돋아난 듯하였다.

휘이잉.

찬바람이 훑고 지나가자 마른 잎들이 흩날리며 바삭바삭 소리를 냈다.

콜록콜록.

그 사이를 비집고 들려오는 낯선 잔기침소리.

"응? 무슨 소리지?"

휘이이이우웅.

더 큰 바람이 바닥을 휩쓸며 불어왔다.

"내가 잘못 들었나?"

제자리에 서서 귀 기울여봐도 이상한 소리는 다시 들려오지 않았다. 동그란 눈을 떼구루루 굴리다 어깨를 한 번 으쓱하곤 곧 자리를 떠난다.

아현의 작은 몸뚱이가 산신령할아버지 바위로부터 점점 멀어졌고 얼마 지나지 않아 작은 점으로 변하였다.

"흠흠."

작게 목을 가다듬는 음흠.

이 소리는 아현이 산신령할아버지라고 부르는 바위 뒤편에서 흘러나오고 있었다.

1
황태자

월제국月帝國.

어슴푸레한 달빛이 비치는 황궁의 은밀한 장소.

중년으로 보이는 풍채 좋은 사내가 뒷짐 진 상태로 뭉실뭉실 피어오르는 유쾌한 기분을 압축하듯 눌러 담았다. 이어 그의 뒤에 부복한 날렵한 몸매의 소유자에게 낮은 어조로 내깔며 말한다.

"사신위四臣位가 되었다고?"

"그러합니다."

사신위란 황태자의 호위대인 월훈月暈에서도 특출한 능력을 지닌 네 명을 일컫는 말로 그의 측근 중의 최측근이라 할 수 있었다.

항시 견제를 받는 황태자의 신분 탓에 규정상 많은 병사를 거느리긴 힘들다.

월훈의 규모는 처소경계가 가능한 정도로만 제한되었고 그 수는 고작 백도 넘지 못하였다. 그렇다고 아주 무시할 수 없는 게, 황제의 직속부대인 황룡대黃龍隊에 비하면 그 힘은 미약하나 황태자는 황실의 다음 대를 잇는 적자嫡子의 혈통이라 결코 그 입지를 가벼이 볼 게 아니었다.

게다가 황실의 황자라곤 황태자 이외에 없음이라, 그 중요함을 더 말해봐야 무엇할까.

무관에게 있어서 월훈의 사신위가 된다는 것은 집안을 빛낼 크나큰 홍복이며 광명이었다.

"궁술시합에서 장원을 하였단 말이지."

"예."

다부진 대답과 어울리지 않게도 지나치도록 고운 미성이었다. 목소리뿐 아니라 생김새 또한 기존 사신위와는 거리가 멀어도 한참 멀었다. 하긴 당연하리라. 부복한 이는 어쩔 수 없는 여인이므로.

월훈 내에서도 쉬이 보기 힘든 여인의 모습이라 그런 그녀가 치열한 경쟁률을 뚫고 사신위로 뽑혔다는 건 실로 믿기 힘든 성과이며 기적이었다.

게다가 외모는 또 어떤가.

여인이라는 이유만으로도 놀라운 일이거늘. 갓 피어오른 모란 같은 얼굴하며, 무복으로도 가릴 수 없는 낭창낭창한 몸매는 가히 절경이라고 할 수 있었다. 표정변화가 드문 탓에 작은 눈짓 하나도 뭇 사람들의 가슴을 뛰게 하고, 봉사마저 눈을 번쩍 뜨게 할 만큼 주위를 환하게 만들었다.

적법한 절차를 거쳐 합당한 실력임을 인정받아야지만 들어갈 수 있는 사신위의 자격요건을 몰랐다면 뒷돈을 찔러준 게 아닐까 할 정도로, 뒤틀리는 의심이 들 법한 외모였다. 호롱불 하나에 의지한 어두운 지하의 작은 공간이었지만 매끈하다 못해 은은한 은빛 가루가 뿌려진 것 같은 피부와 풍성하고도 아름다운 첩모의 유려함은 결코 가려지지 않는 빛이었다.

'역시 피는 못 속이는 건가.'

깊게 주름진 사내의 입매가 순간 비열하게 틀어졌다.

"아무리 방탕한 황태자라 할지라도 쉽게 보아선 아니 돼. 범 새끼는 절대 살쾡이가 되지 않는 법이지. 작은 움직임이라도 허투루 여겨선 아니 된다."

"명심하겠습니다."

"그럼 이만 물러가거라."

축객령에도 불구하고 아현이 부복한 상태에서 움직이지 않자 상석에 앉은 사내가 의미심장하게 입가를 올렸다.

그녀의 행동의 이유를 뻔히 알면서도 모르쇠로 일관할 모양이었다. 이것은 평소 상대방의 약점을 쥐고 흔드는 사내의 성격이 고스란히 드러나는 것이라 하겠다.

"무슨 할 말이라도 있는 것이냐?"

"하늘의 아들이신 황상폐하께 여쭈옵니다. 오래 전, 이 미천한 소녀와 약조하신 일을 혹 기억하시는지요."

중년사내의 정체는 이 나라 월제국의 하늘, 황제 유유백이었다.

"약조라······. 정확히 어떤 약조를 말하는 것이냐?"

"제 입으로 말하기 황송하고 또 황송하옵니다. 황상께옵소서 언제가 될지 모르나 현 황태자이신 유성 전하의 주요측근만 된다면 이 천것의 가족을 친히 찾아주신다 하셨습니다."

"음, 그러하였지."

거드름을 피우듯 황제가 턱수염을 쓸어내렸다.

"황공하옵니다."

유백이 소리 없는 비웃음을 지으며 긴장을 머금은 아현을 내려다봤다.

"그렇지 않아도 말하려 했었다. 네 부모는 진즉에 찾았으니 걱정은 접어두어라."

경악과 놀라움, 그리고 기쁨에 가까운 탄성이 그녀의 고운 입에서 제어되지 못하고 순식간에 터져 나왔다.

번쩍!

"폐하! 그러하시면!"

"어허! 무엄하게 어디서 낯을 치켜드는 게냐!"

황제의 불호령에 흥분한 마음이 차갑게 식었다. 또다시 황제에게 책잡히기 전에 그녀는 앞뒤 잴 것 없이 바닥에 넙죽 엎드렸다.

"죽을죄를 지었나이다."

언제 노염을 터뜨렸냐는 듯 금세 표정을 푼 황제 유백은 선심이라도 쓴다는 어조로 명하였다.

"부모를 만나고 싶은 마음은 잘 알고 있다. 허나 서두를 일은 아니지 싶구나."

"하오나 그래도 한번 뵈어야……."

"설마 짐이 거짓부렁으로 너를 속인다고 생각하는 것이냐?"

"아니옵니다."

"당장은 아니더라도 곧 만날 것이다. 넌 맡은 일만 잘해주면 되느니라."

"예."

결국 이 어명은 황제가 바라는 바를 그녀가 얼마만큼 잘 수행하느냐에 따라 부모를 볼 수도, 아니면 평생 못 볼 수도 있다는 뜻일 터.

찰나 굳어진 표정을 수습한 아현은 본심이 들킬세라 이를 앙다물어야 했다. 예상은 했지만 지극히 이기적인 황제의 태도에 순간 허탈해졌다고나 할까.

그동안 가족을 찾겠단 일념 하나로 쉼 없이 달려온 그녀였다. 부모를 찾았다는 소식은 더없이 기쁘지만 두 눈으로 확인할 길이 없으니 부푼 기대만큼이나 실망은 몇 곱절이었다.

그런데 정말 그녀의 부모를 찾은 것이 맞을까.

결론부터 말하자면 아현은 그의 말을 반만 믿었다.

"그 누구도…… 믿지…… 마, 라. 오……직…… 믿을…… 분……은, 이 나라…… 황……."

세상에서 가장 존경하는 스승이 남긴 유언.

부모와도 같았던 스승이 노환으로 세상을 하직한 뒤 아현이 의지할 데라고는 스승의 뒷배이며 그녀를 거두었던 황제 유백이 유일했다. 그래서 유언의 마지막 '황'이란 글자가 황제를 지칭한다고 생각했다. 누구의 도움 없이 충분히 살아갈 수 있음에도 꺼림칙한 황제의 손을 놓지 않은 이유는 이처럼 유언의 영향이 지대했다.

하지만 아현은 후회하고 말았다. 정도를 걷던 스승과는 달리, 권모술수에 능한 황제의 지독함은 인간의 추악한 본성 모든 것이었다. 아현의 인간불신과 인간에 대한 무관심은 황제로부터 비롯되었다고 해도 과언이 아니었다. 스승이 남긴 누구도 믿지 말라는 말은 아마 황제를 지칭한 것이리라. 그땐 부모의 생사를 확인해주겠다는 달콤한 말에 현혹된 뒤라 황제의 본성을 알고도 발을 뺄 수 없었다.

애초에 발을 들이지 말 것을, 뒤늦은 후회는 언제나 속이 쓰린 법이었다.

이러하니 부모를 찾았다는 황제의 말을 곧이곧대로 믿기에는 무리가 있지 않을까.

"이제부터가 중요하다. 앞으로의 일을 잘해낸다면 보상은 섭섭지 않을 것이다."

"폐하의 은혜로운 덕에 감읍할 따름이옵니다."

'망할 황제.'

아현은 여전히 고개를 숙인 채, 그대로 몸을 일으켜 조심스럽게 뒷걸음질을 하였다.

발 뒤끝이 벽에 닿자 손을 오른쪽으로 뻗어 모나게 튀어나온 돌을 아래로 내렸다. 벽과 벽이 닿은 부분에서 마찰력으로 인한 드르륵 소리가 났고 그녀는 날렵한 몸놀림으로 정방형의 협소한 공간을 빠져나왔다. 한 사람이 겨우 지나다닐 수 있는 좁은 통로를 따라 저자세를 유지하며 발을 빠르게 움직였다.

'올 때마다 느끼지만 기분 나쁜 곳이야.'

수십여 장丈을 지나왔을까.

아현은 어느 한 지점에 서서 낮은 천장 벽에 귀를 대고 숨을 멈춰 정신을 집중했다. 다행히 바깥에는 쥐새끼 한 마리도 느껴지지 않았다. 완벽한 이음새를 자랑하는 벽돌에 힘을 주어 밀자 스윽스윽 외부와 통하는 입구가 서서히 열렸다. 어린아이나 여자의 몸이 아니라면 출입이 불가능한 크기였다.

아현은 제집 드나들듯 아주 익숙한 자세로 상체를 밖으로 빼내고 지상에 양팔을 지탱한 채 한 동작으로 올라왔다. 긴장을 늦추지 않은 오감은 여전히 사방을 살피며 비밀통로를 무성한 풀들로 위장하여 덮었다.

'해가 뜨면 입성해야겠지.'

아현은 별채 후원을 지나 두 개의 관문을 더 통과하고서야 서쪽 담 외곽에 다다를 수 있었다. 한 무리의 야간수비가 지나가길 기다렸다가 움직여도 들키지 않을 거리가 되었을 때 벽돌을 지지대로 삼아 큰 담을 넘어 안전하게 궁을 벗어났다.

어둠에 동화된 아현은 숲 속으로 이어진 길로 몸을 숨기듯 움직였다. 그녀는 쉼 없이 달렸다. 주위는 풀벌레소리와 이름 모를 새소리를 제외하면 그녀의 낮은 호흡소리만이 유일한 생명이었다.

황궁에 들어가기 전, 나무에 매어둔 말이 있는 위치를 더듬은 그녀는 오래지 않아 투레질하는 말을 찾을 수 있었다.

"후우."

경직된 몸을 풀듯 긴 숨을 쉰 그녀는 말 등에 잽싸게 올라탔다.

"이럇!"

아현이 향하는 곳은 황궁과 거리가 얼마 되지 않는 동굴 은신처였다.

월제국은 건국 이래 대대로 대부분 유씨 왕조가 황실계보를 이어왔다. 늘 태평성대가 이뤄진 것은 아니나 하늘이 내린 왕조라 하여 적통황자만이 대를 이을 수가 있었다. 그럼에도 골육상쟁이라든가, 권력욕에 눈이 멀어 피바람을 일으키는 장수라든가, 하는 지존 자리를 차지하려는 크고 작은 다툼은 종종 있어왔다.

힘으로써 황위를 차지한 이들은 절대권력을 구축하였는데, 뜻에 반하는 자들은 모조리 숙청하여 황궁을 제 손아귀에 올려두었다.

당시 올라오는 상소도 족족 역모죄를 물어 하루가 멀다 하고 사람들이 죽어나가니 기침소리도 숨겨야 할 만큼 참으로 흉흉한 시절이었다.

그런 일이 생길 때마다 하늘도 노하셨던 건지 그해에는 필히 기근과 전염병이 창궐하여 나라가 호되게 앓았다. 백성들의 원성은 날로 솟구쳤으며 헤아릴 수 없는 수많은 상소들로 나라의 업무는 마비되다시피 했다. 그러나 황제는 힘으로만 억누를 뿐, 오직 자신의 탐욕을 우선시하였고 월제국은 나날이 병들어갔다.

용좌를 차지했다 하나 이를 힘으로만 억압하니 어느 누가 진정 천자로 모시겠는가. 계속되는 과식은 언젠간 탈을 부르기 마련. 어느 나라 어느 왕조를 보아도 무력을 앞세운 정치는 결코 오래 가지 못한다. 이는 월제국도 마찬가지였다.

나라 곳곳에 일어나는 민란이란 작은 물줄기가 종래에는 황위를 뒤엎는 해일이 되었다. 억압 정치를 했던 비非적통 황제들이 전대 황제를 칼로 난도질하여 없앴을지언정 원한으로 똘똘 뭉친 백성들의 한 맺힌 울부짖음은 그 어떤 예리한 도검이라도 끊을 수 없었던 것이다.

여기서 신비로운 것은 적통황자들의 안위였는데, 진실로 하늘의 아들이라 보살핌을 받는 것인지 비非적통 황제들이 황실자손들 모두를 처참히 도륙하여도 그중 한 명은 구사일생으로 목숨을 보전하여 후에 황제로 등극함으로써 유씨 왕조의 계보를 이어갔다.

월제국이 형성된 초기에는 불안한 정세에 맞게 다반사로 이러한 일들이 일어났지만 나라의 기틀이 잡히고 시간이 흐를수록 천자의 자리는 나날이 굳건해져갔다. 그것이 황태자의 증조이신 만정제萬禎帝부터 안정화되었고 작금에 이르러서도 황제의 권력은 흔들리지 않고 유지되었다.

물론 그것은 겉포장에 지나지 않을 뿐, 빛이 있으면 그림자가 당연히 있는 것처럼 속사정을 면밀히 들여다보면 권력을 둘러싼 암투는 여전했다.

300년 유구한 역사를 가진 월제국의 현재 황제는 유유백이다. 황실 핏줄은 맞으나 엄밀히 따지자면 유 왕조의 순수혈통은 아니다. 원래 황태자 신분인 유유성이야말로 전대 황제의 유일한 적자嫡子이며 지존의 자리에 앉아야 할 인물이었다.

유백은 황태자의 먼 친척일 뿐, 전대 황제와 살아생전 친분이 두터웠다는 이력을 뺀다면 황제로 추대될 명분이 전혀 없는 인물이었다. 그럼에도 23년 전, 전대 황제, 황후의 갑작스런 죽음과 맞물려 월제국의 지존 자리에 오른 인물이 그 유백이었다.

연치가 너무 어려 황태자로 책봉되지 못하고 황자의 신분에 그쳤던 유성은 당시 세상 빛을 본 지 얼마 안 된 갓난아기였다.

유성이 태생부터 최고통치자가 될 천자의 신분이긴 하나 당시 대신신료들이 유백을 황제로 강력하게 추대하였다.

정통성을 지지하던 세력이 전혀 없었던 건 아니지만 황제와 황후의 부재로 그 힘은 실로 미미할 수밖에 없었다. 게다가 겉보기에 유백이 역모를 꾀하여 황제가 된 것도 아니라 백성들조차 한목소리를 내지 못하였다. 어찌 된 일인지 황제의 상징이랄 수 있는 옥새마저 유백의 수중에 있었기에 그를 황상으로 인정하지 않을 수 없었던 것이다.

유백, 그의 주장으로는 전대 황제폐하께서 적국敵國의 침입에 대비하사 혹시 모를 일을 염두에 두고 직접 옥새가 있는 장소를 밝히셨다 하였다. 그것은 즉, 다음 대의 보위를 이으라는 하명과도 같았다. 참말로 진실인지 미심쩍은 부분은 많았으나 죽은 자는 말이 없는 법. 증명할 길은 없었다.

이를 두고 백성들도 의견이 분분하였다.

새로운 왕조가 탄생했으니 전대 황제 인덕제仁德帝의 소생인 유성은 황태자가 될 수 없을 거라고. 반면 다른 이들은 정통성이란 명분을 앞세운다면 까짓 못 될 건 뭐가 있느냐고.

그렇게 유성의 미래는 바람 앞의 등불, 끈 떨어진 갓 신세와 다를 바 없었다. 어쩌면 목숨까지 위태로울 수 있는 상황이었다. 그럼에도 하늘의 도우심인지 유성은 극적으로 황태자가 될 수 있었다. 이는 유백이 제좌에 오르고 수년간 후계가 태어나지 않아 늦게나마 황태자로 책봉될 수 있었던 것.

이로 인해 가장 쓴맛을 본 당사자는 황제 유백이었다. 언제 어떻게 유성이 그 자리를 넘볼지 모른다는 강박관념과 조급증은 말도 못 할 두통으로 이어졌다. 적통소생인 황태자에 비하면 유백 자신의 내력이 턱없이 부족하여서였다. 말 그대로 자격지심이었다.

모두들 쉬쉬하며 아닌 척하지만 그때부터 황실 내부구조는 황제파와 황태자파, 그리고 중립파로 나뉘게 되었고, 지금에 이르러서까지 그 경쟁관계는 조용히 흐르는 수맥처럼 이어져왔다.

아현, 그녀는 이러한 정세 속에서 황제의 특명을 받아 황태자 측에 첩자로 들어가게 된 것이다.

"워, 워."

아현은 말을 세워 동굴 밖 나무에 고삐를 묶었다. 그녀가 들어간 동굴은 사냥꾼, 나무꾼, 깊은 산속도 제집처럼 드나드는 약초꾼도 찾지 못하는 아주 은밀한 장소였다.

입구는 비록 동물들이 지나다니는 구멍처럼 좁았지만 들어갈수록 높이와 너비는 황실연회장만큼은 아니나 수십 명의 장졸들이 기거해도 될 만큼 크고 넓어졌다.

동굴 특유의 습한 내와 한 치 앞을 보기 힘든 깊은 어둠이 어깨를 짓눌렀지만 그녀의 한 몸을 숨기기엔 최적의 장소였다. 무엇보다 동굴 내에는 맑은 호수를 그대로 옮겨온 듯 깨끗한 지하수가 흘렀으므로 식량만 있다면 몇 날 며칠을 묵어도 불편함이 없을 터였다.

아현은 여장을 풀고 차가운 지하수로 가볍게 씻었다. 여분의 옷으로 갈아입은 뒤 무명천을 바닥에 깔고 피곤한 몸을 뉘었다.

'언제쯤 만나 뵐 수 있을까?'

여러 눈을 피해 황제를 알현하고 나오면서부터 꾹꾹 참았던 한숨을 길게 쉬었다.

'과연 황제를 믿어도 될까?'

그녀는 고아로 자랐다.

저가 떠올리는 가장 어릴 때 기억은 도성에서 조금 떨어진 산기슭의 허름한 초가에서의 생활이었다. 초가를 벗어나면 온통 나무와 풀, 이름 모를 들짐승, 졸졸 흐르는 계곡물뿐, 사람이라곤 그녀를 제외한 두 사람이 전부였다. 닷새마다 찾아와 생필품을 실어 날라주던 사내 한 명과, 한집에서 기거하며 글과 무술을 가르치던 스승이 전부였다. 환경이 이러했기에 부모가 누군지는 물론 왜 이런 생활을 하는지 깊이 생각해보지 않았다. 아니, 의문조차 품지 않았다. 주위에 그녀 본인과 비교할 만한 사람들도 딱히 없었으므로 현 상황을 그대로 받아들였던 탓이었다.

그러던 차, 몸이 자라고 스승과 함께 도성에 있는 번화가와 거처를 오가기 시작한 일곱 살 무렵, 갖가지 의문들이 발아하기 시작하였다.

셀 수 없는 사람들의 행렬, 활기가 넘치는 시장, 박장대소하며 떠드는 무리들이 아현의 눈에는 너무나 생소하였다. 정말 다른 세상 같았다. 아니, 꿈속이라 해도 믿을 수 있을 정도였다.

그중에 가장 시선을 끌었던 광경은 또래의 아이가 어른과 걸으며 행복한 웃음을 보이는 모습이었다.

"어머니, 엿장수가 안 보여요."

"엿이 먹고 싶은 거니?"

"네! 달아서 아주 맛이 좋아요!"

"그럼 엿장수를 찾아볼까? 우리 공주님이 먹고 싶다는데 당장 사주어야지."

"어머니, 절대 아버지에게는 비밀입니다. 약조하시어요."

"호호호, 아무렴."

한없이 따뜻한 모녀의 모습은 그녀의 두 눈에 사라지지 않는 각인을 만들었다. 여인과 사내가 만나 생명을 잉태하고, 그 생명과는 부모자식 간이 된다는 지극히 당연한 사실을 글로만 배웠었다.

아현은 몰랐다. 어머니란 것이 얼마나 가슴을 먹먹하게 하는 말인지, 핏줄의 끌림이 얼마나 사무친 그리움을 자아내는지.

그날 스승에게 부모의 존재에 대해 물었다. 꼭 알려달라고 처음으로 투정도 부려보았다. 그러나 아는 바가 전혀 없다고 스승께서 버럭 역정을 내시던 통에 엿새를 가시방석 위에서 눈치를 봐야 했다.

모르지는 않으시는 것 같은데 왜 말씀해주지 않으실까. 사람이란 부모 없이 태어날 수 없다고 하였거늘 설마 그녀의 부모가 대역죄를 지어서 밝히길 꺼리는 걸까. 아니면 두 분 다 돌아가셔서 부러 화를 내신 걸까.

의문은 여전히 산재했지만 또 호통을 치실까 봐서 그녀의 생사여탈권을 지닌 스승에게 물어볼 용기는 다시 생겨나지 않았다.

여러 계절이 유수같이 지나 시간은 흐르고 흘렀다.

여인이라는 증거인 초경을 맞이할 무렵, 아현은 자신이 고위계

층의 누군가로부터 계획적으로 키워졌고, 그 인물의 작은 손짓 하나에 무심코 밟혀 죽는 미물처럼 그저 하찮은 생명일 뿐이라는 것도 어렴풋이나마 알게 되었다. 스승이 말해준 적은 없어도 그것은 생을 가진 모든 생명체가 그러하듯 삶에 대한 본능이었다.

그때부터였다. 이를 악물며 무술에 매진한 것이. 전쟁에서 방패막이로 죽는 최하급무사보다 못한 취급을 받으며 이유 없이 생을 마감하긴 싫었다. 쓸모가 있으니 그녀를 거둔 것이겠지만 목숨을 완전히 보장해준다는 확신도 없었다. 산속에서 누구와도 교류하지 못하게 하고 오직 학문과 무술수련을 명한 이유가 분명 있을 터였다.

그렇다면 아현의 구명줄도 이 두 가지가 전부라는 뜻일 것이다. 타고나길 원래도 불평불만이 그다지 없는 성격이었지만 열다섯을 기점으로 스스로를 더욱 채찍질하였다. 어떤 위협이 닥쳐와도 목숨만은 부지할 수 있게, 아니, 어느 누구도 자신에게 손끝 하나 대지 못할 만큼 강해져야 했다. 왜 이런 삶을 살아야 하는지, 부모는 누구인지, 그녀를 거둔 고위계층이 누구인지, 반드시 알아야 했다. 세상에 태어난 이상 생의 의미를 찾고 말 것이라고, 아현은 그렇게 이를 악물었다.

"황제폐하시다. 예를 갖추어라."

매서운 칼바람이 불던 한겨울. 아현의 나이 열일곱이었다.

너무나 노쇠하여 대부분의 날은 두문불출하여 바깥출입을 극히 제한하던 스승이 어느 날은 방한복 안에 정성스레 비단정장을 갖추어 입고서 암전이 깔린 밤 자시子時 : 23:00~01:00에 길을 떠나자 했다.

처음으로 보는 스승의 긴장된 낯빛에서 이 하루가 인생의 전환점이 될 것이라는 걸 예감해버렸다. 그것은 무인의 감感이었다. 어떤 진실이 있든지 결코 실망하지도, 누구를 원망하지도 말자고 쭉 다짐해왔었다. 심지어 부모가 역모로 죽었다거나 출생이 천민이라는 가정도 해보았었다.

하지만 수백 가지 상상 중에서 그 어디에도 이 나라의 황제를 예알한다는 경우의 수는 없었다. 숨 쉬는 것조차 잊을 정도였다. 또래의 여염집 소녀였다면 오줌을 지릴 만한 상황이었고 사내였더라도 벌벌 떨면서 엎드렸을 것이다.

오랜 시간 마음을 다스리는 수행이 없었다면 아현도 별반 다르지 않았으리라. 그녀조차도 평상심을 유지하려 무던히 애를 써야 했다.

"소녀 아현娥賢. 황제폐하를 알현하옵니다."

천지天地 간의 신분차로 용안을 오래 볼 수 없었지만 찰나로 스친 시선 하나로 황제의 모습을 머릿속에 저장하였다. 옥가락지까지 기억할 만큼 감이 좋은 그녀로서는 관찰하기에 충분한 시간이었다.

본심을 살짝 풀어보자면 황제는 아현이 그려왔던 군주와는 조금 동떨어진 외양이었다. 슬기롭고 모든 것을 꿰뚫을 것 같은 눈빛과 용맹스럽고 건장한 상체에서 굽히지 않는 기상이 넘쳐흐르는 인물에 대한 아현의 상상은 말 그대로 상상에서 그쳤다.

얼핏 판단하기엔 근엄해 보일지 모르나, 쭉 찢어진 눈가에는 야욕이 넘쳐흘렀고 움푹 파인 주름살과 비틀어진 입매는 냉정함을 넘어 비열해 보이기까지 했다. 오직 건장하게 떡 벌어진 상체만이 그나마 봐줄 만하였다.

"얼마 뒤에 황태자가 주관하는 무술시합이 열릴 것이다. 월훈무사를 뽑기 위해 사 년에 한 번 정기적으로 열리는 시합이지."

사병을 보유한 자는 역모라 하여 본인은 능지처참이라는 극형에 처해지게 되고 가족, 친지들에게는 간악한 무리라 하여 그 일가를 참수시키는 끔찍한 형벌이 주어졌다.

월제국에서 황제를 제외한 개인무사를 허용하는 이들은 황족뿐이었고 그중 오로지 황태자만이 개인무사와 더불어 사병을 거느릴 수 있었다. 그러나 이 또한 황태자의 증조이신 만정제 때부터 혹시 모를 하극상에 대비하기 위해 그 수를 황제 직속부대의 일 할에도 못 미치게 제한을 걸어두었으므로 사실상 사병이라 부르기에 민망한 수였다.

나라의 평화를 위해 골육상쟁만은 피하고자 했던 만정제의 뜻이었다.

"너에게 명한다. 시합에 참가해 월훈소속이 되어라. 황태자의 눈에 확실히 들도록 누구보다 빼어난 실력을 선보여야 할 것이다."

묘하게 거슬리는 황제의 옥음을 경청하던 중 도성 내에서 아주 은밀히 퍼지던 소문이 갑자기 떠올랐다. 황태자 유성의 부친이셨던 인덕제께서 실상은 억울하게 돌아가셔 그 넋이 아직도 구천을 떠돌고 있다던 괴상한 풍문. 어차피 백성들 입에 오르내리는 소문이야 반절 이상이 거짓이 농후하여 깊이 담아두지 않았지만 꿍꿍이가 보이는 황제의 명령에 어쩌면 그 소문이 단순한 소문이 아닐지도 모른다고 여겨졌다.

"너의 목표는 첫째, 월훈소속이 되어야 하고, 다음은 사신위가 되어야 한다."

사신위는 황태자의 사방四方을 수호한다 하여 월훈 안에서도 최고의 사인四人에게만 내려지는 계급이었다. 많은 설명을 듣진 않았지만 황제가 아현을 첩자로 이용하려는 목적임을 모르진 않았다. 천애고아인 아현을 데려다 육성한 것도 애초에 그럴 의도였으리라.

월제국은 제도만으로 본다면 사내와 마찬가지로 계집에게도 출사의 길을 열어주었다. 만정제로부터 초석을 마련한 이 법은 많은 시행착오를 거쳐 당금에는 제법 기틀이 잡힌 상태였다. 그 수는 많지 않으나 관료 중에도 여인들이 존재하였다. 하지만 대부분이 문관에 편중되어 있어 솔직히 무관 중에는 여인들이 전무하다고 봐야 옳았다.

간혹 시합에 여인이 나온 사례가 없었던 건 아나나 사내와의 현격한 힘 차이로 인해 실제 무관으로 임명된 여인은 없었다. 단지 좋은 경험이라는 의의에 그치는 것이 다였다.

아무리 황제의 지엄한 명이라 한들 이것은 누가 듣더라도 터무니없는 요구였다. 하지만 이건 어디까지 평범한 여인에게만 적용될 말이고, 오래도록 무술수행을 해온 아현에게는 딱히 어려운 주문만은 아니었다.

"명을 받들겠습니다."

아현은 열일곱의 어린 나이로 최초 월훈이 된 여인으로 기록되었다. 소속무사들에게 인정받기 위하여 그녀는 많은 노력을 해야 했으나 큰 불평불만은 없었다. 몸은 힘들지언정 황태자의 호위라는 공동목표 아래 다수 사람들과의 생활이 썩 괜찮았기 때문이었다.

여인이라는 선입견 때문에 초기엔 그녀를 업신여기던 자들도 우직하기까지 한 아현의 성실함과 뛰어난 재능에 끝내는 동료로 인정해주었다.

물론 개중에는 자기가 사내라는 자만심으로 똘똘 뭉쳐 여전히 아현을 시기하고 못마땅히 여기는 무리들이 존재하였지만 그녀는 크게 관심을 두지 않았다.

세 번의 해가 바뀌었다. 본인이 첩자의 신분이라는 사실조차 망각하고 싶을 만큼 아현은 월훈에서의 생활이 흡족하였다.

그러던 어느 날, 지금으로부터 정확히 한 달 전에 사고가 발생하였다. 공교롭게도 사신위의 한 명이 마상시합장에서 낙마하여 유명을 달리하고 말았던 것이다. 고삐가 반쯤 잘려 있었다는 어사대御史臺의 보고가 있었지만 마부들은 추궁 당하기는커녕 사건은 되레 어영부영하더니 이상할 정도로 조용히, 그리고 은밀하게 종결되었다.

그 사건은 누군가 황태자를 해치려는 의도가 있었다거나, 평소 물불 가리지 않는 사신위 무사의 성격이 누군가의 원한을 사서 그리되었을 거라고 사람들은 속닥거렸다. 증인은 고사하고 증거조차 미미하여 누구 말이 옳고 그른지 알 수 없었다.

하지만 아현만은 달랐다. 사고소식을 전해듣고 온몸의 잔털이 삐쭉 솟는 경험을 해야 했다. 벼락이 머리를 관통하듯 알아버렸다.

'이것은 황제의 짓이다.'

또한 이 사건이 자신과 무관하지 않으리라 짐작하였다. 아니 확실했다. 과거, 월훈소속이 되기 전에 황제는 그녀에게 하명하였다.

월훈을 넘어 사신위를 목표로 해야 한다고.

마상시합장에서의 사고사는 아현을 황태자의 최측근에 심어놓으려는 황제의 계략이 틀림없었다. 원하지 않는 길을 걸어야 하는 아현의 마음은 날로 착잡해져갔다.

얼마 지나지 않아 그녀의 우려는 현실로 다가왔다.

며칠 전, 황제로부터 전해진 암호에 이번에 열리는 시합에서 장원을 하여 필히 사신위에 들라는 엄명이 내려졌다. 앞날이 깜깜했지만 거부란 있을 수 없었다. 부모의 목숨이 걸린 일이었다.

그렇게 사신위의 빈자리를 채우기 위한 궁술시합에서 아현은 월등한 기량을 선보여 전무후무한 득점을 얻어 사신위의 한자리에 뽑힐 수 있었다.

"후우……."

앞으로 더 조심해야 한다. 특별히 가까이 지내는 동료는 없지만 그럼에도 긴장의 끈을 놓아선 아니 된다.

함께 지내는 이들을 속여야 하는 일련의 행동은 아현에게 피말리는 고된 생활이었다.

이제 사신위가 되었으니 더욱 주도면밀해야 할 것이다. 사신위의 다른 한 명 한 명을 보더라도 녹록한 인물이 없다. 방심은 곧 죽음인 것이다.

평소 도량이 넓고 좋은 풍채를 지닌 사신위를 떠올려보았다.

엄하지만 월훈 어느 누구에게나 공평한 그들을. 비록 길은 다르지만 무인으로서 존경하고 있었다. 만에 하나 최악의 경우엔 적으로서 대치상황까지 갈지도 모를 일이다. 제발 그것만은 피할 수 있기를. 벌써부터 피비린내가 뇌로 침투하는 것 같았다. 그리고…….

"황태자전하……."

퐁, 퐁, 찰싹. 졸졸졸.

동굴 특유의 울림과 어우러진 물소리가 더욱 아현을 심란하게 만들었다.

"호패를 보여주십시오."

황궁으로 들어가는 첫 번째 관문인 주안문周眼門에 다다르자 수문장이 신분을 확인하였다.

월훈을 상징하는 달무리의 수가 놓인 정복을 입었더라면 번거롭게 줄을 설 필요 없이 그냥 통과했을 터인데 황제를 알현할 때는 챙겨갈 수 없어 오늘은 평복차림이었다. 어떤 경우가 있을지 모르니 신분이 드러나는 물건은 피해야 했다.

"월훈소속입니다."

여인이 생각지도 못하게 높은 신분임을 알고 수문장이 예를 취하고 저자세를 한 채 아현이 지나가길 기다렸다. 그녀가 사신 위라고 하면 더욱 놀랄 테지만 아직 그걸 증명해줄 호패를 받지 아니하였다.

주안문을 통과하면 수십만 명이 들어갈 수 있는 광장이 있으며 연이은 두 번째, 세 번째 관문은 차례대로 월문月門과 제문制

門이라 하였다. 세 번째 관문까지 도착하려면 도보로 두 식경의 시간이 소요될 만큼 성의 크기는 범인들은 가늠할 수조차 없을 정도로 거대하였다.

'제때 도착하기 힘들겠어.'

일각이 급했다. 발을 더 힘차게 차며 말고삐를 더욱 틀어쥐었다.

오늘은 단순한 월훈소속무사가 아닌 사신위 서열 네 번째의 직급으로 황태자를 모시는 첫날이다.

황궁 동쪽은 월훈과 사신위 그리고 황태자가 기거하는 환보궁歡寶宮이 위치한 곳이며, 어제 같은 경우는 특별히 사가로 나가도 좋다는 명이 있어 황제를 배알한 뒤, 동굴에서 하룻밤을 묵고 뒤늦게 지금 입성하는 중이었다.

'황태자전하를 코앞에서 뵙는 건가.'

아현은 황태자를 떠올리는 것만으로도 빈속에 술이 들어간 것처럼 속이 울렁거렸다.

월훈 오십여 명 가운데 한 명인 평범한 무사일 때는 황태자의 그림자 한 자락도 보기 힘들었다. 대례행사가 있을 시 먼발치에서 겨우 자적용포자락을 확인할 뿐이었다. 물론 월훈의 사기를 높이기 위한 시합에서 좋은 성적을 거두게 되면 황태자께서 직접 하사품을 내렸는데 그때가 옥면을 근처에서 뵐 수 있는 유일한 날이었다.

아현 입장에서는 세상의 정점에 선 황제보다 황태자를 접견하는 게 더 힘든 일이었다. 참 모순적인 일이 아닐 수 없었다.

'전하는 그 일을 기억하실까.'

황태자와는 아현이 월훈소속무사가 되기 전에 한 번의 인연이 닿았었다. 아현은 순간 기억 속에 잠겼다.

아현이 자라온 매종산.

그 산자락에서 육십여 장丈을 내려가면 도성이 있고 그 안에는 사람들이 옹기종기 모여 사는 큰 마을과 장터가 자리해 있었다.

그녀는 스승과 첫 나들이를 나간 이후로 이따금씩 심부름이나 필요에 의해 장터를 다녀가곤 했었다. 어릴 때야 어리다는 이유로 받는 불이익을 제외한다면 큰 불편 없이 지내왔으나, 타고난 미모 탓인지 꽃봉오리가 조금씩 피어나던 열셋부터는 사내들의 호기심 어린 눈빛이 장히 부담스러워지면서 꼭 두 번에 한 번 꼴은 외모 때문에 곤란을 겪게 되었다. 낯을 가릴 수만 있다면 요상한 색의 보자기라도 뒤집어쓰겠건만 사실상 그러기도 힘들었다. 겨울에야 춥다는 핑계로 복면을 둘러도 사람들이 이상하게 여기지 않았으나 그 외의 계절에 낯을 가리고 다니면 수상한 자로 여겨져 재수가 없을 시 도성치안을 담당하는 순찰대에 잡혀 문초를 당해도 억울하다 할 수 없었기 때문이다. 그래서 추운 겨울 혹은 인적이 드문 시간대를 골라 도성 번화가를 다녀오곤 하였다.

황태자 유성과의 첫 만남은 그녀가 열여섯이 되던 단풍이 물들기 시작한 가을 문턱이었다.

사부가 노환이 들어 자연치유로는 힘든 몸 상태가 계속되자 그의 만류에도 무릅쓰고 도성 거리로 내려오게 되었다. 약 한 첩을 짓고 돌아오는 길에 사부가 좋아하시는 홍주紅酒를 사다드려야겠다는 생각에 근처 주점에 잠시 들르게 되었다.

"아이고, 못 본 새에 많이 컸네, 많이 컸어. 이제 제법 아가씨 태가 나는구먼."

"그간 무탈하셨어요?"

"그럼! 그래 뭘 주랴?"

"홍주 한 병요."

"오랜만에 본 인심으로다가 내가 반값만 받을게."

"아니, 괜찮습니다.

"괜찮어, 어여 받으라니까?"

어쩔 수 없는 주인 인심에 설핏 웃음을 머금고 술병을 받아들던 참이었다.

"어디 사는 여인이신가? 참말로 곱구먼?"

"어디, 어디? 어허! 이런 미모를 왜 이제 봤을꼬?"

능글맞은 농지거리에 아현의 눈가가 희미하게 움찔하였다.

도성 거리에서 제법 알아주는 주먹패들인 이들은 그중 한 명의 아비가 성의 사법, 감찰을 통괄하는 정3품 안찰사였기에 자만심이 하늘을 찔렀다. 거리에 나오면 누구나가 벌벌 떨며 피했고 성격 또한 안하무인이라 감히 어느 누구도 대적하지 못하였다.

순찰대조차 그들을 피할 지경인데 누가 제지하겠는가. 그러한 뒷배를 믿고 방탕한 생활은 기본, 그중에서 아녀자를 희롱하는 것은 심심풀이로 행하는 그들만의 악질적인 놀이였다.

아현은 똥이 무섭기보다 더러워서 피한다는 생각에 그들에게 눈길조차 주지 않고 술값 셈을 서둘러 끝마쳤다. 그녀의 외면이 그들의 오기를 유발했는지 발끈한 사내들이 집요하게 들러붙었다.

"어딜 그냥 가시는가? 이러면 섭섭하지."

방향을 틀 때마다 사내들이 한 발씩 다가와 옴짝달싹 못하게 만들었다. 아현의 무술실력이라면 충분히 제압하고도 남았지만, 최대한 있는 듯 없는 듯 살아야 하는 자신의 처지에다 고위관원의 아들이라는 그들의 배경이 꺼림칙하여 이도저도 행하지 못하였다. 높은 관직이라는 뒷배 자체가 무서운 게 아니라 복잡하고 귀찮은 일에 휘말리고 싶지 않다는 이유가 더 컸었다.

"감히 네까짓 게 우리를 무시해?"

사내 한 명이 손목을 탁 잡아왔다. 혼인도 안 한 처자를 대하는 태도가 시정잡배보다 더했으면 더했지 덜하진 않았다.

당시는 어린 치기가 남아 있던 때라 잡힌 손목을 비틀어 동시에 상대 가슴을 밀치는 권(拳)을 사용하였다.

"으악! 뭐야! 네년이 감히 날 쳐?"

아차, 싶었다. 하필 술병을 든 손으로 칠 게 뭐란 말인가.

힘 조절을 실패하여 술병이 깨졌고 바닥에 쓰러진 사내는 술벼락까지 맞아야 했다.

"이 계집년이 보자보자 하니까! 이 비단이 얼마인 줄 알아?"

"이거 어쩔 거야? 어? 설마 이대로 도망가진 않겠지?"

원래부터가 많은 돈을 가지고 있지 않았다. 더군다나 스승에게 드릴 약을 짓느라고 대부분의 돈을 써버렸기에 남은 것이라곤 열 푼 남짓이었다. 바느질이 촘촘하고 때깔 좋은 비단을 보건대 적어도 열 냥은 되어 보였다.

"적어도 서른 냥은 받아야겠으니 내놓으시지?"

"자네 눈은 장식인가? 계집 옷차림을 보게나. 그런 거금이 있어 보이나."

이 상황이 유쾌한지 본인들끼리 낄낄거렸다.

장정들에게 둘러싸인 여인이라고 부르기엔 아직 어린 아현. 분명 부당한 대우를 받는 사람은 그녀이건만, 주점 안에는 누구 하나 나서는 이가 없었다. 쯧쯧 안됐어, 하면서도 먼 산 불구경하듯 흥미롭게 지켜만 볼 뿐이었다.

"갚을 능력이 없으면 우리랑 어딜 같이 가야 되겠는데?"

'따라가는 척하면서 인적이 드문 곳으로 끌고 가 혼을 내줄까, 아니면 돈을 준다고 거짓을 고해 줄행랑을 칠까. 까짓 한 석 달 안 내려오고 말지.'

"아름다운 소저, 그럼 나가보시겠습니까?"

낄낄낄.

비열한 입매를 한껏 끌어올리며 과장된 손짓을 하던 사내가 아현을 주점 밖으로 데리고 나가려고 막 손을 뻗을 때였다.

휘익. 퍽!

"으악!"

"자, 자네. 괜찮은가?"

"웬 놈이냐!"

주점 이 층에서 파공성이 들리는가 싶더니 무언가가 아현에게 수작 걸던 장한의 뒤통수를 쳐버렸다. 창졸간에 일어난 일이었다.

구경꾼들이 두리번거리며 물건을 던진 주인공을 찾으려 애썼다. 오감이 발달한 무인이 아니라면 범인을 콕 집어 찾을 수 없을 정도로 신속하고 정확한 공격이었다.

"누구얏! 비겁하게 어디서 뒤통수를 쳐? 감히!"

"이거 보게나."

"뭔가?"

"자네 머리를 쳤던 물건일세."

바닥에 떨어진 묵직해 보이는 주머니를 집어 든 사내는 거친 손길로 열어젖혔다.

"배, 백 냥?"

주머니에는 백 냥이라는 거금과 함께 먹물이 스며든 서신이 들어 있었다.

험상궂은 표정으로 종이를 찢어발길 듯 펼친 사내는 서신을 찬찬히 훑더니 무엇에 겁먹었는지 손을 덜덜 떨며 주점 사방팔방을 둘러보았다. 급속도로 창백해진 낯빛이 좀 전의 건방진 언행을 찾기 힘들 정도로 대호大虎의 포효에 놀란 토끼 같았다.

"가, 가세."

"왜 그런가?"

"이 계집은?"

"잔말 말고 나가자고!"

"공돈도 생겼는데 이 계집 데리고 가서 진탕 놀지 않고?"

"계집은 두고 우리만 나가잔 말일세!"

벗에게 버럭 화를 낸 사내가 무리를 이끌고 썰물 빠지듯 주점을 서둘러 나갔다.

구심점을 잃은 구경꾼들은 각자 제자리를 찾아가 앉으며 아무 일도 없었던 것처럼 식은 음식에 젓가락을 들었다.

다시금 시끌벅적해진 주점 안.

아현은 이 층의 한곳을 가만히 응시하였다.

누구였을까. 무슨 득이 있다고 그 많은 돈을 한량들에게 돌을 던지듯 버릴 수가 있는 것일까. 그리고 그 서신에는 무엇이 적혀 있기에 저들이 그리 혼비백산을 한 것일까.

픽.

아현은 번쩍 낯을 들었다.

우두커니 서서 혼자만의 망상에 빠져 있는 그녀를 뒤로 한 채 무사처럼 보이는 한 사내가 지나치면서 뱉어낸 간결한 웃음이었다.

'저자다. 저자가 틀림없다.'

사내의 의복 천은 백 냥이 들어 있었던 주머니와 같은 재질이었다. 약간의 비웃음이 마음에 걸렸으나 사람인 이상 도움을 받았으면 응당 감사의 말을 전하는 것이 도리일 터.

아현은 주저 않고 그를 뒤따랐다.

낯선 사내가 누구인지, 게다가 그의 얼굴조차 모르지만 반듯한 등과 왠지 모를 위엄이 예사롭지 않아 보였다. 사내의 걸음걸이가 빠르긴 하였으나 그의 키가 보통 사내들과 비교하면 한 뼘은 더 컸기에 뒤쫓는 데 큰 불편함은 없었다. 그는 번잡한 도성 중심거리를 지나 마치 뒤를 밟는 아현을 교란시키기라도 하듯 샛길에서 샛길로 자꾸만 길을 돌아갔다.

자신이 사내였다면 당장 상대방을 부르거나 어깨를 두드려서라도 멈추게 하련만 낯선 이를 어찌 대해야 할지 몰라 무작정 따라다녔다. 아낙에게도 말을 아끼는 성격인데 낯선 사내에겐 오죽할 것인가.

얼마나 따라갔던 것일까. 황량한 길로 접어들자 늦가을의 스산한 바람이 차분히 깔렸다. 인적은 점점 드물어졌고 요란한 장터의 소음도 줄어들었다.

눈치 없는 사내라도 이쯤이면 그녀의 존재를 충분히 알 텐데 그는 돌아보는 법이 없었다. 마치 관심 없으니 꺼져달라는 행동 같아 내심 부아가 치밀었다. 일부러 보법을 사용치 않고 투박한 걸음소리를 있는 대로 내보였다. 자신을 보아달라는 행동의 언어나 다름없었다.

주점에서의 주머니 던지던 속도만으로 판단한다면 예사실력이 아닐 터인데 왜 반응하지 않는 것일까.

'그래, 이게 마지막이야.'

이대로 가다간 산 하나를 기어코 넘겠다 싶어 들으라는 듯 말라비틀어진 나뭇잎을 바삭 소리가 날 만큼 강하게 밟고서 걸음을 순식간에 멈추었다. 애초에 저 사내를 불러 세워 감사하다는 인사를 했다면 지금 이런 멍청한 행동을 하지 않았을 터인데. 정말 어리석었다.

'지금이라도 늦지 않았어. 어서 말을……'

"왜 멈추는 건가?"

순간 아현은 아연실색하였다. 이름 모를 사내를 부르려던 용기가 쏙 들어가고 말았다. 사내의 말은 즉, 그녀가 쫓는 걸 알면서도 모르쇠로 일관했다는 소리였다. 너무나 뻔뻔한 사내였다. 게

다가 초면에 하대라니. 곤경에 빠진 자신을 구해준 은혜만 아니라면 당장 발길을 되돌리고도 남았을 무례함이었다.

"여쭙고 싶은 게 있어 초면에 결례를 하였습니다."

등만 보였던 사내가 천천히 뒤돌아섰다. 그제야 사내의 얼굴을 제대로 볼 수 있었다.

'아, 이럴 수가……'

거리감각을 상실케 하는 사내의 외모에 아현의 동공이 서서히 팽창하였다. 터져 나오려는 탄성을 애써 눌러 참아야 했다. 그를 따라 여기까지 오는 내내 마주치는 여인네들의 눈길이 심상치 않다 싶었더니 그럴 만한 이유가 있었던 것이다. 헌헌장부라는 말조차도 초라하였다. 석공이 피땀 흘려 다듬은 산물이 이러할까. 숱 많은 눈썹이 서체의 기재가 강한 붓놀림으로 그린 듯 매우 섬세하였고 이채로운 눈동자는 색을 가늠하기 힘든 깊은 우물을 연상케 하였다. 사내다운 턱과 단호해 보이는 입매 때문에 다소 접근하기 꺼려지기도 하지만 그마저도 발아래에 납작 엎드려도 이상하지 않을 만치 비범한 기운을 만들어냈다.

그러한 연유일까. 용맹스러우면서도 여인과는 색다른 아름다움을 내뿜는 사내가 하대를 하여도 전혀 기분이 나쁘지 않았다. 하대가 무례하니 어쩌니 하던 여인은 어디 갔는지 참으로 얄궂은 여심이었다. 오히려 대놓고 뚫어져라 보는 그녀의 행동이 무엄해 보일 지경이었다.

"구경은, 끝났나?"

평소 표정이 많지 않은 그녀임에도 변명이 불가한 민망함에 목에서부터 볼까지 홧홧한 기가 올라왔다. 급히 마음을 다스리는 심법을 속으로 되뇌어야 했다. 자신의 한심함에 쓴웃음이 울컥 나온 아현은 아직 수행이 부족한 스스로를 질책하였다. 고작 사내 얼굴에 넋이 나가 평정심을 잃다니.

"주점에서 백 냥을 던졌던 주인이 맞으신지요?"

"그렇다면?"

바스락, 바스락.

그는 초식동물을 몰아넣는 맹수처럼 아현과의 거리를 단번에 좁혀왔다.

그녀는 물러서고 싶은 본능을 억누르며 발끝에 힘을 주었다. 두 장丈이나 떨어져 있었는데 눈 깜짝할 새 두 척尺 거리가 되었다. 얼마나 가까운지 사내가 내쉬는 호흡마저 느껴질 정도였다. 들짐승도 아니고 숨을 쉬는 사람임이 분명한데 왜 벌벌 떨리는 것인지. 마디마디 뱉어내는 음성 또한 너무나 차가워 마치 고드름 끝이 살을 긁어대는 것 같았다. 머리 밑이 삐쭉 서고 등골이 서늘하였다. 아찔해져오는 정신에 눈을 질끈 감았다 뜨며 얼얼해진 턱을 움직여 겨우 말을 짜내었다.

"은혜를 입……었습니다."

"은혜라…….'

"지금 당장은 없지만 사시는 본가를 말씀해주신다면 돈이 마련되는 대로 찾아가 뵙겠습니다."

아현은 보지 못하였지만 아주 짧은 찰나 사내의 눈이 흥미를 보이다 금세 베일로 가려졌다.

"싫다면?"

"예……?"

돈을 준다는데 마다하는 사람이 있다니. 뭐 이런 사내가 다 있나 싶었다. 그렇다면 의협심만으로 도와줬다는 것인가.

"빚."

"빚?"

"그래, 빚."

빚, 상대방을 우위에 두는 단어. 어감이 마음에 들지 않았다.

"기한이 늦어질 것 같아 그러하시다면 내일이라도 어떻게 해서든 마련해보겠습니다."

"당장 백 냥을 준다 해도 받지 않을 것이다."

"연유가 무엇인지……?"

"빚."

"아니, 전 빚지는 게 싫!"

"토 달지 마라."

스승처럼 호통을 친 것도, 회초리를 든 것도 아닌데 어깨가 움찔하였다. 자존심까지 쩍쩍 금이 갔다. 무인이 기세에서 밀리다니, 치욕이었다.

"그래도 전 돌려드려야겠습니다."

사내가 더없이 시린 눈빛으로 그녀를 가만히 응시하였다.

의중이 무언지 파헤치는 것 같기도 하고 혹은 거저 주는 돈을 거절하는 이를 신기해하는 것도 같고. 솔직히 어느 쪽도 확신할 수 없었다.

"어디에 사시는 분이신지요?"

"고집이, 세군."

그러면서 사내가 더 바짝 다가섰다.

또 움찔.

냉혈공자가 협상을 하듯 타협점을 내놓았다.

"빚, 갚고 싶다 했는가?"

"예."

그리고 떨어지는 날벼락.

"입맞춤."

무표정한 낯과 얼음 같은 눈동자.

냉기만 풀풀 풍기는 입에서 나왔다고는 절대 생각할 수 없는 단어였다. 웃으면서 말하였다면 농이겠거니 넘길 테지만 그것도 아닌 듯 보였다. 그렇다 하여 딱히 진심이라고 보기도 힘들었다.

"노……, 놀리지 마십시오."

"그럼, 빚을 아니 갚겠다는 건가?"

"제 빚은 백 냥뿐입니다."

"아니. 빚은, 입맞춤이다."

열여섯 소녀에게 거는 농치고 과하였다.

사내의 시선이 그녀의 옥같이 고운 얼굴에서 아직 덜 여문 가슴께로 떨어졌다.

동시에 아현의 심장도 덜컹하며 추락하였다. 도성에서 수많은 사내대장부를 보아왔지만 이런 경험은 생전 처음이었다. 평정심을 잃은 것도. 자신이 여인임을 뼈저리게 자각한 것 또한.

"빚은, 후에 받도록 하지."

혼란에 빠져 허우적대던 아현이 어렵게 정신을 차렸을 땐 이미 사내는 사라진 후였다. 사방팔방을 둘러보고 기척을 재었지만 바삭 마른 잎들과 서늘한 추풍秋風만이 사내가 있었던 자리를 휩쓸 뿐이었다. 휭한 기운이 가슴 안까지 깃들었는지 소리 없는 바람을 만들어냈다.

아현은 그 위로 손을 지그시 눌렀다.

"여기도 가을인가."

다음날과 그 다음날, 한 달을 넘게 사내에 대해 수소문하였지만 끝내 찾지 못하였다.

'백 냥을 갚아야 해, 단지 그뿐이야.'

스스로에게 변명하듯 주문을 걸었다. 그러나 사내 자체가 애초에 존재하지 않은 듯 작은 티끌도 발견하지 못했다. 실체가 없는 신기루 같았다.

헛것을 보았던 걸까. 도깨비에 홀린 건지, 아님 몽夢이었던지.

그가 현실에 존재하는 사람임을 믿어 의심치 않지만, 비현실적인 이유를 대서라도 그 사내의 존재를 설명하고파서였다.

그것이 본디 마음으로부터 일어나는 첫 춘정이라는 걸 깨닫지 못하고서.

어느 덧 가을을 지나 겨울로 접어들었다.

시간이 약이라는 말이 있듯 매일매일 이름 모를 사내를 그리던 습관은 일주일이 지나자 이틀에 한 번 꼴로 줄었고, 한 달을 넘긴 시점에서는 엿새간 오직 무술에만 몰두하며 치료법도 없는 열병에 맞서기도 했다.

마음의 평정을 얻으려 심신을 수양하는 등 갖은 노력 끝에 본래의 모습을 되찾았다. 아니, 그렇다고 믿고 싶었다.

수련에 매진하다 한숨 돌릴 때 이따금씩 그 사내의 뒷모습이 눈앞의 배경과 겹쳐지곤 했는데, 아직 수양이 부족하다는 실망 반, 여전히 그를 잊지 못했다는 씁쓸함 반이 속을 허하게 만들었다. 차라리 만날 수나 있다면 그녀가 품은 감정의 실체를 보다 상세히 알 수 있으련만 사내의 정체는 여전히 오리무중이었다.

"아현아, 검에 사심이 깃들었구나. 무슨 근심이 있는 게냐?"

노쇠한 스승이 몇 번의 잔기침 끝에 물었다.

"……아닙니다."

"진정한 무인은 아무리 고민이 많고 힘든 일이 닥쳐도 검을 드는 순간만큼은 오로지 그것에만 집중하는 법이다."

"송구합니다."

"무엇이 너의 심신을 어지럽히고 있는 것이냐? 속 시원히 말해보려무나."

인연이 없는 사내 때문에 밤잠을 잊을 정도라고 어찌 밝힐 수 있을까마는 그녀의 거짓말쯤은 쉽게 간파하는 스승 때문이라도 아니 말할 수도 없는 노릇이었다. 입술을 오래도록 깨문 끝에 가슴 깊숙이 숨겨왔던 날것 그대로를 하나씩 풀어냈다.

이야기가 끝나도 스승은 시선을 멀리 둔 채 한동안 입을 열지 않았다. 해가 뉘엿뉘엿 지며 붉은빛을 발할 때에야 스승은 이같이 말했다.

"반한 게로구나."

"반……하다니요?"

"첫눈에 보고 연모하는 마음이 생겼다는 말이다. 그래, 네가 벌써 그럴 나이로구나."

맥박이 오르며 호흡이 흐트러졌다. 분홍빛으로 달아오른 볼을 어쩔 줄 몰라 고개를 푹 숙였다. 감정의 실체는 풍문으로만 듣던 남녀 간의 사랑이었다.

아현은 기쁘기보다 죄책감을 먼저 느꼈다. 하루하루 다르게 기력이 쇠한 스승을 돌보기에도 바쁜 이때에 하등 도움도 안 되는 감정놀음에 빠져서 해야 할 일을 등한시하지 않았던가.

"그런 표정 짓지 말거라. 사람이라면 누구나 겪는 자연스러운 현상이란다. 흐르는 물처럼 내버려두려무나. 억지로 막다간 언젠간 탈이 나는 법이니."

"하지만……."

"억누르지 마라. 모든 것을 인정해야만 마음이 편해질 것이고 그래야 수련도 잘될 것이니까."

이듬해 거센 눈발이 온 세상을 하얗게 물들이던 어느 날, 스승은 아현의 손을 꼭 잡고 마지막 숨을 거두었다. 황제를 알현한 후 고작 며칠 새에 일어난 변고였다.

세상이 끝나는 듯한 슬픔에 몸을 가누지 못했다. 식음을 전폐하고 눈과 귀를 닫았다. 살아남으라는 스승의 유언이 아니었다면 생의 미련을 고이 접었을지도 모를 일이었다.

그달 중순에 황제의 수족이 찾아왔고 월훈시험을 치르라는 황제의 명을 받들기 위해 도성 근교로 거처를 옮겼다. 가족을 찾아주겠다는 황제의 달콤한 꼬임에 금방 넘어간 것도 스승의 죽음으로 인해 마음 상태가 극도로 불안정했기 때문이었다.

시험을 무사히 치른 아현은 열일곱의 나이로 월훈무사가 되었다.

청동 첫 번째 이야기

그 소식은 궁내에서나 밖에서나 화제가 되기에 충분했다. 여인의 몸으로 월훈소속이 된 것도 놀라운 일이거늘, 그녀의 생김새를 본 사람들은 그 아리따운 외모에 두 번 경탄을 터뜨려야 했다. 아현이 실력으로 뽑혔음에도 그 무술실력이 얼마나 뛰어난가 하는 것보다, 월훈무사들이 그녀 때문에 밤잠을 설친다는 고약한 소문에 사람들은 더 귀를 기울였다. 물론 그깟 시답잖은 소문에 흔들릴 그녀도 아니었다.

월훈의 전례를 찾아봐도 여태까지 여인이 뽑힌 적은 단 한 차례도 없었다. 태어나길 남녀가 다르듯, 월훈무사들이 기거하는 숙소도 아현이 들어오기 전에는 금녀禁女의 구역이나 다름없었다.

취침의 대부분은 궁궐 밖 본가에서 해결하는 그들이지만 훈련이다 뭐다 바쁜 일정이 잡히면 지친 몸을 이끌고 숙소에 뻗기 바빴다.

개중 고아출신 몇몇은 오직 일신의 실력으로 뽑히어 숙소가 집이나 진배없었다. 아현의 사정도 별반 다르지 않아 다른 무사와 마찬가지로 궁내에 기거해야 했다. 수많은 사내들 틈에 여인하나가 한 지붕 아래 동고동락해야 하니 어찌 시끄럽지 아니하겠는가.

사내들은 젊고 건장했으며 아현은 갓 봉오리를 터뜨려 피어오를 듯한 꽃같이 어여뻐 소문이 더욱 난잡하였다.

하여 사신위의 대장, 이태기가 이를 두고 보기 힘들어 아현의 숙소만 시녀들의 처소로 옮기는 특례를 주었다.

이때까지만 해도 아현은 황태자와 첫 대면을 하지 않은 상태였다.

나름 큰 행사였던 월훈등용시합장도 사신위가 주관하였지, 황태자는 일절 모습을 드러내지 않았다.

신하된 도리로 호위무사가 주군의 얼굴조차 모르다니 조금 괴이하였으나 그럴 만한 연유가 있겠지 싶었다.

장안을 떠돌다 보면 황제에 대한 소문은 많았다. 황후의 치마폭에 폭 싸여 헤어날 줄 모른다느니, 무사가 황후를 훔쳐보았다는 불경죄를 들어 두 눈이 멀게 했다느니, 본성은 인자한 황제셨는데 간악한 황후의 손아귀에 놀아나 광폭해졌다느니, 하는 억측과 추측이 난무하였다.

백성들이 어디 황제만 씹고 다니겠는가. 호사가들의 입방아는 황태자도 피해갈 수 없었다.

"황태자전하께옵서 어찌나 색을 밝히시는지, 글쎄 여인이 있어야만 잠이 드신다지 않는가. 그렇다고 전하가 억지로 여인을 취하느냐. 그것도 아니시래. 훤칠한 키에 미장부라 전하의 옥면을 뵙기만 해도 여인들이 자지러진다더구먼."

소문으로만 듣자면 알아주는 색주가에 국정에는 일절 관심 없는 한량이 황태자라 하였다. 한데 월훈이 되고 사신위를 면밀히 살펴본 바로 과연 그 소문이 사실일까 의심스러웠다.

사신위의 뛰어난 무술실력은 물론이거니와 굽힐 줄 모르는 충성심, 아랫사람을 대하는 됨됨이만 보아도 그들이 보통 대단한 게 아니다 여겨졌다. 지혜로운 주군 밑에 재주꾼들이 모여들듯 사신위의 수장 격인 황태자가 비범하지 않다면 오히려 더 의심살 일이었다.

이러하니 황제가 첩자를 심어두는 것이겠지.

청동 첫 번째 이야기

"금일 전하께서 연무장으로 걸음 하신다. 한 치의 실수도 없어야 한다."

월훈무사들 얼굴에 화색이 돌았다. 실력을 뽐내어 한 번이라도 황태자의 시선을 받는다면 어찌 기쁘지 아니하겠는가. 실전에 임하듯 진지한 눈빛부터 힘 있고 간결한 동작까지. 연무장은 금세 후끈한 열기로 뒤덮였다.

"황태자전하께서 납시니, 일동 예를 취하라."

옅은 바람에 나부끼는 자줏빛의 고운 비단도포, 드디어 황태자가 모습을 드러냈다.

단순히 낯을 익히려 그를 바라본 것인데, 아현은 하마터면 무엄하게 손가락을 치켜들 뻔하였다.

그 사내였다.

백 냥을 던져주고 차가운 얼굴로 입맞춤이 빚이라고 했던 그 사나이. 애타게 찾아헤맬 땐 눈코빼기 보이지 않더니만, 상상도 못한 장소에서 이렇게 조우할 줄이야. 게다가 황태자전하라니!

'은인에게 간자노릇을 해야 한단 말이야?'

시야가 아찔해졌다. 운명의 장난이 아니고선 이럴 순 없었다.

그날 밤, 아현은 잠을 이루기 힘들었다. 첩자라는 입장도 떳떳하지 않건만 수소문하여 찾아다녔던 사내에게 은혜를 갚기는커녕 칼을 들이대야 할 판이라 그저 가슴만 답답해져왔다.

황태자를 떠올릴 때마다 알 수 없는 울렁거림이 잔파도를 만들었다. 스승의 죽음 이후로 꽁꽁 얼었던 마음이 재회와 함께 해빙이 된 것이다.

어쩌면 좋은가. 달리 다른 방도는 없어 보였다.

그것이 황태자와의 두 번째 만남이었다.

'전하는 날 알아보지 못하였지.'

당시 황태자가 연무장에 들어서서 월훈무사들을 낱낱이 살펴볼 때만 해도 큰일이다 싶었었다.

과거, 눈도 피하지 않은 채 방자하게 따박따박 말대답을 하지 않았던가. 더군다나 황태자에게 갚아야 할 빚도 있었다. 비록 그것이 터무니없는 요구라 하여도. 신분으로 보나 빚으로 보나 자신은 약자의 입장이었다. 겉은 억지로 고요함을 유지했으나 속은 털을 잔뜩 세운 날짐승 같았다. 몸이 가늘게 흔들렸다. 두려움과는 사뭇 다른 기대와 갈망의 떨림이었다.

긴장감이 최고조에 달하였을 때, 황태자의 시선이 아현에게 멈추었다. 길지도 짧지도 않은 머무름. 허탈하게도 아무런 일도 일어나지 않았다.

잔뜩 굳어 있던 자신이 바보스러웠다. 혹시나 하는 기대는 황태자의 무덤덤한 시선이라는 단검에 싹둑 잘려나갔다. 아니, 심장에 칼침이 박혔다.

그날을 기점으로 황태자의 '황'이라는 말만 들려도 가던 걸음을 멈춰 귀를 기울였고, 그의 그림자라도 보는 날이면 마음이 진정되지 않아 훈련 중에 헛발질을 하기도 했다.

열여섯 첫 만남 때보다 연모하는 마음은 점점 깊어만 갔다. 그럴수록 아현은 입을 다물고 표정을 지웠다. 속은 지글지글 들끓어도 겉은 냉정을 가장했다. 군신관계라는 넘을 수 없는 벽도 벽이지만, 첩자라는 신분은 앞날이 보이지 않는 암흑천지였다. 도저히 탈출구가 보이지 않았다.

'나는 첩자다.'라고 수없이 되뇌어도 황태자의 옷자락을 한 번이라도 보게 되는 날이면 갖은 노력 끝에 쌓아놓은 방어벽쯤은 단숨에 헐어지고 말았다. 너무나 허무한 결과였다.

'가족을 생각해서도 적대시해야 하는 황태자이건만 왜 마음은 그럴 수 없는 건지……'

황제에게 불려가는 날이면 배신자가 돼버린 착각에 마음이 편치 않았고, 월훈생활에 안주하고픈 생각이 들 때면 가족을 외면한 것 같아 죄책감에 시달렸다. 이런 이율배반적인 감정은 월훈생활 내내 꼬리표처럼 따라다녔다.

그나마 평정심을 유지할 수 있었던 것은 살아생전 스승의 말씀 덕분이었다.

"흐르는 마음을 억지로 막지 마라."

어느 쪽도 택할 수 없다면 해결책은 한 가지뿐이었다. 마음이 가는 대로 따르는 것. 하지만 과연 선택의 기로에서 하나를 위해 다른 하나를 버릴 수 있을까.

스승의 기일이 되면 동트는 새벽녘 하늘을 우러러보며 마음의 소리에 귀를 기울였다. 해답을 찾고자 했으나 돌아오지 않는 메아리처럼 답은 멀리 있었다.

첫 기일에도, 두 번째 기일도, 매번 똑같았다.

"스승님, 저도 제 마음을 모르겠습니다……"

고약한 약초처럼 쓰고 씁쓸한 지난 기억의 한 조각이었다.

꼬리를 무는 갖가지 과거의 일을 곱씹는 동안 담정문淡政門에 다다랐다. 담정문부터는 황족 이외의 사람은 승마가 금지이므로 마부에게 말을 맡기고 문을 통과했다. 문무백관과 조의를 하는 담정전 동문東門이 황태자의 거처인 환보궁歡寶宮으로 가는 입구였다.

시선을 땅으로 향한 채 잰걸음으로 바삐 움직였다. 매일 황태자와 사신위가 담소하는 전각인 시아전是雅殿이 보이자 문 앞에 다가가 예를 취하였다. 그러자 호위를 맡는 월훈무사가 전각 내부를 향해 아현의 도착을 알렸다.

"전하, 새로운 사신위가 막 도착했사옵니다."

"들라 하라."

문이 열리자 넓은 전각 내부가 드러났다. 오직 이곳의 주인인 황태자와 그의 최측근 사신위만이 머무르는 공간이었다.

감정표현을 극도로 자제하는 그녀였지만 지금 이 순간만큼은 넘실대는 기쁨을 주체하기 힘들었다. 부모도 모르는 천것이나 다름없는 저가 무사들이라면 누구나 흠모하는 자리, 사신위의 한 사람이 되었다는 것 자체가 감격스러웠다. 솔직한 사심으로는 황태자를 가까이서 보필할 수 있다는 풋풋한 연정도 더해졌지만 말이다.

"신, 아현. 황태자전하를 뵈옵니다."

상단에 위치한 용 다섯 마리가 새겨진 교상에 황태자가 앉아 있었고 그 앞에 아현은 머리를 깊숙이 숙여 부복하였다. 아현의 우측은 사신위의 대장인 이태기, 좌측은 다른 사신위, 곽남휘와 풍한도가 도열해 있었다.

"이 사駟. 말하라."

이 사駟란 사신위의 대장, 이태기의 칭호이다. 사駟는 사신위에게만 붙는데 곽남휘는 곽 사耀, 풍한도는 풍 사耀라 불리었다.

"아현은 나이 열일곱에 월훈등용시험장에서 최연소 급제를 하였고, 닷새 전에 있었던 사신위 후기시험에서 월등한 실력으로 뽑혔습니다. 방년 스물의 나이로 역대 사신위에서도 최연소이옵니다. 두루두루 못하는 게 없사오나 특히 궁술에서 뛰어난 재능을 보이고 있습니다."

간략한 약력을 경청한 황태자가 눈동자로만 느릿느릿 아현을 훑어나갔다. 시선이 어찌나 차갑고 시린지 눈길이 닿는 곳마다 움찔 떨려왔다. 눈동자의 작은 움직임만 아니라면 태풍이 와도 흔들리지 않는 굳건한 바위 같았다.

"성이, 무엇인가?"

절로 고개를 숙이게 하고 마는 위엄이 서린 목소리였다. 황태자라는 특수한 위치에서 내려오는 위엄이 아니라, 선천적으로 내재된 통치자의 권위였다.

이것이 핏줄인가. 적통황자만이 갖는.

"모르옵니다."

황태자의 검지가 가볍게 팔걸이를 탁 쳤다.

집중하지 않으면 모를 미세한 소리였으나 오직 아현에게만 심장을 두드리듯 크게 들려왔다. 긴장으로 입안이 바짝 말랐다.

"그냥 현 사耀라고 부르면 되겠군."

"황공하옵니다."

"이 사耀. 현 사耀에게 사신위의 정복과 호패를 하사하라."

"분부 받잡겠습니다."

이태기가 출입문을 향해 '들라'라고 하자 미리 대기 중이던 시종이 정복과 호패를 담은 팔각반八刻盤을 조심히 들고 들어왔다.

"현 사㺩. 예를 갖추어 전하의 명을 받들라."

스승에게 예를 취하듯 주군을 그같이 섬긴다는 뜻으로 황태자를 향해 세 번의 절을 하였다. 너무 의식해서인지 식은땀이 날 것 같았다. 절하는 동작도 갓 걸음마하는 아기처럼 어색하기 짝이 없어 마디마디가 저릿했다.

아현은 이태기가 주는 하사품을 받아들고 다시 감읍하는 절로 마무리하였다.

임명절차가 끝나자 마치 기다렸다는 듯 유성이 상석에서 일어났다. 느리지도 빠르지도 않은 절도 있는 간결한 동작이었다.

"환보궁으로 가겠다."

"신이 따르겠습니다."

평소 잡무가 많은 이태기를 대신해 곽남휘가 호위를 자처했다. 유성의 허락이 없었지만 곽남휘는 부하에게 이동준비를 지시하였다. 황태자의 무언은 곧 긍정이기 때문이다.

아현은 그들의 이동에 방해가 되지 않도록 이미 내전 기둥에 바짝 붙어 섰다. 사신위에서도 그녀의 서열이 가장 낮았으므로 출입문과 가까운 기둥 옆이었다.

점점 가까워지는 황태자의 움직임이 느껴졌다. 바닥에 깔린 두꺼운 비단의 마찰음과 긴 용포의 낮은 펄럭임. 그는 단지 출입문으로 향하는 것뿐인데 가까워지는 소리 탓에 마치 그녀 자신을 향하는 듯하였다.

'미련하긴. 전하는 날 기억하지도 못하셔. 아니, 기억하면 무엇해. 관심이라도 주실 것 같으니?'

스윽, 스윽.

일정한 속도와 보폭으로 걷던 유성이 문을 채 나가기도 전에 갑자기 멈추었다. 아현이 지척에 있는 거리였다.

세 걸음 뒤에 따르던 곽남휘가 그런 황태자를 의아하게 바라보았다.

반쯤 고개를 숙였던 풍한도도 뭔가 이상한 낌새에 목을 쭉 뺐다. 유성의 뒷모습을 살짝 훔치다가 이태기와 곽남휘에게 눈짓을 하였다.

'전하께서 왜 저러시지?'

곽남휘의 눈은 뭔가를 살피듯 한쪽 눈썹이 살짝 올라간 상태였고, 이태기는 풍한도를 향해 작은 동작으로 고개를 절레절레 하였다. 왜 그런지 모르겠다는 듯.

평소 황태자의 언행에는 망설임이 존재하지 않았다. 그런 사람이 돌발행동을 한다? 가까이서 모시는 사신위가 아니라면 모를 행동습관이라 미묘한 차이를 눈치 챈 사람도 이태기, 곽남휘, 풍한도 셋뿐이었다. 게다가 멈춘 시간은 고작 하품 한 번 정도의 머묾이었다.

언제 멈추었냐는 듯 자연스레 발길을 뗀 유성은 밖에 준비된 가마에 올랐다. 곽남휘와 휘하 월훈무사들의 호위를 받으며 가마는 시아전을 벗어났다.

가마의 모습이 사라지자 이태기와 풍한도가 한결 편하게 자세를 세웠다.

"한도, 미시未時: 13:00~15:00에 신참훈련 있는 거 알고 있나?"

"당연하지요. 형님도 참, 이 풍한도를 어찌 보시고."

"채신머리없긴. 형님 소리는 궁 밖에서 하래도 그러네."

"또 잔소리십니까? 그나저나 전하께옵서는 오늘 일정이 어떠하시답니까?"

"모르겠다."

"아니, 형님이 모르시면 누가 알아요?"

"내가 나라님이라도 되느냐? 어찌 다 알아. 환보궁에 걸음 하셨으니 낮에는 서책을 보시겠지."

무슨 생각을 하는지 풍한도가 음흉한 낯빛으로 눈을 빛냈다.

"혹시 속살 야들야들한 여인을 불러다가……."

"한도!"

이태기의 버럭 호통에 아차 싶었는지 풍한도가 어이쿠 하며 어깨를 움찔한다.

"그렇게 말을 조심하라 일렀거늘."

"아이고, 잘못했습니다."

금세 히죽 웃으며 고개를 숙이는 풍한도를 보며 이태기가 작게 혀를 찬다. 약관을 넘은 지가 언젠데 아직도 이렇다니. 실력 면에서는 하자가 없지만 언어적으로는 확실히 덜떨어진 것이 분명했다. 그러지 않고서야 어찌 전하를 두고 불경스러운 데다 저질스러운 농을 아무렇지 않게 한단 말인가. 사심이 없는 놈이니 그냥 두었지, 다른 이였으면 주군을 욕보였다 하여 당장 칼을 빼들었으리라.

이태기는 시아전 내에 그들만 있는 게 아님을 자각하고 아현을 향해 돌아섰다.

"현 사駟, 거기 서 있지만 말고 이리 오게나."

'응? 신참 주제에 대장 말씀을 코로 들어?'

풍한도가 미간을 살짝 좁히며 고개를 갸웃거렸다.

"이제 막 들어온 넷째가 형님 말씀을 꿀꺽 삼키는데요?"

아예 대놓고 들으라는 듯 떠들어도 아현은 대답이 없었다. 아니, 석상처럼 움직일 줄 몰랐다.

"왜 저럴까요? 완전 혼이 나간 모습인뎁쇼?"

"글쎄……."

두 사람이 이상하게 여기거나 말거나 아현은 기실 제정신이 아닌 상태였다. 머릿속은 이미 백짓장이었고 두 눈은 초점 없이 허공을 떠돌았다.

대체 그녀에게 무슨 일이 일어난 것일까.

아현의 사고思考는 현재 같은 장면을 계속적으로 반복하고 있었다.

황태자가 상석에서 일어나 걸었다. 발소리가 들렸다. 소리는 확장되듯 점점 커졌다. 그에 비례하듯 심장은 쿵쾅쿵쾅 요란스레 춤사위를 벌였다. 백호은침白毫銀針의 맑고 산뜻한 향이 진해졌다. 평소 차茶를 즐기는 황태자라 백차白茶와 동화된 것이리라.

스읔, 스읔, 툭.

믿을 수 없게도 그녀 바로 앞에서 멈추었다. 아현을 본 건 아니었다. 눈길도 돌리지 않으셨다. 간단한 말을 남겼을 뿐이었다.

움직임이 없는 입술로 흘러나온 전음. 일정한 공력 이상을 지닌 고수들만이 행할 수 있는 은밀한 대화법은 오직 아현만 들을 수 있었다.

[빚, 잊지 않았겠지?]

'기억하고 계시었어!'

딱딱한 인피면구를 쓴 듯 창백하게 굳은 아현은 소리 없는 비명을 질러야 했다.

2
사신위

댕, 댕.

시아전 뜰 한가운데에 있는 대현종大眼鐘이 울렸다.

대현종은 황제 거처에 있는 금현종金眼鐘과 함께 위급함을 알리는 수단으로 사용되었다. 연달아 세 번을 치면 각 부처의 대장급 이상을 소집하는 신호였고, 네 번은 경계태세 강화, 다섯 번은 나라의 큰 변고를 뜻하였다. 하지만 평상시에는 묘시卯時 : 05:00~07:00에 한 번 울리는 것이 정상이었으며 이는 하루의 시작을 알리는 기상 종이었다. 똑같은 일이 반복되는 황궁 내 일상생활에서 게을러지지 말라는 경고의 울림이기도 하였다.

아현은 대현종이 울리기 전에 잠에서 깨어났다. 같은 처소를 사용하는 시녀들의 부산한 움직임 때문이었다. 잠귀가 밝은 것도 곤욕이라고 생각하며 그녀는 침구정리를 끝냈다. 더 늑장을 부려도 되지만 몸에 밴 부지런은 쉬이 바뀌는 게 아니었다.

'이 시간이면 천수호川粹湖에 사람이 많을 때인데.'

아현은 비단보자기에 속곳과 정복을 챙겨 넣으며 슬쩍 아미를 찌푸렸다. 그러다 가늘게 한숨을 쉰 뒤 작게 피식거렸다. 별수 없지.

천수호는 여인들만이 출입가능한 호수로 몸의 청결을 위해 드나드는 곳이었다. 하루의 시작을 알리는 묘시와 일과의 마무리를 하는 유시酉時 : 17:00~19:00에 주로 사람들이 몰리는 편이었다.

아현은 사람 많은 곳을 좋아하지 않는다. 말로써 떠들기보다 혼자 사색하는 걸 더 즐기는 편이었다. 자라오기를 타인을 경계하는 법만 배우고 사람 사귈 기회가 없었던 그녀여서 더욱 그러하였다.

이런 그녀가 궁내의 여인들과 스스럼없이 지내기엔 무리한 일이었다. 게다가 여인들의 습성이 어떠하던가. 재미있는 소재거리를 찾아 기상천외한 소문을 생성하는 곳이 여인들의 입속이다. 아차 하다가 정체가 노출될 수 있어 첩자라는 그녀의 입장만 보더라도 필히 피해야 할 집단이었다. 위험은 애초에 싹을 잘라야 하는 법이다.

아현은 월훈이 되었던 열일곱에 입궁한 이후, 어떤 여인과도 친하게 지내지 아니하였다. 오직 사무적인 교류가 끝이었다. 궁에 들어오면 연줄부터 만들려는 여타 여인들과는 반대되는 행보였다.

아현의 행동이 워낙 딱딱한 데다 말수도 적고 항상 사람들과 거리를 두고 다니니 어느 누가 감히 접근하겠는가.

간혹 이를 못마땅히 여긴 품계 높은 여관女官들도 있었으나 황태자 직속이라는 아현의 특수관직 탓에 함부로 참견하지 못하였다. 동물이든 사람이든 그 무리에서 튀는 행동을 하면 시기와 배척이 뒤따르게 된다. 이는 아현도 마찬가지였다.

"어찌나 고고한 학처럼 도도한지. 자기가 월훈이면 뭐해? 어차피 같은

청
동 첫 번째 이야기

계집 팔자. 그런다고 사내가 된다니? 혹시 월훈으로 뽑힌 것도 시험관들에게 꼬리친 거 아냐? 얼굴 하나는 반반하지 않니?"

상처를 아니 받았다면 거짓말이리라. 하지만 그들을 탓할 순 없었다. 아현의 사정을 모르는 그녀들의 입장이야 백번 이해가 갔으며 어차피 각오했던 일이기도 하였다. 그리고 악의적인 말들은 무시하면 그만이었다.

아현이 낮은 산책로를 따라 천수호 입구에 모습을 보이자 한창 맛깔스런 수다로 시끌시끌하던 호수 주변이 정적에 휩싸였다. 하지만 그것도 잠시뿐, 이내 저희들끼리 머리통을 한데 뭉쳐 아현을 흘겨보며 쑥덕쑥덕 난리였다.

여기서 아현이 모르는 사실이 한 가지가 있었다. 초창기 그녀가 처음 입궐할 당시엔 분명 그녀에 대한 호감보단 악감정이 우세하였다. 그것은 같은 여인으로서 갖는 강샘이었고 부러움이었다.

하지만 모든 것은 시간이 해결해주었다. '월훈무사라고 우리네들을 무시해?' 하던 사람들도 뒤늦게야 그녀의 진중한 면을 알아보고 인정하였다. 말 하나에 흥하기도 하고 망하기도 하는 게 궁에서의 생활이라 그네들도 침묵만큼 값진 교훈이 없음을 알았음이라. 거기다 아현의 한결같은 태도와 꾸준한 성실함까지 보태져, 나중 들어서는 그녀를 존경하는 무리들이 생겨나기 시작하였다.

어쨌건 대단한 사내들도 되기 힘든 월훈무사, 아현은 그중에서도 군계일학이었으니 누가 감탄하지 않을 것인가. 최근엔 공석이었던 사신위까지 한자리 차지하여 참으로 난 인물이라는 것에

만큼은 이견이 없었다.

그런 대단한 인물이 여인들이 바글바글 모인 곳에 나타난 것이다. 쑥덕거림이 험담이 아닌 흠모해 마지않는 경탄과 호기심임을 아현이 어찌 알겠는가.

그녀가 걸음을 옮길 때마다 수십 개의 눈동자들이 따라왔다. 낯이 따끔거렸다. 근 몇 년을 이리해왔으니 제법 익숙해질 만도 하건만 아직까지도 부담스러운 건 어쩔 수 없었다. 귀머거리이거나 봉사가 아닌 이상 아무것도 모르는 척을 하기엔 어려운 노릇이었다.

'후우.'

아현은 사람들이 옹기종기 모인 몇 무리를 지나 호수 구석까지 들어갔다. 출입구와는 완전 반대편에 있어서 아현을 제외하면 웬만해선 발걸음 하지 않는 곳이었다.

호숫가 바닥에 보자기를 놓아두고 웃옷의 작은 매듭을 풀었다. 팔 하나를 빼어내니 빛을 보지 못한 고운 살결이 수줍게 드러났다. 보기만 해도 침이 꿀떡 넘어갈 만큼 희고 곱다란 피부였다.

멀리서 여인들이 부러운 한숨을 뱉어냈다.

아현은 흰 나신 위에 얇고 긴 무명천을 가슴께로 두 번 감고는 천천히 호수 안으로 몸을 담갔다. 머리꼭지까지 깊게 잠수하고 기지개 켜듯 몸을 쭉 뻗으며 긴 유영을 시작했다. 한 마리의 은어가 호수에서 노니는 모습이었다. 물에 젖은 무명천이 하얀 나신에 찰싹 붙어 더없이 은밀하였다.

간단히 몸을 씻고 내려가도 될 일을 아현은 공을 들여 수영에 주력하였다. 머리가 복잡하기 때문이었다.

며칠 전에 있었던 사신위 임명식 날, 그때의 고민이 지금까지 이어질 정도로 황태자의 폭탄발언은 상당한 심적 부담을 가져왔다.

그가 무슨 의도로 빚 얘기를 꺼냈는지 이리저리 고심해봐도 결론은 알 수 없다는 것이었다.

그녀는 솔직히 조금 화가 난 상태이기도 하였다. 그렇게 밤잠 설치게 만든 장본인이 다음날 문안인사를 드렸을 땐 지독히 사무적인 태도로 일관하였던 것이다. 과연 그날에 들었던 것이 헛것이었나 싶게 아현을 혼란에 빠뜨렸다.

'하지만 똑똑히 들었단 말이야.'

그것은 꿈도 아니었고 망상도 아니었다. 황태자에게 다시 물어보기엔 자신의 낮은 신분이 걸렸고, 이대로 묻어버리기엔 울렁이는 심장이 자꾸 방해를 하였다.

더 이해할 수 없는 건 그 저의가 무엇이냐는 것이다. 월훈무사라 해봤자 고작 도합 오십이 넘지 않는다. 한 해에 한두 번 보는 것도 아니고 이름과 얼굴을 일치시키는 것쯤이야 영민한 전하시라면 식은 죽 먹기이리라. 더군다나 월훈에서 여인은 자신이 유일하였다. 그녀의 존재를 모르려야 모를 수가 없었다. 그렇다면 왜 처음부터 알은체를 하지 않으셨을까. 왜 삼 년이 지난 지금에서야 밝힌 것일까. 사람을 이렇게 뒤흔들어놓고 음흉하게 가만있는 심보는 또 무엇인가 말이다.

'그냥……, 잊자. 난 못 들었어.'

사신위로 품계가 상승하면서 아현의 생활에는 많은 변화가 있었다. 시간적으로는 월훈 때보다 훨씬 여유가 있었지만 중책의 부담감으로 인해 어깨는 배로 무거웠다. 황태자를 지척에서 모셔야 한다는 중압감과 긴장감은, 차라리 과거 월훈무사 시절에 받던 단순훈련이 더 편했다는 생각이 들게 할 정도였다.

사신위의 일과는 황태자로 시작해서 황태자로 끝이 났다. 수하와 그에 딸린 시종, 시녀들에 관한 일들은 황태자의 소관이라 여러 가지 구입목록부터 관리, 감독에 이르기까지 유성의 허락이 있어야 했다. 그 일은 곧 사신위의 일이기도 했다.

황태자를 대신해 대부분의 잡다한 일들은 실무담당자인 이태기가 처리하였고, 긴급을 요하는 일들만 황태자에게 전달하는 식이었다.

황제의 업무도 이와 크게 다르지 않았는데 이것을 축소한 형태가 황태자의 일과였다.

황태자는 소천자라고도 불린다. 천자가 되기 위한 준비로 학문과 더불어 실무능력도 겸비하는 것이 필수요소이기 때문이다. 이는 월제국의 오랜 전통이기도 하였다.

아무리 잡무가 넘쳐흐른다 하여도 사신위에게 최우선은 황태자의 안위였다. 호위야말로 사신위가 절대로 소홀히 해서는 안 되는, 제일가는 첫째 의무였다. 그러나 잠시 숨만 돌려도 밀리기 시작하는 일감으로 인해 네 명 모두가 황태자 옆을 지키긴 어려웠다.

유성에게 위임받아 전반적인 실무책임자나 다름없는 이태기는 하루에 수십 장에 해당되는 문서에 인장을 찍어야 했고, 곽남휘는 월훈의 관리를 도맡았으며, 풍한도는 공문이 실질적으로 반영되고 있는지 감독하는 역할을 수행하였다.

현재 사신위 업무에 적응 중인 아현에게는 낮 동안의 황태자 호위가 주어졌다. 당장 실무에 뛰어들면 힘들 수 있다는 이태기의 배려였다. 하지만 그녀는 전혀 달갑지 않았다. 황태자 옆에서 숨이 턱턱 막힐 바에 잡무에 시달리는 것이 백배는 반가울 터였다. 호위의 특성상 항상 황태자와 콕 붙어 있어야 했으니 아현에게는 곤욕스러운 시간이었다.

황태자가 이동할 때마다 열 명 남짓의 월훈무사도 함께 움직였지만 그들은 내전 밖에서 대기해 있을 뿐이지 그녀처럼 밀접한 호위는 아니었다.

'월훈 때가 더 좋았어.'

아현은 이 상황이 진정 마음에 들지 않았다. 아니, 불편했다. 눈치를 봐야 하는 입장도, 평정심을 잃은 자신의 모습도. 눈앞에 황태자가 있는 것 자체가 고역이었다. 차라리 속 편하게 말이라도 해주었으면 싶었다. 침묵으로 질식시킬 작정이라면 충분히 성공했으니 그만 좀 괴롭히라고 사정하고팠다. 물론 자신 따위야 안중에도 없겠지만.

아현은 속으로 푹푹 한숨만 쉬다가 멈칫멈칫하며 곁눈질로 유성을 조심히 살폈다.

'설마 저 자세 그대로 주무시는 건가?'

명상하듯 양 다리를 교차해 방석에 앉았던 황태자는 한 시진 전부터 어떠한 미동도 없었다. 문밖을 지나다니는 시녀들의 조심스런 발소리가 아니었다면 시간이 멈춘 거라 착각할 만하였다. 이렇게 사람 피 말리지 말고 서책을 보시든지 화선지에 화폭을 담으시든지 조금이라도 움직여주신다면 호흡이라도 편하게 할 터인데 말이다.

초조함을 담고 아현이 아랫입술을 살짝 깨물 때였다.

"그만 나가도 좋다."

그녀는 터져 나오려던 비명을 급히 갈무리하였다. 제대로 들었는지 귀가 의심스러워 가까스로 되물었다.

"……예?"

"혼자 있고 싶구나."

아, 다행이다. 이 갑갑한 상태에서 벗어날 수 있어서 얼마나 안심인지. 장시간 동일한 자세를 취하고 있어 굳어 있던 몸을 이완시켰다. 한 치의 어긋남 없이 양팔을 아래로 붙이고 상체를 숙였다.

예를 취한 아현이 시녀가 열어주는 문을 통해 사라지자 유성이 감았던 눈을 천천히 열었다. 그녀의 잔상을 좇듯 그의 눈길이 흔들림 없이 정면만을 주시한다. 순간 무슨 생각을 하는지 유성의 입술이 낮게 올라가며 피식거렸다. 늘 무표정만 고수하여 무면자無面者란 별칭을 가진 그치고는 좀체 보이지 않는 모습이었다.

"아현, 전하 호위는 어쩌고 지금 어디 가고 있는 거냐?"

아현은 다소 난감한 표정을 감추며 인사를 하였다. 사신위의 세 번째 서열, 풍한도였다.

"전하께서 혼자 계시고 싶다 하셨습니다."

"혹여 다른 곳에 발걸음 하시면 어쩌려고?"

"사연장駟研場에 있을 테니 전하께서 나오시면 연락을 넣으라고 월훈수비대에 일러두었습니다."

사연장은 황태자와 사신위만이 사용하는 수련 장소였다. 천장이 없는 야외였지만 출입이 제한된 곳이라 쉽게 내부를 살필 수 없었다. 사신위를 동경하는 월훈무사들인 만큼 사연장 내부는 그들이 동경하는 장소이기도 하였다. 이 내부를 내려다볼 수 있는 곳은 황태자 처소 환보궁 다섯 번째 층 난간뿐이었다.

"무술 중에서 궁술이 가장 특출하지 아마?"

검술도 그에 못지않지만 궁술로 최고점을 받아 사신위가 되었으니 그다지 틀린 말이 아니라 긍정하듯 고개를 끄덕였다.

"그럼 같이 가자. 나와 한번 겨뤄보자고. 동시 다섯 발을 쏜 그 실력이 잊히지 않는단 말이야."

월등한 성적으로 사신위에 들어야 했기에 그동안 숨겨왔던 실력을 시합장 때 유감없이 발휘하였다. 당시 보여주었던 연시聯矢가 풍한도에게는 꽤나 충격이었던 듯했다. 분명 그의 주력무술은 검술로 알고 있는데, 역시나 경쟁욕구와 함께 호승심이 강한 성격다웠다.

"일이 있으신 거 아니셨습니까?"

"어제 거의 다 해놔서 오늘은 한가해. 꾸물거리지 말고 어서 가자고."

벌써 앞장선 풍한도가 아현을 뒤돌아보며 채근하고 나섰다.

그녀는 별수 없다는 얼굴로 그의 뒤를 따랐다. 난감하다는 얼굴은 여전했지만 싫은 기색은 아니었다.

풍한도는 여러모로 아현과 달랐다. 간자로 심어진 인물의 특성상 항상 언행이 조심스러운 그녀에 반해 그는 뭐든 조심을 기해야 하는 궁에서 겉과 속이 거의 일치하는 몇 안 되는 인물 중한 사람이었다. 항상 거침없는 입담으로 상대방을 당황케 하지만 그에게 악의를 품은 사람은 없었다. 화가 나더라도 오래 가지 않아 대하기도 편했거니와 관직의 품계와 별개로 아랫사람을 업신여기지도 않았다. 단점이라면 다소 급한 성격이 문제인데 딱히 흠이라고까지는 볼 수 없었다. 갖가지 장점들이 그것을 덮었던 까닭이다.

그렇다 하여 아현과 금세 친해졌단 뜻은 아니다. 풍한도야 스스럼없이 대하지만 그것을 받는 입장인 그녀는 응하고 싶으나 그럴 수 없다는 게 솔직한 마음이었다. 첫째, 사람을 만날 때마다 습관처럼 거리를 두는 아현의 성격이 문제였고, 둘째, 무엇보다 황제에 매인 첩자라는 신분이 걸렸던 탓이었다.

호감을 보이며, 어색해하는 그녀와 어떻게든 친해지려는 그의 노력을 아현이 모를 리 없었다. 표현할 수 없는 고마움이었다.

'이 정도 응하는 건 괜찮을 거야.'

이후에 혹시 일어날지도 모르는 적대상황을 대비해, 되도록 사신위와 어울리는 짓은 자제하자 다짐했건만 역시 쉽지 않다.

"어라. 형님들을 여기서 다 봅니다요?"

아현이 풍한도와 사연장에 들어서자 언제부터 있었는지 이태기와 곽남휘가 각자 연습에 몰두하고 있었다. 풍한도의 반가운 외침에 땀에 흠뻑 젖은 두 사람이 돌아다봤다.

이태기가 검을 내려놓고 흐르는 땀방울을 팔로 훔치며 대답했다.

"한동안 훈련을 등한시했더니 몸이 무거워서 말이다. 마침 남휘가 여기 간다기에 함께 왔지."

"너무하신 것 아닙니까? 제가 같이 가잘 땐 귓등으로 흘리시더니."

"당연한 거 아니냐? 멧돼지처럼 힘만 넘쳐나는 널 상대하다간 저번처럼 허리에 탈이 나면 어쩌라고? 마누라한테 소박맞으면 네놈이 책임질 거냐?"

"에이, 그건……."

지은 죄가 있던지라 풍한도가 헛기침을 흠흠 하였다. 한도는 기실 민망한 것도 있었다. 사내들만 있다면 모를까, 같은 무사라고는 하나 아현도 엄연히 여인인데 거침없이 허리가 어쩌고저쩌고 받아쳐대니 일순 꿀 먹은 벙어리가 된 것이다.

"아현도 왔군그래."

풍한도의 커다란 몸에 가려진 아현을 뒤늦게 발견한 이태기의 눈에 낭패가 잠시 스쳤다.

그의 당황함을 처음 봐서인지 그녀는 조금 신기한 기분이었다. 풍한도와 형, 아우로 지낼 만큼 친하다는 건 익히 알고 있었지만 이렇게 스스럼없는 편한 말투는 처음이었다. 황태자의 모든 업무를 총괄하는 책략가다운 모습만 봐와서 그 차이가 더 극명하였다.

"흠흠, 두 사람도 연마하러 온 건가?"

"흐흐, 제가 아현한테 도전장을 내밀었지요."

"도전장?"

묻는 이는 이태기였으나 묵묵히 검을 휘두르던 곽남휘도 그들에게 관심을 보였다.

"형님 기억나지 않으십니까? 아현이 뽑혔던 시합장날 말입니다. 기가 막힌 실력이었잖습니까? 신궁이 따로 없었지요."

이태기도 인정하며 고개를 끄덕였다.

"그거야 익히 알고 있지. 설마……."

"설마라니요? 그걸 보고 호승심이 생기지 않는다면 사내대장부가 아니지요."

"쯧쯧, 그러다 지면?"

"형님도 진짜 절 어떻게 보시고."

"어떻게 보긴 멧돼지가 두 발로 걸어 다니려 애쓰는 것처럼 보인다."

"아, 형님! 그놈의 멧돼지 소리는 안 하면 안 됩니까?"

아현은 입술을 손등으로 눌렀다. 풍한도는 둘째치고라도 전혀 예상치 못한 이태기의 행동에 적잖이 당황한 터였다. 이렇게라도 하지 않으면 웃음이 삐져나올 것 같았다.

그런 그녀를 곽남휘가 조용히 응시하다가 풍한도를 향해 그의 목적을 상기시켰다.

"그럼 여기에 시합하러 온 거냐?"

"암요. 제가 도전장을 던졌다고 했잖습니까?"

"좋다. 우리가 심판이 되어주지."

"남휘 자네도 이런 데 흥미가 있었던가?"

이태기는 놀란 표정을 감추지 못하고 곽남휘에게 물었다. 친하긴 하지만 늘 진중한 면이 많았던 곽남휘가 먼저 이런 일에 나서다니 별일이다 싶었다.

"말린다고 안 할 놈이 아니니까요."

"하긴 그렇지."

상황이 요상하게 돌아갔다. 풍한도의 떠밀림에 얼떨결에 따라왔긴 했지만 관중까지 더해질 줄이야. 그것도 사신위에서 최고무위를 자랑하는 이태기와 곽남휘 앞에서.

달갑지 않았다. 딱히 거절할 명분이 없다는 게 더 문제였다.

"과녁 정중앙을 많이 뚫기가 어떠냐?"

이태기가 궁술경기 중에서 가장 보편적인 방법을 제시하자 풍한도는 강력하게 반발하였다.

"형님, 우리를 물로 봅니까? 아현의 실력을 알면서 어디 그런 흔하디흔한걸."

"그럼 좋다. 나와 남휘가 물체를 날릴 터이니 어디 한번 명중시켜보아라."

"그거 좋습니다. 아현 어때?"

"저도 괜찮습니다."

넓은 사연장 양 끝에 이태기와 곽남휘가 각자 섰고 그들과 가장 멀리 떨어진 위치에 아현과 풍한도가 준비를 하였다.

둘은 사연장 내에 구비된 활과 화살을 매만지며 호흡을 안정시켰다.

"지금부터 총 오십 개의 나무표창을 던질 테니 집중해서 잘 맞춰야 할 것이야."

두 사람이 활을 쥔 팔을 바닥과 수평을 이루게 앞으로 쭉 뻗었다. 각자 등에는 수십 개의 화살이 든 통이 매여 있었고 풍한도는 그중 하나를 빼어 팽팽한 줄에 끼웠다.

곽남휘의 팔의 움직임이 시작을 알리는 즉시 손바닥 크기의 나무표창이 좌에서 우, 우에서 좌로 날아들었다. 고정되었어도 쉽사리 맞추기 어려운 크기인데 무도인의 손에 의해 탄력 받은 표창은 보이지 않을 만큼 빨랐다.

풍한도가 먼저 활을 쏘았다. 화살이 목표물에 닿는 순간, 두 번째 화살을 꺼내어 겨냥했다. 군더더기 없이 재빠른 동작이었다. 그가 다섯 발을 쏘았을 때야 아현도 시위를 당기기 시작하였다. 그녀의 손가락 사이엔 네 개의 화살이 맞춘 듯 끼워져 있다.

피이잉.

얼마나 빨랐으면 네 개의 화살이 일순 보이지 않았다. 사라졌나 싶더니 정확히 네 개의 나무표창이 우수수 떨어졌다. 귀신같은 솜씨였다.

풍한도의 입이 쩌억 벌어졌다. 그가 마음먹고 쏴도 겨우 두 발을 맞춘 게 최선이건만 그녀는 동시 네 발을 쏘면서 백발백중이기까지 하였다. 사내의 자존심이 와르르 무너졌다. 월훈 때부터 신궁이라는 소문이 자자하여 익히 인정한 실력이었지만 이 정도일 줄은 그도 몰랐었다. 이건 끝까지 해볼 필요도 없었다. 완벽한 패배였다.

그의 표정을 읽은 이태기가 표창 날리는 손을 멈춰 천천히 다가왔다.

"한도, 이긴다고 큰소리치지 않았나?"

창피함에 풍한도의 얼굴이 벌게졌다.

"실력차가 심하군."

곽남휘도 이태기를 거들며 다가왔다. 그의 손에는 화살이 박힌 나무표창이 들려 있었다. 아현이 날린 화살이 분명했다.

"아현, 정말 기가 막히는 실력이군."

"과찬의 말씀이십니다."

칭찬에 인색한 스승 밑에서 수학한 탓에 아현은 타인의 사심 없는 감탄이 어색하기만 하였다. 이태기의 놀람이 기분이 좋으면서도 그걸 어찌 표현해야 할지 몰라 겨우 뱉은 말이 상투적인 대답이다.

"스승이 있다고 들었는데 존함을 여쭤봐도 무례가 아니겠지?"

"사람들이 단 노인이라고만 하옵고 존함이 어떠한지는 저도 잘 모릅니다."

이것만큼은 사실이었다. 스승이 병환으로 세상을 떠날 때까지 알 수 없었다. 뛰어난 실력을 가졌음에도 초야에 묻혀 사는 비밀이 많은 노인이라는 것밖에는.

"인정할 수 없다!"

버럭 화를 낸 풍한도의 외침에 세 사람이 동시에 돌아봤다.

"진정한 사내란 깨끗이 승복하는 것도 중요하다 하지 않았나?"

자존심을 살살 긁는 곽남휘의 말에 풍한도의 눈에 불꽃이 타오르기 시작하였다.

"궁술은 아현이 가장 잘하는 것 아닙니까? 이건 불공평합니다. 아우한테 유리한 것으로 시합을 하였으니 이제는 제가 자신 있는 것도 해보아야지요. 안 그렇습니까?"

그녀의 얼굴이 애매한 빛을 띠었다. 언제부터 자신이 풍한도의 아우였는지 본인 편한 대로 잘도 갖다 붙인다 싶었다.

"한도 부끄럽지도 않냐? 너랑 같은 사내라는 게 민망하여 낯을 들 수 없구나. 아예 가운데 다리를 떼어버리지 그러냐?"

"태기 형님!"

"전 다른 것으로 하여도 상관없습니다."

아현이 끼어들었다. 그래야 잡음이 좀 사라질 것 같아서였다.

그녀의 말에 화색을 띤 풍한도가 당장 검 두 자루를 챙겨왔다.

"이 형님이 가장 자신 있는 무술이 검술이니라. 어느 정도 봐줄 테니 너무 걱정하지 말고 덤벼라."

'봐주지 않아도 괜찮은데. 그냥 져줘야 하나. 일부러 물러서면 금세 알아차릴 테고. 그럼 불같이 화를 내시겠지.'

"아현, 이놈이 말하는 거 다 들어줄 필요 없다. 한번 받아주면 골치 아파지니까."

그녀의 고민스러운 표정을 달리 해석했는지 이태기가 바로 중재를 하였으나 눈치라곤 담 쌓은 풍한도가 가만히 있지 않았다.

"형님은 좀 비키십시오. 칼 맞아도 난 모릅니다."

"야 이 녀석아, 왜 이렇게 사람을 괴롭혀대? 편히 지내게 가만히 내버려둬라."

"궁술보다 검술 쪽이 더 재미있긴 하겠습니다."

말리지는 못할망정 곽남휘가 불에 기름을 붓고 있었다.

사실 풍한도의 행동을 이해 못 할 건 아니었다. 아현의 실력을 인정하는 것과 별개로, 그녀가 사신위로 확정되었을 때 가장 반대가 극심했던 인물이 풍한도였다. 이유는 딱 한 가지였다. 그녀기 여인의 몸이라는 것. 아니, 그녀의 성별보다 더 큰일은 이 나라 궁주보다 더 고운 외모라는 것이다.

월훈 시절부터 갖가지 소문을 몰고 다닌 이가 아현이었다. 본인은 가만있는데 주위에서 소란을 떠는 경우랄까. 어떤 집단이든 물을 흐리게 하는 미꾸라지는 환영하지 않는 법. 아무리 실력이 뛰어나다 한들 잦은 잡음은 없느니만 못하였다.

이태기는 사신위 대장이라는 본인의 지위를 이용해 아현을 월훈에서 제외시키고자 하였다. 당시 곽남휘는 한 발 물러선 태도였지만 풍한도는 적극 찬성하였다. 그럼에도 그러한 결정은 불발에 그치고 말았다.

풍한도는 모를 테지만 이태기 자신이 불침번을 서던 날 황태자로부터 들은 말이 있어서였다.

"월훈에 뛰어난 실력을 가진 계집이 들어왔다지?"

"예."

"여러모로 도움이 될 것이다. 잘 키워봐."

"그렇긴 합니다만 워낙 외모가 출중하여 말들이 많습니다."

"여인무사가 처음이라 그럴 테지. 기다려보아라. 금세 수그러들 것이니. 크게 신경 쓸 건 아니니라."

황태자의 예언 아닌 예언은 참말이었다. 한 달 남짓 지나자 아현의 무위에 경탄을 금치 못한 무사들이 마음으로부터 그녀를 인정하기 시작하였던 것이다. 물론 풍한도는 그때나 지금이나 똑같이 반대입장이었지만.

아무리 월제국이 여인의 출세를 인정하는 나라라 하여도 바깥일은 사내가, 집안일은 여인이, 이런 고정관념이 팽배한 게 실상이었다. 특히 무관 쪽은 사내들의 고유영역이랄 수 있을 만큼

폐쇄적이었다.

"무위가 뛰어나봤자 여인이 아닙니까? 그 가느다란 팔목으로 뭘 할 수 있다고."

우연을 가장했지만 풍한도는 아현과 맞대결할 날을 벼르고 있었다. 여태까지 아현과 맞붙었던 월훈무사들이 제대로 손도 못 쓰고 당한 건 그녀의 외모에 현혹당해 본실력을 발휘하지 못한 거라고 믿었다. 월훈 시절엔 대결할 명분도 없었거니와 괜히 맞붙었다간 사신위가 월훈을 상대로 괴롭힌다는 소문이 퍼질까 싶어 참아왔던 것이다. 이젠 같은 위치의 사신위니 거리낄 게 무엇이랴.

"아현, 준비되면 말하라."

역시 사신위란 말인가.

풍한도가 검을 쥔 순간부터 주위 공기가 달라졌다. 무슨 일이든 쉽게 흥분하던 인물은 온데간데없고 진정한 한 사람의 무인으로 탈바꿈하였다.

아현도 눈을 감고 잡념들을 갈무리하였다. 그녀가 서서히 눈을 뜨자 차가운 기가 전신을 휘감았다. 아현의 끄덕임이 준비가 됐다는 신호였다.

풍한도의 근육이 불끈거리며 급격한 팽창을 보였다. 힘으로는 사신위 그 누구도 풍한도를 이기기 힘들다 들었다.

"으하아압!"

천둥이 바위를 내려찍듯 그의 검이 그녀에게로 몰아쳤다. 파괴적인 쾌검이었다. 피하기엔 심히 빠르고 맞대기엔 너무 위험했다.

'저런.'

손속에 사정을 두지 않는 풍한도를 향해 이태기가 속으로 혀를 찼다. 좀 봐줘도 되련만 오늘 완전 작정을 한 듯 보였다.

아현은 마치 태풍 속에서 이리저리 흔들리는 한 떨기 모란 같았다. 풍한도의 검을 간발의 차로 피하는 그녀의 동작은 보는 이로 하여금 불안감을 증식시켰다.

'한도의 검술이 한층 정교해졌구나. 아현이 이기기엔 무리이겠군.'

이태기와 곽남휘의 눈에 이채가 서렸다. 자신들이 저 검을 맞닥뜨린다면 어떻게 대응할 것인가. 파훼법을 찾느라 다들 머릿속이 분주히 돌아갔다.

채앵!

"호오."

아현의 대응에 이태기의 입에서 절로 감탄사가 터져 나왔다. 자신이라도 풍한도의 검을 받아내려면 손목이 시큰거릴 정도인데 여인의 몸으로는 어림없다 생각했었다.

하지만 그런 우려는 기우에 불과했다. 열세처럼 보였던 아현의 검이 방향을 틀어 상대 검을 부드럽게 휘감는 형상으로 되받아쳤던 것이다. 몸의 중심축이 계속적으로 밀린 것도 조금씩 힘을 분산시키기 위함일 테지.

"드디어 반격인가."

중얼거리는 곽남휘의 말 그대로였다.

수십 초가 오고가는 동안 그 작은 빈틈을 어찌 발견하였는지 아현이 교묘하게 자세를 틀어 그곳을 찔러갔다. 놀라운 집중력이었다. 뛰어난 동체능력이 아니라면 절대 찾을 수 없는 허점이기도 하였다.

그러한 놀람은 직접 검을 섞고 있는 풍한도가 더하면 더했지 덜하지 않았다. 겉으로 드러내진 않았으나 이미 경악 수준을 넘어섰다. 손가락 하나로도 이길 자신이 있었건만, 너무 상대방을 만만히 본 탓이었던 걸까.

"남휘, 이쯤에서 저들을 멈추게 하는 게 어떻겠는가? 저 정도면 풍한도도 인정한 것 같은데."

"이런 대결 보기가 어디 흔하겠습니까? 조금 더 지켜보시지요."

평소 곽남휘답지 않다.

아현이 나타나고부터 자꾸 의외의 반응을 보이고 있었다. 아현의 모습을 놓칠세라 고개조차 돌리지 않고 집중하는 곽남휘를 보며 이제야 알겠다는 듯 이태기의 입에서 바람 빠지는 웃음이 세어 나왔다.

'완전히 홀딱 빠졌구먼.'

하긴 자신도 은애해 마지않는 아내가 없었다면 눈이 혹해도 벌써 혹했으리라.

아현의 검술은 단순한 검술이 아니었다. 긴 소매를 펄럭이며 검을 움직이는 동작은 한 마리의 고고한 학이 날아오르기 전에 행하는 우아한 날갯짓이었고, 회전으로 인해 펼쳐진 옷자락은 이슬을 머금은 꽃봉오리가 만개하기 직전의 모습이었다.

남휘는 비무를 보다 말고 손바닥으로 차양을 만들었다. 태양을 마주보는 것도 아닌데 자꾸만 눈이 시렸다. 이토록 사람을 홀리게 만드는 검술은 없으리라 생각했다.

문득 아현과의 첫 만남이 떠올랐다.

그녀가 월훈시험 응시자로 왔을 때부터 그 특출한 외모 때문에 사람들의 입에 오르내렸다. 간혹 시험당 한두 명의 여인 응시자가 있었지만 기골부터 차이가 나는 사내들을 이기기란 요원한 일이었다.

따라서 경쟁이 치열한 시험장에서 여인 응시자는 찬밥 신세일 뿐이었고, 경쟁자들도 그녀들을 대상 외로 분류했다.

처음에는 아현도 그다지 다르지 않았다. 뛰어난 미색 탓에 사내들의 음흉한 시선들이 수시로 몰려들었다는 것만 달랐지, 그녀가 무술에 조예가 깊을 것이라 예상한 사람들은 단 한 명도 없었다. 수군거리는 응시자들 중에 악의적인 몇몇은 그녀가 잘난 몸뚱이를 이용해 뒷구멍으로 뽑힐지도 모른다고 조롱하기까지 했다.

시험관으로 있었던 사신위의 반응들도 상당히 회의적이었다.

한 예로 풍한도는 아현의 가느다란 손목을 보며 혀를 끌끌 찼었다.

"쯧쯧, 잡으면 톡 부러지겠네. 검이라도 잡을 수 있을런가 몰라."

그런데 이변이 일어났다.

검술, 궁술부문에서 모든 응시자들을 제치고 아현이 갑을 차지했다. 나머지 보법, 병법, 진법도 상위권에 속하는 보기 드문 고수였다. 배경을 배제하고 오로지 실력으로 뽑는다는 월훈의 이념에 따라 아현은 장원으로 뽑히는 영광을 얻었다. 이것은 물론 월훈무사보다 몇 단계 앞선 사신위가 보기엔 턱없이 부족한 실력이었지만 ―아현은 일부러 수위를 조절해 실력을 전부 내보이지 않았다ㅡ 많은 응시자들 속에선 군계일학처럼 빛이 났다.

남휘는 시험 내내 아현에게서 시선을 거두지 못했다. 그땐 사내들이란 무릇 아름다운 여인을 보면 눈이 절로 돌아가듯, 자신이 아현에게 시선을 빼앗긴 것 또한 자연스러운 현상이라 치부했다.

"이것을 찾는가?"

모든 시험이 끝나고 하나둘 자리를 뜨기 시작할 때 남휘는 두리번거리는 아현에게 다가가 땅에 떨어졌던 갓을 내밀었다. 묵묵부답. 그가 그녀의 상관이 될 사신위라는 것을 알 텐데도 호기심은커녕 감사하다는 흔한 말도 없었다. 그저 갓을 받아들고 고개를 살짝 숙이는 아현의 행동에 관심이 동한 사람은 남휘 자신이었다.

손 뻗으면 닿을 거리에서 보게 된 아현의 모습은 선녀의 현신처럼 너무나 고왔다. 눈이 찰나적으로 마주쳤을 땐 목이 졸리는 감각에 침조차 삼키지 못했다. 깨끗한 흰자위의 또렷한 눈동자가 흑진주처럼 빛을 발했다. 그리고 느껴지는 지독한 차가움. 이렇게 초연하고 냉기를 머금은 눈빛은 황태자 이후로 처음이었다.

아현이라는 열병에 중독된 순간이었다.

아현이 정식으로 월훈무사에 임명된 날을 시작으로 남휘의 시선은 항상 그녀를 좇았다. 남에게 들키지 않을 정도로만 과하지 않게 행동했다. 여인들의 관심을 받았으면 받았지 자신이 누군가를 연모해본 적이 있던가. 난생처음 겪는 감정에 혼란스러운 것도 잠시, 자신의 마음을 금세 인정한 남휘는 당분간 이 뜨거운 연정을 억누르자 다짐했다. 괜한 추문에 휩쓸려 갓 월훈이 된 아현에게 피해가 가는 건 그도 원치 않는 일이었기 때문이었다.

무엇보다 아현은 사내에게 도통 관심이 없었다. 누가 채가기 전에 제 사람으로 만들고 싶은 마음이야 늘 굴뚝같았으나 손바닥도 마주쳐야 소리가 나는 것처럼 한 사람의 고집만으로 이루어질 수 없는 게 남녀 사이의 오묘한 관계였다. 그녀가 해빙되길 기다리는 것밖에는 달리 할 수 있는 일이 없었다. 아니, 비겁한 변명이었다.

아현에게 관심을 보이며 다가가는 사내들이 어떻게 내쳐지고 무시당하는지 똑똑히 보아온 남휘는 자신도 그와 다르지 않을까 봐 솔직히 무서웠다. 그래서 기다렸다. 아현이 좀 더 자라길, 익숙해지고 친해질 시기가 빨리 오기를…….

만 2년이 넘는 시간이 흐른 현재, 기다림은 생각보다 길었다. 여전히 아현에게선 틈이 보이지 않았고 같은 계급이 아닌 이상 만나는 횟수는 제한적이었다.

그런데 이젠 아니었다. 아현이 사신위가 된 순간부터 희망이 생겼다. 동등한 신분이니 평판을 생각하지 않아도 되었고, 매일 볼 수 있는 상대라는 이점으로 친해질 기회는 무궁무진했다.

그러던 어느 날 이런 기쁜 마음에 찬물을 끼얹은 장면을 목격하고 말았다.

황태자를 바라보는 아현의 진지한 눈동자.

여타 다른 사내들을 보던 눈빛과는 사뭇 달랐기에 남휘는 적잖은 충격을 받았다. 다른 이들은 모르겠지만 아현을 오래도록 지켜봐온 그는 그녀의 눈빛이 의미하는 바를 정확히 알았다. 남휘 자신이 그녀를 보듯 아현이 황태자를 그리 보았던 까닭이었다.

예상치 못한 복병의 등장이었다.

불안한 마음도 잠시 그는 황태자를 믿었다. 도성 안 모든 여인
들을 취해도 수하에게만은 거리를 두지 않을까. 설령 두 사람이
이어지는 최악의 경우가 오더라도 남휘는 참고 기다릴 생각이었
다. 천애고아인 아현의 신분을 보더라도 비妃가 될 가능성은 전
혀 없었으니…….

'만약 첩으로 들어간다면?'

남휘는 생각하고 싶지 않은 상상에 고개를 빠르게 저었다. 일
어나지도 않은 일을 가지고 왜 사서 고생일까. 그는 잡생각을 접
어두고 아현과 풍한도의 비무에 집중했다.

"아…….."

어쩔 수 없는 감탄사였다. 그녀의 머리를 묶은 비단 끈이 풍한
도의 검에 의해 잘려나가면서 윤기 있는 까만 머리채가 허리 아
래로 쏟아져 내렸던 것이다. 꽃향기가 날듯 머리카락이 살랑살
랑 춤사위를 벌였다.

'이토록 아름답다니.'

어둡게 가라앉은 곽남휘의 동공에 아현의 모습이 아로새겨졌
다.

사연장에서 사선으로 사십여 장丈 떨어진 곳.

그들의 모습을 처음부터 내려다본 사내가 있었다. 범인凡人이
라면 얼굴조차 알아보기 힘든 거리였으나 이 사내에겐 전혀 문
제될 게 없는 듯 보였다. 힘들이지 않고 안력을 돋우는 걸 보아

일신이 가진 실력이 만만찮음을 알렸다.

사연장을 내려다 볼 수 있는 환보궁의 다섯 번째 층.

유일하게 그곳을 드나드는 인물은 금빛 자수의 자적용포를 두른 그곳의 주인, 황태자 유성이었다.

유성은 시선을 아래로 떨어뜨려 자신의 손을 보았다. 정확하게는 손이 아니라 그 안에 사정없이 구겨진 종이였다.

감정이 고스란히 묻어난 흔적.

그의 눈길은 아무것도 쓰이지 않은 백지에서 벗어날 줄 몰랐다. 본인도 이해할 수 없다는 듯 오래도록 그리고 집요하게.

"이런, 아현 님이 아니십니까?"

사내치고 지나치게 매끄러운 목소리에 아현의 팔뚝에 소름이 오소소 돋았다. 저도 모르게 발을 멈췄다. 이는 부름을 들었다는 간접표현이었다. 애석하게도 절대 마주하고 싶지 않은 사내와 대면해야 하는 최악의 상황이 오고 만 것이다. 귀머거리가 아닌 이상 누군가가 부르면 멈추는 게 당연한데도 이 순간은 발달된 다리의 반응이 원망스러웠다.

"누구신지?"

아현이 모를 리가 없었다. 당연히 그럴 수밖에.

이 사내는 현재 엄청난 출세가도를 달리는 인물 좌호군 향도식을 아비를 둔 향소운으로, 두 부자父子 모두 황제의 수족이었다.

특히 아비 되는 향도식을 말할 것 같으면 유백이 황제가 되도록 적극 도운 측근 중에서도 혁혁한 공을 세운 최상위 공신이었다. 유백이 황위를 받은 이후 향도식의 앞날은 그야말로 탄탄대로, 승승장구, 범이 날개를 단 격으로 뻗어나갔다. 하늘 아래 황제가 있고 그 아래는 당연 황태자일 테지만 세상 사람들은 한목소리로 쉬쉬하며 공공연한 사실을 숨죽여 읊어댔다.

재력과 권세를 따지자면 황제 다음이 좌호군 향도식이라고.

천자를 제외한 모든 사람들이 그들 부자 앞에선 찍소리도 못하고 벌벌 떠니 기고만장, 안하무인, 오만불손, 천방지축, 독불장군 태도는 어쩌면 당연하기까지 하였다.

아현은 정말이지 향소운, 이 사내가 싫었다. 이유는 많았다. 황제의 수족이라는 것부터 시작해서 목적한 바가 있다면 수단, 방법을 가리지 않는 비열한 성정까지.

월제국의 부정부패가 이 향家가에서 출발한다는 소문마저 무성하니 누군들 이들을 좋게 보겠는가. 물론 이들과 결탁한 자들은 제외하고 말이다.

"향소운이라고 하오만. 분명 닷새 전에 통성명을 한 걸로 아는데. 그새 잊은 겁니까? 이거 섭섭하군요."

"죄송합니다. 도통 낯을 익히는 데엔 재주가 없어서⋯⋯."

시선을 피한 채 대답하여도 아리따운 얼굴이 가려지진 않았다.

'고것 참, 감칠맛 나게 생겼단 말이야.'

향소운이 아랫입술을 빠르게 핥았다. 그는 다소 평평한 그녀의 가슴을 보며 입맛을 다시며 또다시 안타까워했다.

'정복 안에 빳빳한 천 따위로 가슴을 압박하여도 이 눈을 속일 순 없지.'

아현은 그의 시선으로 인해 온몸에 지네가 기어가는 소름끼치는 감각에 몸서리를 쳐야 했다. 빨리 이 자리를 벗어나고 싶은데 핑계거리가 없었다. 이때 월훈무사 하나라도 지나가면 좋으련만 평소엔 잘도 보이던 무리들이 필요할 땐 코빼기도 안 보인다.

"앞으론 자주 볼 테니 이 향소운을 잊으시면 곤란합니다."

'자주 본다니 최고의 악담이군.'

"무슨……?"

향소운, 빼어난 미장부라 사람들 입에 오르내리지만 그 의견에 아현은 절대 동의할 수 없었다. 사람들은 이 사내의 눈은 보지 못한 걸까. 역겹고 징그러울 정도로 흘러넘치는 탐욕에 지배된 눈을.

"우리에겐 공통점이 있습니다."

향소운이 갑자기 은밀한 목소리를 내며 한 발짝씩 다가왔다. 눈이 묘하게 흥분한 빛을 띠었다. 거북했다. 그가 다가올수록 아현은 발뒤축을 움직여 뒤로 물러서고 싶은 욕구를 부단히 참아야 했다.

뱀의 혓바닥을 놀리듯 향소운이 자신감 있게 말했다.

"황제."

순간 아현은 숨을 멈췄다. 아무렇지 않은 척 무표정을 가장했지만 굳어진 얼굴은 모두 가릴 수 없었다.

"황제폐하, 그것이 우리의 공통점입니다."

'향소운, 이 사내가 나의 정체를 알고 있다……? 설마, 황제가 언질을 주었다는 것인가?'

"그렇게 경계하진 마십시오. 같은 주군을 섬기는 사이가 아닙니까? 물론 황태자 앞에선 비밀일 테지만."

아현은 긍정도, 부정도 하지 않았다. 아니, 못 했다는 말이 옳다. 이 사내가 정말 알고 있단 말인가. 믿고 싶지 않았다. 살짝 떠보려는 수작일 수도 있다. 무엇보다 그의 말이 사실이래도 얽히고 싶은 생각일랑 추호도 없다는 게 그녀의 본심이었다.

"어려운 일이 있거든 언제든지 연락을 주시지요. 아현 님이라면 기꺼이 도움을 드릴 테니."

소운은 자신이 우위를 선점한 것이 상당히 마음에 들었다.

'첫 만남에는 상종도 안 해주더니만, 이럴 줄 알았으면 진즉에 이 방법을 쓸 것을. 그건 그렇고 이년 참 곱단 말이야.'

보는 것만으론 흡족치 않았다. 욕심 같아선 당장 어디든 끌고 가 내내 몸을 취하고 싶었다. 허나 사신위라는 그녀의 관직이 가시처럼 목구멍에 걸렸다. 황태자 식솔만 아니라면 어찌해볼 텐데 참으로 아쉬웠다.

"아현 님, 이럴 게 아니라 자리를 옮겨……!"

그녀의 팔을 만지려던 손이 공중에서 멈췄다. 손뿐만이 아니라 유들거리던 입도 급히 다물어졌다.

'황태자가 왜 여길?'

어떻게 된 일이지. 황태자는 분명 곽남휘와 풍한도를 대동하고 출궁하였다 들었는데. 두 사신위는 어디 두고 조촐한 호위만으로 여기 있는 것일까. 황태자 본인이 맞는가?

냉기 품은 칼날 같은 눈빛하며 상대방을 압도하는 강렬한 존재감은 확실히 황태자 유성이 맞았다.

'젠장맞을!'

이래서 황태자가 싫었다. 어쩔 수 없이 약자의 본능을 여실히 느끼게 하는 황태자가, 아무리 애를 쓰고 노력하고 발버둥쳐도 결국 넘어설 수 없는 거대한 산 같은 그가, 당장에 제거하고 싶을 정도로 증오스러웠다. 야망이 큰 소운에게는 순리와도 같은 감정이었다.

예상 못 한 상황에 맞닥뜨리면 일순 머리가 텅 비는 것처럼 현재 향소운이 그러하였다. 오죽하면 황족을 뵙는데 예를 갖추는 걸 다 잊었을까.

'이자가 갑자기 왜 이럴까.'

향소운의 어색한 태도를 이상히 여긴 아현이 그의 시선이 향한 곳을 따라 천천히 고개를 돌렸다.

'전, 전하……?'

숨이 멎었다. 시야가 하얗게 타버렸다. 어느 때고 차분함을 잃지 않던 그녀의 투명한 눈이 놀람을 가득 담았다. 향소운도 놀랐을 테지만 어디 신분을 위장한 그녀만 할까. 여기서 당장 기절한다 하여도 아현을 탓하지 못할 것이다.

'언제부터 보고 계셨던 걸까. 혹 대화를 듣진 않았을까. 설마 첩자라는 비밀이 탄로 난 건?'

아현이 먼저 예를 취하였다. 이것은 머리가 알아서 행하는 게 아닌 습관적인 복종이었다. 부복한 그녀를 보고서야 소운도 아차 하였는지 서둘러 허리를 굽혔다.

"신, 향소운, 전하를 뵙사옵니다. 그간 강녕하셨는지요."

황태자는 말이 없었다.

식은 땀 한 줄기가 소운의 관자놀이를 타고 흘렀다. 불호령보다 무서운 침묵이 두 사람을 짓누르며 압박했다. 공기가 질식할 것처럼 무거웠다.

고개를 숙인 두 사람은 모르겠지만 유성의 시선은 소운의 왼손에 머물러 있었다. 너무나도 거슬려 참을 수 없다는 듯 집요한 눈으로.

유성은 보았다. 이들이 유성을 발견하기 전, 소운의 왼손이 향하던 위치를. 아현의 팔을 제 소유처럼 탐하려던 것을. 냉랭한 기를 품은 옥안이 차가운 불꽃을 터뜨렸다.

눈빛으로 이기어검이 가능하였다면 단번에 손목을 절단하고도 남았으리라.

흠칫.

스스로도 이해 못 할 생소한 감정에 놀라고 말았다. 뛰어난 자제력으로 금세 갈무리했지만 유성은 분명 동요하고 있었다.

"향소운."

"예, 전하."

"그대가 여긴 어인 일이지?"

아현과 소운이 함께 무얼 하고 있었느냐는 물음이 아니었다. 소운이 여기 있을 인물이 아니니 그리 묻는 것이리라.

하지만 소운에게는 다르게 들렸다. 마치 너 따위가 왜 여길 있느냐는 내침 같아 속으로 이를 갈았다.

"봄기운이 만연한 날씨라 월문 앞에서 잠시 감상에 젖어 있던 차, 갑자기 꽃잎을 품은 연풍이 불어오지 않겠습니까? 그것을 따라 이동하다 보니 여기까지 오게 되었습니다. 부디 너그러움을 베푸시옵소서."

"그래, 구경은 잘 하였는가?"

"잘 하다뿐입니까. 꽃 중의 꽃, 사신위의 모란을 볼 수 있어서 심히 기쁘기까지 하옵니다."

황태자 유성에 대한 향소운의 명백한 도발이었다.

아현의 어깨도 딱딱하게 굳었다.

'감히 어느 안전이라고 세 치 혀를 경솔하게 놀릴까. 진정 저자가 죽고 싶어 환장한 건가?'

소운의 불손함을 도저히 참을 수 없었던 아현이 재빠른 솜씨로 검을 빼들어 그의 목줄기에 갖다 댔다.

커오면서 혀만 놀릴 줄 알았지 검 한 번 제대로 잡아본 적 없는 소운이 어디 이런 발검을 보았겠는가. 검의 날카로움이 목에 느껴지자 잘도 조잘대던 입이 조가비처럼 다물어졌다. 얼마나 놀랐으면 까맣게 탄 낯빛이 그것을 증명하였다.

"전하이십니다. 불경한 언행은 삼가시지요."

황제에게 쪼르륵 달려가 아현이 이리하였다고 고해바쳐도 별 수 없었다. 어쨌든 그녀는 황태자의 직속호위무사인 사신위니까.

"검을 치워라."

지금까지 황태자는 어떤 눈길도 그녀에게 주지 않고 있었다. 방금도 마찬가지다. 명령은 하였으되 시선은 소운에게만 고정된 상태였다.

아현은 시무룩한 표정을 감추며 검을 정리했다.

"향소운, 물러가도 좋다."

향享가의 권세가 막강하다 하나 대놓고 황태자를 무시할 수는 없었다. 황족능멸은 용서받기 힘든 대역죄이기 때문이었다.

고작 여인 하나에 평정심이 흐트러지다니. 보다 높은 도약을 위해선 수그릴 줄도 알아야 하는 법, 지금은 후퇴가 최선이다.

　"전하의 은혜가 하해와 같사옵니다. 그럼 소인은 이만 가보겠나이다."

　숙였던 상체와 포갠 양손을 내린 소운이 이제는 아현을 향해 부드러운 미소를 지었다.

　"아현 님을 뵙게 되어 영광이었습니다."

　소운의 친근함에 아현의 몸이 다시금 경직되었다. 그녀의 즉각적인 반응에 흡족해하던 소운은 갑자기 밀어닥치는 음산한 살기에 몸을 떨어야 했다.

　'역시 빨리 피하는 게 상책이겠군.'

　향소운이 후원을 벗어나 사라지자 남은 사람이라곤 아현과 황태자 그리고 호위들이었다.

　'호위들만 있는 건 아니구나.'

　사신위가 아니면 절대 곁을 내주지 않는 황태자라 다른 수행원들은 항상 열 보의 여유를 두고 뒤를 따르곤 했다. 역시 그의 뒤쪽을 보니 낮이 익은 월훈무사가 보였다.

　한껏 꾸민 화려한 여인도 함께. 여인의 시종처럼 보이는 무리들까지 꽤 많은 수의 사람들이 황태자가 움직이길 기다리고 있었다.

　아프다. 가슴이 찌릿찌릿 아픔을 호소했다. 이름 모를 여인을 보고서부터 찾아온 가슴의 통증. 절대 아니라고, 자신은 단지 호위무사일 뿐이라고, 백 냥의 인연은 황태자의 유흥거리에 지나지 않는다고. 그렇게 스스로를 억제해왔는데. 지금까지 잘 숨겨왔다 자신했는데. 그녀도 한낱 별수 없는 여인이라는 건가. 황태자가 때때로 여인들을 불러들이는 일 따위 하루 이틀 일이 아닌데도 이럴 때마다 매번 상처받는 자신이 얼마나 어리석은지. 그럼에도 마음을 어찌할 수 없었기에 그녀가 할 수 있는 일이라고는 오직 아무에게도 들키지 않게 마음을 숨기는 것뿐이었다.

아현은 혀끝을 맴도는 씁쓸함을 감춘 채 빨리 이 자리를 벗어나자 싶었다. 눈에서 멀어지면 그나마 본심을 무장할 수 있는 여유가 생길 테니까.

"전하 소신도 이만……."

"향소운."

아현의 말을 자르고 황태자 입에서 나온 명名이었다. 당분간은 얼굴은 물론 이름조차 듣기 싫은 인물이거늘 왜 꺼내신 걸까.

"예……?"

멍청하게 되묻다 황태자와 눈이 마주치는 바람에 급히 고개를 숙여야 했다. 저렇게 차가운 눈동자는 처음이었다. 냉정한 황태자라는 건 익히 알았지만 그나마 사신위에게는 차가움이 완화되었었는데. 지금 건 완벽한 적개심이었다. 도대체 왜? 설마 황제 측근과 있었다 하여 의심을 하시는 것인가.

"그자와 친했던가?"

"아닙니다."

단호히 대답했다. 어디서 그런 천부당만부당한 말씀을.

"아니면."

한 마디 한 마디를 끊어 말하는 황태자의 말투가 더욱 긴장감을 고조시켰다.

아현은 마른침을 조금 삼켰다. 바보같이 떨지 않으려 어찌나 애를 썼던지 주먹 쥔 손마디가 얼얼하였다.

"사내가 필요했던가?"

빈정거림이 분명한 흉측한 말에 상대가 황태자라는 것도 잊고 머리를 번쩍 들었다.

그는 변함없이 냉엄했다. 하찮은 벌레를 굽어보듯 일체의 감정을 배제한 눈이었다.

아니라고 부정해야 하는데 목소리가 나오지 않았다. 눈이 마주친 순간부터 사고라는 것도 사라졌다.

"사내의 품이 그립거든 멀리 갈 것 없다. 이 몸이 직접 환대해 주지."

"전……하……."

몸이 닿을 만큼 거리를 좁힌 유성이 아현의 귓가로 입술을 내려 더없이 달콤한 옥음을 흘렸다.

"적에겐 냉혹하지만 그나마 여인에겐 관대하거든."

담정전은 황제가 고위관리들과 정사를 논하고 정치사무를 보는 장소로 황제의 즉위식, 조서반포, 새해의 제사 등 국가적 행사를 거행하는 곳이기도 하다. 궁성에서 가장 넓은 건물인 담정전은 구십구 개의 기둥이 팔 열로 지붕을 떠받치고 있으며 육십 개의 방이 들어갈 만큼 큰 규모를 자랑한다.

담정전 내부, 웅장미를 내뿜는 여러 기둥 중심 끝을 따라가면 세상을 한눈에 내려다보는 형상의 높은 제좌帝座가 있고, 그 뒤에는 금으로 된 병풍이 화려하게 장식되어 있다.

현재 이곳은 문무백관이 도열한 가운데 군신 간의 조의가 한창이었다.

"폐하, 황태자전하의 가례는 종묘사직을 위해 더 이상 미룰 수 없사옵니다."

좌호군 향도식과 어깨를 나란히 하는 우호군 염홍이었다.

향도식이 황제를 등에 업고 좌호군 자리에 오른 이라면, 월제국이 세워진 이래 대대로 재상을 배출한 가문의 소생인 염홍은 약관 전에 이미 문과 장원급제를 하였고 최연소 재상이 된 귀재 중의 귀재였다.

특히 전대 황제의 총애가 각별했던 터라 일찍이 우호군이 되어 오늘날까지 20년 가까이 재상직을 맡고 있는 인물이었다. 천자를 보필하는 월제국의 최고관직인 우호군은 그 권세가 황제 다음이지만 염홍의 청렴결백한 곧은 인품은 이 나라 백성이면 모르는 이가 없을 정도로 존경을 한 몸에 받고 있었다. 사리가 분명하고 교만하지 않으며 나라와 백성을 위할 줄 아니, 어느 누가 인정하지 않을 것이며 떠받들어 공경하지 않겠는가.

일국一國을 손에 넣은 황제 유백이라 해도 이러한 염홍의 존재는 분명 껄끄럽고 성가신 존재일 것이다. 황태자와는 다른 의미로.

"짐도 황태자만 생각하면 근심이 가득하구나. 본인의 뜻이 완강하니 어찌하면 좋단 말인가?"

유백이 걱정을 한가득 담은 얼굴로 위장하여 말하자 황제의 측근 중 하나가 이때다 싶어 교활하게 아뢰었다.

"황제폐하, 송구하오나 전하께서는 몇 년간 지나치게 여색에 빠지시어…….”

탁!

황제가 진노하며 용상의 팔걸이를 강하게 내려쳤다.

“어허! 무엄하도다!”

“소신이 주제넘었나이다.”

솔직히 말하자면 황제는 진심으로 노怒하지 않았고 아뢴 이도 그 사실을 모르지 않았다. 겉으로만 황태자를 위하는 천자의 거짓마음을 알기에 그것을 더욱 부각시키고자 했던 것이다. 황제의 시커먼 속마음을 정확히 아는 신하는 몇몇이 있지만 다수가 황제파 사람들이었다.

대부분의 다른 관료들은 황제 유백이 황태자를 조금 어려워한다고만 알고 있을 뿐 오랜 세월을 거쳐 교살을 계책하다 미수로 그쳤다는 걸 모르고 있었다.

그들의 이런 거짓태도와 여러 가지 연막에 현혹되지 않은 인물은 깊은 혜안을 지닌 염홍과 그의 측근이 유일하였다.

일명 이들을 황태자파라 부르는데, 겉으로 드러난 주축세력은 우호군 염홍을 중심으로 고작 네댓 명이 전부였다.

이것은 빙산의 일각일 뿐, 음지에서 돕는 이들은 양지에서 활동하는 이들보다 수백, 수천 배는 더 많았다. 이들의 내력이 어떠하고, 무슨 활동을 하는지는 오직 황태자와 염홍만이 알고 있었다.

이런 숨은 세력을 짐작조차 못 하고 있는 황제파 사람들은 조심해야 될 인물을 염홍 하나로 규정했으며, 다섯 손가락도 되지 않는 염홍 측근들을 그저 오합지졸이라며 무시했다.

그럴수록 황태자파는 대의를 위해 더욱 똘똘 뭉쳤다.

황태자가 위험한 유년기를 무사히 지나올 수 있었던 것과 황제파의 시선을 교란시켜 갖가지 의심들을 희석시킨 것은 이들의 노고와 희생 덕분이었다. 황태자의 목숨은 하나뿐이되, 혼자만의 목숨이 아니었다. 수천, 수만 명의 바람들이 응집된 염원이었고 희망이었다.

"황공하오나 폐하, 그것은 짚고 넘어가야 할 문제이옵니다."

"뭐라?"

아닌 척하지만 분명 황제는 염홍 자신이 이 말을 하길 기다렸을 것이다. 황태자의 방탕한 생활을 재상인 저의 입으로 듣고자 하는 걸 어찌 모를까. 황태자의 실상을 밝혀야 하는 염홍으로선 입맛이 쓸 수밖에.

하지만 별수 없었다. 황태자 유성이 여인에 눈을 뜬 열일곱부터 지금에 이르기까지 여색이 과한 건 사실이었으니. 높은 신분에, 머지않아 누구나 우러러보는 황제가 될 귀한 몸이었으니 거칠 게 없는 건 자명할 터였다.

황제는 속으로 황태자가 이대로 눈 밖에 나는 행동을 지속해주길 바랄 것이다. 그리하면 천자가 그토록 바라는 황태자 폐위는 꿈도 아니리라.

모든 저력을 개방하는 일이 있더라도 염홍은 절대 그리되게 두지 않을 것이라 속내를 다졌다.

"폐하께서도 이목이 있으시니 알 것이옵니다. 황태자 신분이니 흠이 되는 건 아니라 하나 그것이 과하다면 분명 문제가 있다고 보입니다."

우습게도 좀 전에 불같이 화를 내던 모습은 어디가고, 황제는 염홍이 아뢰는 말은 막지 아니했다. 오히려 은근히 거들고 나섰다.

　"계속해보아라."

　"한창 주색에 빠질 수 있는 연치이십니다. 기골이 장대하시고 알아주는 미장부시니 주위에서 가만두지 않겠지요. 허나 그것도 한때일 것입니다. 지나가는 구름이 해를 장시간 가릴 수 없듯 어린 황자일 때부터 영민하셨던 황태자이십니다. 어느 시기가 지나면 훌륭한 군주의 자질을 보이시리라 사료되옵니다."

　"그렇다면 우호군은 황태자를 어찌하면 좋을지 말해보아라."

　"황태자비를 맞으셔야 합니다. 나라에 큰 안주인 못지않게 작은 안주인의 자리는 실로 중차대하옵니다. 가례를 치르시면 책임감을 몸소 느끼시어 점차 달라지시리라 봅니다."

　황제의 눈썹이 살짝 올라갔다가 내려간다.

　황태자의 가례는 유백에게는 악수惡手였다. 황태자비의 조건이라 하면 내로라하는 집안의 여식이 대부분일 텐데 이빨 빠진 호랑이라 하더라도 날개를 달아주고 싶은 마음일랑 결단코 없었다. 그것이 여태까지 유백이 유성에게 가례에 대한 압박을 하지 않은 이유였다. 다행스러운 건 그의 바람대로 유성이 장성하면서 점점 여색에 빠지는 모습들이었다. 흥청망청 지내는 것도 한두 번이지, 하루가 멀다 하고 여인을 바꿔가며 색을 즐기니 과연 딸 가진 어느 부모가 유성을 기꺼워할 것인가.

　이런 황태자라도 개중에는 다디단 권력을 위해서라면 여식의 희생을 주저하지 않는 부모도 분명 존재할 터.

이상한 일은 왜 그런 사람들조차 없는가, 였다.

사실 그럴 만한 이유가 따로 있었다. 궐내에서만 쉬쉬하는 공공연한 비밀이.

"황태자비를 맞아야 한다는 우호군 염홍의 말이 옳다. 그렇다면 다른 대신들의 의견도 같은가?"

여식을 가진 대신들이 이리저리 눈치를 보며 너 나 할 것 없이 목을 움츠렸다.

[황태자비가 되는 이는 사흘 안에 반드시 죽게 된다.]

이것이 오래 전부터 퍼진 속설이었다.

황족 특성상, 특히나 황태자라면 예로부터 정비는 일찍 맞아들였었다. 당연히 유성도 마찬가지였는데, 그가 열네 살이 던 해에 황태자 측근이자 충신이랄 수 있는 참의 이제학의 고명딸이 황태자비로 책봉되었다.

안타깝게도 무슨 불운이었는지 황태자비에 오른 첫날에 갑자기 찾아온 심장마비로 꽃다운 나이를 마감하였다. 늙어서 얻은 소중한 외동딸을 하루아침에 잃어버린 충격 탓에 이제학도 시름시름 앓더니 같은 해에 세상을 등지고 말았다.

나라에서 중책을 맡았던 이제학의 죽음은 당연한 수순으로 가세가 기우는 시발점이 되었고 오래지 않아 사람들로부터 점점 잊혀갔다. 한마디로 명문가의 몰락이었다.

이 과정을 똑똑히 목격한 고급관료들은 어느 누구도 황태자의 장인 자리를 욕심내지 않았다. 그 자리는 독초라 진귀하리만치 아름답지만 손을 대면 눈 깜짝할 사이에 숨을 멈추고 만다는 것이었다.

게다가 황태자의 행보를 보라. 나라의 유일한 황태자의 신분이라고는 하나 여태까지의 발자취를 보건대 그 신분도 바람 앞에 등불이 아닐까, 라는 평들이 대신들에게는 지배적이었다. 보위를 이을 수나 있을지, 잇더라도 얼마나 갈지. 근래 들어서는 그 반응들이 더욱 회의적이었다.

"어허, 어찌 이리 말들이 없는가?"

대신들의 동요를 파악한 좌호군 향도식이 누가 말할세라 머리를 조아리며 읍하였다.

"폐하. 오직 있는 사실대로 고하는 것이니 노여워하지 마시옵소서."

"쓴 직언이야말로 짐에게 필요한 것이지. 그래, 어서 말해보라."

"황태자전하의 가례에 대한 것도 중차대하지만 지금 현재 궐에 떠도는 소문이……. 망극하옵니다."

염홍의 낯이 설핏 굳어졌다. 몸 둘 바를 모르겠다는 듯 가증스러운 태도를 보이는 향도식이 마땅찮아서였다.

"짐이 모르는 일이 있어선 아니 되지. 주저하지 말고 어서 밝혀보라."

"하도 해괴해 입에 담기도 망측하오나 여러 날이 지났사온데 소문이 전혀 가라앉질 않아 어렵게 말씀을 올리옵니다."

"소문?"

"송구하옵니다. 황태자전하께서 최근에는 남색도 한다는 괴이한 소문까지……."

"뭣이!"

"도성 밖까지 퍼질까 두렵사옵니다."

황제 유백과 향도식이 은밀한 눈빛을 교환하였다. 그 괴이한 소문이야말로 황제 측에서 퍼뜨린 것이었다. 진실이든 아니든 그것은 중요치 않았다. 사람들은 떠도는 풍문만을 좇을 뿐, 참 거짓을 따지지 않기 때문이다.

흐뭇한 마음을 숨긴 유백은 더욱 딱딱한 낯빛을 만들었다.

"황태자비 간택절차를 시행한다 하더라도 과연 어느 집안에서 여식을 보낼지."

"그게 사실인가?"

"아직 그것까지는……."

"으흠!"

황제는 옥과 금으로 된 화려한 반지가 돋보이는 손가락을 들어 턱수염을 쓸어내렸다. 불편한 속내를 보이듯 미간의 골이 더 짙어졌으나 그것도 어디까지나 본심을 숨긴 흉계.

"그대들 중에 혹 여식을 황태자비로 앉히고자 하는 이는 없는가?"

흠, 흠, 어험.

신하들이 이리 많거늘 누구 하나 나서는 자가 없었다. 황제가 자네 딸을 주게, 할까 봐 눈이라도 마주칠세라 다들 납작 엎드려 있었다.

염홍은 남몰래 한숨을 흘려야 했다. 아들만 넷인 그에게 딸이 하나라도 있었다면 모두가 저어하는 황태자비 자리에 떡하니 앉혔을 것이다. 개인의 사리를 위해서도, 가문의 권세를 원해서도,

장차 부원군의 자리를 탐내서도 아니었다. 권력이라면 지금의 우호군 자리로도 충분히 차고 넘쳤다.

그의 걱정거리는 월제국의 앞날이었다. 황제와 그의 후계가 굳건해야 위로는 나라가 융성하고 아래로는 백성이 평안할 것이니 이를 위해서라도 황태자의 가례는 소홀히 넘겨선 아니 될 문제였다. 그렇다고 아무 여식을 태자비로 앉힐 수도 없어 염홍의 근심은 이만저만 큰 게 아니었다.

"황태자전하께서 가면 갈수록 도가 지나치시니 이는 그냥 간과해서는 아니 되옵니다."

향도식이 간사한 얼굴을 내비쳐 눈치껏 입을 열었다.

황제의 또 다른 측근이 이때다 싶어 곧바로 동의하였다.

"맞사옵니다. 다른 건 제쳐두고라도 남색에 관한 소문은 자칫 황족의 위엄을 떨어뜨릴 수 있는 일이 아니옵니까? 어떤 제재가 필요하다 봅니다. 이런 일이 지속된다면 극단의 조치도 불사해야 함이 마땅한 줄 아뢰옵니다."

"극단의 조치라 하였느냐?"

"예, 폐하. 입에 담기에도 불경스러우나 벌써 각 도처에 황태자전하를 폐위해야 한다는 움직임도……."

"뭣? 무엇이라? 폐위? 감히! 황족을 능멸하려는 자들이 있단 말이더냐! 그 사악한 무리들이 누군 게야? 가만두지 않을 것이니. 그자들이 누군지 이실직고하라! 당장 잡아 하옥시키겠다!"

"소, 소신도 잘 모르옵니다. 다만 도성에서 쉬쉬하던 백성들의 대화를 오다가다 들었을 뿐입니다."

유쾌한 속내완 반대로 유백의 얼굴은 그야말로 야차 같았다.

진실로 진노하셨나 싶어 대다수의 대신들이 불똥이 튈세라 벌벌 떨며 자세를 낮추었다.

오직 염홍만이 차분히 자리를 지켰다. 평온한 표정과는 다르게 기실 염홍의 근심은 깊어져갔다. 황제의 의도가 너무 명백하였기 때문이다. 폐위라니. 황제가 진노하였건 말건 조의에서 한번 나왔던 폐위 건은 또다시 나올 공산이 컸다. 원래 어떤 일이든 처음이 어려운 법이다.

"듣기 싫다. 과인은 황태자를 믿고 있거늘, 어디서 그런 가당치도 않은 소릴! 그 소문은 분명 사실이 아닐 것이다. 직접 황태자에게 물어볼 것이야! 급한 사안은 따로 볼 터이니 금일 조의는 이것으로 마치겠다."

황제가 곤룡포를 거칠게 치우며 용상에서 일어났다. 언짢은 표정으로 좌중을 잠시 내려다보다 곧 미련 없이 내전을 나갔다.

유백이 용거龍車를 타면서 아랫것에게 명령을 하였다.

"당장 환보궁으로 가서 황태자에게 짐이 부른다고 일러라."

"예, 폐하."

담정전에서 황제 처소인 위천궁威天宮으로 용여龍輿가 움직이자 굳어 있던 황제의 용안이 서서히 펴졌다. 언제든 냉정을 잃지 않던 유성을 떠올리며 유백의 입가가 야비하게 비틀렸다.

'폐위라, 볼 만하겠군. 인간 같지 않은 그 얼굴이 어찌 변하게 될지.'

유백은 황제가 된 마당에 무엇이 무서워 유성을 그토록 몰아내려 하는 것일까.

유백에게 있어서 유성은 목에 걸린 가시와도 같았다. 무시하자니 뒤가 찜찜하고 대놓고 몰아내려니 보는 눈들이 많고. 그러한 까닭에 과거 수차례 살인을 계획하였지만 단 한 차례도 성공하지 못했었다.

유성이 갓난아기 때가 절호의 기회였으나 전대 황제, 황후의 의문사에 이어 후계까지 죽는다면 의심의 화살이 누구에게 향할 것인가? 당연 유백 자신일 터였다.

애초 유성의 부친인 인덕제와 황후를 시해할 때 함께 살해했어야 했다. 그렇게 단단히 준비했건만 멍청하게도 유성을 빼먹는 실수를 범하였다. 다행히 유성이 어려 황위를 뺏어올 수 있었지만 뒤처리가 깔끔하지 못했던 것 때문에 항상 꿈자리가 뒤숭숭하였다.

염홍을 제외하면 지지층도 전무한 황태자가 끈 떨어진 갓 신세라 하나, 황족의 직계 즉 정통성이라는 방패는 유백이 갖지 못한 유일한 약점이었다. 전대 황제, 황후를 시해했다는 증거는 철저히 감추었지만 세상에 영원한 비밀이란 없는 법. 언제 황태자가 사실을 알아서 목을 죄어올지 모를 일이었다.

'싹이 자라기 전에 처리했어야 하였는데.'

시간차를 두고 자연사가 되도록 만들면 된다고 안일하게 생각했었던 것이 오늘날까지 오게 되었다.

독살을 계책하기도 하고 홍역이 돌았을 때 전의典醫를 매수해보기도 했으나 무슨 천운을 타고났는지 황태자는 그때마다 살殺을 피해갔다.

유성에게 힘을 실어주는 염홍의 존재도 마땅찮았다. 그의 신하된 자세와 탁월한 능력은 인정하는 바이나 어차피 제 사람이 아니라면 방해만 될 뿐이었다.

'차차 제거해나가면 될 일.'

황태자 유성이 시아전 안으로 들어서자 이태기가 미리 기다린 듯 자리에서 벌떡 일어섰다. 항상 본가에서 입, 출궁하는 그가 이 시간에 궁에 남아 있는 건 조금 이례적인 일이었다.

"전하……."

다소 주저하는 모습이지만 확실히 걱정을 담은 낯빛이었다.

"평소에는 똑 부러지게 잘도 말하면서 왜 꿀 먹은 벙어리가 됐나?"

마음속까지 꿰뚫어볼 것 같은 황태자의 예리한 눈매가 설핏 가늘어졌다. 이내 단정한 입이 살짝 비틀린다. 집중해서 보지 않으면 모를 미미한 움직임이었다.

이태기 앞이나 되니까 이 정도 표정을 보이는 거지, 염홍을 제외한 이들에게는 딱 하나의 얼굴만 허락하였다.

언제 어디서나 희로애락이 구분되지 않는 단 하나의 무표정. 그러니 무면자無面者라는 별칭이 붙었겠지. 우스갯소리로 거시기를 할 때조차 얼굴이 변함없다고 나돌 정도라, 황태자가 감정표현에 얼마나 인색한지를 보여주는 한 단면이었다.

"황제께서 어인 일로다가……."

또 피식.

'기분 좋은 일이 있으셨던 건가.'

이태기는 종잡을 수 없는 황태자의 반응에 고개를 갸웃했다.

"피곤하지 않느냐?"

"괜찮습니다."

여색에 빠진 황태자라는 소문과는 전혀 어울리지 않게도 곧은 시선은 냉철하였고, 단순히 뒷짐 진 자세여도 범접할 수 없는 위엄이 넘쳐흘렀다.

'전하가 여색이라니.'

그거야말로 언어도단이었다. 한 번이라도 전하를 영접하였다면 절대 나올 수 없는 말이었다.

사람들은 모두 속고 있었다. 황제파에 의해 부풀려진 거짓소문과 이를 그대로 믿도록 방치한 전하에게.

"남색 소문이 사실이냐고 추궁하시더군."

너무 황당한 말을 들으면 순간 할 말을 잃듯, 현재 이태기가 그러하였다. 금붕어처럼 입의 개폐開閉만 반복하다 끓어오른 화가 와락 터져 나왔다.

"말도 안 되는! 어디서 그런 흉측한! 누구입니까? 전하의 명예를 걸고 소신이 절대 가만두지 않겠사옵니다!"

"진정해라. 추문을 사실로 만들고 싶어도 증거가 없지 않나?"

대단한 일도 황태자 입을 통해서면 별것 아닌 걸로 들렸다. 불필요하게 흥분을 했나 싶어 이태기는 순간 겸연쩍어졌다. 뭇 사람들에게 냉철하다 소릴 곧잘 듣는데 황태자 앞에선 그것도 무용지물이었다.

"황제 측에서 서서히 움직이나 봅니다."

"최근엔 잠잠하긴 하였지."

"혹 옥새의 행방에 대해 눈치 챈 게 아닐는지."

유백이 황제로 등극하면서 내세웠던 옥새는 가짜였는데, 이를 아는 자들은 극소수에 불과했다.

"아직 그 단계는 아니다."

"하긴 알았다면 이리 잠잠하지도 않겠지요."

"그나저나 요새 들어 산적 떼들이 늘고 있다고?"

"그렇잖아도 말씀드리려 했습니다. 어느 시절이건 간에 산적이 전혀 없진 않았으나 요즘 생겨나는 집단은 그 성격이 예전과 다르다 보옵니다."

"무엇이?"

"황실군대와 비견될 바가 아니지만 집단의 틀이 생각보다 정교합니다. 단순히 먹을 게 없어 산속에 들어가 무리를 형성한 것만은 아닌 것 같습니다. 황부에서는 가벼이 여겨 올라오는 상소를 그냥 처분하고 있다 합니다."

"역모의 '역'자만 꺼내도 경기를 일으키는 황제가 과연 가벼이 여겼으리라 보는가?"

"허면……?"

피식, 유성이 작게 조소를 띠었다. 황태자의 차가운 눈을 맞으며 이태기가 번뜩 깨닫는다.

"설마……. 그 산적 떼들이 황제가 꾸민 짓이란 말씀이십니까?"

"그럴 가능성이 크지."

"대체 무슨 목적으로? 산적이 늘면 백성들의 원한은 날로 뿌리 깊어집니다. 득 될 게 전혀 없는 일인데 어찌하여!"

"정말 그렇게 생각하느냐?"

"그럼 전하께서는 다르게 보십니까?"

"사소한 도구도 해결의 실마리가 되는 법이니, 황제도 의중이 있다고 봐야겠지."

말은 모르쇠나 황태자의 냉소는 자신만만하였다. 마치 황제의 모든 계략을 알고 있는 사람처럼.

"혹시 알고 계신 겁니까?"

"차차."

이는 적절한 때가 되면 알려주겠다는 대답이었고, 이 주제를 그만 함구하라는 황태자만의 명이었다.

턱을 쓰다듬으며 잠시 골몰하던 이태기가 마침 생각났다는 듯 황태자에게 시선을 돌렸다.

"전하."

익숙하면서도 절제된 동작으로 차를 우려내던 황태자가 살짝 고개를 끄덕였다. 계속 말하라는 뜻이었다.

"좌호군 향도식의 장남 향소운을 아십니까?"

쪼르륵.

찻물을 붓던 황태자의 동작이 일순 멈추더니 아무렇지 않게 다시 움직였다.

"가문의 권세를 등에 업고 악행을 일삼던 자입니다. 옳지 못한 방법으로 부를 축적하는가 하면 색을 지나치게 밝혀 부녀자를 희롱하는 건 일도 아니라고 하옵니다."

"그렇군."

"하지만 지금껏진 아무도 그에 대해서 문제 삼지 않았습니다. 아니, 못하였다고 해야겠지요. 황제가 총애하는 좌호군의 아들이니 누가 그에게 반기를 들겠습니까? 원한만 살 터인데."

청동 첫 번째 이야기

황태자의 반응은 염두에 두지 않고 설명은 멈춤 없이 계속 이어졌다.

"금일 황부에 잡혀 들어갔다고 합니다. 비리를 저지른 증거가 너무나 명확하여 향도식도 손을 쓸 수 없었다더군요. 물론 오래 가두긴 힘들겠지만 천방지축으로 날뛰던 망아지 꼴은 당분간 안 봐도 된다는 희소식입니다."

"왜?"

"예……?"

"그런 걸 왜 장황하게 설명하고 있느냐고 묻는 거다."

"전하, 계속 시치미 떼실 겁니까?"

유성이 기분 나쁜 듯 한쪽 눈썹이 스윽 올라가며 불편한 속내를 내비친다.

"뭘 말인가?"

"향소운, 전하의 작품이잖습니까?"

"글쎄."

이마를 찌푸린 이태기는 황태자의 행동을 잠시 지켜보았다. 마시진 않으면서 도자기 잔을 빙글빙글 돌리는 동작이 평소 무언가를 감추고자 할 때 나타나는 황태자의 흔치 않은 행동습관이었다.

"현 사, 말입니다."

동심원을 그리던 황태자의 손이 우뚝 멈추다 다시 서서히 원을 그렸다.

이태기의 눈이 살짝 가늘어졌다.

'전하가 동요라. 설마 했던 우려가 적중한 건가.'

황태자의 편력을 보면 단순히 여인무사에게 갖는 관심일지도 몰랐다.

　'섣불리 확정할 필요는 없겠지. 한데 진정으로 여인으로서 아현을 원하시는 거라면? 이거 참, 남휘도 아현을 보는 눈빛이 예사롭지 않았거늘, 앞으로 골치 아파지겠군.'

　"완전히 믿어도 될지 확신이 들지 않습니다."

　"삼 년 넘게 월훈소속이었으면 어느 정도 신뢰가 있지 않나?"

　뻔히 아시면서. 이태기는 능청스런 황태자의 태도에 못 말리겠다는 듯 한숨을 길게 쉬었다.

　"어느 누구보다 철저하신 전하 아니십니까? 절 그만 시험하십시오."

　"그거 미안하게 됐군."

　"전혀 미안한 표정이 아니십니다."

　다소 퉁명스런 말투에 유성의 입매가 평온하게 늘어졌다.

　"아현의 어떤 것이 믿음직스럽지 못한가?"

　"전하께서도 아시겠지만 첫째로 출신이 불분명합니다."

　"출신이라면 알지 않나?"

　"매종산에서 자란 건 알지만 부모가 누군지, 아현을 키운 스승의 존재도 모호합니다."

　"그리고?"

　"둘째, 무술실력이 지나치게 출중합니다."

　"출중하니 사신위로 뽑혔겠지."

　"전하!"

　항상 존경심이야 그득하지만 이럴 때의 황태자는 얄밉기 그지

없었다. 범인이 본다면 기겁할 만큼 철두철미한 성격이면서 태평한 척하는 고약한 심보라니.

이태기는 절로 씰룩이는 입을 가까스로 끌어내려야 했다.

"마지막으로 비밀이 너무 많습니다."

"여인의 몸이니 당연하지 않나? 설마 속곳 자수 모양까지 알고 싶은 건 아니겠지?"

"전하!"

북풍한설과 맞먹는 쌀쌀맞은 얼굴로 그런 저질스런 농이라니. 너무 진지하여 무섭기까지 하였다. 대체 무슨 생각이신지.

"그 정도 실력이면 스승도 평범한 이가 아닐 것입니다."

"그렇겠지."

이태기의 눈이 갑자기 번뜩이며 무언가를 생각하듯 입안의 혀를 천천히 굴렸다.

"모든 걸 알고 계신 겁니까?"

침묵으로 일관하는 황태자가 답답하였는지 재차 물으려 다시 입을 열 때였다.

"이태기, 오늘따라 조급하군."

갑자기 뚝 떨어진 방 안의 온도에 이태기의 등이 서늘해졌다.

"소신이 주제넘었습니다."

"신경 쓸 것 없다."

"그럼…… 현 사를 믿어도 된다는 말씀이신지."

"아니."

이태기는 '그렇다면!'이라는 반문을 하려다 자제력을 발휘해 황태자의 다음 말을 기다렸다.

"믿을 수 없다고 다 위험한 건 아니지."

"사람을 붙이는 게 어떻겠습니까?"

"사신위로 뽑힌 자다. 웬만한 실력으로는 아현을 감시할 수 없다."

"하긴 황룡대나 사신위와 비등한 실력이 아니라면 힘들 것 같습니다."

"걱정은 버려라. 내 시험을 통과한 걸 보면 입은 꽤 무거워 보이니까."

역시나 황태자. 위험인물이 아니라는 확신이 있었으니 아현을 받아들였겠지. 괜한 기우로 골머리만 썩였다고 한탄하는 이태기였다.

"시험이시라면, 혹시 저번에 그 문서 건 말씀이십니까?"

황태자가 긍정하며 고개를 작게 끄덕였다.

이태기가 말한 문서란 우호군 염홍으로부터 온 전보로, 황제 군대의 크기와 군사비, 군량의 위치, 훈련내용을 담은 비밀문서였다. 황제파로 흘러들어간다면 역모죄가 적용될 위험천만한 증거였다.

황태자가 그것을 잃어버렸다 하여 심장이 툭 떨어질 만큼 크게 걱정하였는데, 뒤에 아현이 문서를 찾아와 일단락된 가슴을 쓸어내린 사건이었다. 지금 보아하니 아현이 보도록 황태자가 일부러 떨어뜨렸음이 틀림없다. 아현이 아군인지 적인지 판단하기 이르지만 확실히 입이 무거운 것만은 사실인 듯하다.

"다행히 잘 넘어갔다 하나 너무 무모하셨습니다."

"걱정도 팔자군. 난 지는 도박에 운을 걸지 않아."

이태기는 속으로 고개를 절레절레했다. 다른 사람이었다면 자신감이 넘쳐 자만심이 하늘을 찌른다 하겠으나 황태자가 말하니 왠지 수긍이 되었다. 저런 자신감이 있었기에 별 탈 없이 지금 위치에 이를 수 있었으리라.

"밤이 늦었으니 이만 물러가거라."

"호위하겠습니다."

유성이 고개를 가로저었다.

"여기, 침전할 생각이다."

"그럼 신은 물러가니 편히 주무십시오."

이태기가 나가고 혼자가 되자 유성은 다 식은 차를 입가로 가져갔다. 시음이 아닌 오직 차향을 맡기 위한 목적이었다. 그의 입매가 느릿한 형태로, 아주 천천히 비틀어지기 시작했다. 찻잔을 들고 희귀한 화분이 나열된 구석으로 걸음을 옮겼다.

쪼로록.

화분의 흙 위로 찻물을 곧장 따랐다. 망설임이나 주저함 없이 확신에 찬 단호한 행동이었다.

한데 이게 어찌 된 일인가.

일각이 채 안 되어 놀라운 장면이 나타났다. 예의 그 화분의 식물이 새까맣게 변색되더니 급격히 시들기 시작하였다.

"여전히 애쓰시는군."

그의 입에서 냉소가 피어올랐다.

3
근접호위

춘삼월이라고는 하나 아직까지 밤공기는 겨울을 닮아 있었다. 좁은 틈새로 한기가 파고들었다.

이 정도 추위쯤이야 매종산의 한겨울과는 비교도 되지 않는다. 호수가 꽁꽁 얼어 그 얼음을 녹여 식수로 사용하거나 정신수양을 목적으로 한수寒水에 들어가 반 시진을 견뎌야 했던 혹독한 겨울. 매서운 한기에 얼마나 벌벌 떨었던지 그때를 생각하면 어린 나이에 잘 버틴 자신이 대견하기까지 하였다.

"아현, 피곤하지 않느냐?"

풍한도는 그녀가 걱정스러운지 숙소로 들어가는 문 앞에서 다시 한 번 물었다. 여기까지 오는 동안 몇 번은 물었던 질문이었다.

풍한도 옆에 곽남휘도 그녀를 조용히 응시하였다. 직접적인 물음은 없으나 그의 생각도 같다는 걸 알 수 있었다.

"괜찮습니다."

"전하께서도 별일이시지. 생전 그런 말씀은 없으시더니."

그 점은 아현도 의아한 부분이었다. 황태자가 침상에 들게 되면 전각 안팎으로 월훈무사들이 불침번을 섰기에 사신위가 따로 할 일은 없었다. 물론 전시戰時 상황이면 다르겠지만.

근데 조의에서 대뜸 황태자가 명령을 내렸었다.

"현 사는 금일 밤부터 야간에 근접호위를 수행하라."

근접호위란 말 그대로 한시도 떨어지지 않는단 뜻이었다. 무엇보다 아현을 놀라게 한 것은 야간이라는 시간대였다. 낮도 아닌 밤에 호위라니.

"전하, 그 시간엔 언제나 월훈무사들이 순시도 돌고 불침번도 서고 있습니다만."

황태자를 제외한 모두가 가진 의문을 이태기가 대표로 반문하였다. 사신위 입장에서는 당연한 게 살수가 침입했을 때조차 호위 수 증강은커녕 졸졸 따라붙는 사신위가 귀찮다고 따돌리던 황태자였다.

그랬던 그가 무슨 바람이 불어 근접호위를 명하는 건지. 최근엔 살수들의 침입도 없어 실로 평온한 나날이 아니던가.

"무서워서 안 되겠더군."

정적이 흘렀다. 곽남휘의 낯빛이 잔뜩 굳어졌다.

아현은 최초로 이태기와 풍한도의 얼빠진 얼굴을 확인할 수 있었다. 물론 그녀 자신도 황태자의 말도 안 되는 발언에 제정신이 아니었지만.

"저, 전하. 방금 뭐라고 하신……"

풍한도가 본인 귀를 의심하며 황태자에게 확인을 요구하듯 더듬더듬 물었다.

"무섭다고 하였다."

세상에 무서울 것 하나 없다는 그 무표정으로 무섭다니. 백 년

묵은 백호가 토끼를 두려워해 굴 밖에 나오지 않는 것과 다를 게 뭔가.

황태자 앞이라는 것도 잊고 풍한도가 헉헉거렸다.

그나마 이성적인 곽남휘가 차선책을 제시하였는데.

"그러시다면 소신이 근접호위를 맡겠습니다."

"분명 현 사에게 명하였다."

"하오나 여러모로 소신이……."

"불가."

그걸로 끝이었다. 황태자의 뜻에 누가 반할 것이며 누가 제지할 것인가.

아현은 곽남휘의 반대를 충분히 이해하고도 남았다. 훤한 낮이 아닌 컴컴한 야밤에 여인무사의 호위는 추문을 만들기 가장 안성맞춤인 요건이었다. 황태자의 일거수일투족을 보호감시하는 사신위라면 당연한 반응이었다.

"원하지 않는다면 가지 마라."

약간 절박해 보이는 눈으로 아현을 내려다보던 곽남휘가 뭔가를 결심한 사람처럼 단호하게 말했다. 심상치 않은 그의 언행에 풍한도가 의심의 눈초리를 던졌지만 곽남휘는 전혀 신경 쓰지 않는다는 태도였다.

남휘의 직감이 경고했다. 이대로 아현을 보내면 반드시 후회하게 될 것이라고. 구체적인 이유는 댈 수 없으나 손 안에서 모래가 빠져나가듯 앞으로도 그녀의 마음을 움켜쥘 기회는 영영 오지 않으리라는 불길한 예감이 덮쳐왔다.

"전 정말 괜찮습니다."

무관심으로 일관한 감정 없는 목소리가 남휘의 생살을 헤집었다. 아현의 목소리에 여심이 드러나는 건 오직 황태자를 대할 때뿐이었다. 알고 있으면서 이 같은 사실을 깨달을 때마다 그는 상처를 받곤 했다.

"지금 가게 된다면 악질적인 추문에 시달릴지 모른다."

내심 그녀도 그것이 걱정이었지만 그런 약한 마음 따위 내보일 생각이었다면 첩자생활 자체도 하지 못했을 것이다.

"허술한 전하가 아니시잖아요. 분명 깊은 뜻이 있으실 겁니다."

"남휘 형님, 아현의 말이 맞습니다. 너무 걱정하지 말고 우린 이만 들어갑시다. 알아서 잘하겠지요."

풍한도가 팔을 잡아끌었지만 미련이 남는지 남휘의 시선은 줄곧 아현을 떠나지 않았다.

걱정스러운 마음은 이해하나 솔직한 심정으로 필요이상의 관심은 거북스러웠다.

"그럼 두 분, 편히 쉬십시오. 내일 뵙겠습니다."

황태자가 있을 환보궁 방향으로 몸을 돌렸다. 뒤통수에 두 사람의 시선이 따라붙었다.

"후……."

아현이 길게 한숨을 내뱉자 하얀 입김이 옅게 나타났다. 지상의 모든 빛들이 숨을 죽인 어둑한 밤이었다. 환보궁을 눈앞에 두고 아현은 선뜻 발걸음을 못 하였다. 보란 듯 강한 척할 땐 언제고 막상 닥치니 볼썽사납게 고민하는 스스로가 우스웠다.

그래, 겁먹을 필요도 긴장할 필요도 없다. 그녀 자신이 뭐가 중해서 황태자에게 숨은 저의가 있을 것인가. 지나친 기우다.

긴장을 배출하듯 한숨을 뱉으며 정면을 바라보았다. 환보궁을 받치고 있는 거대한 네 개의 기둥에는 황태자의 위용을 표현하듯 자색의 용이 달빛을 머금어 승천하고 있었다. 한데 참 이상도 하다. 그녀의 눈에는 왜 상처 입은 용으로 보이는지. 아마 현 정세가 황태자에겐 불리하게 돌아가기 때문이 아닐까.

황제의 거처인 위천궁에 가면 환보궁에 있는 네 개 기둥의 세 배에 달하는 열두 개의 기둥이 있고, 그 기둥에는 서른여섯 마리의 금빛 용이 하늘의 모든 기를 받아들일 듯 훨씬 장엄한 장관을 연출하고 있었다.

역적으로 몰릴 수 있는 생각이지만 왠지 황태자에게는 여기 환보궁보다 위천궁이 더욱 적합해 보였다. 뒤로 간계를 꾸미는 황제에 비하면 정통계승자라는 명분으로 보나 자질로 보나 여러모로 이 나라의 주인은 황태자가 되는 것이 훨씬 옳게 느껴졌다.

'그런데 왜 난 첩자로 살아야 하지?'

쓴웃음을 삼키며 환보궁 첫 번째 입구에 다다르자 보초를 서고 있는 월훈무사가 보였다.

"주위에 이상한 낌새는 없었나?"

"예! 쥐새끼 한 마리도 없었습니다."

"그럼, 수고하게."

아현이 입구를 통과하는데 등 뒤로 유달리 끈적끈적한 시선이 따라붙었다. 월훈에서 첫 여무사가 되었을 때부터 줄곧 받아온 유쾌하지 못한 관심이었다. 아현도 눈과 귀가 있는데 사내들이 저를 보는 의미를 모르지 않았다. 가슴의 곡선을 쳐다보는 음흉한 눈길부터, 걸을 때마다 펄럭이는 무복 아래를 상상하는 사내란 족속들을 일찍부터 파악해왔다. 짜증이 치밀어도 견뎌야 한다. 제 한 몸 지키기 위해선 당연한 적응이었다.

이곳 생활을 꽤 해온 지금이야 별문제 없지만 월훈소속 아래 사내들과 공동체생활을 하면서 여인이라는 이유로 많은 우여곡절을 겪어야 했다. 여인을 쉽게 접하지 못하는 월훈 내 여건상, 수십 명이 넘는 사내들 틈에 여인은 아현이 유일하였으니 문제가 없다면 그 또한 이상한 일일 것이었다.

많은 일들이 있었다. 그녀에게 혹한 월훈무사가 상사병으로 시름시름 앓는 바람에 사악한 요녀 취급을 받는가 하면, 분출하고 픈 욕구를 이기지 못한 어떤 수컷은 겁간까지 할 양으로 숙소까지 숨어들어오기도 하였다.

하지만 당연히, 오랜 수련으로 오감이 예민한 덕에 위험은 가볍게 피했고, 힘으로 몰아붙이려던 놈들은 그에 상응하는 대가를 치르게 했다. 아현 하나로 인해 월훈의 풍기가 다소 무너진 상황이라 쫓겨날지도 모른다는 최악의 수까지 생각하였으나 내쫓긴 것은 그녀가 아닌 아현을 탐하려던 자와 그에 동조한 월훈무사들이었다.

그 일이 있은 후, 월훈 내에서 이런 소문이 나돌았다.

[아현의 뒤를 봐주는 고위관리가 존재한다.]

그녀 자신도 설마 황제의 입김이 작용했나 싶었지만 월훈은 황태자 직속이라 아무리 무소불위의 황제라 한들 그조차도 침범할 수 없는 영역이었다. 물론 월훈이 황제를 위협하는 역적 무리라면 다른 얘기겠지만.

"현 사님. 전하께서는 서쪽 침전에서 주무십니다."

보초를 서던 수하가 마침 잊을 뻔했다는 듯 아현을 불러 세웠다. 그와 동시에 그녀의 움직임이 멈췄다. 피도 차갑게 식는 듯하였다.

서쪽 침전에서 주무셨다는 말은 즉, 이름 모를 여인과 함께 밤을 보낸다는 뜻이었다. 공기 중에 한기의 알갱이들이 날카로운 바늘로 변형되어 심장을 후벼파는 것 같았다.

"알았다."

겨우 대답할 수 있었다.

서쪽 침전까지 가는 동안 여러 개의 문을 지나쳤지만 습관적으로 발을 움직일 뿐 정신은 약간 넋이 나가 있는 상태였다. 그러다 피식 김빠지는 소리를 냈다. 본인의 행태가 우스웠던 까닭이다. 모르던 사실도 아니고 새삼스레 실망하는 자신이 참으로 어리석었다.

그 누구도 드나들 수 없는 서쪽 침전을 통하는 마지막 문을 앞두고 맡은 바를 다하자 힘겹게 다짐하였다.

황태자가 지나다니는 바닥부터 천장, 구석구석을 살피며 침입의 흔적이 있나 없나 집중하였다. 같은 일이라도 훤할 때 보는 것과 호롱불도 없는 완벽한 어둠에 동화된 채 움직이는 건 감각에서부터 차이가 있었다. 신경이 곤두설 대로 곤두선 예민한 청각과 후각. 그것이 되레 은밀함을 더하니 기이하게 격한 움직임을 행하지도 않았건만 숨이 가빠오기 시작했다.

순간 진지하기 짝이 없는 아현이 픽 하는 모순된 웃음을 토해

냈다.

'첩자인 내가 적의 수장을 근접호위한다니.'

가벼운 웃음조차도 씁쓸한 현실을 지워주지 못했다. 잡념을 떨치듯 머리를 흔들었다. 부정적이어봤자 우울하기밖에 더할까.

한숨을 입에 문 채 다른 곳도 돌아봐야겠다고 막 발을 떼려던 참이었다.

"으흥……. 아……."

문틈 사이로 미세하게 흘러나오는 여인의 야릇한 신음에 아현은 일순 앞이 안 보일 정도로 아찔한 상황을 맞이하였다.

사내들 틈에서 살아온 해가 적지 않았다. 가늘고 길게 이어지는 고음이 무엇을 뜻하는지 모를 리 없었다. 직접 경험한 바 없지만 오다가다 보고 들었던 얘기만 합쳐도 결코 적지 않은 간접경험이 있었다.

비록 여인의 소리만 들려왔지만 문 너머로 어떤 그림이 펼쳐져 있을지 쉬이 짐작이 갔다. 심장이 튀어나올 것 같은 거센 움직임을 보였다. 수분을 빨아들이는 손아귀가 심장을 쥐어짜는 듯했다. 빨리 이 자리를 벗어나야 한다. 인내의 끈이 언제 잘려나갈지 모른다.

아현이 막 바깥으로 통하는 문 쪽으로 몸을 향할 때였다.

"아현인가?"

황태자의 부름이었다. 혀를 마비시키는 약초를 삼킨 건지 입이 떨어지지 않았다. 평소 호칭인 현 사가 아닌 아현으로 불렀다는 차이도 짐작 못 할 정도였다.

"대답하라."

"예, 전하. 소신이옵니다."

겨우 정신을 수습하여 대답한 아현은 이내 이상한 낌새를 눈치 챘다.

'음성이…… 같다?'

현재 황태자가 여인과 한 몸이라면 절대 나올 수 없는 평온한 목소리였다. 숨이 턱에 차 헐떡이는 음성은 아닐지라도 약간의 불안정한 호흡이 나와야 정상인데 뭔가가 이상하다 싶었다.

"들어오너라."

"예?"

으슥한 야밤에 거기다 황태자가 머무는 침전 앞인 걸 망각할 만큼 아현은 대경실색해버렸다.

"두 번 말하게 하지 마라."

"하, 하오나 전하……."

"분명 들어오라 명하였다."

아현은 지금 딱 죽을 맛이었다. 황태자가 홀로 있는 침전에도 쉬이 드나들지 못하건만 여인과 밤을 보내는 지금 알현하라니. 그가 정신적으로 문제가 없고서야 어찌 이런 해괴망측한 명을 내릴 수 있으랴. 별 도움은 안 되겠지만 발이라도 동동 구르고 싶은 심정이었다. 명을 거역하자니 황태자가 걸리고 명을 받자니 불쾌한 장면을 볼 것 같고 정말 이러지도 저러지도 못할 상황이었다.

"전하……. 침전에 혼자 계신 게 아닌 줄로 아옵니다."

"신경 쓸 것 없다."

험한 욕설이 나올 것 같았다. 부끄러움을 아는 사람이라면 절대 그럴 수 없지 않나.

"이 몸이 직접 문을 열어야 들어올 텐가?"

끙 하는 침음을 손등으로 삼키며 아현은 문을 천천히 열었다. 침구가 있는 오른쪽으로는 일절 시선을 두지 않고 바닥만 본 채였다.

"문을 닫아라."

황태자의 음성은 아현의 정면에서 들려왔다.

'정면? 침전은 분명 오른편이 아니었나? 이게 어찌 된 일이지?'

"흡!"

아현은 급히 숨을 멈췄다.

콧속을 파고드는 끈끈한 향내. 짙은 달콤함이 후각을 마비시키는 듯하였다. 정신을 몽롱하게 하는 최음제 중 최상품이랄 할 수 있는 미혼향이었다.

소량을 사용하면 몸이 민감해지면서 천상의 쾌감을 맛볼 수 있으나 다량을 사용할 시엔 본인이 원하는 환각을 보여주는 것과 동시에 환상과 현실의 경계를 허물어 이성을 무너지게 하는 힘을 지닌 물건이었다. 악용될 우려가 있는 만큼 위험도를 따지자면 독과 비등하여, 고급요정이나 고위관료들이 아니라면 구하기 힘든 물건이었다. 게다가 황제라 하더라도 온 방을 도배하듯 다량의 미혼향을 소유할 수 없었다. 근데 어찌 황태자가…….

아현은 미혼향이 체내로 들어가는 것을 조절하며 입과 코를 압박한 손을 천천히 내렸다.

그제야 주위를 둘러볼 수 있었다. 오른쪽 침대 위에는 확실히 여인이 있었다. 밖에서 들었던 신음의 주인공일 터. 예상한 대로 실오라기 하나 걸치지 않은 적나라한 모습이었다. 눈을 질끈 감았다. 같은 여인이라고 하나, 아현은 그녀 자신의 몸도 자세히 본 적이 전무하다시피 해 참말로 거북하기 짝이 없었다. 불쾌감이 울렁증을 유발했다.

여인 쪽은 보지 않으려 애쓰며 감았던 눈을 서서히 열었다. 황태자와 눈이 마주쳤다. 작은 불빛조차 없는 어둠에 삼켜진 공간이었으나 이미 어둠에 적응된 동공이 정확히 그의 눈과 연결되었다.

경악하게도 황태자는, 그의 눈은, 흥미를 담고 있었다.

마치 본인과는 무관한 일을 관망하듯 더없이 편안한 자세로, 비웃음을 담고서.

알몸의 여인은 마치 격렬한 정사를 하는 것마냥 짙은 유두를 들어 올리며 바르작 떨었다.

"아학……. 전하, 전하, 조금만 더……."

여인의 민망한 신음에 아현의 얼굴이 다소 붉어졌다.

'대체…….'

보지 않았다면 절대 믿기 힘든 광경이었다. 이것이 황태자가 색에 빠져 있다는 소문의 진상인가. 여인을 미혼향으로 중독시켜 거짓정사를 벌여오셨단 건가? 왜? 황제를 속이기 위해서?

수단과 방법을 가리지 않는 황태자의 치밀함에 소름이 올라왔다. 무서웠다. 황제는 잘못 알고 있다. 황태자를 너무 만만하게 보고 있었다. 한데 뭔가가 걸렸다.

'왜 다른 사신위는 모를까?'

풍한도는 천하절색과 늘 밤을 보내는 황태자를 진심으로 부러워했었다. 이태기조차 색에 치중하는 황태자를 걱정했었다. 거짓 행세가 아니요, 위장도 아니었다. 쉽게 속아줄 정도로 자신이 어수룩하다 여기지 않았다. 그리고 이어지는 또 다른 의문.

왜 그녀에게만 보여주는지. 다른 사신위가 아닌 왜 그녀에게만.

알리고 싶더라도 말로써 충분히 이해시킬 수 있건만 왜 굳이 눈으로 확인시키는지, 도저히, 도무지, 황태자의 저의를 모를 일이었다.

"소감이, 어떤가?"

겨우 정신을 차린 아현은 번쩍 고개를 들어 황태자를 보았다. 차가운 목소리보다 더한 냉기를 풍기는 황태자의 눈빛을 온몸으로 받았다. 떨려오는 몸을 간신히 추슬렀다.

"왜……."

무엇을 말하고자 함인가. 왜, 라는 의문을 던졌지만 과연 미천하기 이를 데 없는 그녀가 물을 자격이 있을까.

"궁금한가?"

"아, 아니옵니다."

고르지 못한 호흡으로 인해 아주 미량의 미혼향이 코를 타고 들어왔다. 정신을 잃을 정도는 아니라도 술을 연거푸 들이켠 것처럼 정신이 일시적으로 멍해졌다. 조금만 맡아도 이럴진대 많은 양이 몸속에 침투하면 어찌 될지 상상만으로도 끔찍했다. 대답하기도 힘든 그녀건만 황태자는 미혼향쯤에야 전혀 구애되지 않는다는 태도였다. 어떻게 생겨먹은 신체이기에 미혼향이 듣지 않지? 일신의 경지가 월등히 높다고 한다면 모를까.

첫 만남을 떠올려보면 확실히 무술을 아는 신체였다. 검술은 단정 짓기 어려우나 보법만은 그녀보다 높은 경지에 있다는 건 자신도 인정하는 바였다.

'보법이 그 정도면 검술은 어떻단 말이지?'

사신위 대장 말에 의하면 황태자는 고작 호신술 몇 개만 배운 상태라 하였다. 이태기가 거짓을 말한 게 아니라면 황태자가 모두를 속이고 있다는 말이 된다. 한데 측근인 사신위가 진정 몰랐을까?

역시 황제는 황태자의 진면목을 모르고 있었다. 본인은 황태자를 조종한다고 철석같이 믿고 있을 테지만 거짓 가면연기에 놀아난 것은 누구도 아닌 황제 자신이다.

"저 여인은 황제의 첩자다."

아현은 흠칫 놀라며 어깨를 굳혔다. 그녀를 완전히 아군이라 여기지 않는다면 절대 나올 수 없는 발언이었다. 그만큼 그녀를 신뢰한다는 뜻인지 아님, 떠보는 건지. 아현은 가까스로 평정을 유지하였다.

"수년 전부터 공물을 바치듯 여인을 보내오더군."

드물게 피식 웃던 황태자가 말의 꼬리를 붙였다.

"물론 모르리라 믿고 있겠지."

정사놀음에 빠져 황태자의 맡은 바 소임을 다하지 못하고 있다는 소문은 말 그대로 소문일 뿐, 황제가 소문을 일으킨 장본인이라는 말도 되었다.

"평판을 생각하셔야 합니다."

"황제께서 바라시는데, 실망시켜 드릴 순 없지."

"그럼, 소신에게 보이신 연유가 무엇이온지⋯⋯."

휘청.

무릎에 힘이 빠져 몸이 흔들렸다. 현기증이었다. 최소한의 호흡으로 말까지 해야 했으니 아무렇지 않은 게 오히려 이상할 터였다. 퇴폐적인 향이 가득한 폐쇄된 공간 안에서 장시간 머문다는 건 역시 위험천만한 일이었다.

"글쎄."

시야가 흐릿해지며 호흡이 점점 거칠어졌다.

황태자가 자리에서 일어나 다가오는 것도 모를 만큼 독향에 사로잡히고 말았다.

탁 소리를 내며 무릎이 바닥에 닿았다. 콜록콜록. 기침이 터졌다. 숨을 가다듬으려 호흡을 조절해도 오염된 공기의 입출입만 도울 뿐이었다. 이러다 중독되기라도 하면. 계속 여기 있다간 저 여인처럼 되지 않으리란 보장도 없었다. 상상만으로도 비참했다.

황태자 앞에서 꼴사나운 짓을 할 바엔 차라리 혀 깨물고 죽고 말지.

그때였다.

타인의 손이 어깨를 잡아왔다. 황태자라는 걸 인식하기도 전에 몸 전체가 쑤욱 잡혀 올라갔다. 가늘게 뜬 눈 사이로 황태자의 얼굴이 보였다.

"편해지고 싶거든 입에서 손을 떼라."

미혼향에 중독되면 어찌 되는지 알기에, 단순히 교접만을 원하는 동물만은 되고 싶지 않아서, 호흡이 불안해진 무렵부터 손으로 입과 코를 막은 채 버티고 있었다.

편해진다는 게 과연 무슨 뜻일까. 이대로 죽으라는 건지, 아님 저 여인처럼 자제력을 상실해 짐승이 되라는 말인지.

생각이 후자로 기울자 자결하고 싶을 정도로 성적 수치심이 들어 몸을 떨었다.

"아현."

잘못 본 게 틀림없다. 그렇게 믿고 싶었는지도 모른다. 다시 확인할 길은 없지만 방금 황태자의 눈이 걱정을 가득 담고서 자신을 내려다보고 있었다. 더 이상 버티는 건 무리였다. 남은 미약한 힘마저 연기처럼 사라지고 있었다.

결국 양손이 스르륵 얼굴에서 떨어져 바닥을 향하였다. 그 순간 놀라운 일이 벌어졌다.

한 치의 주저함도 없이 황태자가 입맞춤을 시도했다.

"읍!"

공기의 흐름도 차단하려는지 입과 입 사이에는 작은 빈틈조차 없었다.

아현은 부끄러워할 정신도, 거부할 힘도 전무한 상태라 고스란히 이 행위를 받아들였다. 숨이 더 막히리라는 예상과는 달리 손바닥으로 입을 막았을 때보다 훨씬 호흡이 편해졌다. 당연했다. 이것은 남녀 간의 진한 입맞춤이 아니었다. 생사를 오가는 병자를 살리듯 오직 숨을 불어넣기 위한 행동이었다.

그런데 어쩐 일인지 수면욕구가 급속도로 쏟아졌다. 몸이 바닥에 끌려가 땅속까지 들어가는 느낌이었다. 까무룩 정신을 잃어가는 중에 아현이 붙잡았던 이성은 한 가지를 인식하였다.

'수면혈을 짚으셨구나.'

모든 힘이 빠진 아현의 몸이 축 늘어졌다.

유성의 팔이 그녀의 다리 아래와 등 쪽으로 뻗어 능숙하게 안아들었다. 그가 경계심 없이 잠에 취한 무방비한 아현의 얼굴을 지그시 응시하다 천천히 움직이기 시작했다. 그녀가 쉴 수 있는 장소를 찾아가려는 듯 미혼향이 가득한 서쪽 침전을 나와 이 층 침전으로 향한다.

발을 옮길 때마다 아현의 긴 머리채가 물결치며 흔들렸다. 부드러운 촉감이 규칙적으로 그의 팔을 두드렸다. 차가운 그의 얼굴이 메마른 웃음을 보이며 입술을 그녀의 귓가로 가져가며 읊는다.

"아직 빚을 감한 건 아니니, 안심하지 마라."

아현은 한숨을 겨우 눌러 삼키었다. 밤새도록 호위하는 거야 황태자의 최측근이니 꼭 불운이라고 할 수 없었다.

매번 아침해가 오르면 잠시 숙소에 들러 눈을 붙이고 겨우 선잠에서 깨면 하루일과를 시작하는 고된 나날이었지만 육체적인 힘듦은 조금 불편하다뿐이지 못 견딜 정도는 아니었다.

얼마 전에는 그녀가 체력적인 한계에 부딪힐지 모르니 하루일과를 늦게 시작할 수 있도록 이태기의 주청도 있었다. 황태자가 이를 승낙하여 어제부턴 충분한 휴식을 취하고 호위에 임할 수 있었는데, 문제는 다른 데에 있다고 봐야 할 것이다.

아무리 그녀가 사신위라 하여도 엄연히 남녀가 내외하건만 황태자는 거리낌이라는 자체가 존재하지 않는 듯 뻔뻔할 정도로 스스럼없는 행동을 일삼았다. 세상에 어느 누가 주군의 침전 안

까지 들어가서 호위를 한단 말인가. 황제조차도 그런 전례가 없
거늘 황태자의 지시는 기본 상식을 철저히 깨부수었다.

다행이라면 첫날 미혼향이 가득한 서쪽 침전에서만 내실을 들
어갔고 이후부터는 그 밖에서 날이 밝을 동안 보초를 섰다.

그날 일을 떠올릴 때마다 민망한 장면까지 생각나 곤혹스럽기
짝이 없었다. 정신을 잃었던 탓에 기억이 듬성듬성 매끄럽지 않
았지만 황태자의 입술의 감촉만은 잊기 힘들었다. 그건 꿈도 아
니었고 망상도 아니었다. 깨어났을 땐 그녀의 숙소였는데 어처구
니없게도 어떻게 오게 됐는지 기억이 먹물처럼 까맣게 칠해진 상
태였다. 황태자에게 물어보자니 반대로 망측한 기억을 추궁 당
할 것 같은 불길한 예감에 입을 꾹 닫을 수밖에 없었다.

'왜 이렇게 돼버린 걸까.'

게다가 지금은 한 공간 안에서 호위하는 것보다 더욱 위험한
상황이었다. 대체 무엇이 위험한지는 콕 집어 말할 수 없으나 식
은땀이 흐르기엔 충분하였다.

'정말 난처해.'

현재 아현은 어떻게 해서든 정면을 보지 않으려 갖은 애를 쓰
고 있었다. 예민한 청각이 지금만큼은 전혀 달갑지 않았다.

바스락, 스윽.

황태자의 의복이 흘러내리면서 빚어낸 소리였다. 마치 보는 이
가 한 명도 없다는 듯 망설임 없는 움직임이었다.

아현은 참으로 황송하고도 민망하여 대놓고 눈과 귀를 틀어
막고 싶은 심정이었다.

찰싹, 첨벙.

청동 첫 번째 이야기

황족만 출입이 가능하다는 금단영역, 록수정綠水靜.

제아무리 나라를 주무르는 좌호군 향도식이라도 황족을 대동하지 않고는 절대 들어갈 수 없는 천외의 지역이 이곳이었다.

아현도 황태자의 개인호위가 아니었다면 평생 가도 이곳을 두 눈으로 보기는커녕 이런 곳이 있다는 것도 몰랐을 것이다.

황족 중에서 이곳을 실제적으로 이용하는 이는 황태자가 유일하였다. 지형적으로 황태자 처소와 가장 가까운 이점도 이점이지만, 두문불출하는 황후, 그런 황후의 행동에 따르는 황제, 황태자가 꺼림칙해 애초부터 걸음 하지 않는 궁주, 이러한 개개인의 사정으로 록수정은 황태자의 개인공간이나 다름없었다.

록수정은 고지치고는 드물게 푸른 들에 에워싸인 호수의 형태로 되어 있었다. 어떤 신비한 힘이 깃들었는지 초대 황제의 병환을 낫게 한 영수靈水로도 유명하였는데, 호수 안에는 백색 물보라가 뜨거운 숨을 뿜으며 들끓었고 그 수증기가 사방을 덮어대 신선들의 놀이터라 칭하기도 하였다.

호수의 물줄기는 긴 폭포를 따라 황궁여인들이 목간을 즐기는 천수호로 이어졌다. 호수의 물이 줄어들지 않고 적정량을 항상 유지하는 건 지금까지도 황궁의 불가사의로 여겨지고 있었다.

"아현."

황태자는 주로 둘만 있을 때 직급이 아닌 명호로 그녀를 불렀다. 아현이 대답하자 높낮이가 없는 깊은 옥음이 그녀에게 향한다.

"너의 역할이 무엇이냐?"

황태자의 부름에 습관적으로 고개를 들다가 황급히 시선을 제자리로 돌렸다. 하마터면 알몸을 볼 뻔하였다.

"호위입니다."

"호위면서, 너무 떨어져 있지 않은가?"

"여기서도 충분히 가능하옵니다."

"그건 두고 볼 일이군."

혼잣말인지 그녀의 대답을 바라는 말인지 애매한 말투였다. 다시 첨벙거리는 소리가 들렸다. 아마 헤엄치고 있음이라.

아현이 사신위가 되기 전 대부분의 낮 호위는 곽남휘가 맡았다고 하였다. 하지만 호위를 인계받을 때 이런 사적인 곳에까지 함께 한다는 말은 일절 없었던 터라 곽남휘에게 되묻기도 뭣하였다.

'뭐지?'

시선이 느껴졌다. 누군가가 있다. 기민해진 감각이 제삼자가 숨어 있음을 알려왔다.

'어떻게 들어온 걸까.'

올라오는 길 하나를 제외하면 사방이 기암절벽인 록수정의 특성상 수많은 보초의 눈을 피해 들어오기란 사실상 불가능하였다. 모종의 거래가 없고선…….

'거래? 설마 황제가 보낸 자인가?'

손은 살며시 단검 쪽으로 뻗었음에도 불구하고 머리는 결정하지 못한 혼란이 진을 쳤다.

황제는 언제나 그녀를 그가 믿는 최후의 보루라 하였었다. 황제가 안배해놓은 계략이 실패로 돌아갈 시 마지막 수단이 그녀였기에 절대 꼬리가 잡혀선 아니 된다고. 그래서 최대한 연락을 자제해왔었다. 삼 년이라는 월훈 시절에조차 황제를 뵌 건 손에 꼽을 정도였다.

'정말 황제의 수하라면 어찌해야 하지?'

그녀의 부모를 생각한다면 황제의 뜻을 따라야 하지만 본심은 이미 황태자에게 향하고 있으니 실로 어려운 선택이었다. 그러한 그녀의 고민은 황태자를 향해 날아가는 표창으로 인해 깨끗이 비워졌다.

피이잉! 피이잉!

'전하가 위험해!'

무의식적인 반응이었다. 땅을 강하게 차 황태자 쪽으로 몸을 튕겼다. 오른손은 단검을 호수 끝 가장자리 수풀에 있는 그림자를 향해 던졌고 왼손은 장검으로 표창 세 개를 동시에 쳐냈다.

"윽!"

수풀 쪽에서 아픈 신음이 터졌다. 이 일로 황제에게 추궁을 당하리란 걱정은 저 멀리 보내버렸다. 어차피 일어난 일, 어쨌거나 그녀의 본분은 황태자의 호위니 별수 없다 여겼다.

상처 입은 범인을 잡기 위해 아현은 검은 그림자를 향해 달렸다. 단검은 사내의 어깨에 꽂혀 있었다. 자신을 뒤쫓는 그녀를 본 복면의 사내가 품에서 무언가를 꺼냈다. 거리가 좁혀지자 다급한 동작으로 그녀 앞에다 던진 그것은 연막탄이었다.

록수정의 수증기보다 몇 배에 달하는 회색 연기가 아현의 시야를 가렸다.

'놓쳤어!'

조용해진 사위가 이미 범인이 도망쳤음을 알렸다. 팔로 연기를 쫓아내며 아현은 또 다른 고민에 휩싸였다.

복면을 한 사내의 복장. 황제수하의 복장이 아니었다. 대외적으로는 황룡대가 황제 호위의 주축이지만 그녀만은 음지에서 움직이는 황제의 비밀무사를 알고 있었다. 규모가 어떠하고 활동이 무엇인지 그 속까진 모르나 유일하게 그들의 복장만은 알았던 것이다.

'황제가 아니라면 대체 누가……'

바닥에는 붉은 피가 길을 만들었으나 절벽 끝에서 흔적이 사라졌다. 계획이 실패하여 자진을 한 것인지 그 짧은 순간에 기지를 발휘해 핏자국으로 유인해놓고 다른 방향으로 도망친 건지.

어쨌든 황태자를 지켰지만 흉수를 밝히지 못했으니 완벽하지 못한 호위였다. 변명의 여지가 없었다. 제자리로 돌아가면서 아현은 뭔가를 빼먹은 찜찜함에 잠시 골몰하였다.

'아차, 전하!'

살수가 침입하면 적어도 몸을 숨기려 하는 게 보통 사람의 심리다. 황태자가 보통 사람은 아닐지라도 목숨이 걸리면 누구나가 그럴 것이다.

한데 표창이 날아오고 복면의 사내가 도망간 이 시점까지 황태자는 어떤 움직임도 없었다. 아니, 정확하게는 움직이는 소리가 들리지 않았다. 물속에서 나왔다면 몸에서 떨어지는 물방울음이 들렸을 테고, 나오지 않았다면 물살을 가르는 기민한 움직임과 함께 찰랑이는 수음水音이 들려야 정상이었다.

'혹 튕겨냈던 표창에 상처를 입으신 건?'

황태자가 가진 일신의 실력이라면 괜찮으리라 단정 짓지만 혹시나 하는 변수를 염두에 두지 않을 수가 없었다. 물론 그가 어느 정도의 신위를 소유했는지 그녀로선 측정불가라 오히려 불안이 가중되는 효과를 가져왔다.

"전하!"

수면이 마치 평온한 휴식을 취하는 것처럼 잔물결도 일지 않았다.

주위를 둘러봐도 그녀 혼자였으니 황태자의 귀한 옥체가 있는 곳은 물속뿐이라. 물에 사는 생물이 아닌 이상 정지된 호흡으로 장시간 버티는 건 불가능할 터.

최악의 그림을 그리고 싶지 않으나 머리카락조차 보이지 않는 황태자로 인해 심장의 수분이 빨리는 것처럼 속이 바짝 탔다. 무술을 오래 연마한 사람이라 해도 호흡을 못 하게 되면 죽는 것이 자연의 이치. 냉철하게 정황을 살피고 분석하고 자시고 할 게 없었다.

마찰력을 최소로 한 자세로 몸을 호수 쪽으로 달렸다. 호수와 만나는 마지막 지지대인 땅을 박차고 몸을 내던졌다. 거센 물보라가 일어났다. 끓어오르면서 생기는 물방울이 시야를 방해하였다. 아래로 더 내려가면 물이 점점 뜨거워져 자칫 화상을 입을 우려가 있었지만 현재 아현에게는 이것저것 따질 여유가 없었다.

'전하, 제발.'

숨을 차단한 채 폐를 크게 부풀렸다. 막 양손을 뻗으며 발을 세차게 구르려던 그때, 그녀는 보게 되었다. 깊은 잠에 빠진 듯 물에 몸을 맡긴 황태자를.

사방으로 뻗은 머리카락이 살아 있는 생물처럼 유연하여 얼핏 보면 괴기스럽다가도, 한편으로는 신화에서나 나올 법한 정교한 조각 같아 급박한 상황임에도 불구하고 가슴이 떨려왔다.

　'상처는 없어 보이는데.'

　황태자가 알몸이라 구석구석 살피지 않았지만 대략적인 감으로 큰 상처는 없어 보였다. 그렇다면 왜 정신을 잃으신 걸까.

　아현은 최대한 조심스런 손길로 목이 졸리지 않게 왼팔로 감아 지상으로 이끌었다. 부력으로 무게가 감해졌다고는 하나 원체 신체가 건장하고 키도 일반 사내들보다 훨씬 컸기에 결코 쉬운 작업은 아니었다. 자유로운 오른손을 뻗자 수면이 손가락에 걸렸다.

　"하아, 하아, 하아."

　물속에서 끈기 있게 버텼던 폐가 허겁지겁 공기를 들이마셨다. 아현은 황태자의 얼굴을 하늘로 향한 채 호숫가로 조심히 데려갔다. 그의 몸을 물 밖으로 꺼내려다 알몸이었던 게 떠올라 상체만 겨우 걸쳤다. 함부로 만져선 안 되는 옥체지만 피치 못할 사정인지라 눈을 딱 감고 손을 가져가 어깨를 흔들었다.

　"전하! 전하! 눈을 떠주십시오."

　그래도 반응이 없었다. 맥박은 뛰는데 코밑에 가져간 손가락에는 호흡이 느껴지지 않았다. 불안감 탓인지 심장이 불규칙적으로 쿵쾅쿵쾅 울려댔다. 선택의 여지란 이성적일 때나 가능하지 현재 아현에게는 여유를 차릴 여력이 없었다. 떨리는 손을 진정시키려 애쓰며 그의 턱을 올려 기도를 확보하였다.

　'의미 있는 행동이 아니야. 단지 이건…….'

결심한 듯 고개를 한 번 끄덕하고 입술을 또 다른 입술 위로 포개었다. 사내의 것인데도 장시간 따뜻한 곳에 있어서인지 이완된 피부가 더없이 부드럽고 촉촉하였다. 분산되는 신경을 다잡으며 숨을 깊게 불어넣었다. 두 번을 넣고 입술을 떼어 그의 호흡을 확인하다 다시 처음을 반복하였다.

아현이 황태자를 살리려 그렇게 애를 쓰는 사이, 시체처럼 있던 손가락이 꿈틀거렸다. 처음에는 손가락만 살짝 움직이다 마치 들키지 않으려는 속셈인 양 살수보다 더한 조심스러움으로 손목과 팔을 천천히 올리는 모습이었다.

애석하게도 아현은 다른 곳에 정신이 팔려 있던 터라 전혀 눈치 채지 못하였다.

'뭐지……?'

이상한 낌새를 차렸을 땐 이미 황태자의 손이 움직일 수 없도록 아현의 머리를 고정시킨 뒤였다. 그리고 연속공격이 이어졌다. 숨을 불어넣는 입을 통해 물컹한 무언가가 쑥 밀고 들어왔던 것이다.

대경실색하여 입을 떼려는데 머리를 누르는 압력 때문에 행동마저 봉쇄되었다. 정말 부지불식간에 일어난 일이었다.

"으읍!"

더 이상 커질 수 없을 만큼 눈이 동그래졌다.

도톰한 입술을 빠르게 핥으며 따뜻한 동굴 속으로 들어온 그는 움츠린 그녀를 살살 어르고 달래 향기로움을 흠뻑 빨아들였다.

아현은 잔뜩 얼어버려서 황태자가 마음껏 맛보며 제 욕심을 가득 채우는 것을 막지 못하였다.

"자, 잠깐……."

의식은 있지만 육체와는 분리된 방관자처럼 이 모습을 지켜만
보는 느낌이었다. 저지해야 한다는 생각은 들지만 막상 어디서부
터 막아야 할지 깜깜절벽이었다. 아편을 한 사람처럼 정신마저
몽롱하여 정상적인 사고는 사실상 불가능하였다. 점막이 부딪치
며 나는 마찰음이 록수정 안에서 은은하게 퍼졌다. 오직 그녀의
소원은 제발 아무도 발걸음 하지 않기를 바라는 것뿐이었다.

영원히 이어질 것 같던 입맞춤은 시작처럼 끝도 갑작스러웠다.

입술을 뗀 황태자가 피식하며 번들거리는 아현의 입술을 엄지
로 훑었다.

"빚, 이걸로 감해주지."

'아, 빚이었구나.'

머리를 둔기로 한 대 맞은 느낌이었다. 낯을 붉힐 새도 없었다.
백 냥의 빚, 그리고 입맞춤. 두려움과 설렘이 섞였던 심장의 울림
이 황태자의 발언으로 속도를 늦추었다. 가슴에 휑한 바람이 이
따금씩 불었다. 기대를 한 것도 아닌데 왜 가슴 둔치가 콕콕 쑤
시는 걸까. 어리석고도 어리석다. 황태자의 눈은 여전히 얼음을
품고 있거늘.

"닦을 천과 의복을 갖고 오너라."

"예……."

굽혔던 다리를 펴니 찌릿함이 타고 올라왔다. 일어서는데 몸
이 무거웠다. 옷이 물에 젖어서인지 아니면 마음 탓인지 모르겠
다. 쓴웃음을 물고 수건과 의복을 들고 와 황태자에게 건네며

공손히 머릴 숙였다.

자리에서 일어난 황태자가 수건으로 몸을 닦고 옷을 입을 때까지 그녀의 눈은 바닥에 고정된 채였다. 그것은 그의 알몸을 보지 않으려는, 많은 것을 내포한 자제였고 스스로를 다스리는 제동이었다.

"아현."

"예, 전하."

황태자가 손등을 그녀 눈앞에 스윽 내밀었다.

"전하, 어찌하여!"

실핏줄 모양처럼 가늘게 긁힌 상처였다. 죽을 상처는 아니지만 감히 옥체를 훼손한 것이나 다름없어 싸한 느낌이 등줄기를 타고 내려갔다. 허둥지둥 옷 사이를 뒤져보지만 마땅히 나오는 건 없었다.

"당장 처소로 돌아가시지요. 상처 치료를……."

아현의 말을 유성이 싹둑 잘랐다.

"필요 없다."

"하오나, 피가 계속 나오고 있습니다."

차가운 무표정 그대로 그녀를 내려다보던 그가 다소 사악하게 이죽이며 명하였다.

"그럼, 핥아라."

"……예?"

아현은 자신이 잘못 들었다고 생각하였다. 확인하듯 멍하니 되묻는 그녀에게 쐐기를 박는 냉정한 음성.

"상처를, 핥으라 하였다."

"전······."

"너의 과오니, 책임져야 하지 않느냐."

반박할 수가 없었다. 황태자의 명이니 이보다 더한 것도 해야 하는 입장이었다. 다른 이의 명령이었다면 억지스러운 요구에 당연 굴욕감을 느꼈을 테지만 황태자에겐 그다지 거부감이 들지 않았다. 역시 마음이 기운 상대라 그런지도.

또 속이 쓰리다.

"신의 무례를 너그러이 용서해주시옵소서."

그 앞에 한쪽 무릎을 꿇고 상처 입은 옥수를 양손으로 떠받쳤다. 살며시 머리를 숙여 입술을 상처자국으로 내렸다. 처음에는 입술로 천천히 쓸다가 혀를 내밀어 피를 느릿느릿 핥았다.

구토감이 일 정도로 비릿해야 할 피가 어찌 된 일인지 꿀처럼 달다. 정신이 이상해진 게 분명하다.

행동이 반복될수록 황태자의 손이 잠시잠깐 움찔하며 굳었지만 그녀를 멈추게 하진 않았다.

더없이 어두운 청남빛을 띤 유성의 눈동자가 하나라도 놓치지 않으려는 듯 매의 눈으로 아현을 내려다봤다. 수줍게 내밀어진 분홍빛 혀가 붉게 변하는 모습은 뭇 사내라면 견디기 힘든 유혹이었으며, 사내의 본능을 자극하기에 충분하였다.

그때였다.

하염없이 아현을 지켜보던 유성의 눈이 번쩍 시선을 올려 먼 곳을 응시하였다. 마치 누구를 향해 경고를 보내듯 날선 눈빛이 상당히 매서웠다.

록수정 가장자리, 그림자가 진 수풀 안에 살수가 아닌 또 다른 사내가 황망한 시선으로 그들을 보고 있었다. 황궁 내에서도 몇 되지 않는 사신위 정복차림인 그는 곽남휘였고 아현과 황태자가 록수정에 들어섰을 때부터 사전에 유성이 명한 대로 숨어서 지켜보고 있었다.

항시 주위를 살펴야 하는 황태자의 신분상 이중 삼중으로 호위를 세우는 건 흔하디흔한 일이었다.

'저걸……, 보이기 위해 나를 부르신 건가? 내 마음을 알고서……?'

비틀린 입가에 매달린 황태자의 냉정한 웃음. 명백한 도발이었다.

그러나 유성은 저의 모든 행동이 제 것을 지키려는 수컷의 본능임을 깨닫지 못했다.

4
제의

"궁주마마, 곧 주안문이옵니다."

"그렇구나."

주인의 신분을 알리듯 화려하기 그지없는 가마가 호위를 대동하고서 이동 중이었다.

작은 창이 열리며 가마만큼이나 화려한 외모를 자랑하는 여인의 얼굴이 나타났다. 그녀는 월제국의 유일무이 황제의 서녀 유소화로 유백과 그의 후궁 한 씨의 소생이었다.

지금의 황후는 유백의 두 번째 정실이며, 첫 번째 부인은 유소화가 태어나기도 전에 일찍이 생을 마감하였다. 유백에게 시집온 첫 해에 요절하였으니 그 밑으로 자식이 있을 리 만무하다.

유백의 처음이자 마지막으로 자식을 본 게 서녀인 유소화였다.

정실이 죽고 그 빈자리를 후궁 한 씨가 차지할 수도 있었으나 본디 욕심이 없고 분수를 아는 이라 본인이 거절하였다. 유일하게 욕심을 부린 게 있다면 자식이었다.

한 씨는 태생이 병약하여 유산만 세 차례 경험하였고 죽을 고비를 몇 번 넘겨야 하는 등 힘겨운 사투를 벌여왔다. 자식을 얻

청동 첫 번째 이야기

고자 하는 한 씨의 눈물겨운 의지를 하늘도 불쌍히 여겼는지 모두가 자식복도 없는 불쌍한 여인이라며 혀를 쯧쯧 찰 때 태중에 귀한 아기를 가지게 되었다. 당시 한 씨의 나이, 서른을 훌쩍 넘은 노산이었다. 그렇지 않아도 허약한 몸, 유소화가 태어나자 한 씨의 몸은 극도로 쇠약해졌다.

결국 소화가 열한 살의 봄을 맞던 날, 한 씨는 한 줌의 흙으로 돌아갔다.

궁주 유소화의 기억 속 어머니란 항상 머리에 흰 천을 두르고 탕약만을 의지해 생을 이어가는 초라한 모습이 다였다. 힘도 없고, 볼품도 없고, 아무 쓸모도 없는 뒷방의 골동품처럼.

그러한 어미의 모습이 안쓰러운 한편 자신이 왜 이따위 여인에게 하루도 빼먹지 않고 문안인사를 가야 하는지 징그럽게도 짜증스러운 그녀였다.

'어머니가 돌아가신 날도 이처럼 벚꽃이 만발하였지.'

쓸데없이 감상에 젖어드는 자신이 못마땅한지 그렇지 않아도 위로 올라간 눈 꼬리가 더 밉게 상향곡선을 그렸다.

서녀라 궁주신분에 머물러 있긴 하나 유백의 핏줄이라는 희소가치로 정실자식 못지않은 대접을 받는 유소화였다. 궁주신분에다 황후마저 유소화를 어여삐 여기니 누구도 감히 그녀를 업신여기지 못하였다. 주위에서 이리 떠받들어주니 철없음은 물론이거니와 스스로가 황제, 황후 다음이라 떵떵거릴 만큼 방자함이 하늘을 찔렀다.

그릇된 사고와 조심성 없는 언행에 황태자가 경고를 줄 만도 하건만 여태까지 조용한 걸 보면 황제에게 잘 보이려는 수작이

거나 발톱을 숨겨 때를 기다리는 범이라고 호사가들은 입방아를 돌렸다.

황제와 황후를 등에 업고 제멋대로 날뛰는 그녀라지만 유소화에게도 천적은 있다.

그것은 바로 황태자 유성.

황태자를 깎아내리고 막말을 할 땐 그녀의 측근들만 있는 공간에서지, 엄연한 법도가 존재하는 황궁에서 대놓고 지껄일 정도로 사리분별이 없진 않았다. 솔직히, 이는 황태자의 신분이 그녀보다 앞서기 때문이라기보다는 유성 자체가 꺼림칙하기 때문이라고 할 수 있었다. 꿍꿍이를 파악하기 힘든 무표정한 얼굴과 어느 때고 냉정함을 잃지 않는 무섭기까지 한 평정심이 항상 마음에 걸렸었다.

황태자의 수족이었던 사신위 중 한 명이 낙마하여 즉사하던 사건이 있던 날에도 눈 하나 깜박하지 않는 비정함에 소름마저 돋았었다. 보통 독한 인물이 아니었다.

무엇보다 소화는 황태자가 두려웠다. 분명 궁지에 몰리고 있는 건 황태자건만 왜 그녀 자신이 쫓기는 기분을 느껴야 하는지. 누구에게 밝힌 적은 없지만 가끔 눈이 마주칠 때마다 잔털이 곤두서며 오싹한 괴기스러움에 가끔 자다가도 잠이 깰 정도였다. 그것은 두려움이었다. 결코 인정하고 싶지 않은 진실.

"궁주마마."

가마가 주안문을 넘기 시작하자 소화 옆에서 궂은일을 도맡아 하는 시녀장이 옆으로 바짝 다가왔다.

은밀한 부름에 소화가 가마꾼들을 살피다 귀를 최대한 가까이 붙었다.

"실패하였다 하옵니다."

여태 전적을 살펴봐도 큰 기대를 하지 않았다. 처음부터 목숨을 노린 게 아닌 위협을 줄 목적이긴 하였으나 실패라는 말은 역시 기분 나빴다.

엿새 전 황태자가 록수정에 갈 예정이라는 소식을 접하고 미리 살수를 숨겨뒀다. 물방울 하나가 끊임없이 한 지점에 떨어지면 단단한 바위도 구멍이 나듯, 계속적인 위협을 가하면 황태자도 사람이니 빈틈이 보이지 않을까 해서였는데, 역시나 실패란다.

"그나저나 궁주마마."

"왜 그러느냐?"

시녀장이 듣는 이가 없나 눈치를 보다 더욱 목소리를 낮췄다.

"폐하께서 노하셨다 합니다."

"노하셨다고?"

"네, 향 좌호군을 모시는 아이가 일러주었습니다."

의심을 피하기 위해 살수를 심어둔 그날, 일부러 나들이를 평계로 출궁하였었다.

"흥, 난 향도식 그자도 마음에 안 들어."

"궁주마마, 목소리를 낮추시옵소서."

"어쨌거나, 걱정할 일은 아니야."

"이번 일로 경계심이 높아진다고……."

"황후마마께 청을 올리면 문제될 게 없지 않니?"

누구보다 황후를 끔찍이 여기는 황제셨다.

유소화가 아무리 분에 넘치는 잘못을 하여도 황후에게 매달려 용서를 빌면 만사가 해결되었다. 궁주에게 한없이 너그러운 황후라 황제조차 버릇 나빠지니 그만 받아주라 할 정도이니, 불쌍한 척 잘만 아뢰면 이번 일도 별 탈 없이 넘어갈 것이 분명하다.

"뭐가 이렇게 시끄러운 게야?"

시장바닥처럼 온갖 잡소리가 그득하진 않지만 군중이 내는 웅성거림은 평소와 사뭇 달랐다. 지나다니는 사람만 많았지 큰 행사가 아니면 휑할 정도로 넓기만 한 주안문 광장이라 웬만해선 소란스러울 리가 없는 곳인데 말이다.

"사람들이 몰려 있어서 보이지 않사옵니다."

"가마를 멈추어라!"

유소화의 도도한 명에 가마꾼들이 딱 맞춘 보폭으로 즉시 세웠다.

"금희, 넌 가서 무슨 일인지 알아보고 오너라."

"예, 알겠습니다."

시녀장 추금희가 되돌아온 건 일다경—茶頃이 지나서였다.

"궁주마마, 시비가 붙었나 봅니다."

"궐내 순찰대는 놀고 있는 게야?

"상대의 관직이 높은지라 그들 또한 이러지도 저러지도 못하는 상황이었습니다."

"누구였느냐?"

"황태자 직속 사신위와 저희 쪽 월령月逞무사였습니다."

월훈이 황태자 호위대라면 월령은 궁주 쪽이었다. 평소 적대관계를 그다지 감추지 않는 두 무리의 특성상 충분히 있을 만한 접촉이었다.

"그래? 오랜만에 재미있는 구경을 하겠구나. 가마를 내려라. 여기서부터 걸을 테니."

소화는 잘되었다 싶었다. 어떻게 해서든 사신위의 꼬투리를 잡아 밟아줄 수 있다면 막힌 속이 조금은 풀릴 터다. 처신에 맞지 않는 화풀이겠으나 거만한 황태자를 생각하면 너무나도 괘씸하여 마냥 있을 수가 없었다.

"궁주마마 납시니 물러서라 이를까요?"

"됐다. 뒤에서 지켜보다 적당할 때 말할 참이니까."

유소화가 군중들 가까이에 가서 앞을 막고 있는 사람을 눈치껏 쫓아내고 그 자리에 당당히 섰다. 한참 재미난 구경 중이라 그런지 저들 옆에 궁주의 존재를 아는 이는 없어 보였다.

소란의 중심에 있는 월령무사가 불만 가득한 항의를 터뜨렸다.

"상관없는 일에 끼어들지 마시지요."

"전하의 시녀에다 희롱까지 당하고 있는데 내가 어찌 그냥 지나칠 수 있겠는가?"

"희, 희롱이라니요? 누가 희롱하였단 말입니까?"

방귀 낀 놈이 성을 낸다고 월령소속무사가 감히 저보다 높은 품계의 사신위에게 대들다니 참 어처구니없는 장면이었다.

"그럼 내가 본 것이 무엇이냐?"

"무거운 짐을 들고 가기에 도와준 것밖에 없습니다. 다만 그뿐입니다."

제 주인의 성정을 닮아서일까. 닭 먹고 오리발도 이보다 뻔뻔하지 않을 것이다.

"내 눈은 장식이던가? 분명 보았다. 지금 시녀의 길을 막고 손목을 끌지 않았다고 발뺌하는 것이냐?"

눈을 가늘게 뜨며 곰곰이 생각하던 유소화가 옆의 시녀장에게 살짝 물었다.

"저자는 누구냐?"

"사신위의 아현이라는 여인이옵니다."

"그래?"

사신위의 아현이라면 소화도 아는 자였다. 직접 보진 않았으나 뛰어난 지력과 실력을 겸비한 사신위 최초 여인무사라는 건 소문으로 익히 들어 알고 있었다.

불만을 품은 소화의 눈썹이 얄밉게 슬쩍 올라간다. 우락부락한 사내와 엇비슷한 여인을 상상한 것과 달리 외모가 의외로 출중하였기 때문이다. 자세히 보니 아름답기로 소문이 자자한 뭇 양갓집 규수보다 훨씬 빼어난 외모였다. 단출한 무사정복을 입은 지금도 이럴진대 만약 고운 옷과 장신구로 단장하면 어찌 될지, 같은 여인으로서 가히 못마땅했다.

"그것은 잘못 본 것입니다."

"손목을 잡지 않았다 이거냐?"

"예."

아현이 옆에서 안절부절못하고 벌벌 떠는 시녀의 붉게 물든 손목을 잡고 내보였다. 빼도 박도 못하는 증거였다.

"모, 모르는 일입니다."

잘못을 뉘우치지 않고 덮기만 하려는 작태에 아현의 분노가 끓어올랐다.

"정녕, 끝까지 이럴 텐가!"

서슬 퍼렇게 쳐다보는 아현의 눈초리에 찔끔한 월령무사가 이제 나도 모르겠다는 식으로 울컥 소리쳤다.

"자, 잡긴 잡았으나 저 계집이 먼저 꼬리를 쳤습니다요."

"아현 님, 억울하옵니다."

눈물이 핑 돌던 시녀가 결국 작은 울음을 터뜨렸다.

"네가 진정 황부로 잡혀가 추국을 받고 싶구나!"

황부란 말에 덜컥 겁이 난 월령무사가 급히 꼬리를 내렸다.

"소인이 잘못하였습니다. 죽을죄를 지었습니다요. 한 번만 봐주십시오. 네?"

하지만 겉보기에만 그럴 뿐 고개 숙인 눈에는 원망과 오기가 뒤섞여 있었다.

수하의 지위는 주군의 위치와 함께 움직인다. 황태자가 온전히 인정을 받아왔다면 절대 품을 수 없는 적개심이었고 악의였다. 황태자의 품계가 궁주보다 앞서듯 그의 수하인 월훈도 월령보다 높았다. 월훈의 상관이 사신위임을 감안하면 아현과 월령무사 사이에는 엄격한 서열이 존재했다.

그러므로 건방진 월령무사의 태도는 그동안 황궁에서의 황태자의 위치와 그를 업신여긴 궁주 사이를 대변하는 것과도 같았다.

"오늘 일은 이대로 묻을 것이니 다시는 이런 일이 없어야 한다."

"당연하옵지요."

비굴하리만치 굽실대는 무사를 보는 아현의 마음도 솔직히 편치 않았다. 그녀의 행동 하나하나가 황태자의 얼굴에 먹칠할 수도, 자칫 그의 목숨마저 위협할 수도 있는지라, 매순간 조심에 조심을 거듭하고 돌다리를 두드려야 할 자리가 사신위라는 직책의 무게였다. 질 나쁜 장난을 눈감고 넘어가도 되었다. 하지만 시녀의 겁에 질린 눈동자를 보는 순간 어린 날의 자신을 보는 듯하였다.

오직 스스로의 힘으로만 우뚝 서야 했던 우울한 과거. 방패막이 없던 시린 나날들.

종종 황태자 처소의 시녀들을 건드리는 월령이니 응당 버릇을 바로잡아줘야 한다는 변명을 내세우며 끼어들었던 것이다.

"이만 너도 볼일 보러 가보아라."

"아현 님, 감사하옵니다."

바닥에 떨어진 짐을 챙기는 시녀를 지켜보다 아현도 할 일이 생각나 등을 돌려 걸음을 옮기려던 참이었다.

스르릉.

검신을 뺄 때 나는 예리한 음.

등줄기에 예기가 흐르며 오싹함이 지나갔다. 뒤를 보자 잘못을 뉘우친 줄 알았던 월령무사가 앙심을 품고 검을 시녀에게 치켜들었다. 놀랄 새도 없었다. 쾌를 이용한 발검으로 시녀 목을 내치려는 살초를 아슬아슬하게 막았다.

아현은 모르겠지만 이는 궁주 유소화의 지시였다.

"멈춰!"

이어지는 공격에 어쩔 수 없이 상대의 다리를 찔러 허점을 노렸다. 피가 흘렀다.

상처를 입어 흥분한 월령무사가 죽자 살자 덤벼들었다.

구경꾼들은 심각해지는 상황에 걱정스럽게 보긴 했으나 직접적으로 중재하는 자는 없었다. 그럴 것이 대결 중에 끼어드는 건 제아무리 고수라 하더라도 지극히 위험한 일이기 때문이었다.

접전은 길지 않았다. 애초에 비등한 실력이 아니었으니 당연했다.

상대는 볼썽사나운 자세로 두 팔에 몸을 지탱한 채 넘어졌고 아현의 장검 끝은 상대 목 중앙에 닿았다.

궁주의 위세를 믿고 떵떵거린다 하나, 그렇다 해도 월령무사의 행동은 무모한 치기와 어리석은 자만심에 가득 차 있었다. 믿는 구석이 있을수록 덤빌 때와 참을 때를 구분해야 함은 황궁에 드나드는 자라면 모르지 않을 터. 많은 사람들이 몰려 있는 지금, 고작 월령무사가 사신위에게 하극상에 준하는 죄를 저질렀다. 이런 빌미는 저에게 하등 도움이 되지 않을 텐데 무엇을 얻고자 어처구니없는 짓을 하였는가.

"모두 예를 갖추어라. 궁주마마시니라."

그러한 의문은 궁주 유소화의 등장으로 즉시 멈추어야 했다.

아이고, 어쩌나! 큰일 났구나!

맡은 소임을 다해도 모자랄 시간에 번민 없는 백성처럼 싸움 구경을 하고 앉았으니 필시 궁주의 따끔한 외침이 있으리라 다들 목을 움츠려 이마를 땅에 바짝 댔다.

아현의 눈에 난처함이 생겼다가 찰나로 사라졌다. 그녀는 월령무사의 행동을 이제야 이해할 수 있었다. 궁주가 있었으니 거리낄 게 뭐가 있고 무엇이 두렵겠는가.

"사신위 소속 아현이라 합니다. 궁주마마를 뵙게 되어 무한한 영광입니다."

다른 이들이 절을 하듯 엎드린 자세와 다르게 아현은 절제된 동작으로 한쪽 무릎을 꿇어 간단한 예를 취하고 일어섰다. 이는 황궁의 서열상 궁주보다 황태자가 앞서기에 주군보다 높은 인물이 아니라면 두 무릎을 꿇지 않는 예법을 따른 것이다.

이를 앎에도 소화의 낯은 불쾌한 티가 역력했다.

"사신위가 어인 일로 그보다 약한 무사를 해코지하는 거지?"

이럴 줄 알았다. 궁주를 뵌 건 오늘이 처음이지만 풍문으로 들리는 그 됨됨이를 모르진 않았다.

"그것이 아니오라……."

"듣기 싫다!"

"궁주마마, 소인의 말을 들어주시옵소서!"

"듣지 않아도 이 상황을 보면 답이 나온다. 어디 실력을 과시할 데가 없어서 힘없고 나약한 무사를 괴롭히느냐?"

"그게 아니옵니다. 시녀를 희롱하던 자라 한 번은 넘어갔으나 나쁜 마음으로 검을 쓰기에 어쩔 수 없이……."

"듣기 싫다 하였어! 사신위씩이나 되는 자가 본인 안위만을 위해 변명을 일삼고 굴복하지 않다니. 이를 그냥 두고 볼 수가 없구나. 내 너를 본보기로 하여 황궁의 규율을 바로잡을 것이니라."

아현은 눈앞이 아찔해져왔다.

궁주의 고집이라면 황제라도 쉬이 꺾지 못한다고 들었다. 옳고 그름이 문제가 아니다. 궁주가 독한 마음을 먹었으니 크든 작든 벌이 내려지는 건 기정된 사실. 억울한 심정을 토로하거나 변명을 계속해봤자 궁주의 화만 돋우고 형만 늘릴 뿐 현재 해결책이라 볼 수 없었다.

아현은 입안의 속살을 살짝 깨물었다.

궁주가 내리는 고통이 무서운 게 아니었다. 이로 인해 황태자의 위신에 작은 흠집을 낸 이가 다름 아닌 그녀라는 것이 괴로웠다.

그때 마침 놀라운 호령이 들려왔다.

"황태자전하 납시오! 길을 비키시오!"

아현이나 소화나 너 나 할 것 없이 깜짝 놀라고 말았다. 급히 예를 취하면서도 두 사람의 머리는 어지럽게 돌아갔다.

소화는 얕은 수가 틀어졌다는 분함 때문에, 아현은 피해오던 황태자를 마주해야 한다는 난처함 때문에, 각각 유성의 등장을 그다지 반기지 않았다.

황태자의 눈이 머리꽁지만을 내밀어 어깨를 움찔거리는 여러 사람들과 궁주 유소화, 피 흘리는 부분을 최대한 숨기려 하는 월령무사, 마지막으로 아현에게 답답할 만큼 느린 시선을 이어갔다. 그리고 던지는 한마디.

"무슨 일인가?"

"사소한 일이옵니다. 전하께옵서 신경 쓰실 만한 일이 아니옵니다."

유소화의 아뢰는 말은 넌 상관할 게 아니니 냉큼 가던 길이나

가라는 축객령과 다를 바 없었다. 무표정인 그를 봐선 알아들은 건지 어쨌는지 도통 모르겠다.

모두들 황태자의 눈치를 보며 침을 꼴깍꼴깍 삼킬 때 영원히 닫혀 있을 것 같던 그의 입이 열렸다.

"현 사, 따라와라."

"예?"

아현의 대답이 그 어느 때보다 멍청했다. 그녀가 피 묻은 검을 왜 쥐고 있는지, 상처 입은 무사와 어떠한 일이 있었는지, 나들이 갔던 궁주는 여기서 무얼 하고 있었는지, 눈에 훤히 보이는 상황으로 대략 몇 개의 질문은 충분히 가능함에도 유성의 입에서 나온 명은 고작 이것이었다.

소화로서는 황태자가 사사건건 참견하는 것도 곤란하지만 자기가 골탕 먹이던 인물을 도중에 쏙 빼가는 것도 아니 될 일이라 발끈하며 끼어들었다.

"전하, 아현 저자는 소녀와 얘기가 끝나지 않았사옵니다. 나중에 보내겠으니 먼저 발걸음 하심이……."

"얘기?"

말을 툭 자른 유성이 서늘한 눈으로 소화를 보자 그녀는 황급히 시선을 피했다.

"보시다시피 소녀의 무사에게 앙심을 품은 저자가 해를 가하였습니다. 이는 엄히 다스려야 할 일이라……."

"앙심이라고 하였느냐?"

두 번이나 말이 막혔음에도 소화는 제 성질을 부리지 못하였다. 황태자 앞에 서면 자꾸 초라해지는 자신이 밉지만 이는 그녀로서도 어찌할 수 없는 부분이었다.

황제가 살기를 뿌리며 능지처참이니 뭐니 길길이 날뛰는 것보
다 황태자의 끝없는 차가움이 왠지 모르게 더 무서운 유소화였
다. 이를 감추듯 소매 안에서 주먹을 불끈 쥐며 카랑카랑한 목소
리에 힘을 실었다.

"여기 소녀의 월령무사를 보시옵소서. 지위고하를 막론하고
생명은 누구에게나 소중한 것이 아닌가요? 사신위라는 높은 관
직에 있으면서 살을 즐기다니! 당연히 벌을……!"

소화가 쏟아내는 말이 뚝 끊겼다. 말이 막혀서도 아니요, 황태
자가 말을 자른 것도 아니었다. 오직 멈춘 이유는 유성의 행동에
기인하였다. 몇 발자국 떨어진 지금, 황태자의 존재만으로도 숨
막히는 소화이건만 그 상대가 점점 거리를 좁혀옴에 아무리 뻔
뻔한 그녀라도 움츠려드는 건 당연지사. 피하기는커녕 다리가 바
들거려 물러날 수조차 없었다.

소화는 그저 코앞까지 접근한 유성을 멍하니 바라볼 뿐이었
다.

"이걸 떨어뜨렸더군."

내밀어진 손 위에서 어떤 물건을 발견한 소화는 심장이 쿵 떨
어지는 충격에 말을 이을 수 없었다. 혀뿌리가 천장에 찰싹 붙었
는지 침도 넘어가지 않았다.

혼란에 빠진 소화가 받을 생각이 없자 그 옆의 시녀장에게 대
신 건네며 황태자는 쐐기와도 같은 한마디를 남겼다.

"기어이 내 수하를 벌주겠다고 한다면 이것의 출처를 아니 물
을 수 없겠군."

아주 작은 소리라 궁주 유소화만이 들을 수 있었다. 낮지만 또렷한 어조 뒤에 숨은 협박은 노골적으로 짙었다.

황태자는 정신이 이탈한 궁주를 외면한 채 싸늘한 얼굴로 그들을 몰래 훔쳐보던 군중들을 해산시키고 아현에게 다시금 명령했다.

"현 사, 따라오너라."

"예, 전하."

멀어져가는 황태자 행렬을 바라보는 유소화의 눈은 분개로 인해 붉게 물들었다. 추금희가 어쩔 줄 몰라하며 손으로 받치고 있는 그것은 소화가 보냈던 살수가 입었던 의복의 한 부분이었다. 피였음이 분명한 거무튀튀한 얼룩이 진 무복자락과 그 사이로 작게 보이는 궁주 소속의 문양표식.

이것은 록수정에서 황태자가 공격받았던 날, 곽남휘가 획득한 살수의 옷자락이었다. 황태자와 아현의 충격적인 장면 탓에 늦은 추격으로 겨우 찾아낸 흔적이었다.

"감히, 감히……."

부들부들 떠는 와중에도 그녀의 독기는 전혀 수그러들지 않았다.

시아전 일 층의 남쪽 접견실.

아현은 학장 앞에서 벌 받는 제자처럼 황태자의 처분만 기다리듯 부동자세를 유지했다. 큰 잘못을 한 건 아니나 잘못이 아예 없다고도 할 수 없어 표정이 잔뜩 굳어진 상태였다.

요 근래 아현은 황태자를 피해 다녔다. 근접호위라는 황태자의 명 탓에 줄기차게 따라다녀야 했지만 록수정의 일 이후 감모로 몸이 허해졌다는 핑계를 대며 숨바꼭질하듯 도망 다녔다. 다행히 그녀의 일을 곽남휘가 흔쾌히 맡겠다 하여 당분간 몸을 뺄 수 있었다.

록수정, 그곳에서 호위의 직분을 망각한 채 벌어졌던 뜨거운 호흡들.

정신없이 빠져들게 한 이는 황태자였으나 그것의 시작과 몰아치는 입술을 거부하지 않은 건 아현 자신이었다. 그녀로서는 꿈과 같은 일이었다. 하지만 있어선 안 될 일이기도 했다. 숨겨왔던 마음이고 앞으로도 밝히지 못할 진심이었다. 그녀조차 자각하지 않으려 애썼던 본심이 터졌고, 흘러버렸다.

하여 무장할 시간이 필요했다. 황태자와 있어도 흔들리지 않을 가면이 절실했다. 첩자라는 위험한 신분도 골치 아픈 마당에 그때 어쩌자고 순응하고 말았던가. 요망한 여인으로서의 욕심을 탓하는 것밖에.

한데 그녀보다 이상한 건 황태자였다. 근접호위를 명할 땐 아현뿐이라 번복하지 못하게 대못을 박더니 무슨 변심이 있어서 곽남휘의 대타에 일언반구도 없었을까. 아현을 보고자 하면 명령 하나에 금방 불러올 수 있는데도 황태자는 지금까지 그녀를 찾지 아니하였다.

막상 그런 태도를 보이니 허무한 건 아현이었고 심지어 서운하기까지 하였다.

"그동안 고생했겠군."

찻잔을 잠시 입에 물고 떼어낸 유성이 피식거리며 한 말이었다. 마치 아현의 엄청난 마음고생을 안다는 태도였다.

"그만두어라."

"무슨 말씀이신지……"

앞뒤 말을 툭 잘라먹고 밑도 끝도 없이 그만두라니. 무엇을 말인가.

"도망 다녀봤자 어차피 여기다."

아현의 어깨가 움찔하였다.

"도망이라니요? 소신은 전혀 그런 적이 없……"

"인내심을 시험하지 마라."

남청색의 어두운 눈이 날카로운 기를 보내자 아현은 더 이상 부정을 주장할 수 없었다.

접견실에 발을 디딜 때부터 아현을 제외한 모두를 물리쳤기에 숨 막히는 적막이 주위를 에워쌌다.

"한 가지 제안을 하지."

제안이 아니라 명령이겠지. 그녀는 자포자기하며 다음을 기다렸다.

"나의 정인이 되어라."

"정……인, 이라니요……?"

예상치도 못한 충격과, 이를 아우르는 달콤한 명령에 아현의 목소리가 가늘게 떨렸다. 뒤에 이어지는 부가설명은 그녀를 구름 위에 올려놓았다가 땅에 떨어뜨리는 위력을 휘둘렀다.

참으로 잔인한 황태자다.

"풀이한다면 위장연인이라고 할 수 있겠군."

유성은 매번 황제가 보내는 여인들에게 장단 맞춰야 하는 상황이 싫었다. 솔직히 말하자면 귀찮았다. 눈앞에 적당한 사람이 있는데 굳이 시간과 돈을 쓸 필요가 없지 않나.

게다가 아현은 자신이 의도한 여러 시험을 통과한, 썩 흡족한 상대였다.

"굳이 그럴 필요가 있으신지. 신이 아니더라도 대신할 만한 여인은 많은 것으로 알고 있사옵니다."

"질렸어."

억양 없는 단조로운 말투에 황태자의 진심이 묻어났다. 말 그대로 지친 듯 피로도 섞여 있었다.

"그런 여인들이야 발에 차일 만큼 많긴 하지. 허나 죄다 황제의 끄나풀, 모두 지겹구나."

"그렇다면 여인을 아니 들이시는 게……."

무의식적으로 본심이 나와버렸다. 유성의 한쪽 눈썹이 재미있다는 듯 스윽 올라간다.

"어떻게 쌓은 명성인데 그럴 수야 없지."

'역시 위장이었어.'

"하오나 소신은 어울리지 않습니다."

"이유는?"

"첫째, 사신위에 누를 끼치게 될 것이고, 둘째, 보는 눈들이 좋지 않으며, 셋째, 추문이 일면 전하까지 귀찮아지십니다."

"내 그에 대한 답을 하지. 첫째, 너 하나로 사신위가 하루아침에 어찌 될 일은 없을 것이고, 둘째, 보는 눈들이야 어차피 색에 빠진 황태자니 그러려니 할 것이며, 셋째, 추문은 지금도 돌고 있는데 무어가 걱정이냐?"

목소리 자체는 전혀 그렇지 않은데 그녀의 착각일지 모르나 왠지 설득하는 어조가 굉장히 부드럽게 느껴졌다. 더구나 냉정하기로 소문난 황태자가 말까지 많았다.

"추문이 돌다니요?"

"모르는가? 근접호위 첫날부터 그러하였는데. 현 사가 밤마다 황태자의 침실을 뜨겁게 데워준다고 말이지."

아현은 한마디 대꾸도 못하고 어버버거렸다. 유성의 이죽거림을 듣긴 들었으되 수 초가 지나서야 뜻을 새길 수 있었다.

순식간에 얼굴이 불타올랐다. 여인이라면 지극히 당연한 반응이었다.

"전 금시초문인지라, 어떻게 그런, 망측한, 소문이……."

"사소한 일은, 신경 쓸 것 없다."

어찌 그것이 사소한 일인가! 황태자는 상황을 너무 단순히 보고 있었다.

"다시 생각하여도 아니 될 말씀이십니다."

"어려워하지 마라. 특별히 다른 요구는 없으니. 넌 지금까지 해왔던 대로 똑같이 지내면 돼. 그것만으로도 족하다."

"지금처럼이라면 왜 굳이 그 말씀을 꺼내셨는지 모르겠습니다."

"빠르든 늦든 소문은 네게도 언젠간 들어가겠지. 그때, 부정만하지 말라는 뜻이다. 비밀처럼 보일수록 상상력은 무섭게 커지니까."

아현의 고민은 좀체 끝나지 않았다. 거절하자니 황태자의 눈초리가 무섭고, 동의하자니 빠져나올 수 없는 늪에 발을 넣은 느낌이고. 하지만 그녀도 알았다. 결국엔 황태자의 뜻을 따르게 되리라는걸.

"밤 시간만이라도 편하게 쉬고 싶군."

혼잣말로 중얼거리듯 유성의 입에서 한숨처럼 터진 말이었다.

다른 사신위에 비해 황태자를 오래 보아온 건 아니지만 이렇게 지치고 힘든 모습은 처음 보았다. 아현의 가슴에 안쓰러운 바람이 휑하니 돌았다.

황태자도 사람이었다. 그도 붉은 피를 가진 인간이었던 것이다. 안타까움이 물밀듯이 밀려왔다.

아현이 고개를 깊숙이 숙여 부복하였다.

"신, 전하의 뜻을 받들겠나이다."

그녀를 조용히 내려다보는 유성.

놀랍게도 쓸쓸한 빛을 담은 눈동자가 깜박임 한 번으로 냉정함을 되찾는다. 귀신도 곡할 정도의 탈바꿈이었다. 즐거움을 감춘 삐뚤어진 표정이 더없이 시리고 차갑다.

짐승도 사람도 세상도 모두가 숨죽인 깊은 밤. 야간보초들과 일정구역을 도는 순찰원들만이 깨어 있는 이곳 황궁.

한 인영이 어둠의 길을 밟고 살쾡이보다 날랜 움직임으로 담을 넘었다. 사신위의 네 번째 서열, 아현이었다.

'순찰대는 저쪽에 있겠군.'

순시시각과 장소를 훤히 꿰뚫고 있는 아현에겐 치안이 가장 완벽한 황궁에 출입하는 것도 한낱 마실 나가는 것에 불과했다. 하지만 자만심이야말로 화를 부르는 법. 첩자활동이 들키는 날엔 목숨은 물론, 비록 얼굴은 모르나 그녀의 유일한 가족인 부모가 황제 손에서 유명을 달리하고 말 것임을 누구보다 잘 아는 아현이었다. 그러니 단순한 작업이라도 긴장을 벗을 수 없는 운명이었다.

황제를 알현하는 장소 근처에서 주위를 꼼꼼히 살핀 다음, 안전하다 생각되자 통로입구를 열고 잽싸게 들어갔다. 얼마나 귀신같은 솜씨인지 처음부터 아현이 없었던 것처럼 흔적을 찾기 힘들었다.

통로 근처, 담 아래의 짙은 어둠에서 뭔가가 꿈틀하더니 그림자가 서서히 드러났다. 그것은 사람의 형상이었다.

순찰대가 봤다면 도깨비야 하며 혼비백산하고 말 테지만 다행히 주위는 쥐죽은 듯 조용하였다.

아현이 사라질 때까지 숨어서 지켜보던 이 인물은 한없이 가라앉은 눈으로 비밀입구를 응시했다. 사방이 어두워 의복 색은 알 수 없으나 보통 사내들보다 훨씬 건장한 몸이었기에 사내라는 것만은 쉬이 짐작할 수 있었다.

제자리에 불상처럼 서 있던 그는 한 식경이 흐르자 어둠에 동화되듯 담 쪽으로 스며들었다. 어둠을 닮은 새벽바람이 사내의 옷깃을 스쳤다. 명주 천이 살짝 펄럭이다 꼬리를 감추었는데 언뜻 용포자락으로 보이기도 하였다.

"생활하기에 어떠하냐?"

"큰 불편함은 없사옵니다."

황제의 얼굴은 탄력을 잃은 볼살이 낮게 드리워져 고약한 인상을 그대로 내보였다.

"황태자의 일과를 말해보라."

"이르면 인시, 늦으면 묘시에 기침하시며, 조찬이 끝나면 곧바로 사신위와 조의를 하십니다. 조의라 하더라도 주로 이 사람님이 주도하기에 전하는 지켜보는 입장이십니다. 그날그날이 다르신데 조의가 끝나면 서책을 보시거나 서예를 하시거나 그도 아니면 사신위 모두를 물리시고 혼자 시간을 가지십니다. 풍 사님 말에 따르면 환보궁 삼 층 난간에서 사색을 즐기신다고 들었는데, 신은 여태 본 적은 없사옵니다."

"록수정에 침입자가 있었다고 들었다."

"예, 그러하옵니다."

"한 몸 바치다시피 황태자를 구했다는 소문이 들려오더구나. 왜 그리하였느냐?"

가늘게 뜬 황제의 눈이 의심으로 빛났다. 하지만 그를 대하는 아현의 얼굴은 평온 그 자체였다.

"사전에 어떠한 통보도 받지 못하였기에 그리하였습니다. 준비되지 않은 상태에서 자칫 실패할 수도 있는 문제라 그럴 바에 황태자의 신뢰를 얻는 방법을 택했습니다."

설사 황제가 사살을 명하였대도, 같은 상황이 또 오더라도, 그녀라면 황태자를 살릴 계책을 준비하였을 것이다.

부모의 생명이 중한 만큼 이 나라의 주인이 될 황태자 또한 중하였다. 자랄 때부터 황제에 매인 몸이라 억지로 첩자활동을 하고 있긴 하지만 마음속의 진정한 주인은 황태자뿐이라고 줄곧 생각해왔다. 당장 황제를 배반할 수도 없고 황태자에게 몸을 의탁할 수도 없으니 목숨을 담보로 한 선택은 최대한 미루고 싶은 게 그녀의 본심이었다.

　누구를 선택할 수 없다. 그렇다 하여 아니 선택할 수도 없다.

　"살수를 보낸 건 궁주가 시킨 짓이다. 알고 있었더냐?"

　"짐작도 못 하였습니다."

　황태자는 록수정에서 본 살수의 존재를 조용히 물었다. 그는 아현에게 입 밖에 내지 말라 하였고, 사신위에게 조사를 명하지도 않았다.

　음해세력이 침입하여 황족을 노렸다는 말이 퍼지면 황궁은 그야말로 발칵 뒤집어져 범인 색출에 난리법석을 떨 것이다.

　황부가 조사를 핑계로 황태자 처소에 쉼 없이 드나들 것은 불 보듯 빤하였다. 제대로 조사가 이루어진다면 모를까, 빛 좋은 개살구마냥 요란만 떨어댈 게 분명하니 안 하느니만 못하였다. 이를 너무나 잘 아는 황태자이니 아현에게 그리 일렀던 것이리라.

　"궁주가 찻잎에 독도 숨겨 보낸 듯한데 그것도 몰랐느냐?"

　"전혀 몰랐사옵니다."

　이것만은 거짓이 아니었다. 그런 일이 있었던가? 평소 차를 즐기시는 황태자셨다. 독에 중독된 사람은 낯빛만 봐도 알 수 있는데 황태자에게선 찾아볼 수 없는 증세였다.

　'전하는 어떻게 독을 피하셨지?'

　아현은 왠지 모르게 소름이 돋았다. 보아선 아니 되는 황태자의 능력을 알아버린 기분이었다.

　"짐의 여식이지만 궁주는 너무 성급해. 그 행동이 어떤 파장을 불러올지 모른단 말이야."

언짢은 듯 혀를 찬 황제가 턱수염을 쓸며 아현에게 시선을 고정했다. 무인으로서의 절제된 행동이 우아하면서도 고왔다. 그녀를 키운 단 노인에게서도 들었지만 매사가 진지하고 생각이 깊다 하였다.

유소화가 그녀의 반의 반만큼이라도 닮았으면 얼마나 좋겠는가.

입맛을 쓰게 다신 황제는 불쾌함을 애써 눌렀다.

"내 오늘 널 이렇게 부른 것은 황태자 처소에 있을지도 모를 물건 때문이니라."

"정확히 어떤 물건을 말씀하시옵니까?"

"태주갑泰朱匣."

황제가 찾는 물건이라면 보통 대단한 게 아니란 말인데 그녀로서는 듣도 보도 못한 생소한 이름이었다.

"좀 더 상세히 말씀해주실 수 없으신지요?"

"손바닥보다 더 큰, 붉은빛을 띤 상자다. 겉은 금과 옥으로 치장되어 있어 휘황찬란하기가 어느 보석과 견주어도 손색이 없을 정도라지."

"신의 미천한 기억으로는 본 적이 없는 것 같사옵니다."

"쉽게 찾을 수 있는 물건이었다면 너를 거기까지 보냈겠느냐?"

'황제의 궁극적인 목적이 이것이었군.'

아현이 월훈무사 시절, 첩자로 보내놓고도 비밀지령이 없던 이유를 이제야 알았다. 황제는 태주갑을 찾기 위해 때를 기다린 것이었다.

"황태자가 소유해도 문제지만 없다면 더 큰일이지. 찾게 되는 즉시 알려야 하느니라."

"알겠사옵니다."

용건이 끝난 듯한데 어쩐 일인지 황제는 잠자코 정적을 만들 뿐, 아현을 물리지 않았다. 지엄한 황제의 명이 아니라면 물러날 수도, 얼굴을 들 수도 없는지라 묵묵히 기다렸다.

시간이 얼마나 지났을까. 아현이 막 잡생각에 빠지려는 찰나, 다소 조롱 섞인 말투가 공간을 가르며 황제의 입에서 터져 나왔다.

"소문이 어디까지가 사실이냐?"

황제의 질문에 어리둥절한 표정을 설핏 보이다 이내 그것이 황태자와 관련된 소문임을 잡아냈다.

미처 숨기지 못한 그녀의 당황을 황제가 놓칠 리가 없었다.

"표정을 보아하니 헛소문만은 아니겠군. 뭐, 그것도 좋겠지. 베갯머리송사만큼 확실한 보증은 없을 터이니."

심히 노골적인 표현에 아현의 얼굴이 새파랗게 질렸다.

"황태자와 살을 섞든 말든 그것은 네 소관이다. 하지만 명심해라. 절대 마음만은 주어선 아니 된다."

모든 게 파헤쳐져 갈기갈기 찢기는 기분이었다. 황제의 난잡한 표현에 적지 않은 충격을 받았고, 마음을 주지 말라는 단호함에 절망하였다. 그러나 반박하지 못한다. 오직 황제에게 순응해야 하는 명령체계만 존재하니까.

"명심하겠습니다."

황제는 그래도 미심쩍은지 재차 아현에게 경고했다.

첫둥 첫 번째 이야기

"황태자는 상상 외로 냉혹하니까 조심해야 할 것이다."

아현은 밖으로 나와 멍하니 하늘을 보았다. 크고 작은 무수히 많은 별들이 비가 되어 쏟아질 것처럼 눈 안에 가득 들어왔다. 황제와 함께 있은 시간이 반 시진 채 되지 않았건만 반나절을 지내온 양 누적된 피로가 온몸을 짓눌렀다. 이렇게 우두커니 서 있다간 자칫 잘못하여 순찰대에게 발각될 수 있는데도 그녀는 발을 옮기지 못하였다. 모든 힘을 앗아가는 허탈감이 정신을 멍하게 하였다.

'스승님, 전 어찌하면 좋을까요?'

무엇이 서러웠을까. 심장을 치고 올라온 울컥함이 목 끝에 걸렸다. 지금까지 잘 참아왔으면서 스스로의 나약함에 짜증이 이는 한편 너무나 속상하여 가슴이 짓물러지는 것 같았다.

'무슨 청승인지.'

반쯤 맺힌 눈물을 닦아내고 급히 몸을 움직여 숙소로 향했다. 황제를 알현코자 감모를 핑계로 그녀의 야간호위 임무를 오늘만 제하고 나왔다. 이렇게 돌아다니는 걸 누가 보기라도 하면 거짓이 탄로 나는 건 물론, 무엇을 하다 왔는지 추궁 당할 건 불을 보듯 빤한 일. 마음이 급해지자 발도 덩달아 빨라졌다.

숙소에 다다라 예민한 감각을 일깨워 사방을 살폈다. 안전하다는 확신이 들어서야 담을 넘었다. 수문을 지키는 보초들이 있었으나 이상한 낌새를 알아차리지 못하였다.

꿰다놓은 보릿자루가 이러할 것인가. 나름 백성들의 존경을 받는 황궁무사가 졸지에 허수아비보다 못한 신세로 전락한 순간이었다.

아현이 숙소로 들어가 몸을 숨긴 그때, 십 장丈 가량 떨어진 곳에서 한 사내가 모습을 드러냈다. 새벽공기 탓인지 아님 원래 그러한지 사내는 온기가 느껴지지 않는 얼굴을 하고서 그녀의 숙소를 주시하였다. 외형이나 복장을 보아하니 아까부터 아현을 몰래 지켜보던 자였다.

사내가 몸을 숨겼던 전각 모서리에서 한 발을 내딛자 달빛이 그 위로 내려앉았다. 어둠 속에서도 형형한 빛을 발하던 눈빛이 달빛 아래에서는 영험한 기운까지 받은 듯 더없이 신비로웠다. 그는 다름 아닌 황태자 유성이라.

차라리 모르는 게 약이라고, 아현이 알았다면 심장이 덜컥 멈추지 않았을까.

한동안 부동자세를 취하던 유성이 머리를 서서히 들어 달을 바라보았다.

언제나 같은 면만 보여주는 달, 마치 아현과 닮았다는 생각에 그의 입이 보일 듯 말 듯 비틀어 올라갔다.

"대체 언제쯤……."

쌀쌀한 바람이 휘이잉 불어 유성의 목소리를 묻어버렸다.

과연 그의 뒷말은 무엇이었을까.

5
소담주

조의가 한창인 시아전의 중앙실.

네 명의 사신위는 황태자의 행동에 경악하는 마음을 감추지 못하고 눈을 부릅떴다.

풍한도는 턱이 빠져버린 것처럼 입을 다물지 못했고, 이태기는 헛것을 봤다 여기고 싶은지 반복적으로 눈을 비볐다. 이 둘에 비해 얌전한 축에 속하는 곽남휘는 눈앞의 장면을 머릿속에서 몰아내듯 시선을 돌렸다.

아현이 겨우 힘을 짜내 좌측 하단 쪽으로 고개를 내렸다. 황태자 손에 붙들린 건 분명 그녀의 머리채 끝부분이었다. 취침할 때가 아니면 묶은 머리를 풀지 않는 아현의 특성상 무방비하게 늘어뜨린 모양새는 그녀로선 이례적인 일이었다.

그럴 수밖에, 야간호위를 마치고 숙소로 돌아가려는 아현에게 이런 모습으로 조의에 참석하라는 황태자의 명이 있었기 때문이다.

다른 사신위들과는 달리 주요 일이 밤 시간대라 날이 밝으면 부족한 잠을 보충하기 위해 늘 조의를 빠졌던 그녀였다. 한데 무슨 심경의 변화로 그러시는 걸까. 이것도 위장연인의 한 부분일까.

아현은 다시금 황태자의 손을 보았다. 부드럽게 머리채를 쓸어내리는 동작이 달콤하기 그지없었다. 느껴지지 않는 감촉임에도 불구하고 그의 손이 지나갈 때마다 찌릿함이 두피와 어깨를 타고 흘렀다. 솔직히, 부족한 잠으로 인해 머리가 둔한 상황이라 어떤 반응을 보이는 것이 옳은지도 판단이 서지 않았다. 고작 멍하니 보는 게 다였다.

"최근 석 달간 미복잠행이 없었는데, 이번 달 일정에 포함하도록 하겠습니다."

눈은 얼떨떨해도 맡은 바를 착실히 수행하는 이태기가 아뢰자 황태자가 알아서 하라는 듯 고개를 끄덕였다. 여전히 아현의 머리채를 쓰다듬고 휘감은 채.

황태자의 손이 율동할 때마다 그런 접촉에 면역력이 없는 아현의 어깨가 움찔움찔 떨렸다.

이태기, 곽남휘, 풍한도의 내심은 황태자가 아현만 콕 집어 옆에 오랄 당시엔 꿈에도 몰랐었다.

심장이 얼음으로 되어 있을지 모른다던 황태자가 측근들 앞에서 대놓고 여인을 희롱하다니. 게다가 여인은 사신위의 아현. 더욱 놀라운 사실은 여러 여인들과 소문을 뿌리던 과거와는 다르게 황태자가 아현에게만 집중한다는 점이었다.

[황태자가 아현이라는 여인무사 치마폭에 폭 싸여 헤어날 줄 모른다.]

요 근래 돌고 있는 소문이었다. 결코 그것이 헛소문이 아니라는 명확한 증거가 현재 눈앞에 펼쳐지고 있었다. 그것도 가장 확실한 증거가.

"황제폐하의 탄생일이 석 달 보름 정도 남았! 헙!"

"쿨럭!"

침음을 넘어 경악에 가까운 이태기와 풍한도의 반응.

황태자가 손에 쥔 아현의 머리채에 입맞춤을 하는데 그 누가 놀라지 않을까. 감히 그들을 나무랄 수 없는 일이었다.

풍한도는 경악도 경악이지만 요즘 들어 심히 변덕이 죽 끓듯 하는 황태자의 행동에 무엇이 본심이고 무엇이 아닌지 종잡을 수 없어 혼란스럽기만 하였다.

최근에 있었던 황태자의 태도를 나열하자면 이러하다. 아현을 아예 없는 사람 취급하며 무시로 일관하질 않나, 집 몇 채를 지을 수 있는 귀한 도자기를 마구잡이로 깨 그것을 아현에게만 치우게 하고. 어제는 또 어떠하였나, 눈앞에 없으면 있는 역정 없는 역정 다 부리시지 않았던가. 참 뭐랄까, 냉철하기 그지없는 황태자답지 않은 골탕이었다.

어제까지만 해도 아현이 황태자에게 밉보인 게 있어 그러려니 했는데 지금 딱 보니 어렴풋이 답이 나오는 듯했다. 어디로 보나 이건 철없는 꼬마가 좋아하는 이의 관심을 끌려고 괴롭히는 짓거리와 상당히 닮아 있었다.

황태자가 꼬마 같다니, 입 밖에 냈다간 목이 잘릴 것이다.

여기서 살짝 유성의 본심을 엿본다면 밤일하는 도둑처럼 첩자 활동을 계속하는 아현 때문에 속이 뒤틀려 있었다. 사정을 모르지 않으나 이성적인 이해와 감정적인 이해는 동일하지 않았다.

더군다나 유성은 그것을 그냥 보아줄 정도로 착한 성격도 아니었다. 당장 첩자의 증거를 찾아 사지로 몰아넣을 게 아닌 이상 최측근인 사신위를 핍박하기엔 이유가 턱없이 빈약했던 것이다. 이처럼 아현을 난처하게 만드는 유성의 행동은 단순하고도 사소한 보복일 뿐이었다.

"이 사, 일정보고가 끝났는가?"

"아닙니다. 석 달 보름 뒤에 있을 폐하의 탄생일을 맞아 주요각국에서……."

풍한도는 귀로 듣는 둥 마는 둥하면서 여전히 황태자가 쓰다듬고 있는 아현의 머리채를 수시로 곁눈질하였다.

'진짜 사실이겠지?'

황태자와 사신위의 아현이 그렇고 그런 사이라는 항간에 도는 소문을 처음 접했을 땐 걱정이 이만저만이 아니었다.

황태자가 누군가. 내로라하는 온갖 미인을 처소로 불러들여 하루가 멀다 하고 계집놀이를 하는, 천자의 후계면서 결코 여인의 포로가 된 적이 없는 냉혈심장의 소유자. 그 별호도 유명한 무면자셨다. 그도 건장한 사내이니 아현의 미모에 눈이 번쩍 뜨였을 것이 자명할 터.

풍한도 자신이야 분수에 안 맞는 계집은 넘보지 않는 주의라 아현을 처음 봤을 때도 못 먹는 감 찔러볼 생각도 없었으나 모든 계집을 통달한 황태자는 다를 것이라 여겼다.

'첫 대면식 날 전하의 눈빛이 보통이 아니긴 했지.'

막역한 사이인 이태기에게 황태자께서 아현에게 특별한 관심을 보이시면 어쩌느냐 물었다. 지나친 기우라 치부하던 이태기를 떠올리며 속으로 혀를 찼다.

'혼인했으면 뭐하나? 하여간 형님은 오묘한 남녀 사이를 너무 모른단 말이야.'

소문이 기정사실화되고 있는 현재, 황태자의 행동을 보건대 아현이 한낱 소모품처럼 쓰고 버려질지 모른다는 걱정은 하지 않아도 될 성싶었다. 수많은 여인과 염문을 뿌리던 황태자지만 여태껏 공개적으로 신체접촉을 꾀한 일은 단 한 번도 없었다. 아현을 인정하지 않았던 처음에야 어쨌든 간에, 현재는 동료로 여기니 그녀가 황태자로 인해 상처받지 않았으면 하는 게 풍한도의 본심이었다.

'아무리 그래도 그렇지, 수하를 앞에 두고 애정행각이 너무 심하시잖아!'

풍한도는 속으로 혀를 쯧쯧 찼다.

그렇잖아도 분가루를 바른 얼굴처럼 하얗구먼, 황태자가 머리채에 입맞춤한 순간부터 아현의 낯빛은 창백하기가 귀신 저리 가라 할 정도였다.

'사람을 조련시키는 것도 아니고, 전하도 참……'

조련? 뭔가 번뜩한 풍한도는 슬그머니 고개를 숙였다. 괜스레 코끝이 찡해지며 가슴이 뭉클해졌다.

갑자기 아현이 불쌍했던 까닭이었다.

풍한도가 정신을 반쯤 빼놓고 지극히 개인적인 사념들과 뛰노는 중에도 이태기의 일정보고는 계속 이어졌다. 물론 그마저도 반복적으로 해오던 일이라 가능했다.

곽남휘는 어두운 표정으로 그들로부터 시선을 비켰다.

황태자가 제 것임을 주장하며 아현을 휘두를 당시 이미 접어버린 연정이지만 사람 마음이 어찌 뜻대로 되던가. 심장이 뻑뻑한 걸 보면 자신의 수행이 멀었단 증거. 씁쓸함을 머금으며 잡생각을 밀어내려 애썼다.

"그럼 금일 일정은 딱히 없는 거로군."

"염 우호군의 스승이신 김 학사와 대담이 있사온데."

"취소."

"하오나 전하, 저번에도 두어 번 미루시지 않으셨습니까? 황태자의 본분을 다하지 않는다 하여 대신들이……."

"영감들 잔소리가 어디 하루 이틀이더냐? 지금 나갈 생각이니 이 사만 따라올 채비를 하라."

황태자의 고집을 누가 말릴쏘냐.

이태기는 더 이상 청을 드려봤자 입만 아프다는 수많은 경험을 토대로 금세 포기해버렸다. 황태자가 제멋대로 일정을 뒤엎는 건 하루 이틀 일도 아니었으니.

"어디로 발걸음 하시렵니까?"

"그걸 꼭 말로 해야 아는가?"

야릇함을 품은 눈이 반짝 빛을 발하자 황태자의 의도를 알아챈 사신위의 반응이 제각각이었다.

이태기는 '아, 그거?'라며 금세 수긍하였고, 풍한도는 아현을 안타깝게 보며 '제 버릇 개 못준다더니, 또 계집질이여? 아이고, 아현이 불쌍해서 어쩐디야.' 속으로 한숨을 삼켰으며, 곽남휘는 원망을 담다가도 본인의 입장을 생각해 쓰게 웃었다.

그리고 아까부터 얼어 있던 아현은 시커멓게 타는 속을 늘 그래왔던 것처럼 꽁꽁 싸매듯 감추었다.

"알겠습니다."

이태기가 먼저 일어서서 황태자 뒤를 따랐다.

덜커덩!

곽남휘가 시아전을 나가는 중에 문간에 걸려 헛발질을 하자 풍한도가 호들갑을 떨어댔다.

"아이고, 곽 형님. 어쩐 일로 문간에 다 걸리십니까?"

아현을 의식해서인지 곽남휘의 귓불이 희미하게 붉어졌다.

"그러고 보니 최근 잔실수가 좀 있습디다. 생전 실수라곤 모르실 것 같았는데 말이지요. 그제는 훈련 중에 검날 방향을 위로 향하게 잡질 않나, 어제는 형님이 승인한 문서가 잘못되어 전하께옵서 한소리 하셨지 않습니까? 요새 무슨 고민이라도 있습니까? 안색이 영 퀭한 것이······."

"쓸데없는 소리."

풍한도의 말을 차갑게 자른 곽남휘는 지체 없이 시아전을 나 갔다.

"아니면 아닌 거지. 무섭게 정색하기는······. 아현! 그럼 나중에 보자고!"

"예, 일 보십시오."

풍한도까지 나가자 주위가 적막했다.

명이 있었으니 황태자의 호위는 아마 이태기만 할 게 분명할 테고, 나머지 두 사람은 그들이 맡은 다른 소임을 하러 나갔을 것이다.

하루뿐이지만 본의 아니게 백수가 되어버린 아현은 뭘 해야 할지 몰라 멍하니 제자리를 지키다 퍼뜩 정신을 차렸다. 타인이 보기엔 쉬지 못한 그녀를 배려해 호위를 빼주었다 여길 테지만 황태자를 조금이라도 아는 인물이라면 감히 그런 헛된 망상은 하지 않을 것이다. 반드시 당신 필요에 의해 모든 걸 조절하고 움직이는 그의 성격상, 그 의미는 한 가지였다.

오늘만큼은 그녀가 불필요한 존재라고.

당연하다. 회포를 풀든 놀이를 하든 요정집에 여인무사가 있으면 편치 않은 게 사내라는 족속이 아니던가. 여인들의 분내가 지겹다며 그녀에게 손수 도움을 요청해놓고서 그도 사내라고 시일이 지나니 좀이 쑤셔왔던 걸까. 심장이 지끈거렸다.

'그렇다면 방금까지 그 행동은 뭐야?'

아현의 머리를 소중하게 매만지던 손길이 채 식지도 않았건만 그녀를 놀릴 심산인지 다른 꽃에 날아가는 나비 흉내라니. 기분이 바닥을 쳤다. 누구 못지않은 인내심을 가진 그녀라도 한계라는 게 있었다.

요 며칠 여름 날씨와도 같았던 황태자의 심술기가 얼마나 제멋대로였던지 돌돌 뭉친 오기로 이 악물지 않았다면 그동안을 버텨내기 쉽지 않았을 것이다. 감히 넘볼 수 없는 황태자라 그가 무시하든 괴롭히든 내치든 모든 것을 감수해야 하는 신분이니 억울한 마음은 들지언정 미워지지는 않았다.

하지만 그가 왜 일관성 없는 태도로 이랬다저랬다 사람을 혼란스럽게 하는지 아무리 머리를 짜내고 비틀어도 본인이 아닌 이상 알 도리가 없었다.

한번은 고민이 되어 이태기에게 상담을 하였으나 그도 모르겠다며 고개를 절레절레, 오히려 그녀에게 황태자 행동의 이유를 가르쳐달라며 되물었다. 원래부터 변덕이 심했던 이라면 그러려니 하지, 그도 아니니 곁에서 모시는 입장으로서 미치지 않고 배기겠는가.

아현은 무언가를 결심한 듯 황태자와 이태기가 사라진 동쪽 후원으로 걸음을 옮겼다. 격식 없는 외출이라 하나 황태자의 행차라 이래저래 준비가 필요하니 두 사람은 분명 후원에 있으리라 확신했다.

한 아름보다 더 굵은 기둥 모퉁이를 돌자 그녀의 예상대로 그들이 보였다. 아현이 다가오는 모습을 눈치 챈 이태기가 당혹스러움을 감추며 먼저 알은체를 하였다.

"현 사, 자네 취침할 시간이 아닌가? 밤새 호위하느라 피곤하였을 터인데."

"괜찮습니다, 대장님."

"그래, 무슨 일이기에 눈썹이 휘날리게 달려왔는가?"

달려온 게 아니라는 건 그도 알고 그녀도 알았다. 다만 그리 표현한 것은 왠지 모를 냉랭한 분위기를 완화시키고자 하는 이태기의 억지가 담긴 노력이었다.

"전하께 여쭙고 싶은 게 있어서 결례를 무릅쓰고 따라왔사옵니다."

"아, 그럼 전 잠시 비켜……."

"되었다."

말로 설명키 힘든, 남녀 사이에서만 나올 법한 요상한 분위기에 이태기가 살짝 한 발 빼어 피하려 했으나 황태자가 손을 들어

제지시켰다.

　이태기는 토로할 수 없는 답답함을 남몰래 삼켜야 했다. 월훈 시절부터 보아온 아현은 여인치고 상당히 말이 적은 부하였다.

　풍한도가 우스갯소리로 입술에 아교를 발랐냐음이 틀림없다고 할 정도로 언사를 아끼는 이였다. 필요에 의해서가 아니면 그 고운 목소리 한 번 듣기가 힘이 들었다.

　사신위로 승격되고 지내는 시간에 비례하면서 그나마 대화다운 대화가 가능했던 거지, 원체 말이 없는 유형이라 먼저 말문을 튼 건 손에 꼽을 정도였다. 이러한 전적을 보건대 지금 이것도 그녀 입장에선 결코 가볍지 않은 주제란 소리였다. 난처했다.

　되도록 자리를 피해주고 싶건만 얄미운 황태자가 턱 하니 막아대 졸지에 귀머거리 흉내를 내야 할 판이었다.

　"무슨 용건이냐?"

　아현의 희고 고운 이가 초조함을 내비치듯 아랫입술을 살짝 깨물었다. 눈치를 살피는지 시선이 이태기에게 머물렀다가 황급히 황태자의 면화로 고개를 떨어뜨렸다.

　"허비할 시간 없으니 이를 게 없거든 물러가라."

　"전하."

　야속한 황태자다. 귀애하는 여인에게 하듯 다정스레 머리를 매만질 땐 언제고, 그런 일을 까맣게 잊은 사람처럼 그녀를 얼어붙게 하는가. 참으로 냉정한 임이었다.

　아현은 고개 숙인 지금 당사자가 자신의 눈을 보지 못함을 참 다행으로 여겼다. 감정조절이 쉽지 않은 눈을 깜박이며 어렵게 소리를 뱉어낸다.

"소신이…… 잘못한 일이 있는지요?"

"무슨 소리냐?"

"잘은 모르겠으나 저에게 화가 나신 듯하여……."

"없다."

"참말이십니까?"

"감히 내 말에 의문을 품는 것이냐?"

"아닙니다. 절대 아니오나. 다만 심기가 불편해 보이셔서, 혹 신이 모르는 사이 불민한 행동으로 언짢게 해드린 건 아닌지 걱정스러워 이렇게 귀중한 시간을 뺏었습니다."

황태자의 눈에 자리한 몇 겹의 차가운 냉기가 반쯤 벗겨지며 아현을 올곧게 내려다본다. 잠시 침묵이 흘렀다.

그녀의 느낌상 영겁의 시간이 흐른 것 같은데 황태자는 미동조차 보이지 않았다. 그사이 출궁준비를 마친 월훈무사가 달려와 알려왔으나 이태기가 급히 검지를 입술에 붙여 조용히 시키며 물러가게 했다.

이태기는 다시 속으로 한숨을 흘렸다. 그가 보기엔 황태자가 아현에게 지대한 관심을 가지고 있음에도 그렇지 않은 척, 보지 않는 척, 듣지 않는 척, 부러 그러는 것 같았다.

황태자가 아현에게 관심을 보이는 것 같다고 풍한도가 얘기했을 때 이태기는 이미 짐작한 바였다. 쓸데없는 소문이 퍼질까 봐 아니라고 부정했지만 말이다.

군주의 피를 이어받은 분답게 어린 시절부터 영민하고 어른스럽던 황태자였다. 부모를 일찍 여읜 탓도 있겠지만 본디 사람다운 냄새가 옅어 가끔 그를 대할 때면 자신이 연장자임에도 불구하고 쭈뼛 소름이 솟아오르곤 했었다.

한데 지금 여기 황태자를 보라. 누가 보더라도 딱 여인에게 홀딱 빠진 사내의 전형적인 모습이 아니던가. 다른 이가 들었다면 코웃음 치며 저 얼음이 뚝뚝 떨어질 것 같은 날카로운 눈이 어찌 여인에게 푹 빠진 눈이냐고 딴죽을 걸 테지만, 자신만은 알 수 있었다.

'여인에게 저런 눈은 처음인걸.'

차가운 유리구슬 같은 눈동자가 아현의 행동 하나하나를 담듯 작은 손짓마저 따라가는 자취가 기민하다.

이를 그의 상상이 불러온 비약이라 치부한다면 할 말이 없지만.

"감모, 라고 들었다."

아현의 고개가 번쩍 올라갔다 순식간에 내려왔다. 고개를 갸웃거리는 모양새가 황태자의 의도가 무엇인지 짐작이 안 된다는 듯 의아함을 담았다.

그건 이태기도 마찬가지였다. 아현에게 실컷 심술부려 놓고 걱정이 웬 말인가 하였더랬다.

"이제 괜찮습니다."

"푹 쉬었느냐?"

말에도 시기와 때가 있는 법. 그런 걸로 따지면 황태자의 말은 철 지난 물음이었다. 그게 궁금하였다면 호위를 하던 어젯밤에 묻거나 아님 오늘 아침에 물었어야 했다.

"예, 한 번도 깨지 않고 숙면을 취했더니 몸이 거뜬해졌습니다."

"한 번도, 깨지 않았다니 다행이군."

한 번도, 라고 할 때 왠지 강한 억양이 기이했지만 그녀를 무시하지 않고 곱게 대답해주는 그가 고마워 크게 그 부분에는 신경 쓰지 않았다.

"이 사, 이만 출발하지."

황태자의 몸이 팽 돌면서 일으키는 바람이 제법 서늘하였다.

분명 따뜻한 봄이 맞건만 왠지 모를 기운에 아현의 감각이 오돌오돌 올라왔다. 그녀가 황태자를 바삐 잡아 질문하던 전보다 기온이 한층 더 내려간 듯하였다. 갑자기 바뀐 분위기에 어리둥절하였다.

"정녕 화가 나신 게……."

한 발을 내딛다 우뚝 멈춘 황태자가 등을 보인 채 응답했다. 뭐에 심기가 걸렸는지 입가가 삐뚜름하다.

"내가 왜 수하를 상대로 화를 내야 하지? 진정 화가 났다면 눈앞에서 치우면 그만이다. 없애면 그만이야. 그러니 쓸데없는 걱정은 할 필요 없다고 충고하고 싶군."

아현은 일순 앞이 안 보였다. 쇠로 된 둔기가 뒤통수를 강하게 한 대 쳐버린 듯 시야가 까매졌기 때문이다.

'수하를 상대로? 눈앞에서 치워? 쓸데없는 걱정? 오직 그뿐이었구나. 황태자가 제시했던 위장연인이란 이중적 의미가 들어가지 않은 말 그대로의 뜻이었구나.'

오른손을 올려 심장을 눌렀다. 먹먹하고 쓰라렸다. 그 어떤 상처보다.

"전하, 아까 말씀이 조금 지나치셨습니다."

두 필의 말을 타고 앞선 황태자의 등을 보며 이태기가 조심스
레 읊조렸다.

　달그락, 달그락.

　말발굽 소리가 주를 이루었지만 주변의 풍물을 구경하듯 천천
히 움직였기에 그의 물음은 또렷했다.

　"아현이 상처받은 것 같았습니다. 고개 숙여서 우는 모습이 어
찌나 짠하던지."

　유성의 어깨가 살짝 굳었다.

　"울어?"

　"그럼 왜 고개를 숙였겠습니까? 온몸을 벌벌 떨었는데."

　과장이지만 설마 죽기야 하겠냐는 배짱으로 당당히 말했다.

　"그 얘기는……. 됐다."

　"신에게 오지랖 넓다, 무엄하다 하지 마시고 새겨들으시옵소
서. 아현이 사신위긴 하나 그래도 여인입니다. 백 대의 곤장보다
한 마디 말에 더 상처받는 족속이지요."

　"이 사가 그런 쪽으로 통달해 있는 줄 여태 몰랐군그래."

　"그냥 보기가 안타까워서 말입니다."

　"걱정할 게 그리 없나?"

　"연정을 품은 여인에겐 한없이 넓은 마음으로 부드럽게 대해
야 한다는 소신의 어머니 말씀을 깊이 새겨듣고 컸으니 걱정할
밖에요."

　"연정?"

　헛소리하냐는 듯 정색하는 반응에 이태기가 찔끔하며 먼 산
을 바라봤다.

"우리는, 그런 관계가 아니다. 필요에 의해 그러자고 한 거지."

이태기는 고개를 반대편으로 돌려 입술을 씰룩거렸다.

그런 관계가 아니라면 '우리'라는 표현은 대체 어찌 설명하시려나. 은애하지도 않고 정분 난 사이가 아니라 한다면 풍한도나 곽남휘가 아현에게 다가갈라치면 날카롭게 반응이나 하시지 말든지. 이건 뭐 말과 행동이 따로따로가 아닌가.

"달이군."

산자락 위의 맑은 하늘에 옅은 구름 색과 닮은 둥글고 하얀 달이 떠있었다. 낮에 뜬 달이라, 왠지 운치가 있었다.

"이 사, 달이 둥글다는 건 알고 있나?"

"예, 알고 있습니다. 오래 전에 천재라고 칭송받던 한 학자가 달은 단순한 원이 아니라 둥근 형태라고 밝혔었지요."

"달은 늘 같은 면을 향한 채 지상을 내려다보고 있지. 계절이 바뀌고 어린아이가 나이를 먹어 노인이 되어도 달은 항상 저 모습 그대로를 유지한다. 뒷면은 절대 볼 수 없어."

"아, 그러고 보니 그렇군요. 깊은 관심을 두지 않았었는데, 전하께선 관찰력도 좋으십니다."

월제국月帝國, 국명에서 유추할 수 있듯 달을 숭배하는 나라라 상달 음력 열닷새 날이 되면 제를 올려 평화와 풍년, 화목을 기원하곤 하였다. 월제국이라는 이름도 다른 나라보다 훨씬 크고 밝은 달이 뜬다 하여 국호로 지정되었다는 기록이 남아 있다.

"궁금하지 않나? 달의 뒷면은 과연 어떠할지."

"글쎄요. 앞면과 똑같지 않겠습니까?"

"혹 모르지. 흉측하기 짝이 없는 모습일지도."

"그렇게 따지면 아기 속살처럼 맨들맨들 티끌 없이 뽀얄지 누가 알겠습니까?"

"그럴지도. 마치, 인간 같구나."

"어떤 면이 그러하십니까?"

"앞에선 굽실거려도 그 속내가 어떤지 모르잖나? 꼭 달의 뒷면처럼."

눅진하게 어둠이 달라붙었던 그날 밤, 어스름한 달빛과 겹쳐지는 환상에 유성의 눈이 시리게 빛났다.

아현의 도복자락이 펄럭이는 착시, 흩날리는 머리카락, 밤보다 더 까만 눈동자의 신비로움.

이태기에게 도달하지 못한 낮은 중얼거림이 유성의 입으로부터 흘렀다.

"달을 닮았다."

그녀는.

황궁 서문을 벗어나면 도성 안 최고 번화가인 청월로淸月路와 그 곁으로 주점이 즐비해 있다.

상점들을 지나 서쪽 끝으로 더 들어간 황태자 일행은 색스러운 홍등을 단 요정집 중에서도 찬란하기가 궁주 유소화의 처소와 맞먹을 정도인 부용각芙蓉閣 앞에서 멈추었다.

"아니, 이게 누구시옵니까?"

한 기생이 이태기를 향해 알은체하며 추파를 던지듯 눈웃음을 지었다.

"소란피울 일 없으니 조용히 안내하라."

"여부가 있겠습니까? 호호호."

간드러진 웃음을 보인 여인이 다른 기생들에게 내 손이니 눈독들이지 말라고 눈을 부라리며 길을 텄다.

이태기는 들어가기 전 그를 따랐던 월훈무사들에게 적당히 마시고 즐기라는 말을 남기고 황태자를 모시었다.

오랜 시간 색주가로 악명을 떨친 황태자라 여흥을 빌미로 황궁을 빠져나오는 거야 별스럽지 않은 일이었다. 암살자들도 이를 알고 그들이 지나는 길목에 수시로 숨어들어 사살을 계책하였으나 성공한 바는 전무했다.

이는 이태기와 월훈무사의 뛰어난 재주도 한몫했지만 뭐니 뭐니 해도 황태자가 가진 일신의 실력이 뛰어나 위험을 제때 알아차린 덕분이었다.

지나다니는 길이야 빤하고 살계쯤이야 통달한 일이라 적들도 방법을 달리했는지 최근 들어선 그 수가 현격히 줄어들었다.

"이쪽입니다."

"통로가 바뀌었나?"

생소한 길을 이리저리 둘러보던 이태기가 앞서가는 여인에게 물었다.

"예, 장소는 주기적으로 바꾸라는 지령이 있었지 않습니까?"

"통로까지 바뀐 줄은 몰랐군."

요정집의 대궐이라고 불리는 부용각답게 지하내부의 통로는 미로를 연상케 했다. 지상층은 본업이 중심이라면 지하로 이어진 길은 유성과 그의 측근들만 드나들 수 있는 은밀한 본거지였다. 엄연히 따지자면 부용각은 황태자의 손으로 키워진 작은 성채라고도 할 수 있었다.

"먼저 와서 기다리고 계십니다."

"다른 건 필요 없으니 간단한 주안상만 올리게."

"파발무사에게 전해듣고 준비를 끝냈으니 들어가셔서 편히 담소를 나누시면 되옵니다."

"역시 눈치가 빠르단 말이야."

여인과 말을 주고받는 이태기를 향해 유성이 한마디 했다.

"들어가지."

"예, 전하. 어서 드시지요."

겹겹이 닫힌 다섯 개의 문을 열자 기다리고 있던 우호군 염홍이 격식에 맞게 유성을 향해 예를 취했다.

황태자가 상석에 앉았다.

"앉지."

"그간 무탈하셨습니까, 전하."

"항상 똑같지. 우호군 자네는 어찌 지냈나?"

"소신도 그러하였사옵니다."

사신위의 대장이라면 우는 아이도 눈물을 멈추게 하는 위엄이 있건만 이 조합에선 명함도 못 내밀 신분이라 이태기는 자진하여 술을 따랐다. 솔직히 요정집에 와서 제대로 기생구경 못 하는 사내는 그들뿐이리라.

자리가 자리이다 보니 보안을 위해 지하에는 신분이 확실한 사람을 제외하고 출입을 철저히 금하였다.

"궁부의 분위기는 어떻던가?"

"한심한 작태야 언제나 똑같습니다. 대신들은 전하를 깎아내리려 혈안이고 황제는 자중하라고 언짢아해도 어디 속마음이 그렇겠습니까? 화를 내는 척하지만 동조하는 것과 크게 다를 바 없사옵니다."

"우습군."

피식, 입 끝을 슬그머니 당긴 유성은 작은 술잔을 들어 입속으로 털었다.

"이번 달이 가기 전에 미복잠행을 나갈까 한다."

머릿속으로 한 달 한 달 곱씹던 염홍이 고개를 주억거렸다.

"지난 번 미복잠행이 반년 전이었으니 그럴 때도 되었군요. 더 미루면 직분을 다하지 못했다 하여 말들이 오갈 게 분명하니 일찌감치 다녀오심이 옳은 판단이겠습니다."

"한데 좀 걱정스럽습니다."

염홍을 향해 근심스런 표정을 감추지 못하고 이태기가 말하였다.

"미복잠행이 이번 달을 넘기지 않는 건 그들도 바보가 아닌 이상 모르지 않을 것입니다. 출궁하는 날짜도 얼추 맞추겠지요. 미복잠행 자체에 위험요소가 너무 많습니다. 황궁과 부용각 사이를 왕래하는 것과는 비교도 할 수 없습니다. 전하가 미복잠행 다니시는 길에 일일이 호위를 세워둘 수도 없는 문제라 살쾡이들에게 생살을 바치는 격이 될까 봐 걱정입니다."

"하지만 지난번도 마찬가지였지 않나? 무사히 다녀오신 걸로 알고 있네만."

"그때와 지금은 사정이 다릅니다. 황제가 미복잠행에 따라갈 인원을 넷 이하로 대폭 감소시키자는 상소를 윤허하였습니다."

"그건 나도 알고 있네. 수행원이 많으면 백성들이 눈치 챈다 하여 그러한 이유로 윤허하였다 들었지. 하지만 난 자네를 포함한 사신위의 실력을 믿고 있어."

"저희 사신위 모두가 따른다면 소인이 이렇게 안달하지도 않습니다. 전하께서 처소를 비우시면 위임자인 저는 하는 수 없이 남아야 하고, 풍 사와 곽 사가 전하의 수행을 원하였으나……."

이태기가 말을 하다 말고 황태자 눈치를 보며 말끝을 흐렸다.

"계속 말해보게."

"전하께서……, 이번 미복잠행에서는 현 사 한 명만 대동할 것이라 저에게 하명하셨습니다."

"뭐, 뭣?"

황태자가 없었다면 주안상을 탁 치고 말았으리라.

염홍은 부들부들 떠는 손 때문에 술이 넘칠까 염려되어 잔을 내려놓았다.

"전하, 이게 무슨 황당무계한 하명이십니까? 미복잠행에 따를 수행원을 한 명으로 하신다니요. 전하께옵선 혼자만의 목숨이 아니십니다. 가벼이 여기지 마옵시고 그 명을 철회해주시옵소서."

"염홍, 자네도 나이가 드니 기억력이 좋지 않군."

황태자의 말이 무엇을 뜻하는지 알기 위해 염홍의 미간에 주름이 살짝 잡혔다.

"내가 언제 말을 번복하는 걸 보았나?"

똥고집이 또 발동하나 보다고, 인상을 팍 썼다. 황제를 비롯한 대신들 앞에선 절대 보이지 않는 속내를 그대로 내비친 표정이었다.

"난 불리한 위치를 좋아하지 않아. 지는 싸움도 질색이지. 그런 내가 아무 방비도 없이 그 일을 행할 것 같은가?"

"현 사, 그자의 실력이 그리 출중한 것입니까?"

이태기를 제외하고 황태자가 가진 본신의 힘을 모르니 염홍의 걱정은 당연하리라. 기실 가능하였다면 이태기에게도 비밀로 부쳤을 실력이었다.

유성의 손마디가 굵어지기 전, 이미 청년이었던 이태기를 그의 수하로 둘 수 있었던 이유는 온전히, 완벽하게, 상대를 굴복시킨 월등한 실력 때문이었다.

어린 시절부터 영민했던 유성은 험한 앞날을 위해서 본신의 힘뿐 아니라 신뢰를 바탕으로 모든 것을 믿고 맡길 수하의 필요성을 일찍부터 깨달았다.

황궁 내를 비롯해 그곳을 몰래 빠져나와 도성 안 곳곳을 돌아다니며 인물을 탐색하기에 이르렀는데, 우연찮게 장안에서 소매치기를 잡던 이태기를 발견하여 그를 수중에 넣을 수 있었다.

의를 행하는 자세와 꺾이지 않을 품성, 앞으로 더욱 발전가능성을 지닌 무술실력이 유성의 까다로운 안목에 맞아떨어졌던 것이다. 수하로 두기까지 쉽진 않았으나 그렇다고 아주 어려운 것도 아니었다.

황태자의 신분임을 모르고 단지 어리다 하여 상대도 안 해주려던 그를 호되게 제압하여 완전히 무릎 꿇게 한 끝에 얻을 수 있었다.

"다음에 있을 황태자 호위입부시험을 치르라. 내 너를 등용할 것이니."

뛰어난 무관으로서 이름을 날렸던 이태기의 집안에선 그가 사신위로 들어가자 난리가 났었다. 곧 꺼질지 모를 황태자의 측근이라니.

이태기의 실력이라면 황제의 호위집단인 황룡대에 붙고도 남을 실력이었던 까닭에 가족들은 더욱 아까워하였다. 탄탄대로 승진할 기회를 이태기가 차버렸단 생각에 그의 부모가 몇 날 며칠을 밤잠을 설쳤다는 후문이 돌았었다.

그런 건 유성은 알 바 아니었고 이태기도 개의치않아하였다. 평소 이태기를 흠모하며 존경했던 풍한도와 곽남휘가 사신위로 들어온 건 당연한 수순이었으며, 이는 유성의 안배이기도 하였다.

기존의 사신위였던 한결의 죽음은 뼈아픈 실책이었지만 과거에 얽매일 수 없는 일이었다.

어쨌거나 유성의 본실력을 아는 이는 이태기가 유일하며 황궁의 인간들은 그를 단지 색주가에 자존심만 내세우는 멍청한 냉혈 황태자로 여기고 있었다. 황태자의 일거수일투족을 보고받는 황제만은 '멍청한'이라는 단어를 제외시키고 있지만.

"출중하지. 여인이 무사집단에 들어오려면 사내보다 더한 실력을 지녀야 한다. 그건 알고 있겠지?"

"그거야 맞는 말씀입니다."

"그러니 더 이상의 걱정은 하지 마라. 넘치는 걱정은 불필요한 감정소모이니라."

"그럼, 그 일은 전적으로 전하를 믿겠사옵니다."

이태기도 별수 없다는 듯 어깨를 으쓱했다. 황태자의 무위를 모르지 않았고 저 정도 자신하시니 더 말려봤자 한설 같은 눈초리로 척추를 얼려버릴지 모르니 말이다.

그들을 제외하고 듣는 이도 없건만 주위를 살피던 염홍이 마침 떠올랐다는 듯 음성을 낮춰 아뢰었다.

"태주갑의 개금開金, 열쇠에 문제가 생겼다고 들었습니다. 해결할 방도가 있사올지."

"남의 손을 탈 물건이 아니라 이번 미복잠행 때 직접 가서 고칠 것이다."

"믿을 만한 수리공이 있사옵니까? 그것을 만든 이는 오직 태주갑만을 제작한 장인이었습니다. 그의 생사가 불분명한 현재 그를 대신할 수리공은 소신도 찾지 못하였습니다. 이는 황제도 마찬가지라 봅니다. 태주갑을 만들고자 하여도 그에 버금가는 제작자가 없으니 태주갑을 찾는 데 혈안이 되어 있는 게지요."

"내가 찾았다면 믿을 텐가?"

"저, 정말이십니까?"

"참말입니까?"

염홍과 이태기가 깜짝 놀라 이구동성으로 물었다. 입술을 가로로 늘어뜨리는 자태를 보아하니 참말이 분명하였다.

"어떻게 찾으셨습니까?"

"꼭 과정이 필요한가? 말하면 얘기만 길어지니 생략하지."

"전하께서 그러시다면."

한층 안도하는 염홍과는 달리 황태자가 어떻게 손이 닿아 정보를 획득했는지 여전히 궁금증이 남은 이태기는 미간이 펴질 줄 몰랐다.

이를 본 유성은 다시 피식 웃으며 술잔을 부딪친다.

"말할 때가 오면 다 알려주겠다. 지금은 시기가 아니야."

"아, 예. 알겠습니다. 절대 꽁해 있던 게 아니었습니다. 다만 궁금하여서."

말본새가 꽁해 있던 게 맞건만 아니란다. 하여간 아닌 척은.

유성은 속으로 쯧 혀를 찼다.

"염 우호군, 내가 알아보라던 건 어찌 되었나?"

한 달 전 비밀서신으로 황후의 내력을 알아오라던 황태자였다.

하긴 염홍 자신이 보기에도 황후는 여러모로 숨기는 게 많았다. 이름은 물론이거니와 집안도 오리무중이었다. 금락국의, 상업을 업으로 삼는 집안의 딸이라 하였는데 그것도 정확한지 확신할 수도 없었다.

전대 황제, 황후가 유명을 달리하고 유백이 보위에 올라 석 달도 안 되어 현재 황후를 데려왔었다. 그녀의 내력에 관해선 불문에 부쳐 자격을 논하는 자는 참수형에 처한다는 엄명을 내리기도 하였으니 심히 찜찜한 구석이 있다고 하겠다.

"접근하기 어려웠습니다. 아무리 황후라 하나 그 주위에 보초나 호위가 황제보다 많았습니다. 황후를 시중드는 어린 시녀 하나를 겨우 포섭하여 알아낸 건 고작 한 가지뿐이었습니다."

"무엇이던가?"

"황후의 정신이 조금……, 기이하다고 들었습니다. 주로 후원을 거닐고 처소의 문을 활짝 열어 꽃이나 나무를 보며 명상에 젖을 때가 많은데, 말은 일절 삼간다고 합니다. 유일하게 입을 열

청동

때가 아랫것들에게 시키는 심부름이 다라고 하였습니다. 물론 측근이신 황제와 궁주하고만 대화가 잦다고 들었습니다."

"전혀 기이해 보이지 않는데 뭐가 기이하다는 것이냐?"

"그 어린 시녀도 우연찮게 목격하였는데, 목련을 보며 눈물을 흘리더랍니다."

황궁 내에서 황태자와 무표정을 다투는 인물이라면 황후뿐이라고 한동안 소문이 돌았었다. 언제 어디서나 인형 같은 고운 자태로 황제 옆을 차지하고 있지만 입을 전혀 열지 않아 벙어리가 아닌가 하고 의심하는 이도 생겨났었다.

처소에서 황후를 모시는 시녀들의 증언이 아니었다면 사실로 믿었을 사소한 소문이었다.

"황제나 궁주 앞에서는 절대 그런 모습을 보이지 않는다 합니다. 워낙 궁주를 끔찍이 여기는 황후시라 인자한 미소를 보이시는데, 그분들이 아니 계실 땐 항상 표정이 없다 들었습니다. 시녀가 또 이런 말도 하였는데, 너무나 망극하여 소신이 입에 담기가……."

"말해보라."

"정신이 좀……. 기억이 뒤죽박죽인 것 같다고 하였사옵니다."

"기억이?"

"예를 들어 구름을 헤치고 올라가는 용의 금빛 자수를 시녀가 보고 실로 대단한 솜씨라 감탄하였다 합니다. 대체 어디서 이런 솜씨를 깨우치셨나, 물었더니 '옛날에 어머니께서……' 하시면서 '내가 방금 뭐라 하였지?' 되레 시녀에게 질문하였다 합니다."

"음."

무언가를 계산하듯 황태자의 옥수가 턱을 문질렀다.

"소신의 미흡한 생각으로는 황제가 황후를 바깥출입을 자제시키고 싸고도는 이유가 여기에 있는 것 같사옵니다. 정신이 온전치 못하다 한다면 폐위가 오갈 건 분명할 터. 황후를 지나치게 귀애하는 황제라면 필히 그것을 막고자 할 테지요."

"자네 말에도 일리가 있군. 하지만……. 뭐, 그 건은 됐다."

황태자답지 않은 모호함이었으나 무슨 생각이 있으시겠지 싶어 염홍은 더 이상 묻지 않았다.

"염 우호군, 혹 자네 소담주炤憺州라고 들어본 적 있는가?"

"소담주라면 상남湘艦의 옛 지명이 아니옵니까?"

소담주는 인덕제가 살아생전 월제국에서 유일하게 자치를 허용했던 고을이었다. 나라에 세금을 내지 않음은 물론 대역 죄인이 소담주로 도망가면 황부조차도 어찌하지 못한 치외법권 지역이었다.

그것을 악용한 죄인들이 소담주를 최후의 방어벽처럼 사용하였으나 고을의 주인인 태수가 방치하지만은 않았기에 월제국과의 관계가 소원해질 염려도 없었다.

소담주는 월제국의 영토이나 다른 시각으로는 월제국과 인접한 다른 소국과도 닮았다.

하지만 주민들은 항시 자신들의 뿌리가 월제국임을 인지하고 있었다는 것이 다른 소국과 차이점이었다.

"소담주가 간악한 무리들에게 짓밟혀 폐허가 된 지도 어언 스무 해가 가까워집니다. 모든 생활터전이 불에 타고 많은 사람들이 죽었지요. 우리 황군이 도착했을 땐 까맣게 탄 집터와 시체들만 즐비해 있었습니다. 그런 참상은 많은 전쟁을 치러온 무관들도 혀를 내두를 정도라 하였지요. 흉수의 무리는 끝내 찾지 못하였습니다. 월제국과 적대관계에 있는 기선국의 솜씨라는 말도 있었으나 증거가 없었습니다. 모든 것이 타버렸으니까요. 그렇게 흐지부지 넘어갔었습니다."

회상하는 염홍의 눈동자가 애잔함으로 물들었다.

"그런 일이 있고서 황제는 소담주를 상남으로 개명하고 자치를 철회하였습니다. 지금은 여느 고을과 다름없는 평범한 땅입니다. 근데 소담주는 어찌 물으십니까?"

소담주라는 지명이 오고갈 때는 황태자의 연치가 고작 서너 살에 불과하였으니 그가 아는 것도 신기하거니와, 귀한 얘기가 나와야 할 시간에 그 화제를 꺼내었으니 조금 괴이쩍다 여기었다.

더불어, 염홍이 아는 황태자는 쓸데없는 말을 하지 않는 인물이었다.

"좀 더 알아보고 얘기해주지. 지금은 모든 게 확실치가 않다."

황태자가 그렇다면 그런 것이다.

염홍은 그대로 순응하며 고개를 깊숙이 숙였다. 이것은 중요한 사안을 모두 밝혔다는 뜻이기도 하였다.

황궁으로 돌아가는 길은 날이 저물어서인지 제법 어둑하였다. 장안은 장사치들의 물건정리 소리로 그득하였다.

"망극하옵니다. 입궁하는 즉시 소신이 월훈의 기강을 바로잡겠습니다."

유유자적 천천히 말을 몰던 유성이 뒤를 돌아 멀찌감치 뒤따른 월훈무사들을 보았다. 적당히 놀라며 풀어줬더니 몸도 가누지 못할 만큼 술을 부었는지 까딱하다간 말에서 떨어질 판이었다.

"되었다. 오늘은 쉬게 하고 내일 적당히 훈계만 하라. 그들도 사람인데 숨통만 조일 순 없겠지."

어느새 주안문과 월문을 지나 제문에 다다랐다.

황태자 처소 경계 동문인 환보문을 넘는 즉시 월훈무사들을 숙소로 보낸 이태기가 환보궁 앞까지 따라갔다.

"대체 언제까지 쫓아올 참이냐?"

"신하된 도리로 주군을 처소까지 모시는 건 당연한 것 아니겠습니까?"

"물러가라. 아내가 보고 싶어 죽겠다는 얼굴로 그리 말해봤자 통하지도 않아."

예의 무뚝뚝한 말에서 심드렁함이 묻어나는 어조였다.

"하하, 그렇게 티가 났사옵니까?"

이태기가 머쓱해하든 말든 황태자는 그의 인사도 받지 않고 부복한 보초들을 지나 내궁으로 들었다.

늘 발걸음 하는 내궁이 오늘따라 이상스레 기분을 부유시킨다.

유성은 잠시 멈춰 머리를 약간 비틀다 다시 움직였다. 이상하다. 이마를 바닥끝까지 숙인 시녀들을 돌아보지도 않고 삼 층에 침전할 터이니 준비하라 일렀다. 잠자리가 준비되기까지 삼 층 남쪽 방향으로 뻗어 있는 난간에서 달 정기를 맞아도 좋으리라 여겼다.

유성이 삼 층에 오르기 위해 막 계단을 밟으려던 차, 머리를 넙죽넙죽 방아질하던 시녀 하나가 떨리는 음성으로 아뢰었다.

"황태자전하, 일 층 동쪽 침전 앞에 사신위께서 기다리고 계시옵니다."

"사신위?"

유시에서 술시로 넘어가는 시간이니 하루일과를 마친 풍한도나 곽남휘가 여태 남아 있지는 않을 터. 방금까지 함께 있었던 이태기가 기다릴 리 만무하고, 그렇다면 남은 사람은…….

계단 위로 얹은 발을 내리고 몸을 서서히 돌렸다. 무시해도 하등 문제될 건 없었으나 기이하게 머리에서 명령이 없었는데도 몸이 먼저 반응한다.

"사신위가 언제부터 거기 있었느냐?"

"전하께옵서 출궁하신 직후부터입니다."

그것은 즉, 아현이 연속 이틀간 잠자리에 들지 않았다는 것과 상통되었다.

어리석긴. 유성은 속으로 작게 혀를 찼다.

"앞장서라."

"예, 전하."

시녀가 굽실굽실 식은땀을 삐질 흘리며 동쪽 침전으로 향하였다. 손에 든 등잔불이 시녀의 떨림으로 잘게 흔들렸다.

동쪽에 있는 첫 번째, 두 번째 문을 통과하고 세 번째 문에 다다르자 시녀가 등잔불을 통로 가로 치우며 지나가기 쉽게 길을 비켰다.

"여기서부터 소인은 들어가지 못하옵니다."

"수고하였다."

세 번째 문 안쪽부터는 바로 침전 바깥이며 오직 황태자와 사신위만이 드나들 수 있는 지대였다.

유성은 양팔을 벌려 호흡을 가라앉히고 기척을 최대한 숨긴 채 거닐었다. 아현의 호흡이 점점 가까워졌다. 왠지 심장이 성을 내며 움직이는 듯했다.

작은 호롱불조차 없는 깜깜한 어둠이지만 유성은 불편함 없이 아현이 있는 곳까지 도착할 수 있었다.

'저런.'

그녀는, 벽에 등을 대고 앉아 잠에 빠져 있었다. 기다리다 지쳐 수마를 이기지 못하고 그만 쓰러진 모양이었다. 어디서 부는지 모를 안쓰러운 풍향이 유성의 가슴을 통과하였다.

그는 한쪽 무릎을 굽혀 얼굴을 아현에게로 최대한 근접시켰다. 그녀의 규칙적인 호흡이 그의 입술에 닿았다. 그로 하여금 바짝 얼게 만드는 간지러운 감각이었다. 발을 툭툭 차거나 호통쳐 바로 깨워도 될 일을, 왜 사서 고생인지, 그로서도 논리 정연한 설명이 어려웠다.

작지만 탐스러운 그녀의 입술이 어두운 와중에도 그의 눈에 오롯이 박혔다. 입술이 점점 크기를 더해간다. 어떤 이끌림으로 인해 그가 직접 가까이 다가갔음이라. 어처구니없다 느끼면서도 멈추어지지 않았다. 도둑 입맞춤 따윈 취미가 아니지만 가끔 먹는 별미라 치부하며 이성을 멀리 내쫓았다.

'원망 마라. 무방비하게 잠들어 있는 네 탓이니.'

입술이 닿았다. 록수정에서도 느꼈지만 믿기 어려울 정도로 부드러운 입술이었다. 얇게 마찰을 하자 아현이 잠결에 끙 앓는 소리를 냈다.

이래도 일어나지 않다니 어지간히도 피곤했나 보다고 유성은 나직이 웃었다. 애초에 입술만 살짝 닿다가 끝내려 했는데 막상 시도하니 더한 욕심이 생기고 말았다. 더욱 맛보고 싶은 과즙의 향처럼 달콤한 내가 그의 머리를 몽롱하게 만들었다. 이런 적이 없었거늘.

결국 참지 못하고 느슨하게 이완되어진 아현의 어깨를 왼손으로 발칵 잡고 머리를 기울여 혀를 들이밀었다.

"읍."

완력에 깜짝 놀라 아현이 잠에 깬 것은 당연한 이치였다.

비몽사몽간에 아현은 이게 무슨 일인가 싶었다. 분명 꿈속에서 황태자와 후원을 거닐었는데 이것이 꿈의 연장인지 혼자만의 망상인지 좀체 실체를 잡기 힘들었다. 그러다 호흡이 점점 가빠지자 무거웠던 눈꺼풀을 바르르 떨다가 여러 번 깜박였다. 현실감이 없었다.

'전……하? 입속에 이건……!'

그를 보아달라는 행동처럼 물컹한 살이 그녀의 입속을 가득 채우며 자유롭게 움직여댔다. 너무나 달아서 참을 수 없다는 듯, 계속적으로, 끈질기게.

민망한 접문 소리가 조용했던 사위를 질척하게 수놓았다.

"자, 잠깐!"

아직 어둠에 눈이 적응하지 못해 초점이 불분명했지만 아현 자신을 희롱하는 이가 누군지 모른다면 사신위라는 직함을 내

놔야 할 판이다. 이 촉감, 이 향내, 이 느낌, 황태자가 아니라면 결코 줄 수 없는 비밀스런 흥분이었다.

상대방을 밀던 손의 힘이 미약해지며 고스란히 입술을 내주었다.

마음껏 입술 위를 배회하고 희롱하던 황태자의 입술이 찰싹 젖은 소리를 내며 떨어졌다. 득의양양한 표정까진 아니더라도 자신감에 차 있는 것만은 확실해 보였다.

"왜 기다렸느냐?"

"해시부터 하는 야간호위는 소신의 일과 중 하나입니다."

대화내용만 본다면 군신관계가 확실하나 얼굴을 맞대고 속닥거리는 모양새는 가히 정분이 넘쳐나는 연인이라고도 할 수 있으렷다. 두 사람 모두 전혀 자각하지 못하는 것 같지만 말이다.

"아직 해시가 안 됐다만."

"미리 준비할 것도 있고 하여……."

"넌 준비를 네 숙소가 아니라 내 침전 앞에서 하느냐?"

이런 멍청한 대답이 또 있을까.

아현은 그만 혀를 깨물고 싶은 충동을 겨우 참았다.

"망, 망극하옵니다. 소신이 휴식을 충분히 취하지 못하여 지금 정신이 없사와……."

아현은 다시금 혀를 깨물었다. 지금 주군에게 대놓고 쉬고 싶다는 꼴밖에 더 되는가. 책임감 없이 본인의 몸도 건사하지 못하다니. 호위책임자, 아니, 사신위 실격이었다.

피식.

아현은 동공을 넓혀 눈을 크게 떴다. 바람 빠지는 것과 흡사한 작은 소리였지만 그건 황태자의 웃음이었다. 비록 금세 지나갔으나 그녀는 확실히 보았고 들었다.

"이만 가서 쉬어도 좋다."

"아닙니다. 전하. 소신이 맡은 임무는 반드시 수행하겠사옵니다."

"걱정 마라. 오늘만큼은 살수도 곤히 잘 것 같으니 말이다."

아현의 눈을 보던 황태자의 시선이 미끄러지듯 입술로 내려갔다. 엄지로 슬며시 좌우로 쓸더니 진하지 않은 입맞춤으로 둘의 시간을 마무리했다.

황태자가 자리에서 일어서자 머리꼭대기가 태산처럼 높아졌다.

아현도 그를 따라 뻣뻣한 몸을 움직여 벽에 손을 짚고 일어섰다.

"나의 명이니 숙소로 돌아가라."

"하오나……."

"내 명을, 거역하는 것이냐?"

"그럼……. 소신은 이만 물러가겠사옵니다."

아현은 침전 안으로 들어가는 황태자의 등을 보며 소리 없는 한숨을 쉬었다. 어지럽고 답답하였다. 황태자를 이해할 수 없었으나 그와 대면했던 낮보다 훨씬 좋아 보이는 현재, 감히 지금의 입맞춤이 무슨 의미냐고 묻지 못하였다.

유성이 침전 안으로 들어서자 뒤에서 아현이 문을 조심스레 닫고 물러가는 소리가 들렸다. 모든 소리가 소거되었을 때야 유성은 의자 쪽으로 몸을 이동시켰다.

다시금 피식.

"왜 또 입을 맞춘 거지?"

그로서도 이해 안 되는 부분이었다.

아현을 급히 물러가게 한 것도 어쩌면 그런 질문을 받을 시, 답해줄 말이 없었던 까닭이 아니었을까.

"단지……, 무방비한 모습이 보기 싫어서."

참으로 본인 좋을 대로 생각하고 행동하는 황태자이니, 그녀의 앞날이 순탄하지만은 않을 듯하다.

대신들과 조의를 하는 웅장한 크기를 자랑하는 담정전. 그 옆은 황제가 의식을 거행하기 전에 잠시 머무르는 근신전槿身殿이 있고 담정전을 넘어 안으로 들어가면 황궁의 내정에 해당되는 위천궁威天宮, 황후전皇后殿, 세강궁世康宮이 모든 권력의 중심이자 세상을 아우르는 위용으로 굽어살피고 있었다.

위천궁은 황제의 편전이며 황후전은 황후의 처소, 세강궁은 황제 혼례행사 또는 신혼방으로 이용되지만 유백이 황제로 등극한 이후로는 황후와 함께 잠시 머물러 침전하는 별궁으로 사용되었다.

층간의 간격, 즉 한 층은 천장이 높도록 설계된 장정 키 다섯 배에 해당되며, 층수는 황제가 기거하는 위천궁이 가장 높은 십 층이었고 그 밑으로는 황후와 황태자가 각각 칠 층, 육 층으로 내궁의 층수마저 서열을 나타내었다. 당연하다. 건물 높이란 누구도 넘볼 수 없는 권력을 상징하는 요소이니 말이다.

대신들도 권세가 아무리 높다 한들 집의 전각을 오 층 이상 쌓을 수 없었고, 장사치들은 이 층 혹은 삼 층, 거대 요정집도 최대 사 층까지만 허용하였다. 국법이 이러하니 황궁 밖 멀리 장안에서도 우뚝 솟은 위천궁을 비롯한 황궁건물은 제법 잘 보였다.

지방에서 상경하여 도성에 진입하면 첫째 위천궁을 향해 절하는 것이 백성들이 행해온 오랜 전통이었다. 혹은 양심에 찔린 짓을 하거나 죄를 범하였을 때도 위천궁을 향해 사죄의 절을 올렸다.

황후전 육 층 난간.

둥근 탁자와 민무늬의 비단의자는 황후의 성정과는 반대로 소담하면서 아기자기한 맵시를 선보였다. 난간 모서리에는 후원을 축소시켜 옮겨놓은 듯 작은 연못과 잘 가꾸어진 화초가 싱그러운 햇살을 받아 더욱 화사한 빛으로 산화하였다.

눈을 난간 밖으로 향하자 드넓은 황궁이 한눈에 잡혔다.

하나의 도성이랄 수 있는 황궁이라 모든 걸 세세히 살필 순 없지만 도열한 사람들이 작은 인형처럼 움직이는 모습은 자못 신기하면서도 마치 자신이 구름 위에서 굽어보는 듯한 착각에 마음을 붕 뜨게 만들었다.

유소화는 왜 그녀의 처소에는 이런 풍광을 볼 만한 높은 층이 없는지 그게 참 불만이었다.

'고작 사 층이 뭐야. 그 야비한 눈을 가진 좌호군 향도식도 동일한 사 층 전각을 소유하고 있는데.'

욕심 많은 그녀의 성격에 고작 사 층이 성에 찰 리 없었다. 내심 자존심 상해 툴툴거리면서도 난간 아래로 보이는 절경에 입으로는 쉼 없이 감탄사를 쏟았다. 봐도 봐도 재밌고 신기하였다.

황제의 눈치만 아니라면 이곳에 자주 와서 고층의 짜릿한 묘미를 매번 느낄 텐데, 그럴 수 없다는 게 안타까웠다.

"조심하렴. 그러다 떨어지겠구나."

단조로운 억양이 차가워 보일지 모르나 포근함이 묻어나는 황후의 옥음이었다. 물론 그것은 황제와 유소화 앞에서만 나타나는 다정함이었다. 황후는 그 외의 사람들에겐 북풍한설도 울고 갈 차가움을 선보였고, 용서에도 인색하여 잔혹한 기질을 드러냈다.

특히 그녀를 모시는 시녀들의 공포는 이루 말할 수 없었는데, 매질은 기본이요, 조금만 실수를 해도 시녀들이 죽어나가는 게 일쑤라 매일매일이 위태로운 황궁생활이었다. 성정이 그러하니 누군들 황후 앞에서 벌벌 떨지 않으리.

황제는 그런 황후를 질책하기는커녕 오히려 '감히 누가 황후의 심기를 어지럽혔느냐?'며 부추기고 나섰다. 갈수록 더해지는 잔인함은 아마 감싸고도는 황제 탓도 있으렷다.

'잔인하면 어때? 내게 잘해주면 그만이지.'

황후가 친모는 아니나 소화로서는 병환으로 돌아가셨던 친모보다도 그녀가 더 친밀하고 좋았다. 무슨 일이 있어도 방패막이 되어줄 것 같은 분, 친모보다 진한 애정으로 다독이는 분, 항상 소화를 향해 두 팔 벌려 모든 것을 포용해주는 분. 솔직히 친모보다 좋았다.

황후가 소화에게 쏟는 애정과 관심은 황궁 내에서 모르는 사람이 없었다. 그러니 황제가 절대적으로 출입을 금지했던 황후전 삼 층 위의 개인공간도 궁주에게는 허락한 것이 아니겠는가.

당연히 황후의 팔에 비비적댄 궁주 자신의 조름이 한몫 한 것이 겠지만.

소화 입장에서 보자면, 이런 황후에게도 다소 흠이 있는데, 그 것은 한 해에 두어 번 찾아오는 정신착란이었다.

무엇 때문인지는 모른다. 다만 안개 속에 가려진 황후의 과거와 관련 있다는 정도만 유추할 뿐, 황제에게 딱 한 번 물었으나 돌아온 건 무서운 호통과 경고였다.

"아무리 궁주 너라도 황후의 과거를 캐 정신을 어지럽히는 짓을 하다 간 교수형으로 살殺 하리라!"

그렇게 무섭고 두려웠던 황제는 처음이었다.

황후의 과거신분에 대한 사람들의 추측은 적국인 기선국의 귀족부인에서부터 이름도 알지 못할 소국의 천민에 이르기까지 다양했다. 이러한 추측들은 창궐하는 역병처럼 한동안 황궁 내를 떠돌았다.

헛소문을 퍼뜨린 자는 먼저 혀를 자르고 사지육신을 찢어 들 개의 먹이로 주겠다는 황제의 어명이 내려지면서 그러한 소문은 수그러들었지만 사람들 심저엔 아직까지 황후의 내력에 대한 찜찜함이 남아 있었다.

소화는 그것을 가볍게 털어내듯 금세 지워버렸다. 황후를 끔찍이 아끼는 평소 황제의 언행을 본다면 충분히 이해가 되는 처사였기 때문이다.

혹여 과거의 나쁜 기억이 떠올라 황후가 고통을 받는다면 이를 지켜보는 황제도 덩달아 괴로워하며 견디지 못할 터. 부부일심동체라 함은 이를 두고 한 말일 것이다.

소화는 초점 없는 눈으로 먼 곳을 보는 황후의 옆모습을 관찰하였다. 적은 연치가 아닐 텐데도 고운 피부와 우아한 자태는 결코 그녀 또래에 뒤지지 않는다.

황후의 동안도 동안이지만 연륜에서 오는 깊은 눈매와 풍성하게 여문 육체를 사내가 본다면 육욕에 눈이 멀어 빠져들 것만 같았다. 자신에게 무한한 애정을 주는 황후지만, 그녀를 여인의 눈으로 볼 땐 소화도 어쩔 수 없이 앙큼한 시기와 질투가 솟았다.

질투라 하니 소화의 기억 속에 사신위의 아현이라는 자가 불쑥 머릿속을 헤집었다. 무술수련은 안 하고 외모만 가꿨는지 아리따운 미모가 떠올라 그렇잖아도 좁은 속을 더욱 비틀었다.

황태자가 때마침 오지만 않았어도 그 뽀얀 피부에 흉터를 남겼을 텐데, 아쉽고도 아쉽다. 너무 아까워 밤에 잠이 안 올 지경이었다.

'근데, 참 이상도 하지. 황태자는 그 길을 잘 지나지 않는데 말이야.'

저 멀리 팔뚝만 하게 보이는 환보궁 층층의 기와를 소화가 사심을 담아 노려보았다. 시선만으로 없앨 수 있다면 육 층 건물은 순식간에 활활 타올라 분화하였을 것이다.

"참. 마마, 그 소식 들으셨는지요?"

찻잔을 입에 댄 황후가 흐릿한 초점의 눈을 들어 소화를 쳐다보았다.

"조만간 황태자가 미복잠행을 나간다지 뭐에요?"

"궁주. 언동을 예쁘게 하여야지."

첫동 첫 번째 이야기

세 살배기 아이를 타이르듯 황후의 음성은 조곤조곤 낮고 부드러웠다. 무슨 일이든 항상 소화의 편을 들어주는 황후가 유일하게 훈계하는 게 있다면 궁중법도에 관한 것이었고, 그중에서 사람 입을 통해 나오는 언어를 가장 중요히 여겼다. 아랫것들에게는 그리 모질게 대하면서 궁중법도만큼은 철저히 지켜대는 모습이 상당히 모순적이었다.

"소녀가 잘못하였습니다, 마마."

황후가 찰나의 웃음을 보이며 궁주의 사과를 받아들였다.

"그래, 계속 말해보렴."

"좌호군 향도식 대감 측에서 나온 말이어요. 마마께서도 아시다시피 한 해에 딱 두 번 전하에 대한 평가가 있지 않습니까? 수학은 잘하였는지, 식솔들은 잘 꾸렸는지, 금전출납은 합당하였는지, 그리고 민심을 두루두루 잘 살펴보고 왔는지, 이것이 평가 항목이지요. 다른 건 모두 제때 행할 수 있고 날짜가 미리 정해진 일이나 마지막 항목, 민심을 돌보는 것은 쉽게 생각하면 쉽고 어렵게 생각하면 한없이 어렵사옵니다. 우선 미복잠행 날짜를 보고하지 않고 시작해야 하기에 도성출입이 힘듦은 물론 잘못하여 신분을 들킬 시 적국의 간자에게 납치당할 우려도 있지요. 그게 꼭 아니더라도 운이 없어 거대 산적 떼를 만나 목숨이 경각에 달할지도 모릅니다. 지나친 기우라도 모든 위험요소를 계산해 움직여야 한다는 거지요. 힘들게 미복잠행을 마치고 돌아오면 보고서를 작성하는데 그 문서는 평가가 있을 때 함께 제출하게끔 되어 있사와요."

"황태자가 힘들겠구나."

아우, 답답하다, 답답해. 예전에도 설명했거늘 역시나 또 잊고 있던 게 분명하다.

유소화는 인내심을 갖고 차근차근 설명을 덧붙였다.

"바로 다음 달이 전하의 행동지침을 평가하는 달이라지요. 좌호 군 대감의 숨은 측근의 말로는 근 반년 동안 미복잠행이 없었다 고 해요. 평가 때, 전하가 올리는 보고서와 미복잠행을 나간 그 지방에서의 공문내용을 비교하기 때문에 미복잠행 보고서는 거 짓으로 작성하기 힘드옵니다. 그러니 결과는 빠하지요. 이 달을 넘기기 전에 전하는 미복잠행을 나간다는 것이요."

"그럼 아랫것들에게 시켜 황태자의 미복을 지으라고 해야겠구 나."

이게 무슨 첩자가 자백하는 소린지.

한 번씩 엉뚱하고도 상황판단이 느린 황후가 한심하면서도 안 쓰러운 마음을 금할 길 없었다. 잘 알아듣지도 못하는 사람을 앞에 두고 장황하게 설명해대는 자신도 우습지만, 이상하게 황 후를 대하면 마음이 편안해지면서 이것저것 절로 말하게 되었 다.

아마도 아비 되는 황제보다 소화를 심히 귀애해주는 황후의 너그러움 탓이 크리라. 거기다 이렇게 털어내듯 말해버리면 막혀 있던 체증이 쑥 내려가는 기분에 이야기를 멈추고 싶지 않았다. 세상에서 속병이 제일로 깊은 자는 비밀이 많은 자라고 하지 않 던가.

"마마, 황제폐하께서 황후마마를 얼마나 깊이 은애하시는지 아시지요?"

"응, 알다마다."

"그렇다면 전하를 너무 감싸시면 아니 되옵니다."

"폐하가 황태자를 싫어하니까?"

주위에 아무도 없는데 급히 좌우를 둘러본 소화가 황후를 향해 머리를 기울이며 목소리까지 낮췄다.

"마마, 그것은 비밀이니 절대 어디 가서 말씀하시면 아니 되어요."

소화 자신이나 황제가 아니라면 일절 대화를 기피하는 황후니 그리 큰 걱정은 들지 않지만 만약이라는 수를 염두에 두지 않을 수 없었다.

"우리 소화도 황태자가 싫은 게냐?"

"그건 당연하지요."

"무엇이 싫은 거니?"

"그냥 모든 게 싫사옵니다. 서녀인 소녀와 달리 적통 핏줄이라 마음에 들지 않고, 저를 볼 때 한껏 아랫사람을 보듯 무시하는 모습도 참을 수 없사옵니다."

"그럼, 내가 황태자의 눈을 파줄까?"

달콤한 미소를 지으며 한단 소리가 눈을 파낸다는 거라니.

소화는 순간 오싹한 한기를 느꼈다.

"마마, 아니옵니다. 그 정도까지 싫은 건 아니옵고 그저 출신에 대한 투기였을 뿐입니다."

황후가 당장 황제에게 달려가 황태자의 눈을 파내라며 주청드릴 것 같아 간신히 수습에 나서는 소화였다. 만에 하나 그 모습을 황태자 측근이 보기라도 한다면 빼도 박도 못하게 후계를 모함하는 악녀로 내몰리게 될 것이니 조심스러울 수밖에.

"우리 소화를 무시하는 자가 있다면 언제든 말하려무나. 내가 가만있지 않을 것이야."

"역시 소녀에겐 마마뿐이옵니다."

호호, 웃으며 황후 옆자리에 다가가 애교 부리듯 이마를 어깻죽지에 기대며 비볐다. 그러다 찰랑 소리를 내는 황후의 금이환에 눈길이 절로 닿았다.

"어? 마마, 이 금이환은 처음 보옵니다."

황후의 귀에 걸린 옥과 금으로 된 이환이 번쩍번쩍 황홀한 빛을 발했다.

"폐하께서 내리셨단다."

"아! 너무 부럽사와요. 이런 귀한 것도 다 받으시고 황후마마는 정말 좋으시겠어요."

"궁주도 한번 해보련?"

"참말이어요?"

"그럼, 참말이지."

기대감에 눈을 반짝 빛내던 소화가 무슨 연유인지 입맛만 다시듯 한숨을 내보냈다.

"아니어요, 마마. 폐하께 들키는 날엔 소녀에게 불호령이 떨어질 게 분명하옵니다."

말은 포기면서 눈은 집요하게 황후의 금이환으로 왔다갔다 정신이 없다.

소화의 속내가 빤히 보였지만 황후는 그런 그녀가 밉지 않은 듯 입매를 슬며시 늘였다.

청동 첫 번째 이야기

"맵시가 너무 화려하여 내가 즐기는 것이 아니니 궁주에게 물러줬다고 하면 되지. 무에가 걱정일까."

"마마! 소녀는 정말 마마를 가장 좋아하옵니다. 제 마음 아시지요?"

황후를 바짝 끌어안으며 소화가 배시시 웃어댔다.

"한데 황태자는 이번 미복잠행에 누구랑 함께 간다더냐?"

"예전엔 사신위를 비롯해 월훈까지 잔뜩 끌고 갔지만 이번엔 어림없지요. 저번에 올라온 상소로 수행원은 고작 셋으로 줄었으니, 아마 사신위만 잔뜩 데려가지 않겠어요?"

"사신위가 셋이나 빠지면 황궁에 남은 황태자 측이 꽤나 바쁠 것 같구나."

위아래 입술을 앙다물며 곰곰이 사고하던 소화가 의아한 듯 고개를 갸웃했다.

"그것도 문제가 되겠어요. 최대한 합류시킨다 해도 둘을 넘기지 못할 테니, 전하 입장에선 꽤나 골치를 썩이겠습니다. 이태기는 전하의 모든 업무를 총괄하는 입장이라 자리를 비우기 어려울 테고, 풍한도랑 곽남휘가 가장 유력하지 않을까요? 아현이라는 자가 있긴 하지만 여인의 몸이니 소녀의 짧은 소견으론 그자를 제할 게 분명해 보입니다."

황태자가 다른 수행원을 모두 물리치고 오직 아현만 대동하고 미복잠행을 떠나리란 소식을 알았다면 소화의 반응은 과연 어땠을까. 과장을 보태어 그가 미친 거 아니냐며 놀라 뒤집어졌으리라.

"사신위에 여인도 있었느냐?"

예기가 흐르는 피 묻은 검을 들고 영험한 눈동자로 소화를 직시하던 건방진 인물이 다시금 기억의 수면 위로 떠올랐다.

소화의 눈이 팍 세모꼴이 되었다.

"지난 상달에 사신위 한결이 낙마사로 유명을 달리하지 않았사옵니까? 그 후임으로 들어온 계집이온데 실력은 있어 보이나 건방진 게 꼭 제 주인을 닮았지 뭐예요?"

"그래? 본 적이 있었나 보구나."

"며칠 전에 우연히 보았는데, 제 월령무사를 괴롭히고 있었사옵니다. 잔악무도하게 검으로 상처까지 입히고 얼마나 제 마음이 찢어졌는지 마마는 모를 것이어요."

"자초지종이 어찌 되었더냐?"

"자초지종이랄 게 뭐가 있겠어요? 피 흘리는 월령무사만 보아도 결과는 바로 나오는 거지요. 품계가 저보다 낮다고 괄시한 것이 분명합니다. 그날 그냥 보낸 게 어찌나 억울하던지 밤에 잠도 오지 않던걸요?"

"법도에 따라 혼을 내지 아니하고 그냥 보냈단 말이니?"

설핏, 황후 눈치를 보며 소화가 우물쭈물 말하기 주저했다.

"왜 그러느냐?"

"따끔하게 혼내주려 했는데!"

"그랬는데?"

"전하께서 마침 그 앞을 행차하시지 뭐예요?"

더욱 불쌍히 보이게끔 낯빛을 어둡게 지어 시무룩한 얼굴을 만들었다.

"소녀가 힘이 있나요? 전하께서 냉큼 놔주라 해서 그리하였지요."

"우리 궁주가 마음이 상해 그 일을 여태까지 속에 담고 있었구
나."

소화는 흠칫 몸을 굳혔다.

눈치도 없고 가끔씩 맹하기까지 한 황후가 간혹 이처럼 예리
한 말을 할 때면 등에 땀이 송골송골 맺혔다. 몇십 마리 삼킨 구
렁이가 모조리 파헤쳐져 속내를 모두 까발려지는 그런 소름 말
이다. 이럴 때면 초점이 흐릿한 황후의 눈동자를 확인하고서야
겨우 안심이 되곤 하였다.

"황제폐하께 황태자에게 한마디 하시라 일러둘 터이니 너무
마음 쓰지 마렴. 그럼 이제 된 거지?"

"아이 참! 소녀 민망하옵니다."

그러면서 샐샐 웃는 모양새가 가소로울 만큼 간드러졌다.

황후는 저의 왼팔을 차지하듯 바짝 끌어안은 궁주를 무연히
응시하였다. 손을 올려 소화의 머리를 쓰다듬으며 다정한 낯빛
을 지우지 않았다.

"따라오지 않고 뭘 하는 게냐?"

"예, 전……."

'전하'라고 말하려다 황태자의 서늘한 시선을 느껴 급히 입을 다물었다.

"대답은?"

"예, 공자님."

황궁을 벗어나 주안문을 넘은 지 대략 일각쯤 흐른 듯했다.

황태자와 아현의 차림은 도성 안 일개사내의 편복으로 무색 상, 하의의 내의와 겉은 짙은 먹색의 포袍를 두르고 허리춤에는 굵은 쥐색 띠를 맸다. 차이점이라면 두건이나 책幘이 아닌 여행 객들이 주로 사용하는 챙이 넓은 갓을 머리에 썼다는 점뿐이었다.

아현이 할 수 있는 거라곤 속으로 한숨 쉬는 일뿐이었다. 왜 이렇게 되었는지. 너무나 순식간에 결정되어버린 사항이라 의견을 피력할 여유도 주어지지 않았다.

여느 날과 다르지 않은 아침이었다. 하루 시작을 알리는 대현 종 울림을 듣고 야간보초들과 교대하는 월훈들을 점검한 후 처소로 들어가 피곤한 몸을 뉘었다. 자고 일어나면 또 일에 파묻혀야 하는 신세라 원기충전을 위해 맥을 놓다시피 잠에 빠졌다.

아현이 눈을 뜬 건 평소보다 반 시진 이른 정오가 넘어가는 시각이었다. 자의가 아니라, 시녀가 방문을 두드리는 소리에 화들짝 놀라 그만 깨어버린 것.

전하께서 급히 찾으신다는 시녀의 말에 어찌나 놀랐던지. 그런 전례가 없었기에, 옷만 들고 천수호로 가서 대충 씻고 덜 마른 머리카락을 휘날리며 황태자가 계신다는 시아전으로 냉큼 달렸다. 놀람을 넘어 경악할 만한 사건은 그다음이었다.

황태자 미복잠행에 아현만 수행원으로 따르게 한다니. '그렇게 할 수 있겠느냐'가 아니라 '네가 전하를 잘 모셔야 한다'는, 이미 끝나버린 결정이었고 통보였다. 침착함이 장점이었던 그녀도 그 명에 한해선 안절부절, 초조, 불안을 느낄 수밖에 없었다. 그래봤자 결정은 바뀌지 않았고 등 떠밀린 그녀는 이렇게 황태자와 출궁하게 된 것이었다.

한데 이게 어디 말이 되는가?

그녀가 사신위라 할지라도 한낱 여인의 몸이건만 몇 날 며칠이 될지 모르는 미복잠행에 단둘만 보내다니. 제아무리 황궁 내에서 그녀와 황태자가 그렇고 그런 사이라는 소문이 돈다 해도, 공식적으로 아니 될 결정이었다.

무엇보다 더 걱정스러운 것은 황태자의 안위였다. 황궁에서 가장 불안한 위치를 꼽자면 황태자를 앞설 자는 없을 것이다. 그만큼 불안한 자리이고 더욱이 황제의 보호가 없다 보니 역대 황태자들보다 위험에 노출되는 빈도가 매우 잦았다.

지금도 보라. 수행원이 고작 그녀 혼자뿐이라니.

고관대작들도 기본 열 명 남짓의 수행원을 이끄는 것과 비교하면 초라함이 지나쳤다. 대체 황태자의 꿍꿍이를 모르겠다. 실력에 자신이 없는 것은 아니나 사람의 앞날은 모르는 일. 게다가 아무리 뛰어난 무사라 할지라도 수적 열세에는 당할 수 없는 법이라, 만에 하나 황제가 작정하고 숨겨뒀던 개인무사들을 풀어 황태자를 함정으로 몰면 돌이킬 수 없는 사태에 직면하게 될 것이다. 아현은 그게 걱정이었다.

자세한 내막은 알지 못하지만 딱 하나만은 확실했다. 모든 것은 황태자의 뜻이라는걸.

그래도 어찌 다른 사신위는 그냥 보고 있느냔 말이다. 그들의 참모 격인 이태기가 가만있었다는 게 아현으로선 더 믿기 힘들었다.

"인상 풀어라."

갓을 써 얼굴의 절반이 가려졌는데 어찌 알았을까. 뒤통수에 눈이 달린 것도 아니고.

그녀보다 앞서가는 황태자의 뒷모습을 고집스레 보다 이내 바닥으로 눈을 돌렸다.

"현, 여기 괜찮은 여관으로 안내하라."

황궁을 나올 때 황태자가 경고했었다. 절대 전하라는 말은 입에 담지 말 것, 공자라고 부를 것, 그리고 넌 아현이 아닌 현이라는 것까지.

"여관이라면, 도성 안에서 하루 묵으실 예정이십니까?"

"그래."

도읍이 아닌 먼 지방인 청도로 가야 한다고 들었었다. 바삐 가도 사흘은 걸리는 길인데 도성 안에서 하루를 묵는다는 건 오늘을 그냥 공친다는 뜻이었다.

"하오나 그리되면 시간이 빠듯하지 않겠습니까?"

"이쯤 되면 자리를 비운 걸 궁에서도 눈치 챘겠지. 방금 우리를 앞질러가던 파발마를 보았느냐? 도성 외곽을 지키는 수문장에게 가는 것일 게다. 어떻게 해서든 나를 붙잡아 시간을 끌려는 수작이겠지. 그러니 적당히 여관에서 몸을 숨길 수밖에."

그 뒷말은 없었지만 아현은 대충 짐작이 갔다. 이쪽의 발을 묶어 시간을 지체시키고, 황제파는 지방으로 향하는 길에 미리 함정을 판다는 뜻일 터. 여유시간을 벌기 위해선 황태자를 도성에 오래 붙잡고 있으면 있을수록 그들에게는 유리했다.

풍한도가 여기 있었다면 대뜸 '도성 외곽에서 발이 묶이나 여관에서 쉬고 있으나 매한가지 아닙니까?' 하고 반문했을 테지만 아현은 어렵지 않게 황태자의 의중을 파악하였다. 황태자의 위치가 어딘지 정확하게 아는 것과 모르는, 것은 손바닥에서 바늘을 짚는 것과 대궐에서 바늘을 찾는 것만큼 아주 큰 차이가 있었다.

"저기 앞에 보이는 점포의 왼편을 돌아 골목길을 쭉 올라가면 쓸 만한 여관이 하나 나옵니다. 일 층은 음식과 술을 파는 주점이옵고 이, 삼 층은 객정이옵니다. 건물 주인은 감사와 객정에 하루 묵을 시 음식값을 일 할 오 푼 감해주기도 합니다."

"잘 알고 있구나."

잘 걷던 황태자가 걸음을 탁 멈추더니 고개를 슬쩍 돌려 그녀를 보았다.

"내 옆에서 걸어라."

"제가 어찌, 전……, 아니, 공자님 옆을 걸을 수 있겠습니까?"

"그 모습이 더 눈에 띈다."

아현은 황급히 주변을 둘러보았다. 그랬다. 가족단위의 남녀가 아이를 안고 나란히 걷거나, 노인 옆은 장정이 조심스레 부축하였고, 여인들끼리 팔짱끼며 하하 호호 장바구니에 흥정한 물건을 담았다.

황태자와 아현처럼 거리차를 두는 이들은, 가마를 따르는 시종이나 화려한 옷매무새로 거드름피우는 주인을 쫓아온 허름한 행색의 몸종 외에는 없었다. 확실히, 두 사람은 같은 일행임을 자처하듯 옷차림이 같은데 뒤따르는 그녀가 주신主臣의 예를 실천하니 지나치는 몇몇이 기이하게 보는 것이 눈에 들어왔다.

좀 더 허름한 옷을 주시지 않고, 왜 같은 복장을 준비하셨을까.

아현은 불만을 삼키며 잰걸음으로 황태자 옆에 서서 걸었다. 몸에 맞지 않는 속곳을 입은 양 온몸이 불편했다.

"죄 지었냐?"

"죄를 지었다니요?"

"아님, 바닥에 금전이라도 떨어졌더냐?"

"예?"

"그게 아니라면 어깨를 펴고 고개를 들어라. 우린 도둑질하러 가는 게 아니니."

"전하, 그게 무슨 말도 안 되는!"

뒷짐 지고 걷던 유성이 발을 멈춰 갓 아래로 옆을 내려다보며 작게 경고했다.

"내가 누구라고?"

아차, 싶은 아현이 황송한 나머지 목소리가 기어들어갔다. 잔실수가 없었던 그녀였는데 미복잠행을 시작하고부터 무엇 하나 똑바로 하는 게 없었다.

황태자가 관련되면 단단한 평정심도 쓸모가 없어지니 스스로도 어이없음이라.

"공자님입니다."

본디 시끄러운 장터의 특성상 흥정하는 사람들의 소리에 묻혀 아현의 '전하'라는 말이 안 들렸기에 망정이지 하마터면 미복잠행을 시작하기도 전에 일을 그르칠 뻔했다. 머릿속으로 전하가 아니라 공자님이다, 이것을 반복적으로 되새김질하며 익숙하도록 연습했다.

골목길로 접어들자 서산에 걸린 해가 반쯤 고개를 내밀고 있었다. 황태자 처소에서 출발이 해가 머리맡에 왔던 대낮이었으나 도성 크기의 황궁만 벗어나는 데도 몇 시진이 걸린 터라 벌써 시간이 꽤 흐르고 말았다.

호패를 보여 복잡한 검문을 거치지 않고 말을 타고 달렸다면 훨씬 단축될 거리였지만 상황이 상황인지라 그럴 수 없어 몰래 담장을 넘고 검문을 속이고 순찰을 피하느라 몇 배의 시간이 걸렸기 때문이다.

두 사람의 발이 여관 앞에서 멈추었다.

아현이 못 본 새 새로 단장을 하였는지, 현판이 향나무에 갓

옻칠한 새것이었고 보기 드문 양각으로 새겨진 금강장이라는 문체가 고급스럽게 다가왔다. 건물 또한 고정틀만 제외하고 전체를 뜯어 고쳤는지 나무질이 여느 객정과 달라보였다.

바깥에 나와 있던 손님몰이를 하던 점원이 아현과 유성을 보더니 쏜살같이 달려와 양손을 비비며 어서 오시라 굽실댔다. 의복은 평범하나 그 속에 감추어지지 않는 범상치 않은 기운 탓인지 점원은 보자마자 찌릿찌릿 울려대는 눈치로 '이것은 대어다' 하며 감을 잡았던 것이다. 역시 객정 몰이꾼 십 년의 눈치가 괜히 생긴 건 아니었다. 당장 주인장에게 그들을 안내하였다.

"하루 묵을 객실을 잡았으면 합니다."

"방 하나면 충분하오리까?"

급히 당황을 감춘 아현이 부정하였다.

"방 두 개가 필요하……."

"되었다."

조용한 어투였으나 반박하지 못할 단호함이 깃든 유성의 목소리에 두 사람이 돌아봤다.

"방 하나로 하지."

"아니 됩니다."

아현은 깜짝 놀랐다. 세상에, 한방이라니! 황궁에서도 모자라 미복잠행에서까지 수명을 단축시키고 싶은 생각일랑 일절 없는 그녀였다.

황궁은 그나마 황태자와 그의 수하 사이라는 정확한 경계라도 있지, 여기에선 타인이 보기에 어떤 의미론 동등한 입장이라고 할 만해 불편한 상황이 속속 드러날 게 틀림없었다. 더구나 황궁에 비해 턱없이 좁은 내실에 침상도 하나뿐일 텐데 대체 어쩌자고 황태자는 말도 안 되는 요구를 하는 것인가.

"주인장, 제일 좋은 방으로."

"아, 예, 예!"

금강장 주인은 아현을 보다, 뒤에 선 사내가 더 우위에 있음을 판단하고 양손을 감춰 끼운 소매를 들어 굽실굽실 앞장섰다.

"고, 공자님! 그래도 이건……."

"내 말을 거역하는 자와는 동행하고 싶지 않군."

두 사람의 실랑이도 아닌 신경전에 그들을 안내하는 금강장 주인의 고개가 기묘하게 꺾였다가 되돌아왔다.

수시로 많은 사람이 오고가는 여관의 주인답게 웬만해선 옷차림과 말투 심지어 손만 봐도 이 사람의 고향이 어디이고 직업이 뭔지 대충 감이 오는데 이 일행은 다소 아리송하였던 것이다.

비록 사내의 편복이나 목소리만 들어도 여인이란 게 확실했고 감출 수 없는 부드러운 외형이 일생에 한 번 볼까말까 한 미녀라는 데 주인장은 자신의 전 재산을 걸어도 좋다고 생각했다. 절도 있는 걸음걸이를 보면 무사 같기도 하나 신분을 감추기 위한 위장 같기도 하고…….

게다가 사내는 또 어떠한가.

솔직히 주인장은 등골을 서늘하게 만드는 사내의 정체가 더욱 궁금하였는데. 여인의 태도를 보면 보통 신분이 아닌 건 확실하고, 공자라고 하니 그런 줄 알지만 이상하게도 음식이 명치에 걸린 더부룩함처럼 이 위화감을 어찌 설명해야 할지 모를 일이었다.

주인장은 다시금 머리를 털어냈다. 알아봤자 무엇하려고. 괜한 호기심에 칼침 맞을라.

"여기 이 객실입니다. 저희 금강장에서 가장 자랑하는 최고급 방이지요. 욕탕은 이 복도 끝에서 오른편으로 돌면 있고, 세목洗沐 도구는 다 구비되어 있, 읍!"

키가 훤칠한 사내가 오른손을 살짝 드는 바람에 주인장은 딸 꾹질을 삼키듯 입을 다물었다.

"식사를 준비해주게."

"어떤 음식을 원하십니까? 분부만 하신다면 잽싸게!"

"알아서, 괜찮은 음식들로."

유성의 딱딱한 음성이 주인장의 귀에는 '그만 닥치고 가서 일을 봐라'로 들려왔다. 쓸데없이 그런 감만 좋은 듯하다. 턱까지 내려온 여덟 팔八자의 콧수염이 땅에 닿을세라 인사를 꾸벅하고 주인장이 물러갔다.

유성이 객실로 스스럼없이 들어가자 아현은 밖에서 우물쭈물 답답한 행동을 보였다.

"들어와서 짐을 풀지 않고 뭐 하고 있느냐."

"하오나."

"두 번 말하는 건 싫다 하였다."

초조함에 아랫입술을 하얀 이로 뭉그러뜨린 아현이 자포자기한 걸음으로 객실로 들어와 짐을 한쪽에 풀었다.

유성은 그런 그녀를 보며 속으로 웃었다. 고지식하다 해야 할지, 미련하다 해야 할지. 그럼에도 귀엽게 보이니 스스로를 이상하다 꾸짖으며 냉소를 머금었다.

아현이 짐을 풀고 어쩔 줄 몰라하는 게 유성의 눈에 포착되었다. 아직도 각방에 대한 미련을 못 버린 건지 그녀의 긴장감이 여간 신경 쓰이는 게 아니다. 그래서일 거다. 안 해도 될 말을 한 것이.

"한방이 그렇게 불편한가?"

"공자님이 불편하실 듯하여."

"넌 내 호위가 아니더냐?"

"맞사옵니다."

"복도에서 날을 샐 게 아니라면 한방에 묵는 게 당연하다 생각지 않느냐?"

"그……렇습니다."

아현은 억지로 대답하면서도 왠지 그에게 말려드는 듯한 괴상한 느낌을 지울 수 없었다. 뭐지, 이 납득하기 힘든 궤변은. 그렇다고 가타부타 따질 수도 없는 노릇이었다.

"출출하니 식사나 하지."

"예, 공자님."

유성이 복도를 나가다 말고 잊었다는 듯 사심이 들어간 경고를 날렸다.

"그리고."

"예?"

"식사할 때, 갓은 벗지 않는 게 좋겠다."

'사내들이 볼 테니까'라는 뒷말은 숨긴 채 유성은 일 층 객잔으로 향했다.

역시나 그런 면에선 아둔한 그녀는 '도성 안이니 신분이 발각

될까 염려하시는 거구나' 하고 생각하였더랬다.

식탁 위의 음식들은 꽤나 푸짐했다. 두 명이 먹기엔 벅찰 만큼의 양이어서 멀거니 음식만 보고 있자니 주인장이 양손을 비비며 다가왔다.

"저희 금강장이 자랑하는 경장육사와 과탑계입니다. 이 탕은 청탕연와로 제비집으로 만들었습죠. 술은 죽엽청주로 준비하였는데 괜찮으신지요? 또 이것은……."

아현은 설명을 반쯤 흘려들었다.

음식의 향이나 모양만 보아도 썩 좋은 솜씨로 지었음은 짐작할 수 있었다. 하지만 맛이 문제가 아니다. 이걸 누가 다 먹으라고 차린 건지. 돈은 있어 보이고 이 지방 사람은 아닌 것 같으니 바가지 씌우려 상다리 휘게 차렸다는 소린데.

황궁에서 올라오는 황태자의 식사를 생각하면 초라한 식탁이지만 일반백성으로 신분을 위장한 이가 먹기엔 과한 식사였다. 음식을 물리자고 해야 할지, 어째야 할지 참으로 난감했다. 슬쩍 황태자의 눈치를 보니 이미 그는 젓가락을 들어 음식을 맛보고 있었다. 왠지 허탈감에 맥이 풀렸다.

"들지."

"잘, 먹겠습니다."

아현이 떨떠름하게 대답했다. 황태자와 마주앉아 식사를 하게 될 줄이야.

황궁에서 사신위와 황태자가 종종 식사를 함께 하곤 해도 그는 언제나 상석에 앉았기에 마주 앉는다는 건 신하의 입장에선 상상할 수조차 없는 일이었다.

고기를 입에 넣고 씹는데도 무슨 맛인지 몰랐다. 모양을 보고 이게 돼지고기구나, 닭고기구나 한 것이다. 갓까지 쓴 채 음식을 먹어야 해서 멍한 상태랄까. 시야가 좁아 현실감마저 떨어지게 하였던 탓에 식욕마저 잃게 만들었다.

결국 몇 젓가락만 움직이고 젓가락을 내려놓지도, 입에 넣지도 않는 그녀의 모습을 본 황태자가 본인의 갓을 살짝 올려 물어 왔다.

"입맛이 없느냐?"

"나올 때 과식을 하였는지 지금은 그렇게 배가 고프지 않습니다."

"나도 그러하군. 술 한 잔만 하고 일어나지."

"예, 공자님."

아현과는 사정이 다르게 유성의 입맛이 떨어진 이유는 딴 곳에 있었다.

사내들이 자주 드나드는 곳이라 호기롭게 술잔을 기울이는 자리가 여럿이었다. 개중 몇몇 사내가 꽃을 찾는 나비처럼 끈적끈적한 시선을 자꾸만 아현 쪽으로 향하니 여간 신경 쓰이지 않았던 것이다. 역시 사내복장으로도, 그깟 갓으로도 타고난 미모를 가리긴 힘든 것이리라. 괜스레 불쾌감이 더해갔다.

아현이 술을 따르자 갈증을 누르려 유성이 단숨에 잔을 비웠다. 조금 놀란 그녀가 즉각적으로 잔을 채웠다.

"죽엽청주가 입에 맞으십니까?"

"숙면을 취하려면 술만 한 게 없지."

그가 재차 잔을 비우자 아현은 조금 걱정스러워졌다. 널리 퍼

진 소문과는 달리 근처에서 모신 바로, 평소 황태자는 술을 멀리
하는 사람이었다.

"현도 한 잔 받아라."

"전 괜찮습니다."

"내가 하는 말에 매번 토를 다는군."

갓 때문에 보이지 않을 테지만 그녀는 억울한 표정을 지었다.

"그럼, 조금만 주십시오."

양손으로 잔을 받았다.

"뒤에."

"예?"

황태자의 심상치 않은 태도에 아현이 움찔하며 뒤를 보았다.

'아무것도 없는데?'

굳이 이상한 것을 찾자면 언제부터인지 그들을 보고 있던 몇
몇 사람들의 눈이었다. 설마 황제 측에서 알고 쫓아 들어온 것인
가. 이완된 신경을 바짝 조이며 아현이 황태자를 향해 작게 소곤
거렸다.

"미행이 붙은 걸까요?"

전혀 그런 기척을 느끼지 못하였는데 혹시 몰라 황태자에게
물었던 것이다.

그녀의 말을 새겨들어야 함에도 걱정과는 먼 태도로 황태자
는 술을 남김없이 마셨다.

"아니."

"예?"

"쓸데없는 걱정은 그만두고, 술이나 들라."

먼저 '뒤에'라고 말씀하셨지 않습니까? 그녀가 잘못 들은 게 아닌가 싶게도, 그런 적 없다는 듯 황태자는 오직 술에만 집중하는 모습이었다.

"아, 예."

술을 즐기지 않는 그녀에게는 꽤나 독한 향이라 반만 마시고 내려놓자 술잔을 뚫어지게 보던 황태자가 다시 명령했다.

"술은 남기는 게 아니다."

별수 없어 미간을 찡그리며 술을 바닥까지 비웠다.

아현은 반문하고 싶었다. 술은 남기는 게 아니라면서 왜 음식은 남기는 겁니까? 라고.

어둑어둑한 그믐달이 주위를 에워쌌다.

한때, 그믐달은 달의 기운이 쇠하여 나타나는 현상이라 하여 월제국의 모든 이들은 신체를 정갈히 다듬고 금식함으로써 쇠락을 방지코자 하였다.

미신을 따르자니 백성들이 굶주림에 고통을 받아 오늘날은 그러한 관습이 사라졌는데, 미흡하나마 늦은 시간까지 과식, 과음만은 자제키로 백성 스스로가 불문율처럼 지켜온 풍습이었다.

금강장도 다르지 않았다. 다른 때 같으면 흥청망청 술에 취하고 망상에 취하고 여인에 취한 사내들이 골목을 오고가며 고성방가 혹은 싸움도 불사하지만 금일처럼 사라져가는 흐릿한 달이 뜬 날은 모두가 일찍 귀가하였기에 깊고 조용한 정적만이 맴돌았다. 어찌 보면 을씨년스럽기도 하였다.

일찍 식사를 하고 세목까진 마친 유성과 아현은 곧바로 객실로 돌아왔다.

황태자는 그녀에게 어디서 쉬라는 일언반구도 없이 혼자 침상에 누웠고 괘씸할 정도로 금세 잠에 빠져들었다.

아현은 황당했다. 원체 차가운 성격이라 미리 짐작은 하였으나 적어도 새우잠 잘 공간은 지정해줄 줄 알았다. 체념을 삼킨 아현은 창가로 다가갔다. 황태자가 깰까 조심스레 창문을 열어 밤공기를 마시며 답답함을 씻어냈다.

자고 일어나면 긴 여행이 기다리고 있을 것이다. 누가 되지 않으려면 조금이라도 쉬어야 하는데 긴장감에 그러기가 쉽지 않았다.

황태자와 한방에 머무르는 건 미혼향이 가득했던 서쪽 침전 그날 이후로는 처음이라 더욱 그러하였다. 언제나 문 하나를 두고 호위 겸 보초를 섰기에 황태자가 누운 침상 쪽에 시선조차 돌리기 무서웠다. 일부러 보지 않는 지금도 심장이 제멋대로 뛰는데 괜히 눈길을 돌렸다가 무슨 낭패를 볼지. 정말 미칠 노릇이었다.

'뭐지?'

좀 전까지 시야가 긴 간격을 두고 간헐적으로 흐릿해지더니 지금은 감각까지 둔해졌는지 눈 깜박임도 느릿했다. 양손으로 눈꺼풀을 두세 번 비벼보았다. 그래도 별 나아진 게 없다.

'갑자기 왜 이렇게 피곤한 걸까.'

그것을 인지하자 갑자기 몸이 물 먹은 솜뭉치처럼 무거워지고 정신까지 아득해지는 기분이었다. 이런 적이 없었는데, 도중에 자다 깨서 헐레벌떡 미복잠행에 동행해서일까.

아현의 몸이 창틀에 기대어 미끄러지듯 스르륵 주저앉았다. 끝까지 정신의 끈을 놓지 않으려 다리를 비틀어 잡아 힘을 주었지만 그 아픔조차도 시간차를 두고 전해지는 듯했다.

수면이 급물살을 타고 그녀를 덮쳤다.

'창문은 닫아야…… 하는데……'

결국 아현의 고개가 옆으로 툭 꺾였다.

그리고 얼마나 있었을까. 넓은 침상에 누워 있던 한 인영이 한없이 가라앉은 눈을 천천히 열어 상체를 세웠다. 눈에는 졸음기라곤 일절 보이지 않았다. 마치 아현이 지쳐 쓰러지길 기다렸다는 것마냥 당당한 태도였다. 침상에 발을 내려 발소리라곤 느껴지지 않는 가벼운 걸음으로 아현에게로 다가갔다.

정신없이 잠에 취한 그녀를 보며 유성이 피식 웃음기를 뱉었다.

"생각보다 오래 버텼어."

상대를 배려한 한껏 낮춘 음성이었다.

아현이 깨면 어쩌려고 그러는지 유성은 양팔을 그녀의 팔과 다리 아래로 넣어 단숨에 안아들었다. 놀랍게도, 몸이 흔들리는데도 아현은 깨어날 낌새조차 보이지 않았다. 이게 어떻게 된 일인가!

유성은 아현을 그가 누웠던 침상에 고이 눕혀 요를 덮어주었다.

"손이 많이 가게 하는군."

선견지명이었을까. 밤만 되면 털을 세운 살쾡이마냥 아현이 긴장을 바짝 하리라는 걸 익히 알았기에 혹시나 몰라 황궁에서 약을 챙겨왔었다. 아까 일 층 객잔에서 식사를 하던 중 아현의 눈을 돌리게 하고 술에 소량의 약을 탔었다. 무도인도 눈치 채지 못할 극히 미미한 양이었다.

다행히 아현이 술잔을 깨끗이 비움으로써 그의 의도는 성공할 수 있었다. 다만 너무 적은 양이라 효과가 늦게 나타난다는 게 단점이라면 단점이었다.

유성의 목적은 오직 하나였다. 그녀가 충분히 휴식을 취하게 하여 앞으로 있을 계획에 차질이 없도록 하는 것.

한데 이상했다. 밤의 주술에 걸린 걸까.

유성의 눈은 아현의 얼굴에서 떨어질 줄 몰랐다. 둥근 아미를 따라 초승달을 닮은 예쁜 눈썹과 조용히 감은 눈, 앙증맞은 콧날 아래에는 몇 차례 맛보았던 입술이 유혹하듯 살짝 벌어져 있었다.

이 입술이 얼마나 부드러운지, 얼마나 달콤한지, 얼마나 마음을 싱숭생숭하게 하는지, 결코 모르지 않았다.

의지와 상관없이 손끝이 아현의 입술에 닿았다.

"왜."

칼칼한 목소리가 낮게 깔렸다.

"왜, 네 입술만 보면."

급히 말을 멈췄다. 무어라 형용할 수 없는 이 기분을 끝없이 뱉어낸다면 감히 조절하기 힘든 감정에 이끌려갈까 싶어 두려웠다.

이 몹쓸 기분, 그녀를 마주할 때마다 간간이 느꼈던 녹아내릴 듯한 달콤한 타락.

"……미치겠군."

유성의 몸이 서서히 내려갔다. 어둠에 동화된 그믐달도 시야를 가릴 수 없다는 듯 빈틈없이 아현의 입술과 그의 뜨거움이 맞닿았다.

창문의 작은 틈새로 누군가가 그들을 보았다면 한 덩어리로 착각할 법하였다. 이성을 흐트러지게 하는 기괴한 밤이었다.

아현이 눈을 떴을 땐 해가 중천이었고 객실엔 그녀만 덩그러니 홀로 있었다. 요를 치우고 반동처럼 몸을 세워 앉았다.

어찌 된 일일까. 어렴풋한 기억으로는 창가에서 잠이 들었었다. 그런데 왜 침상에 누워 있는 거지? 황태자가 누웠던 침상이라니! 하룻밤 만에 몽유병이 생겼을 리 없고, 의식이 끊겼던 사이 대체 무슨 일이 있었던 거냐고 자문해봐야 스스로가 모르는데 어쩌겠는가.

침상에서 벗어날 생각도 못 하고 멍하니 있는데, 마침 객실 문이 벌컥 열렸다. 황태자였다. 어딜 다녀왔는지 한 손에 어떤 뭉치를 든 채였다.

"일어났으면 어서 서둘러라."

"소신이 왜 여기서."

묻고 싶은 말이 많았으나 갓 자고 일어난 탓에 머리가 뒤죽박죽이었다.

"갈 길이 멀다. 어서 준비해."

그 말만 남기고 휙 사라지는 황태자였다. 어제보다 더 냉한 기운이 흐르는 게 오늘 잘못 걸리면 된통 혼쭐이 나겠다 싶어 부리나케 움직여 재빠르게 씻고 나왔다.

정말 바빴는지 끼니를 대충 소면으로 때우고, 금강장 주인의 소개로 말 한 필을 구입하였다. 털에 윤기가 자르르 흐르는, 제법 고급 품종의 말이었다.

"공자님, 말 두 필이 필요하지 않습니까?"

주인장이 들을까 봐 황태자에게 바짝 붙어 속닥거리자 그가 미묘한 얼굴로 그녀를 내려다보다 쌩하니 고개를 말 쪽으로 돌렸다. 완벽한 무시에 절로 인상이 찌푸려지려는 차, 무뚝뚝한 목소리로 그가 말했다.

"도성을 벗어나면 한 필을 더 구입할 생각이다."

"지금 사시는 게 더 편하지 않을까요?"

"이유가 있으니 짐이나 챙기고 말에 올라타라."

"설마……. 말 하나에 같이 타야 한다는……."

"당연한 걸 왜 묻나."

유성이 날렵한 솜씨로 말에 타자, 아현도 그 뒤를 올랐다. 이는 순전히 무언의 압박에 못 이겨서다.

갓 아래로 보이는 유성의 입가가 아주 흡족하다는 듯 슬쩍 올라간다. 계속 인상 쓰고 있던 인물이라고 말하기 힘든 표정변화였다.

"이럇!"

많은 건물과 사람들을 뒤로 하고 말은 쌩쌩 달렸다. 고삐는 황태자가 잡고 말을 몰았기에 아현이 잡을 만한 건 많지 않았다. 아니, 선택의 여지없이 황태자의 허리춤이 생명줄이었다. 처음에는 신분에서 오는 거리낌 때문에 옷깃만 슬쩍 잡았다. 걷는 것만큼이나 말을 타는 것도 그녀에겐 하등 어려울 게 없어 큰 불편은 없었다. 황태자가 이 말을 내뱉기 전까지는.

"떨어지기 싫거든, 꽉 잡아라."

무섭게 구르는 황태자의 발길질에 말이 콧김을 품고 바람처럼 달려 나갔다. 상체가 종잇장처럼 뒤로 넘어가는 통에 아현은 식겁하여 놀란 가슴을 누르고 잽싸게 손을 뻗어 튼튼한 무언가에 양팔을 감았다. 점점 가속이 붙는 빠르기에 조이는 힘도 강해졌다. '윽' 하는 소리가 작게 들려왔으나 낙마의 위험이 코앞이었기에 신경 쓸 여력이 없었다.

정말 급한 게 맞았던지, 말은 쉼 없이 달렸다. 번화가는 이미 지나쳤고, 무한한 논과 밭의 행렬을 한참 지나다 도성검문소 지름길이 아닌 낮은 언덕으로 이어진 갓길로 접어들었다. 도중에 목을 축이기 위해 한 식경 정도 멈춘 것을 제외하면 계속 달리기에만 주력하였다.

그렇게 한 시진 넘게 달렸을까, 다소 험한 산세가 나오자 황태자가 말의 속도를 점점 줄였고, 폐가 앞에서 완전히 멈추었다.

"내려."

뻐근한 허벅지를 움직여 겨우 땅으로 내려섰다.

"여긴 어디입니까?"

"이거 들고 들어가서 입고 나와라."

아현의 물음을 무시한 채 그가 내민 것은 아까 여관에서 봤던 뭔지 모를 보자기였다. 다음 나올 그녀의 질문을 예상한 듯 유성이 앞질러 말했다.

"변복이다."

아, 변복하고 도성을 빠져나가려는 거구나. 이런 준비성이라면 위장신분의 호패도 미리 만들었을 터. 애당초 그녀를 수행원으로 확정한 거라면 미리 언질을 주든가.

이제는 황태자가 무슨 말을 하고 어떤 행동을 해도 놀라지 않아야지, 고이 따라야지, 다짐하였다.

하지만 그런 다짐은 폐가로 들어가 보자기를 풀면서 다시금 금이 가기 시작했다. 변복의상이 그녀의 예상을 빗나가도 심하게 빗나갔던 것이다.

이리 보고 저리 보아도 살랑살랑한 천들이 증명하듯 여인의 옷이 분명하다. 간단하게는 사내무사 복장에서 늙은이의 변복까지, 혹은 거지 흉내도 마다하지 않을 각오였는데, 제 또래가 입는 여인복장이라니, 허탈함과 함께 맥이 탁 풀렸다.

'그러고 보니 말이 한 필이었지?'

이제 대충 감이 잡혔다. 황태자가 의도하는 변복이 무엇인지.

"다 갈아입었으면 나오너라."

"가, 갈아입고 있습니다."

아현은 망설임을 곧 접었다. 야무진 입을 굳게 다문 채 갓을 풀고 입고 있던 사내의 편복을 벗었다. 여인의 속곳부터 시작해 긴 치맛자락과 그 위를 덮는 무릎 아래까지 내려오는 심의를 입고 목면의 웃옷을 걸쳤다. 마무리로 꽃수가 장식된 비단신을 신고 갓 안에 눌렸던 머리카락을 차분히 펼쳤다.

'이건 뭐지?'

보자기 안에 미처 보지 못한 작은 목갑이 있었다. 덮개를 열자 여인들이 바르는 연백분과 연지 그리고 머리장식이 보였다.

아현의 얼굴이 팍삭 일그러졌다. 여인의 의복도 아주 어릴 때를 제외하면 오늘 입는 것이 최초라 할 수 있거늘, 하물며 꽃단장을 해보지 못한 초심자가 홍분이 어디 가당키나 할까. 형편없는 실력으로 바르다간 광대놀음을 해야 할지도 몰랐다. 그것을 황태자도 모르지 않을 텐데, 이는 그녀를 과대평가하거나 아니면 놀리는 것 중의 하나가 분명했다. 어째 심중은 후자에 가까웠으니…….

"안 나오고 뭐 하느냐?"

억양 없는 말투에 짜증이 섞여 있었다.

"나가겠습니다."

이젠 될 대로 돼라. 이것도 최선을 다한 거라고요.

자신을 위로하며 나머지 짐들을 들고 폐가 문을 열었다.

아현은 나가다 말고 발을 멈춰야 했다. 아니, 저절로 멈춰졌다고 해야 옳을 것이다.

문을 열자 보인 것은 황태자의 모습이었다. 갑갑하게 얼굴을 가렸던 갓은 벗었고 어두운 편복에서 밝은 하늘색 옷으로 갈아입은 채였다. 머리모양은 파란색 비단으로 반묶음을 하였는데, 장안을 오가다 보면 흔하게 보는 사내의 복식임에도 몸에서 광채가 나는 듯하였다.

하지만 이건 어디까지나 아현의 입장. 내색하진 않았으나 아현을 바라보는 유성의 깨달음은 그녀의 놀람과 비교되지 않을 정도로 충격으로 다가왔다.

곱다, 어여쁘다, 아름답다, 은연중에 그런 생각은 늘 하고 있었는데도 정작 여인복장을 한 모습을 직접 접하니 당혹스러움을 지우기 힘들었다.

옷의 상승작용인지 원래도 좋은 피부가 더욱 발하여 빛이 났고, 촉촉한 눈망울의 깨끗함이 심장을 뚫고 지나갔다. 옷차림이 어색해 자꾸만 눈길을 피하는 등 사내를 홀리는 태도하며, 보드라운 천 아래 굴곡진 선들이 목을 타게 만들었다. 변복 선택에 대한 뒤늦은 후회.

그런 설렘일랑 감쪽같이 감춘 유성은 아현의 얼굴을 뚫어지게 보며 말을 툭 던졌다.

"홍분은 안 했더냐?"

"그건 저……. 소신이 해본 적이 없사와……."

납득이 간다는 듯 그가 작게 주억거렸고, 아현이 채 물러서기도 전에 코앞까지 다가오더니 서늘한 눈매를 떨어뜨렸다.

"목갑의 덮개를 열어 들고 있어라."

"아, 예."

멍하니 대답하고 그의 명을 따랐다. 하지만 이어지는 대담한 손길에 아현은 소스라치게 놀랄 수밖에 없었으니. 어쩌자고 황태자가 여인의 화장법을 아는 걸까. 그녀의 얼굴을 오고가는 능숙한 붓질에 얼이 빠지고 말았다.

"전하께서."

"공자."

"아, 죄송합니다, 공자님. 한데 어찌하여 이것을 할 수 있으신지요?"

"입 좀 다물어라."

그것은 유성의 진면목을 모르고 하는 소리다. 서예와 그림에 조예가 깊었던 유성은 특히 인물화에도 일가견이 있었는데, 그중에서 미인도는 전 그림의 칠 할을 차지할 만큼 취미를 가지고 있었다. 화장술과 화술은 어찌 보면 한 뿌리라 뭐든 빨리 터득하는 유성에게는 그다지 어렵지 않은 재주였다.

화룡점정을 찍듯 입술을 단끼으로 물들여 마무리 짓자, 유성의 눈에 언뜻 후회가 스쳐지나갔다. 이 모습을 타인이 본다는 생각에 뇌의 어디선가 폭죽이 터지는 느낌이었다.

또다. 작게 끓어오르는 화와 유사한 이상한 감정. 그것을 털어내듯 그의 손이 투박스럽게 머리장식을 비스듬히 꽂았다.

"역시 마음에 안 드는군."

움찔. 역시 어울리지 않는 걸까. 당황함을 감추려 아현의 눈이 두세 번 깜박이자 풍성한 첩모가 부채질한다.

그의 손가락이 그녀의 턱을 잡아 슬쩍 올렸다.

"절대, 사람들과 눈을 마주치지 마라."

너무 가까워 입김이 그녀의 입술까지 닿았다. 얼떨떨함을 감추며 고개를 끄덕끄덕했다. 그것이 무엄한 행동인 줄 자각하지 못하고서.

"짐을 말에 실어라."

"예, 공자님."

"그리고 지금부터 도성검문소를 통과할 때까지 나를 가가라 불러라."

"예?"

경악과도 같은 비명이 튀어나왔다. 그건 당연했다. 가가라니, 그것은 연인이나 남편에게나 부르는 호칭이었다. 이제 보니 의복 색이 짝을 맞춘 듯 비슷한 것이 부부 같기도 하였다. 깜짝 놀란 그녀를 보고 비틀린 웃음을 지으며 그가 다시 놀려왔다.

"아님, 상공이라고 해도 좋고."

그것 또한 남편을 이르는 뜻이었다.

"공자님!"

"호칭!"

"아니, 그것만은."

"너랑 여기서 실랑이할 시간이 없다."

누가 황태자의 명을 어길 것인가.

"분부……, 받들겠나이다."

"호칭연습은 가면서 해도 되겠지."

마치 적당히 타협해준다는 태도로 황태자가 말에 훌쩍 올랐다. 그리고 아주 당연한 것처럼 그녀를 향해 손을 내밀었다.

"잡아."

"혼자서도 오를 수 있습니다만."

"넌 내 부인이 아니더냐. 이건 당연한 겉치레다."

열기가 얼굴에 모였다. 홍분을 한 게 처음으로 다행으로 여겨졌다.

가늘게 떨리는 손을 뻗자 황태자가 한 손으로는 팔을 끌어올렸고 다른 손으로는 허리를 감싸 그의 앞에 앉혔다. 그녀가 떨어지지 않게 한 팔을 허리에 그대로 둔 채 한 손만으로 고삐를 쥐고 출발하였다. 폐가까지 올 때처럼 칼날 같은 속도가 아니라 흔들림이 적어 위험은 덜했으나 문제는 자꾸만 덜컹거리는 심장 탓에 생명의 위협을 꾸준히 받아야 했다.

"저, 이 팔은 푸셔도 되옵니다. 안장만 잡아도 떨어질 염려는 없으니."

"불가."

아현은 조개처럼 입을 다물었다. 여전히 허리에 놓인 황태자의 팔이 신경 쓰였지만 그의 고집을 어찌 꺾을 텐가.

폐가가 있던 곳이 도성검문소와 인접하였기에 달린 지 얼마 지나지 않아 십 장 높이의 성벽에 다다랐다. 각기 다른 문에서 도성을 들어오는 행렬과 나가는 행렬이 개미 줄처럼 이어져 있었다.

"부인."

유성의 입술이 아현의 귀에 살짝 닿았다. 그로 인해 그녀의 사지에 물뱀이 감긴 것처럼 소름이 쫙 끼친 건 두말할 필요가 없으리라. 바짝 언 아현의 몸을 풀어주듯 허리를 감은 손이 부드럽게 지분거렸지만 그건 오히려 안 하느니만 못한, 더욱 딱딱하게 만든 몹쓸 접촉이었다.

"왜 대답이 없는 거요?"

"아, 아닙니다."

검문을 기다리던 주위 사람들은 어디서 이런 선남선녀가 나타났나 싶어 좀 전부터 힐끔거리기 바빴다. 사내들은 눈이 멀 것 같은 고운 자태의 아현을, 여인들은 헌헌장부의 기상을 내뿜는 미장부인 유성을.

언제 검문소를 통과할까, 라는 걱정이 무색하게도 줄은 생각보다 일찍 줄어들었다. 곧 그들 차례가 되었고 검문관이 제시를 요구하는 호패를 유성이 자연스레 건넸다.

검문관이 으레 하는 질문을 던졌다.

"어디 가는 것이오?"

"대성 지방에 가는 길이오."

"대성에는 무슨 일로 가는 거요?"

"아내의 친정이 거기에 있소. 안 그러오, 부인?"

쿡, 웃는 황태자의 웃음에 아현은 어지러운 정신을 가다듬었다. 굳이 묻지 않아도 될 말을 꺼낸 걸 보아 안절부절못하는 그녀를 구경할 참이라. 참으로 고약한 성격이다. 쥐가 궁지에 몰리면 고양이도 문다고, 이제 하도 당하니 그녀도 발끈하였다. 황궁이라면 어림도 없는 일, 그 틀을 벗어나자 자기도 모르게 황태자를 편하게 대하고 있음이라.

좀체 보이지 않는 미소를 지으며 대답한 것도 그것 때문이었다.

"예, 가가. 그러합니다."

"부인께서 아주……."

"갈 길이 머니 이만 지나가겠소."

유성이 검문관의 말을 차갑게 잘랐다. 이건 또 뭔가? 왜 갑자기 등 뒤가 서늘하지?

아현은 어깨를 작게 떨었다.

"아, 그, 그러시오."

분명 자신이 여기를 총괄하는 검문관인데 어찌 저 사내의 눈빛에 몸이 덜덜 떨리는가. 북풍한설을 몰고 온 냉한 눈길을 한 번만 더 받았다간 아주 그냥 꽁꽁 얼 것 같았다. 역시 저 부인을 뚫어지게 본 것이 원인일 터. 쯧쯧, 그렇게 보이기 아깝거든 면사로 가리든가.

검문관으로부터 호패를 받아든 유성은 지체 없이 성벽을 벗어났다. 황사가 한차례 불어오자 긴 소매로 아현의 얼굴을 가려주는 다정한 행동도 보였으나 이상하게 분위기만은 냉랭한 그대로였다.

'내가 뭘 잘못하였나?'

아현의 고민과 거의 동시에 유성의 말이 뾰족하게 튀어나왔다.

"함부로, 남들 앞에서, 웃음을 보이지 마라."

"그다지 웃는 편이 아닙니다만."

"답."

"……예."

아현은 포기의 한숨을 쉬었다. 독재적인 황태자의 횡포 아닌 횡포가 어디 한두 번이던가. 낮은 신분이 죄라면 죄다.

이래서 사람들이 출세를 지향하나 보다.

"전하, 추적이 붙은 것 같습니다."

"알고 있다."

상체를 옆으로 빼 머리를 뒤로 돌렸다. 토사를 몰고 세 필의 말이 쫓아오고 있었다. 아니다. 자세히 보니 그 뒤에 다섯이 더 있다. 과연 여덟을 상대로 황태자를 지킬 수 있을까. 못 할 건 없지만 피해를 최소한으로 줄인대도 상처는 입을 것 같았다.

"따돌려야겠군."

"소신까지 함께 타서 말이 힘에 부칠 것입니다. 더군다나 이 자세도."

황태자의 허리를 꽉 잡을 수 있는 뒤가 아닌 앞이라 심히 고민스러웠다. 속도를 올리려면 그가 양손으로 고삐를 잡아야 하니 그녀의 몸을 지탱해줄 안전장치가 사라지는 셈. 안장을 잡더라도 미봉책에 불과했다. 위험한 속도에 금세 몸이 앞으로 쏠리고 말리라.

"아현."

"예, 전하."

"마상에서 몸을 돌릴 수 있겠느냐?"

"예, 가능합니다."

"신호를 줄 테니 몸을 돌려 나를 안아라. 떨어지지 않게 꽉 잡아야 한다."

"알겠습니다."

부끄러워할 새가 없었다. 그만큼 급박했다.

황태자의 일갈에 아현이 다리를 교차하여 바꾸고 몸을 틀어 그의 상체를 껴안았다. 순간 맞닿은 가슴이 위험천만하게 박동질을 해댄다. 내색하지 않으려 시선을 모로 비켜 추격자에게 돌렸다.

마상묘기에 능숙한 자가 아니라면 절대 하지 않을 위험한 행위였다. 그 와중에 유성의 손이 아현의 뒷머리를 부드럽게 쓸었다. 잘하였단 칭찬, 혹은 안심하라는 타이름이었다.

"산속 길을 택할 것이다."

그녀의 팔이 더 깊게 그의 어깨를 감쌌다. 맞붙은 심장이 공명하듯 서로를 향해 울려댔다. 쿵쾅쿵쾅, 뛰는 게 그녀의 심장인지, 그의 심장인지. 시끄러움을 동반한 달콤한 울렁증과 때에 맞지 않는 짜릿한 설렘, 그리고 어찌할 수 없는 마음의 이끌림.

작은 소용돌이를 그리며 날아가는 흙먼지가 흩날리는 꽃잎처럼 보인다면 착각이 만들어낸 지나친 과장일까.

"적들과 거리가 어느 정도지?"

유성의 한마디에 몽롱한 정신이 깨지며 현실로 돌아왔다.

"스무 장 이내입니다."

"활을 꺼내 조준할 수 있겠나?"

불가능하다. 그것이 일반무사라면.

하지만 그녀는 많은 무사들이 우러러보는 사신위이며 신기라는 말을 들을 정도로 궁술에 있어선 타의추종을 불허했다.

"맡겨만 주십시오."

큰 주머니에 넣어뒀던 화살통과 화살을 꺼내 안장 위에 무릎을 딛고 서서 어렵사리 활을 당겼다. 균형을 유지하는 것은 황태자가 허리를 지탱해줬기에 가능했다. 불편한 자세 탓에 힘이 실리지 않아 활을 당긴다 하더라도 얼마 가지 않고 떨어질 가능성이 농후했다.

그러나 어떤 일이든 장, 단점은 있기 마련.

바람이 추격자에게 역풍이라면 그녀에게는 순풍이었다. 단순한 순풍이 아닌, 황태자가 미친 듯이 말을 모는 속도 덕에 곱절은 강한 순풍.

화살촉이 추격자에게 정확히 조준되자마자 당겼던 활을 놓았다.

패앵!

날아가는 화살이 직선과 흡사한 포물선을 그리며 적의 가슴에 푹 꽂혔다. 갑작스레 찾아온 고통에 고삐를 놓친 사내의 몸이 뒤로 넘어가며 뒤따르던 다른 자의 진행로를 방해했다. 세 명과 세 마리의 말이 한데 얽히며 흙바닥을 굴렀다. 성공이었다. 화살 하나로 셋을 떨쳐낸 것이다.

그녀의 머릿속엔 오직 황태자를 보호해야 한다는 사명감만 있었다. 사신의 낮이 드리워진 이곳에서 황제의 명령은 뒷전이었다. 아니, 애초에 떠오르지도 않았다.

'이제 남은 건, 다섯.'

두 대의 화살을 꺼내 활을 당겼다. 조준당한 적들의 몸이 뻣뻣하게 굳는 게 다 보일 정도였다. 그만큼 아현의 능력은 탁월했다.

그들도 활이 없는 건 아니나 역풍을 뚫을 자신이 없기에 단순히 뒤쫓는 게 고작이었다. 마상이 아닌 지상전이라면 승률이 꽤 있을 텐데 거리를 좁힐라치면 등골을 서늘케 하는 매서운 화살 세례가 뿌려지니 근접은 포기해야 했다.

복면을 쓴 사내 하나가 동료에게 손짓으로 뒤를 가리켰다. 빠지자는 신호였다.

상대도 고개를 끄덕이며 호응했고 금세 나머지 추격자들은 아현의 시야에서 점으로 바뀌더니 곧 사라졌다.

"그들이 물러갔습니다."

"재정비할 생각이군. 활을 정리하고 다시 나를 단단히 잡아라."

추격을 완전히 따돌릴 셈인지, 아현이 무기를 갈무리하고 자세를 바로잡자마자 유성은 말을 거세게 몰아갔다. 말의 헐떡임이 심해 폐가 끊어질까 걱정이 될 정도로 거친 발길질이었다.

산길로 접어든 지 꽤 됐음에도 나무와 수풀은 끊임없이 이어졌다. 겨우 산세를 벗어났다 싶으면 곧장 이어진 다른 산으로 갈 아타듯 옮겨 달렸다.

도성을 벗어나기 전, 말을 달렸던 지형은 지금에 비하면 그야 말로 비단길이라 할 만했다. 인적이 전무한 산길은 길이라고 부르기 초라할 만큼 바닥은 울퉁불퉁하였고 나무의 위치는 제각 각이었다.

두 번째 산으로 접어들었을 땐, 해는 이미 산 아래로 감춰진 상태였고 들보다 어둠을 반기는 산은 험악한 아가리를 드러내며 그들을 맞이했다.

"오늘은 노숙을 해야겠다."

달그닥, 달그닥.

얼핏 정신을 놓고 있었나 보다. 귀청을 때리는 묵직한 황태자 의 옥음에 아현이 눈을 번쩍 떴다.

"노숙, 말씀이십니까?"

"왜, 자신 없느냐?"

"그게 아니오라 전하의 옥체에 해가 갈까 염려가 되어 그러하 옵니다."

"지금까지 속 편하게 잠에 빠진 녀석이, 잘도 그런 걱정을 하는 군."

"죄, 죄송합니다."

들켰구나. 아현의 얼굴이 속절없이 빨개졌다. 어두워서 천만다 행이라는 생각이 들었다.

어디에선가 계곡이 있는지 졸졸 흐르는 물살의 수음이 점점 가까워져갔다.

"노숙, 위험하지 않겠습니까?"

"여기 위험한 짐승이라고 해봤자 늑대가 고작인데 설마 사신 위쯤 되어서 늑대가 무서운가?"

"짐승을 두고 한 말이 아닙니다. 혹여 아까 그자들이 쫓아올 듯하여."

"그러지 않을 것이다. 우리의 목적지가 어딘지 모르니 추격은 더 힘들겠지. 추격을 한다 해도 검문관의 말을 토대로 대성으로 갈지도 모르고, 좀 더 현명한 자들이라면 우리가 돌아올 날을 기다리겠지. 그때가 절호의 기회이면서 마지막 수가 될 테니까."

계곡에 다다르자 둘은 말에서 내렸고 유성은 고삐를 나무에 묶었다. 어찌나 물이 고팠던지 계곡물로 목을 축이는 말의 허덕임이 처절할 지경이었다.

아현도 온몸이 잘게 다져진 듯 안 아픈 구석이 없었지만 쉴 만한 여건이 아니었다. 짐을 풀고 땔감부터 모았다. 양팔 가득 제법 많은 나뭇가지를 안고 돌아가니, 이미 황태자가 불을 피운 이후였다. 고소한 냄새마저 도는 게 언제 잡았는지 산토끼가 노릇노릇 구워지고 있었다.

"언제 땔감을 이리 빨리 모으셨습니까?"

"네가 늦은 거다."

황태자는 대체 못하는 게 있기나 할까. 산에서 자란 그녀보다 더 능숙해 보이니 일순 황태자가 인간 같지 않아 보였다.

"구워질 동안 씻는 게 좋겠군."

"씻고 오십시오. 제가 굽고 있겠습니다."

"따라와."

"하지만 고기가 타면⋯⋯."

"안 탄다."

이제 토끼고기한테까지 '넌 절대 타면 아니 된다.'고 명령할 태세다.

어이가 없어 눈을 둥글게 돌리자 피식 웃던 황태자가 아현의 손목을 잡고 질질 끌듯 계곡물에 데려갔다.

첨벙. 어푸푸!

"전하!"

무식한 힘으로 밀어대는데 사신위래도 그녀가 별수 있나? 그렇잖아도 온몸이 근육통을 호소하여 힘들어 죽겠는데 볼썽사납게 물속에 처박히기까지나 하고. 비 맞은 생쥐 꼴로 차가운 물을 뒤집어쓰고 있자니 황태자가 그리 얄미울 수 없었다.

그래서였을까. 황궁에서는 절대 행할 수 없는 무례를 범한 것이.

여유롭게 다가오는 황태자를 잽싸게 잡아 있는 힘껏 끌어당겼다. 그도 꽤나 놀랐는지 눈꺼풀이 살짝 벌어지면서 계곡물에 풍덩 빠졌다. 방심이 부른 사소한 화였다.

아현은 그 모습을 보고 고소해했다.

황태자가 머리를 수면 밖으로 빼 물을 뚝뚝 흘리며 어두운 눈으로 쳐다보자 그제야 스스로가 처한 상황을 자각하고 혼비백산하였다. 생명의 위급함과 흡사한 다급함으로 황급히 계곡물을 벗어나려는데 뒤에서 강한 힘이 손목을 잡고 돌려세웠다.

물이 차가워서일까, 아니면 산의 기온이 낮아서일까, 사시나무처럼 몸이 덜덜 떨렸다. 거대한 식인 백호의 눈을 대하는 것보다 황태자가 더 무서웠다.

"전하, 제가 죽을죄를 지었……. 읍!"

입술이 막혔다. 대지가 흔들리는 기분에 눈을 질끈 감았다. 심장도 뜨거운 속도로 떨어졌다. 뒷머리를 우악스럽게 잡는 과감성에 본능적으로 몸을 움츠렸다. 잡아먹고 말 기세처럼 강인한 혀가 아현의 입술을 포함해 혀뿌리까지 장악했다. 몸은 찬데 입안은 용암을 머금은 듯 맹렬히 불타올랐다. 말 못 할 본심에 차마 밀어내진 못하고 그녀의 손은 유성의 가슴 위에 어정쩡하게 올라가 있었다.

황태자의 심리가, 이 행위가, 무엇을 뜻하는지 분석할 이성일랑 벌써 계곡물 아래로 흘러 사라지고 없었다.

원 없이 제 욕심을 채운다 했으나 아직도 부족한 유성이 욕망을 누르며 입술을 가까스로 떼어냈다. 촉촉하게 빛을 발하는 아현의 입술이 자꾸만 시야를 어지럽힌다.

왜일까. 왜, 아현만 보면 입 맞추고 싶고, 만지고 싶고, 안고 싶을까. 왜, 다른 사내한테 보이는 게 구역질날 만큼 싫은 걸까. 이것이 연정인가. 아니, 아니다, 절대 그럴 리 없다. 미개척지를 차지하고픈 정복욕에 지나지 않는다. 취하고 나면 시들해질, 사내의 짐승 같은 욕구일 뿐이다. 그녀를 아끼는 것도 그녀가 내게 필요한 사람이기 때문이다.

'아껴? 하! 아낀다는 게 뭐지?'

유성은 혼란을 숨긴 채 본심과는 다른 차가움으로 자신을 보호했다.

"이건, 날 물에 빠지게 한 죗값이다."

그래, 그런 것이다. 그럴 듯한 이유다.

유성은 다시금 부드러운 입술을 한입에 담뿍 머금었다. 달콤한 향이 입안을 맴돌며 한가득 퍼져 정신을 아득하게 했다.

어디선가 또 다른 자아가 실소를 머금으며 비웃었다.

단순한 사내의 욕구라면 왜 다른 여인에게는 이러지 않았느냐고…….

그날 밤, 그들은 결국 숯덩이가 된 토끼고기를 목격하기에 이르렀다.

'여긴 도성과 사뭇 다르구나.'

도성 내 번화가는 각 지방에서 올라온 다양한 사람들과 더불어 희한한 볼거리들이 가득하여 처음 본 자는 '여기에 삼라만상이 모두 모였다'며 활기찬 거리를 칭송한다.

아현이 아는 번화가는 오직 도성뿐이라 당시 그 말을 전혀 이해할 수 없었다. 비교할 다른 성을 가보지 않았던 까닭이다.

청도로 오기까지 여러 지역을 지나쳐 두 눈에 많은 걸 담고서야 그 표현을 이해했다. 여기에 비한다면 도성은 그야말로 황궁 그 자체라 칭해도 손색이 없었다.

주위를 둘러봤다. 넓은 지역임에도 땅이 투박한 탓인지 농사가 힘들어 보였다. 간간이 씨를 뿌린 개간한 땅이 보였으나 민머리에 털 한 줌 난 것마냥 듬성듬성 너무나 초라하였다. 날은 봄인데 이 지방은 아직도 겨울이 머무른 듯했다. 도성이라면 한 해 농사 시작으로 한참 분주할 텐데, 안타까운 마음이 일었다.

"청도가 원래 이러한가요?"

"아니."

그녀를 돌아보지 않는 냉정한 단답형에 터져 나오려는 한숨을 숨겨야 했다. 미복잠행이 길어질수록 점점 감정조절이 힘겨웠다.

시시각각 바뀌는 변덕쟁이 황태자 비위를 맞추랴, 눈치 보랴, 제 마음을 숨기랴, 가끔씩 따지고픈 무례를 억지로 자제하랴, 정말 마음고생이 이만저만이 아니었다.

나흘 전에는 어땠던가. 사람을 무섭게 몰아쳐 잡아먹을 듯 입술을 취해놓고는 마치 그녀 탓인 양 몰고 가질 않나.

다음 날부터 신경이 극도로 날카로워진 황태자 때문에 입맛도 잃을 지경이었다. 늘 묻고 싶었던, 왜 자신의 입술을 때때로 빼앗느냐는 질문은 당연 집어넣어야 했다. 씁쓸함만 남았다.

노숙의 흔적을 지운 그들은 활동하기 편한 사내편복으로 갈아입고서 인근마을에 들러 말 한 필을 더 구입하였다. 분명 따로 말을 모는 게 효율적임을 알지만 어찌할 수 없는 허전함은 다 타버린 재처럼 허무했다.

그렇게 내리 나흘 동안 가시방석에 앉은 채로 황태자를 따랐다. 오직 해가 뜨면 달리고 해가 지면 밤을 보내는 단순하지만 답답한 여행길이었다.

"가뭄이 든 건 아닌 듯한데."

결코 헛말을 하는 성격이 아니었다. 불필요한 언어는 문제의 씨앗이란 고집스런 생각은 여전했으나 황태자와 둘만 지내다 보니 불안을 동반한 심한 갈증으로 목이 질식할 듯 타들어갔다. 물을 마셔도 가시지 않는 마음에서 비롯된 갈증이었다.

"한때, 여기 청도도 살기 좋은 곳이었지."

청동 첫 번째 이야기

아현은 안도하며 한결 마음을 놓았다. 무엇에 화가 나고 비틀렸는지 알 수 없어 오는 내내 갑갑했는데, 형식적이나마 설명하는 걸 보아 엉킨 그의 속이 풀리는 중이렷다.

"고을사람도 많았고 음식은 풍족했으며 관리들도 청렴하다 소문이 자자하던 곳이었다."

"근데 왜 지금은 이렇게 황폐해졌습니까?"

"고을을 다스리는 관리가 바뀌면서 틀어지기 시작하였다. 이중 삼중으로 과도한 세금을 거둬들이는가 하면 흉년이 들어도 인정을 베풀지 않고 약탈까지 자행했어. 고을사람들이 배를 곯아 굶어죽는 사람이 생겨도 관리들은 흥청망청 즐기기에 바빴지. 한 해 두 해 고을을 떠난 사람 수를 헤아리면 현재까지 절반을 넘는다고 하더군."

"전하, 잘 알고 계시네요?"

"공자."

"예, 공자님!"

아현은 기쁨을 감추며 삐져나오는 미소를 살그머니 숨겼다. 이제야 황태자다웠다.

"뭐가 좋아서 웃느냐?"

"아닙니다."

흠흠, 손등으로 입술을 누르고 갓을 깊게 내려 얼굴을 가렸다.

"현."

"네."

"자리를 옮겨야 할 것 같군."

"예, 옳으신 판단이십니다."

황태자가 먼저 앞장섰다.

그 뒤를 쫓으며 아현은 기민한 감각을 내세워 속으로 수를 세기 시작했다.

'하나, 둘, 셋……. 아니야, 훨씬 넘어. 저들의 정체는 뭐지?'

월훈과 비교하면 미흡한 솜씨긴 하나 지방에서 발견한 것치고 상당히 괜찮은 몸놀림이었다.

열 몇 채의 초가를 지나 허허들판을 건넜다. 인적이 드문 한적한 공터를 발견하자 황태자가 말고삐를 당겨 멈추었다.

"공자님, 미적거리다 잡힐 수도 있습니다."

"그러라고 있는 거다."

'설마 일부러 잡힐 생각이라는 거야, 뭐야?'

황태자의 의도를 점치려는 그때, 해진 옷차림을 한 사내들 여럿이 여기저기서 툭툭 튀어나와 아현과 유성을 빠르게 포위했다.

갓 아래로 보이는 황태자의 입매가 한껏 냉소를 머금은 상태다. 처리하란 명령이 없어 그녀도 잠자코 있었으나 혹시 모를 위험을 대비해 탈출로를 머릿속에 그려 넣었다.

"들고 있는 금품과 말을 내놔라."

때 구정물이 줄줄 흐르는 사내가 흰 눈자위를 번뜩이며 협박했다.

"그러면 목숨만은 살려주지."

"한 명은 계집 같은데, 제법 괜찮지 않아?"

얼굴이 길고 기분 나쁘게 생긴 사내 하나가 혀를 날름거렸다.

"오호, 몸매만 보면 최상품인데?"

"미인이다, 미인."

외모를 칭찬하는 말이 더러울 수 있구나, 라고 아현은 다소 무감각하게 새로운 사실 하나를 터득했다.

"내다팔면 몇 년은 놀고먹겠는데?"

"팔기 전에 맛봐도 괜찮겠지?"

"어이! 계집도 놓고 가라."

"낄낄, 그만 겁 줘. 무서워서 오줌 지릴라!"

그녀가 어설픈 악당 흉내를 내는 그들을 혼내도 되나 내심 고민하던 그때, 일이 벌어졌다.

"으아악!"

"헉!"

"이, 이게 무, 무슨!"

끊임없이 눈과 말로 아현을 능욕하던 사내의 팔이 깨끗하게 절단되어 바닥을 뒹굴었다. 어찌나 빠르던지 그녀도 검의 잔상으로나마 겨우 알았다. 소름끼칠 정도의 쾌검.

포위했던 사내들이 다리를 벌벌 떨며 주춤주춤 뒤로 물러났다.

"아아악! 내, 내, 다, 다리!"

유성이 간결하게 휘두른 검이 다시 일을 내버렸다. 이제는 다른 사내의 다리였다. 앞에서처럼 깨끗한 모양이 아닌, 고의가 엿보이는 절반만 자른 형태. 악질적이랄 수 있는 매운 처분이었다.

차라리 전체를 베어서 끊는 게 낫지, 한쪽 살만 겨우 달랑거리는 기하학적인 몰골은 아현조차도 보기 싫은 잔혹한 관경이었다. 당하는 입장은 얼마나 타들어가는 고통을 느낄까.

봉변을 당한 두 사내의 우렁찬 비명은 이제 숨이 경각에 달린 것처럼 간헐적으로 끊어졌다. 그 외의 나머지 사내들은 혹여 본인이 당할까 싶어 멀찍이 물러서서 땀만 흘리고 있었다.

흙바닥이 땀과 피칠갑으로 불쾌한 색을 띠어갔다.

"한 번 더 말해보아라."

숨을 앗아가는 사신과도 같은 옥음.

"주, 죽을죄……를 지었……습, 니다. 모, 목숨……만은."

"뭐라고 하였는지, 물었다."

칼날을 숨긴 고드름이 머리 위로 아찔하게 낙하하듯, 유성의 단음은 주위의 모두를 얼려버릴 듯 소름끼치게 무서웠다.

"공자님, 이만 하시지요."

비록 불구로 살아야겠지만 그대로 뒀다간 숨통마저 끊어질 것 같았다. 저들이 대낮부터 강도행세를 한 **뻔뻔함**은 지탄받아 마땅하나 그렇다 하여 응당 죽어야 하는 건 아니다. 게다가 그녀의 입장에선 사소한 이 일에 황태자가 옥수를 더럽히게 하고 싶지 않았다. 고귀한 손에는 살검이 아닌 활검만이 존재하길 원했다.

"공자님."

그를 부르며 다가가는 지금, 아현은 솔직히 두려웠다. '너 따위가 감히 나를 막는 것이냐', 이런 호통도 무서웠고, 타인에게 벽을 두듯 그녀에게 향하지 않을 그 서늘한 두 눈도 무서웠다.

어떠한 것 때문에 그가 이다지 정색하고 노여워하는지 정확한 연유는 알 수 없으나 그녀가 연관되어 있다는 것은 어렴풋이 알 것 같았다. 그녀만이 막을 수 있었다. 아니, 그렇게 믿고 싶었다.

팔을 뻗어 황태자의 잘 벼린 검을 쥔 손을 포근히 감쌌다. 그가 겹친 손을 보다 그녀에게로 고개를 틀었다. 갓이 찬 기운을 품은 그의 눈동자를 반 이상 가렸지만 상관하지 않았다.

"전하, 손을 더럽히실 필요가 없는 자들이옵니다."

거의 몸을 갖다 붙이다시피 기대어 갓을 들고서 작게 소곤거린 말이었다. 그녀로선 참 대담한 모험이었다. 심장이 질주하며 긴장을 고조시켰다. 눈이 마주쳤다. 순전히 한 뼘 이상 차이가 나는 몸높이 덕이었다.

내려다보는 유성과 올려다보는 아현의 보이지 않는 만남의 길은 갓도 막을 수 없었다.

뜨겁다. 그녀의 입술을 품을 때처럼 그의 눈은 불꽃을 품고 있었다.

모두들 황태자를 얼음이라고, 인간다운 매력이 없다 하지만 아니, 그건 모르고 하는 소리다. 잘못 알고 있다. 그는 남들과는 비교도 할 수 없는 커다랗고 환하며 뜨거운 불길을 단단한 얼음이라는 갑옷 속에 갈무리한 채였다. 그에게도 불씨가 존재했다. 그것은 철갑 같은 껍질에 싸여 평소엔 목격이 불가능하지만 늘 고귀한 화염이 솟아오를 때를 기다려 여유롭게 똬리를 틀고 있었던 것이다.

"전하, 차라리 소신이 저자들을 단칼에 베겠습니다."

활활 타오르던 화목火目이 서서히 잦아들었다. 불씨만이 남은 눈이 찬 구슬에 갇히며 원래의 그로 돌아왔다. 이번만은 그게 서운치 않았다.

검을 들지 않은 유성의 왼손이 아현의 보드라운 턱을 무감각하게 끌어올렸다. 그러고선 시선을 돌리지 않은 채 다른 자들에게 통보했다.

"대항하고 싶은 자는 남고, 그렇지 않은 자는 동료를 데리고 떠나라."

벌거숭이 같은 사내들의 눈에는 아직도 공포가 자리하고 있었다. 누가 먼저 선뜻 움직이지 않자 마지막 경고를 남겼다.

"가만히 있는 걸 보니, 죽고 싶은 게로군."

여전히 눈은 아현에게 향한 채였다.

퍼뜩 정신을 차린 사내 하나가 바들바들 떨리는 걸음으로 다리를 다친 동료를 부축하자 다른 이들도 우르르 몰려와 다친 이들을 데리고 썰물처럼 물러갔다.

아현은 시선을 내리며 안도의 한숨을 쉬었다.

"사신위가 이렇게 멍청해서야."

"예?"

아현이 눈을 동그랗게 뜨고 황태자를 올려보았다. 멍청하단 소린 생전 처음 듣는 말이었다.

계속 시선을 그녀에게 고정했던 그가 쯧, 혀를 차며 한쪽 입가를 삐뚜름하게 올렸다. 기분 나빠 보이진 않았다.

"대체 몇 번을 고쳐줘야 말을 알아먹을 테냐?"

다시 한 번 쯧.

아마 호칭 때문일 테다. 신분을 자각해달라는 염원으로 '전하'라 부른 것이 귀에 거슬린 게 분명했다.

쿡. 갑자기 웃음이 터졌다.

"웃어?"

"아닙니다."

아현의 웃는 모습이 주위를 환하게 할 만큼 어여뻐 정신없이 보면서도 괜스레 퉁명스러운 황태자였다.

"웃음, 함부로 흘리지 말라 하였다."

아차, 싶어 아현의 얼굴이 단번에 경직되었다.

"정히 웃고 싶거든, 내 앞에서만은 허락하마."

'이 대단한 내가 백번 양보해주는 거다.'라는 환청까지 들릴 정도다. 참으로 뻔뻔하기 그지없는 황태자의 속내가 아닌가.

"예, 조심하겠습니다."

말도 안 되는 요구를 하는 사람이나 대답하는 사람이나 둘이 아주 똑같다. 부창부수가 따로 없다.

그때였다.

두 사람이 동시에 같은 방향으로 감각을 일깨운 것이. 누군가가 지켜보고 있었다. 아군은 아니나 적군도 아닌, 딱히 소속을 가른다면 방관자의 입장이라는 중립이었다.

"구경이 끝났으면 숨어 있지 말고 나오는 게 어떻습니까?"

그녀의 협박을 담은 제의에 아름드리 느티나무 기둥 뒤편에서 한 중년의 사내가 몸을 드러냈다. 옷감은 물이 빠져 해지고 허름했지만 단정한 차림새는 좀 전의 패거리와는 근본이 다른 자임을 나타냈다.

그리고 이마를 두른 매화무늬의 무명 띠. 저것은 무엇을 뜻하는 걸까. 해답은 생각지도 않은 황태자의 입을 통해서 나왔다.

"야도인가?"

중년사내가 움찔했다.

"정체가 뭐냐?"

"야도의 수장을 만나야겠다."

'만나게 해주시오.'도 아니고 '만나야겠다.'라니 미복잠행을 해도 황태자의 거만하고도 당당한 어조는 그대로였다.

"무슨 말을 하는지 모르겠는데?"

"매화. 야도의 표식이 아니냐?"

미간에 골을 만들어 찌푸린 중년인이 멈칫한다. 빠르게 스쳐 간 이채에서 망설임이 엿보였다.

'야도, 야도가 뭐지?'

대체 황태자는 뭣 때문에 도성에서 육백 리가 넘는 이 먼 거리를 직접 온 것일까. 미복잠행이라면 형식적으로 도성과 가까운 인근마을이나 고을로도 충분하였다.

한데 그는 황제파의 눈을 대성 지방으로 돌리게 하고 최남단이랄 수 있는 청도로 말을 몰았다. 거리가 멀수록, 여행이 길어질수록, 불리한 건 황태자였다. 세상만사가 마음대로 움직여지지 않듯 완벽한 십 할의 계획도 변수가 작용하면 무용지물이 될 수 있다. 그것을 모르지 않을 황태자가 다양한 위험을 무릅쓰고 온 것은 무엇 때문일까. 하필 왜 이곳에 온 것일까. 너무나 삭막하여 죽어가고 있는 이 청도를 굳이 고집한 이유는 무엇일까.

지금 정황을 두루 살펴보면 '야도'라는 집단이 그 열쇠가 될 듯했다. 미복잠행의 목적지가 왜 청도인지, 그동안 아현은 의문을 품지 않은 게 아니라 묵묵히 주군을 따라야 하는 신하된 도리로 의심을 지웠을 뿐이다.

"수장에게 안내해라."

중년인이 경계의 빛을 지우지 않고 대들듯 사납게 외쳤다. 용기만큼은 높이 쳐줄 만했다.

"목적을 말해라. 그렇지 않으면 절대 따르지 않겠다!"

"아까 다친 자들을 보았을 텐데?"

"야도는 목숨을 끊을지언정 의를 버리지 않는다."

이런 곳에서 진정한 무도인의 기백을 보다니. 아현은 속으로 감탄을 숨겼다.

황태자가 피식, 짧게 웃는다. 중년인의 기개에 상당히 유쾌한 듯 보였다.

"이것 하나만은 약조하지. 네놈 수장의 목이 달아날 일은 결코 없을 거다."

"당신 말을 어찌 믿지?"

"그럼 이건 어떤가? 나를 안내하지 않으면 넌 두고두고 수장에게 원망의 말을 듣게 될 텐데도?"

"말도 안 되는 수작은 그만둬라!"

"호식이는 그만하고. 내가 안내하리다."

"어, 어르신!"

호식이라 호명된 중년인이 느티나무 그늘 아래 있던 노인을 향해 정색했다.

노인이 구부정한 몸을 천천히 일으켜 힘겹게 뒷짐을 지었다. 어디에서나 볼 법한 늙은 촌부의 행색이었다. 처음부터 느티나무 기둥 뒤에는 중년인과 노인 두 사람이 숨어 있었다.

유성 일행도 알았으나 중년인이 대표를 자처해 나섰기에 노인에게는 그다지 관심을 기울이지 않았다.

"어르신, 저자들은 상당히 수상한 자들입니다!"

"다 보고 있었느니, 어쨌든 고을에서 활개 치던 놈들을 혼내준 분들이 아니냐? 잔말 말고 호식이 넌 저 아래 내려가서 밭 가는 거나 돕고 와라."

"저자들을 어찌 믿고 어르신만 보내겠습니까? 차라리 저도 따르겠습니다!"

"쯧쯧, 하나는 알고 왜 둘은 몰라? 저분들이 악한 마음을 먹었다면 벌써 팔 한두 개는 떨어졌어."

"그, 그렇지만."

"거기 서 있지 말고 따라오시오."

호식이란 사람은 노인의 고집에 포기의 한숨을 쉰 뒤, 아현과 유성 둘에게 경고성 띤 째림을 던지고 물러갔다.

"가자."

"예."

노인 뒤에는 황태자, 그 뒤를 아현이 따랐다. 말을 태워주겠대도 한사코 거절한 노인 탓에 그들도 말에서 내려 걸어갔다.

야도의 본거지가 산속이었는지 노인은 힘겨운 몸으로 비탈길을 올랐다. 자칫 잘못하여 넘어졌다간 그대로 굴러 어디가 부러져도 이상하지 않을 산속 길이었다.

노인을 보니 수 해 전 돌아가셨던 스승이 생각나 아현의 가슴에 뭉클함이 솟아올랐다. 그래서이리라. 타인에게 먼저 말을 건 것이.

"노인장, 그 짐을 제가 들어도 될는지요."

아닌 게 아니라 노인의 뒷짐 진 손에는 부피가 꽤 있는 보따리가 들려 있었다.

그녀를 힐끗 쳐다본 노인이 인자하게 웃으며 고개를 절레절레
한다.

"괜찮수. 이렇게라도 움직이고 힘을 써야 몸에 잔고장이 없지.
젊은 처자가 요새 사람답지 않게 인심이 곱네그려."

노인의 너털웃음에 아현의 얼굴에 쑥스러운 빛이 감돌았다.
그런 그녀를 설핏 쳐다본 유성이 무뚝뚝하게 묻는다.

"어디까지 올라가야 하는가?"

"이제 거의 다 왔수다."

말 그대로 언덕을 하나 올라서자 나무로 지어진 산채가 나왔
다. 규모는 작지만 튼튼한 울타리 안에 여러 채의 집이 옹기종기
모여 있었고, 얼핏 둘러본 바로는 대장간, 부엌간, 바느질집 등 생
활에 필요한 필수적인 요소는 모두 갖춰져 있었다. 사람들도 아
래의 고을보다 그 수가 훨씬 많아 활기찼고 근심도 없어 보였다.
낯선 그들을 보고도 호기심만 키울 뿐, 호식이라는 중년인처럼
과도한 경계는 없었다.

산채를 지키는 장정들에게 말을 맡기고 노인이 안내하는 작지
만 깔끔한 집에 당도하자 마당의 너른 평상에 앉으라며 방석까
지 챙겨주었다.

"수장이 현재 산채에는 없소이다. 곧 돌아올 터이니 여기서 기
다리시오. 난 저 앞에 대장간에서 일하니 물을 게 있으면 찾아오
시구려."

노인이 마당을 나가고 주위의 인기척을 확인하고 나서 아현이
입을 열었다.

"공자님, 뭐 하나 물어도 되겠습니까?"

"야도가 뭔지 궁금하더냐?"

"예……."

아현의 간지러운 곳을 제대로 긁다니 족집게 도사가 따로 없다. 곧게 가부좌를 튼 유성이 일절 흔들림 없는 자세로 설명했다.

"야도, 산적 같은 도적단은 아니나 평범한 농민들이라고도 부를 수 없는 집단이다. 지금은 청도 사람들도 다수 합세한 모양이다만 그들의 뿌리는 상남에 있다."

"상남이라면 청도 아래 지방이 아니오니까?"

"그래, 상남의 옛 지명이 소담주였지. 한때 소담주는 월제국 내에서 가장 번창한 고을로 도읍과 견주어도 전혀 뒤지지 않는 곳이었다. 유일무이하게 자치가 허용되는 지방이었고 살기 좋은 곳이라는 소문이 자자해 백성들이 앞다투어 소담주로 이사를 할 정도였지."

"그렇게 살기 좋은 곳이 왜 지금은 흉흉한 곳으로 바뀌었습니까?"

아현의 말대로 상남은 현재 죄인들이 우글거리는 범죄고을이 되어버렸다. 도읍과 가장 떨어진 곳이라 국법의 사각지대라 할 수 있어, 관리들도 그에 동조하며 약탈을 일삼았다. 군사를 보내자니 거리에 따른 물자와 효율성이 떨어짐은 물론, 무장 모두가 진두지휘를 꺼렸다.

"오래 전, 연고지가 어딘지 모를 간악한 무리들이 침범해 대학살을 자행하였다. 아이들도, 사내들도, 여인들도, 노인들도, 모두 죽었지. 시체의 피는 바다를 이루고 고통에 찬 비명으로 하늘도 같이 울었다고 한다. 악인들이 집, 산, 들, 가리지 않고 불을 놓아 소담주는 하루아침에 잿더미가 되고 말았다. 청도에서도 그 높은 불길이 보였다 하니 잔혹한 학살의 밤은 그렇게 끔찍하였다. 그중 몇몇이 목숨을 보전하여 이곳 청도로 옮겼으니 그것이 야도의 전신이라."

"야도의 수장이 그 옛날 소담주 사람이라는 말씀이십니까?"

"그래."

"흉수는 아직도 찾지 못하였습니까?

"……그래."

"그런데 수장을 만나봐야 할 연유가 무엇입니까?"

아현은 말을 끝내놓고 아차 싶어 입술을 깨물었다. 지극히 주제넘은 질문이었기 때문이다. 황태자에게 한소리 듣는대도 할 말이 없었다.

하지만 흘러나온 황태자의 목소리는 조금 온화하였다. 아니, 그렇게 느꼈다.

"차후, 알릴 때가 있을 것이다."

"예."

"현, 대장간으로 가서 아까 그 노인장을 불러와라."

허튼소리하지 않는 유성의 성격을 알기에 아현은 군말 없이 아까 보아둔 대장간으로 향했다.

탕, 탕, 탕.

한쪽에선 풀무로 바람을 일으켜 불간 속에 쇠를 달구고, 다른 쪽에선 모루에 불린 쇠를 올려놓고 숙련된 솜씨로 두드리는 작업이 한창이었다.

아현은 웃통을 벗은 채 일하는 장정들을 피해 소탕 옆에 선 노인에게 다가갔다. 사내들이 일하면서 힐끔힐끔 훔쳐보는 시선을 알아차렸으나 개의치 않고 여기 온 목적을 말하였다.

"노인장, 공자님께서 하실 말씀이 있으시다 합니다."

살아온 세월만큼이나 지혜가 엿보이는 깊은 눈매였다. 왜 이 노인만 보면 가슴 한쪽이 쿡쿡 쑤시면서 간질거릴까. 애써 낯선 감각을 누르며 말없이 일어서서 걸어가는 노인 뒤를 쫓았다.

도착한 마당에는 황태자가 제집처럼 마루 위에 올라가 그들을 기다리고 있었다.

"현은 밖에서 기다려라."

그 명만 남기고 황태자는 집 안으로 쏙 들어갔다. 집주인이 본다면 얼마나 황당무계하겠는가. 자적용포를 벗고 편복을 입으면 뭐하나, 내보이는 언행들은 죄다 '내가 황태자요' 하고 밝히는 거나 다름없는데.

민망함과 죄송스러움에 노인을 돌아보며 머리를 숙였다.

"죄송합니다. 제 주인이 무례를 범하였습니다."

"사과할 필요 없소이다."

전혀 불쾌감이 없는 인자한 말투로 말한 다음, 노인이 신을 벗고 황태자가 있는 방으로 들어갔다.

유성은 당연한 태도로 주인이 앉는 동쪽에 턱 하니 앉아 있었다. 주인보다 방문을 먼저 밟는 것도 예가 아니거늘, 이런 주객전도도 없었다.

노인은 일언반구 어떤 반박도 없이 객을 자처하여 마주 앉았다.

"내가 여기 온 이유를 알 것이다."

"무슨 말인지 모르겠소."

"충분히 생각할 시간을 준 것 같은데?"

"수장을 찾는다 하더니 왜 힘없는 노인을 붙들고 그러시오."

"당신이 수장이지 않나?"

모르쇠로 일관하던 노인이 유성의 시선을 피하지 않고 받았
다.

"이 늙은이가 수장이라니, 무슨 당치않은 말씀이오?"

"내가 그렇다면 그런 것이다."

"뭘 보고 이도 성치 않은 이 늙은이를 야도의 수장으로 보시
오?"

"호식이란 사람의 태도다. 굽힐 줄 모르고 자존심 높은 자가
깍듯하게 대하는 데는 그럴 만한 이유가 있는 법이지. 일을 지시
하는데도 곧이곧대로 듣는 걸 보면."

"원래 야도에선 노인을 공경하게 되어 있소이다."

"더 기이한 건 이 산채 사람들이었다. 낯선 자들이 나타났는데
경계가 전혀 없었어. 그게 뭘 뜻하는지 모르겠나? 이 산채의 수
장인 자네가 데리고 온 인물들이기 때문이지. 누가 수장의 손님
들에게 적대감을 가지겠는가?"

푹 꺼졌던 눈에 이채가 돌며 구부정한 몸을 서서히 곧게 폈다.
기세가 대번에 달라졌다. 방금까지 툭 건들면 픽 쓰러질 것 같던
노인이 과연 맞는지 의심이 들 정도였다.

유성은 입가를 살짝 올리며 상대를 응시했다.

"역시 들킨 것이오?"

"안타깝게도."

서늘한 말투에는 안타까운 기미가 일절 보이지 않았다.

"황궁에서 나온 게요?"

긍정도 부정도 없이 유성은 편복 안감에서 비단주머니를 꺼내 바닥에 놓고 야도의 수장에게 밀었다.

수장은 눈을 가늘게 뜨며 그것을 한동안 노려보았고, 곧 결심한 듯 까맣고 주름진 손을 뻗어 비단주머니를 열었다. 내용을 확인한 수장의 동공이 활짝 열렸다. 손까지 부들부들 떨린다. 입술을 바르작대다 마른 목소리를 겨우 쥐어짰다.

"이게……, 무엇이오?"

"설마 본인이 만든 물건을 모른다 할 참이냐? 아니라고 발뺌하지 마라. 떨리는 그 손이 증거니까."

"왜 이걸 가지고 온 거요?"

"보면 모르나? 부러진 개금으로는 태주갑을 열 수 없다."

야도의 수장이 비단주머니에서 물건을 손바닥에 펼쳐 올렸다. 본래는 한 쌍이 분명한, 두 동강 난 정교한 금품이었다. 손잡이 부분보다 구멍에 들어갈 끝부분과 몸체가 더욱 복잡하였으며 규칙 없는 요철 모양 위에는 월제국의 지도가 새겨져 있었다. 제작자가 아니라면 원형을 되돌리기란 불가능했다.

"야도의 수장. 한때 소담주의 태수였으며 황실 옥새를 보관하는 태주갑과 개금을 만든 월제국 최고의 장인, 김태문."

산채에서 생활하는 야도인들도 모르는 그의 내력을 황궁에서 나왔을 법한 자가 상세히 알고 있다니. 수장은 충격에 빠졌다. 김태문이란 이름은 오래 전에 죽었다. 소담주가 사그라질 때 많은 사람들과 함께 그 땅에 뼈를 묻은 걸로 되어 있을 터였다. 그런데 어찌!

위험을 감지한 고슴도치가 가시를 바짝 세우듯 그의 몸 주변에 살기가 피어올랐다.

눈이 붉게 충혈된 김태문을 대하는 유성의 태도는 시종일관 느긋하고 여유가 넘쳤다. 마치 유랑을 나온 것처럼.

"살기를 죽여라. 네가 감히 날을 세워 대항할 몸이 아니니라."

"흥! 네가 이 나라의 황제라도 된다더냐?"

"황제는 아니지만, 거기에 맞설 황태자는 되지."

"……!"

김태문이 자리에서 팔짝 뛰어오를 듯 경기를 일으키며 놀란다.

"인덕제의 적자이자 정통 핏줄을 이어받은 월제국의 황태자."

"어, 어떻게……."

"그 물건이 태주갑의 개금이란 걸 모르지 않을 터, 이를 소유할 수 있는 신분이 과연 누구라 보는가. 설마 황제? 우습군."

유성이 작지만 강하게 냉소를 뿜었다.

"김태문 자네라면 알 것이다. 태주갑이 가진 오랜 정통성을, 적통황자에게만 물려지는 비밀스러운 계승법을. 나의 부친 인덕제께선 비명횡사할 앞날을 미리 예견하셨다. 다음 보위를 물려줄 황태자에게만 알려야 할 옥새의 위치를 우호군 염홍에게 먼저 밝히셨어. 내게 말하고 싶어도 당시 돌도 지나지 않은 갓난아기에겐 무리였겠지. 어디서 굴러먹다 왔는지 모를 먼 친척이었던 유백이 모반을 계책하여 교묘하게 황위를 찬탈하고서 후에 옥새의 행방을 찾았으나 황제의 처소 어디에도 보이지 않았다. 전대 황제가 수를 썼으리라곤 추호도 생각 못 했을 테지."

"그럼……. 현재 황제가 가진 옥새는……."

"진품이 아니다."

첩자가 엿들었다면 목이 달아날지도 모를 위험한 발언을, 유성은 그저 담담하게 내뱉었다.

"나는 안다. 소담주를 침략한 흉수가 누군지. 자네도 물증은 없으나 심증은 있을 텐데. 그 적이 개인의 힘으로 맞서기엔 너무나 거대하여 손조차 뻗을 수 없는 존재라, 이날 이때까지 웅크리고 있던 게 아니었나?"

유성이 하는 말을 한 마디도 놓치지 않으려 김태문은 붉게 충혈된 눈을 더욱 부릅떴다. 물기를 담기 시작한 눈동자가 서럽게 흔들렸다.

"그 흉수가 누군지 말씀해주시옵소서."

"확인하는 절차를 밟자는 것인가?"

"부탁드립니다."

분노로 부르르 떠는 양 주먹을 바닥에 고정시킨 태문이 고개를 푹 숙였다.

"유유백. 현재 월제국의 황제이며 전대 황제, 황후를 시해한 자. 그리고 소담주를 죽음의 땅으로 만든 흉수. 난 억울하게 죽어간 모든 이들을 대신해 황제의 죄상을 밝혀 그에게서 황위를 되찾을 것이다. 그것이 나의 소임이며 지금까지 숨죽이고 살아온 이유다."

웅어리진 참고 참았던 뜨거운 눈물이 긴 세월을 뚫고 터져버렸다. 소리 없이 흐느끼는 노인의 눈물은 고통의 흔적만큼이나 깊게 파인 주름 사이로 원한을 담아 흘렸고 사무친 슬픔을 토해 냈다.

"감읍하고 감읍하옵니다. 제가, 제가, 이 볼품없는 늙은이가, 무엇을 하면 되옵니까?"

그의 진하고도 고독한 슬픔에 직접적으로 동조하진 않았으나, 표현방법이 다를 뿐, 유성이 지닌 슬픔도 그에 못지않았다. 심해에 가라앉은 슬픔과 분노. 떫기도 하고 쓰기도 한, 텁텁한 약초를 삼킨 기분이었다.

"가장 중요한 것은 태주갑이다. 그것을 열 개금을 원상태로 돌려놓고 그다음 명을 기다려라."

"그것이면 충분하옵니까? 그밖에 다른 도울 것은 없사옵니까? 살아갈 날도 얼마 안 남은 이 하찮은 목숨, 모든 걸 전하께 바치겠습니다."

"개금 수리, 그거면 족하다."

"소인, 성심성의를 다해 전하의 뜻을 받들겠습니다."

진심이 묻어나는 목소리로 대답하는 노인을 지그시 내려다보던 유성이 무언가를 생각하듯 가만있다, 창문가로 고개를 돌리며 아닌 척 수수께끼를 던졌다.

"자네를 위해 선물을 하나 준비하였어."

"이렇게 어려운 발걸음을 해주신 것만도 크나큰 광영인데, 무슨 선물을 주신다 하십니까? 소인을 염치없는 사람으로 만들지 마시옵소서."

"물건이 아니다."

"하오면……?"

"보고 싶은 이가 누구인가?"

설마. 태문은 속으로 지나친 기대감을 접고자 했으나 자신만 만한 황태자의 옥면을 보자니 절로 마음이 부풀어 올랐다.

"과한 농이라면 거두어주시지요. 소인, 심장마비……, 걸리옵 니다."

그렇게 말하는 사람치고 목소리는 사정없이 떨리기 시작했다.

"소담주에서 실종됐던 자네의 손녀."

태문의 눈이 믿기 힘들다는 듯 커다랗게 떠졌다.

"방년 스물의 나이로 이름은 아현이라고 한다."

모두 죽은 줄로만 알았다. 실종자를 찾는 것은 잿더미 속에서 시체를 찾으란 말과 같았다.

당시 다른 소국과 거래를 트기 위해 자리를 비운 게 화근이었 다. 태문이 닷새 만에 돌아온 소담주는 활기가 넘치고 아름다웠 던 예전의 소담주가 아니었다.

악몽이었다. 시체를 태운 매캐한 냄새와 형상을 알아볼 수조 차 없는 시커먼 덩어리들. 꿈이었으면 했다. 이게 꿈일 수만 있다 면 두 눈을 파내고 팔을 잘라내고 다리가 온전치 못하더라도 곱 게 받아들이리라 간청하고팠다. 하지만 현실은 냉정했다.

하루가 지나 밝은 하늘 아래에서 보게 된 소담주는 더욱 끔찍 했다. 살아 있는 자가 있을까, 떨리는 마음으로 온 마을을 뒤졌 다. 며칠 전까지만 해도 함께 지냈던 사람들이었다. 형체를 알아 보기 힘들 정도로 참혹하게 도륙당하고 불에 태워진 모습에 가습이 찢어지고 피눈물이 흘렀다.

아들 내외와 손자, 손녀의 시체를 발견하고 말았을 땐 그 자리에서 딱 자결하고만 싶었다. 어찌 자식의 목숨을 먼저 거둬 가느냐고 하늘을 미친 듯이 원망했다. 하지만 변하는 건 없었다.

이 난리 와중에도 구사일생으로 목숨을 보전한 사람이 몇 있었다. 그리고 알았다. 흉수가 유백이었다는 것을. 그러나 그들도 숨어 있었기 때문에 유백이 아현을 데리고 갔다는 것을 보지 못했다.

"하나만 약조하게."

"무, 무엇입니까?"

그의 기대감은 부풀어 오르다 못해 태양까지 닿을 기세라 낯빛마저 보기 드문 화색을 띠었다.

"놀라지 말고 들어라. 자네의 손녀는, 철저히 황제 손에, 자신이 누군지도 모르고 컸다."

"어, 어떻게 그런 일이!"

큰 충격을 받고 말았다. 원수의 손에서 자라나다니, 이런 기구한 운명이 또 있을까. 생살에 소금을 뿌리는 격이었다. 억장이 무너졌다.

"황제는 그녀를 훈련시켜 내게 첩자로 보내었지."

좌우로 사정없이 흔들리던 눈동자가 대번에 눈치를 채며 짧은 탄성을 뱉었다. 황태자와 함께 왔던 여인무사! 틀림없었다. 어딘지 모르게 옛 향수를 떠오르게 한다 싶었더니, 세상에 자신의 손녀였다니!

얼굴을 자세히 보고 싶어 황급히 나가려는 태문을 유성이 냉정하게 막는다.

"아직 얘기가 끝나지 않았다."

"전하!"

"모른 척해라."

"전하!"

"내가 저의 신분을 모른다고 알고 있다. 그녀가 황제에게 얼마나 세뇌가 되어 있고, 충성이 어느 정도인지 아직 파악하지 못하였다."

파악하지 못하긴. 유성은 스스로를 비웃었다. 아현이 의지할 수 있는 대상을 일찍 밝히고 싶지 않은 거면서.

"손녀의 목숨을 생각한다면 냉정해져라. 그리고 맡겨라. 해를 입지 않도록 내가 보호할 것이니."

유성의 말은 하나도 틀리지 않았다. 그래서 더욱 가슴이 쓰라려왔다. 후줄근한 편복 아래에서 노인의 몸이 축 늘어졌다.

그를 본 유성이 피식거린다.

"하지만 작은 선물 정도는 줘도 되겠지. 따라 나오너라."

거침없이 일어난 유성이 방문을 열고 나가자 노인이 허겁지겁 쫓았다. 마당에는 문소리를 들은 여인무사가 주군을 향해 몸을 돌려 막 고개를 숙인 참이었다. 갓까지 쓴 상태에서 예까지 취하니 얼굴 한 점 보기 힘들었다.

"아현."

미복잠행 동안엔 '현'이라고만 부른다 하시고선 황태자가 먼저 원칙을 깨버렸다. 그렇다는 건 이 노인장을 그만큼 신뢰하신단 말인가.

"예, 공자님."

"고개를 들고 갓을 벗어라."

"예?"

기이한 명령에 아현이 물음표를 그리며 얼굴을 들었다. 뭔지 모르지만 황태자의 명을 거부할 수 없기에 턱 밑의 끈을 풀어 갓을 벗었다.

"아!"

노인의 환희와 고통이 뒤섞인 감탄사였다. 닮았다. 제 아비와 어미를 반반씩 섞어놓은 얼굴이었다. 죽어도 여한이 없을 것 같았다. 채신머리없이 눈물이 올라오자 태문은 급히 몸을 돌려 소매로 눈가를 찍어냈다. 입은 웃고 있는데 눈물은 폭포수처럼 넘쳐흐르니 얼마나 얼굴이 괴이할 텐가.

"전하의 은혜, 백골이 난망이옵니다. 소인의……, 얼굴이 흉하여 고개를 돌리기 힘듭니다. 마음을 추스르려 하는 것이니 자리 피함을 허락해주시옵소서."

"알았다."

그들의 대화는 개미의 소곤거림처럼 무척 작았기에 아현에게는 들리지 않았다. 노인이 어색한 걸음으로 방 안에 들어가자 그 뒷모습을 설핏 돌아본 후, 유성은 그녀가 있는 마당으로 내려섰다.

"이리 오너라."

뭔가 좀 어색한 상황이다. 감을 잡지 못한 아현은 의문을 접고 그에게로 다가갔다.

단정한 손이 아현의 머리카락을 몇 차례 빗어내더니 곧장 갓을 씌워댔다. 턱 아래로 손을 가져가 끈을 묶는 다정함에 아현의 몸이 뻣뻣하게 굳었다.

"잊지 마라."

부드러운 손길과는 다른 무심한 어조.

"예?"

"저 노인의 얼굴을 잊지 마라."

하지만 그 어조 속에는 진심이 담겨 있었다.

황궁이 있는 도성으로 돌아가는 길은 올 때와는 다른 경로였다. 명색이 미복잠행이라 보고서에 올릴 활동사항은 있어야 해서 일찍이 검문관에게 밝혔던 대로 대성을 거치게 되었다. 혹 추격자들이 대성에 주둔하고 있으면 어찌하느냐는 기우에 오히려 그것이 더 안전하다던 황태자의 말이 이어졌다.

"등잔 밑이 어두운 법. 변복상태에서 대성으로 간다고 기록이 되어 있지만 과연 그들이 믿었을까 싶군. 잔머리를 굴린 끝에 대성이 아닌 다른 지방을 뒤질 확률이 크겠지."

"그 말씀은 즉, 대성이 가장 안전하다는 거군요?"

"맞다."

황태자의 말은 사실이었다. 대성에 도착하고 그들은 수월하게 일에 착수했다.

민심을 살펴 부정부패를 일삼는 관리를 응징하고 억울한 이들을 풀어주었다. 그러한 사실은 황태자의 족적을 남김으로써 대성 관청에 그대로 기록되었다. 이 기록은 미복잠행을 온전히 수행했다는 증거였다.

이제 산 하나만 넘으면 도성이 나올 것이었다.

길다면 길고 짧다면 짧은 여행이었으나 막상 끝내려니 아쉬움이 남았다. 언제 또 편안한 모습의 황태자를 볼까 싶었다. 입궁하게 되면 그의 새로웠던 갖가지 표정과 반응들은 감히 다시 볼수 없을 것이다. 무심하지만 때때로 다정하고, 차갑지만 가끔 내비치는 따사로운 눈매를. 그새 정이 들었나 보다. 아니, 애초에 애정을 보낸 상대라 가슴이 더 시린 것이리라. 그래서였을 것이다. 도성이 가까워질수록 말이 점점 많아진 것은. 사소한 것도 좋았다. 황궁에 들어가기 전, 기억할 만한 추억을 최대한 만들고 싶었다.

"오는 내내 가끔씩 떠오릅니다."

옆에서 천천히 말을 모는 황태자가 고개만 슬쩍 돌리는 게 느껴졌다.

"청도에서의 그 노인장 말입니다."

"왜?"

"저희가 떠난다 할 때 노인장의 얼굴이 잊히지 않습니다."

거짓이 아니었다. 황태자와의 긴 접견 이후, 노인장은 어딜 가나 아현을 살폈다. 식사를 할 때도, 일을 할 때도, 뭐라 말하기 힘든 애틋한 시선으로 종종 그녀를 곤란하게 했다. 따로 하실 말씀 있으시냐고 물으면 아니라 하면서 말을 걸어준 것에 대해 기쁜기색을 감추지 않아했다.

'대체 왜?'

노인의 얼굴을 잊지 말라던 황태자의 말도 의미심장하였다. 지금은 헤어지지만 언젠간 꼭 다시 만날 것 같은 예감이, 머지않아 그런 날이 반드시 올 것 같았다.

"그나저나 해지기 전에 도성을 넘을 수 있을까요?"

서산으로 향하는 해를 붙잡고 싶은 심정으로 물끄러미 올려다보며 아현이 물었다.

"넘어야지."

"내일로 미뤄지면 위험할 것입니다."

갓을 살짝 들어 올린 유성이 미묘한 표정을 짓고서 혼잣말을 흘렸다.

"정말…… 호위 같군."

'실은 첩자이면서. 마음 약한 녀석 같으니.'

"뭐라고 하셨습니까?"

그렇잖아도 작은 소리인데 역풍까지 불어와 웅웅거리는 소리가 전부였다.

"네 말이 맞다 하였다. 오늘 도성을 넘지 못하면 위험하다. 아니, 오늘 넘는다 해도 그건 마찬가지겠지. 얼마나 덜 위험하냐와 더 위험하냐의 차이가 있을 뿐."

느슨하게 흩어진 감각을 끌어모으며 아현이 진지한 눈을 황태자에게로 향했다.

"지체할 시간이 없을 것 같습니다."

"달릴 준비가 되었느냐?"

"명이시라면 언제든지."

피식. 메마른 웃음이었다.

아현은 그마저도 좋았다. 무면자란 별칭을 가진 황태자가 미세한 차이라도 어쨌든 반응을 보인 거니까.

"가자!"

말을 박차고 억세게 달리는 황태자 뒤를 아현이 뒤처지지 않게 고삐를 단단히 잡았다. 흙바람을 가르고 질주했다. 사람이 없는 길을 골라 울퉁불퉁한 언덕을 지나 산으로 들어갔다. 이 산을 넘으면 도성이다. 개울가에서 잠시 목을 축이고 가파른 산길을 올랐다. 말들은 오를 수 없는 길이라 그냥 풀어줘야 했다. 한참을 올랐건만 정상은 머나먼 하늘에 있었다. 산을 벗 삼아 놀았던 과거가 없었다면 체력이 바닥나 벌써 쓰러졌을지도 몰랐다.

아현은 이를 앙다물었다. 호위쯤 되는 자가 주군보다 먼저 나가떨어진다면 체면이 안 서는 일이었다. 주룩주룩 흐르던 땀은 정상으로 향할수록 차게 식어갔다.

"전하, 이 길이옵니다."

그나마 길을 알고 있어 황태자에게 도움이 됐다 생각하니 뿌듯함이 가슴을 적셨다.

"여기가 더 빠르지 않은가?"

아현이 난처한 표정을 지었다.

"지름길이긴 하나 위험한 지형입니다. 산봉우리를 돌아가려면 좁디좁은 낭떠러지 길을 걸어야 하는데 자칫 발을 헛디디면 시신조차 찾을 수 없사옵니다."

"이 지름길로 가야 오늘 내로 도성을 넘지 않는가?"

"그렇긴 하오나 너무나 위험하여서."

"지금 위험한 것이나, 하루 미뤄져 위험한 것이나, 매한가지가 아니더냐? 매란 자고로 일찍 맞는 게 좋다 하였지."

무표정한 얼굴이 자신만만하게 입가를 비틀었다. 그 모습에 속절없이 설레고 마는 그녀였다.

"정말 괜찮겠사옵니까?"

"내가 언제 괜찮지 않은 적이 있더냐?"

"전하께서 그러시다면, 알겠습니다. 명심하십시오. 몸체보다 작은 바위나 돌은 짚지도 밟지도 마십시오."

입술을 앙다문 그녀가 뭔가를 결심한 듯 겉옷 안의 부드러운 내의를 빼 천을 쫙쫙 찢어 밧줄을 만들었다.

"지금 뭐 하는 것이냐?"

산을 오를 때부터 거추장스럽던 갓은 이미 벗어던진 지 오래라 꿈틀거리는 유성의 눈썹이 아주 잘 보였다.

"소신의 무례함을 용서하소서."

꾸물거릴 시간이 없단 생각에 황태자의 허락도 없이 옥체에 손을 가져갔다. 그의 허리에 밧줄을 단단히 묶고 자신의 허리에도 같은 매듭을 지었다.

"같이 죽자는 것이냐?"

냉소적인 그 말투에 어째 웃음기가 담겨 있었다.

"혹시 모를 위험에 대비한 것입니다."

"흠."

"전하, 조심히 따라주십시오."

"잘난 척은. 황궁에 가서……, 보자꾸나."

그녀가 사신위라고는 하나 여인에게 몸을 의지해야 하는 처지가 가히 불만스럽다는 태도였다. 즉, 입궁하면 두고 보자는 뜻일 터.

아현의 이런 생각과 달리 유성의 속내는 이러했다.

청동 첫 번째 이야기

그는 오히려 재미있다 여겼다. 제 목숨처럼 그를 소중히 여기는 모습도 꽤 볼 만해, 다소 우스꽝스러운 모습을 연출해야 하지만 그 소소한 즐거움을 위해서라면 이런 것쯤 조금 감수해도 나쁘지 않다고 말이다.

아현은 오한이 일고 식은땀이 나는 것을 무시하며 낭떠러지로 한 발을 내딛었다. 아래는 봄일지라도 정상은 아직 겨울이었다. 대찬 바람이 쌩하니 불자 옷이 마구잡이로 펄럭였다. 감각 없는 손아귀를 뻗고 한 발씩 움직여 조금씩 몸을 이동시켰다. 앞으로는 갈 길을 더듬고 뒤로는 황태자의 안위를 확인하며 몸을 움직였다. 집중에 집중을 더해야 하는 순간이라 위험을 벗어날 동안 두 사람 사이에는 대화가 일절 없었다.

"휴."

아현이 먼저 안전지대로 내려서고 황태자가 예의 그 감흥 없는 얼굴로 따라 내려오자 그녀는 어쩔 수 없는 안도의 한숨을 내쉬었다. 낭떠러지에서 혹시 모를 위험이 닥칠까 봐 얼마나 떨었는지 모른다. 추격자가 진을 치고 기다리면 어쩌나 싶어 눈앞이 까매질 정도였다.

"앗!"

갑자기 허리춤이 당겨지면서 황태자에게 안겼다. 연결된 밧줄을 그가 잡아당긴 것이다.

"푸, 풀어드리겠습니다."

"이런 놀이도 재밌긴 하군."

아현은 움찔했다. 그녀는 일 초 일 초가 가장 무서웠던 시간이었는데, 황태자는 고작 그걸 놀이로 치부하다니. 대체 신경이 어떻게 생겨먹은 건가.

"산을 내려가 말을 구할 수 있을까요? 이대로 도보로 가다간 도성 폐문 시간이 아슬아슬할 듯합니다."

"걱정할 것 없다. 떠나오기 전에 이 아랫마을에 말을 준비하라 일렀었다."

"예? 누구에게요?"

"풍 사."

"아."

어쩐지 시종일관 여유가 넘친다 했다. 황태자가 아래로 턱짓을 한다. 그것은 출발하자는 신호였다.

그들은 직진에 해당되는 거친 내리막길을 날듯이 움직였다. 속도가 더해지면 나무기둥에 한 팔을 걸쳐 중심을 잡고 다음 기둥으로 나아가는 식이었다. 여의치 않을 시 나뭇가지를 잡아 탄력을 이용해 시간을 단축시켰다.

위험했던 최정상을 벗어나 산중턱을 바삐 내려가던 때였다.

슈우욱! 팽!

누가 쐈는지 모를 화살이 바람을 가르며 울창한 나무들 사이를 뚫고 유성 일행 뒤쪽 나무 밑동에 박혔다. 둘 다 민첩하게 피하지 않았다면 사지 중 한 군데는 탈이 나도 탈이 났을 정도로 위협적인 공격이었다.

"여기서 기다린 듯합니다."

화살이 또 날아왔다. 한 대가 아니었다. 화살이 나는 속도가 질긴 멧돼지 살가죽 전체를 뚫을 기세로 매서웠다. 화살 수를 보면 대충 인원이 열 명 안팎으로 추정이 가능했다. 도성을 나올 때보다 추가된 게 아무래도 여기서 마무리할 요량인 모양이다.
예민한 감각이 삐죽삐죽 날을 세웠다.

등에 맸던 활을 빼내 잠시 멈춰서 오발연시를 쐈다. 윽, 하는
신음성을 듣자니 다섯 발 중에 네 발이 적중이다. 한 대 맞을 거
각오하고 제자리서 활을 당긴 것인데 사지가 생각 외로 말짱하
다. 이상하다 싶어 옆을 봤더니 이미 황태자가 네댓 명에게 단검
을 날린 뒤가 아닌가.

슈우욱! 슉!

"전하, 위험합니다!"

"뛰어라!"

열 명 정도라고 생각했던 인원은 세 배로 불어났다. 첫 공격을
감행한 열 명이 선발대였다면 나머지 합세한 이들이 후발대인
것이다. 무수히 많은 화살이 비를 뿌리듯 우수수 쏟아졌다. 나무
가 없었다면 벌써 몸이 쇠꼬챙이가 되어도 한참 전에 되었을 것
이다.

역공을 펼치고 싶어도 틈이 나지 않았다. 활을 당기기 전에 화
살촉이 심장을 뚫고 들어올 것 같았다.

이런 위급한 순간에도 황태자의 피하는 몸놀림은 보는 이로
하여금 묘한 여유를 느끼게 했는데, 대체 어디서, 누구에게, 어
떤 무위를, 어떻게 전수받았으면, 저럴 수 있는지 아현은 혀를 내
둘렀다.

그 잠시의 허튼 생각이 독이었을까. 지척에까지 다가온 화살
을 그만 늦게 감지하고 말았다.

'아차!'

이까짓 것쯤 수월케 피한다는, 자만심이 부른 실수였다. 최대한 피해를 줄이기 위해 몸을 피하였으나 상처를 면하기는 어려울 터였다. 고통을 대비해 이를 악물었다. 그런데!

"망할!"

낮게 으르렁대는 소리에 돌아봤더니 불같이 뜨거운 눈이 그녀를 노려보며 팔을 잡아끌어 바위 아래로 뛰어내렸다. 바위가 툭 잘린 형태라 운 좋게 사각지대가 형성되었다.

"전하! 상처가!"

방금 아현을 감싸다 다친 상처가 분명하다. 팔 부근의 편복이 피로 물들고 있었다. 그녀의 얼굴에서 빠져나가는 핏기만큼이나 상처 위의 옷에는 붉은색이 점점 크기를 더해갔다.

"스친 것뿐이다."

머리 위로 화살의 비는 끊임없이 내렸다. 타닥타닥, 수십 개의 발소리가 점점 다가온다. 어서 이 자리를 피해야 하는데도 둘은 움직이질 못했다.

아현은 황태자의 옥체에 해를 입힌 충격에 제정신이 아니었고, 유성은 무엇 때문인지 터뜨리지 못한 용암을 품은 화산처럼 격랑을 참고 있었다.

"전하, 상처를 봐야겠습니다."

덜덜 떨며 다가오는 손을 급히 제지한 유성이 어찌나 세게 물었는지 퉁퉁 부은 아현의 입술로 시선을 떨어뜨렸다. 그의 눈에서 불꽃이 번쩍 한다. 그것은 화였다. 누구에게로 향하는지 모를. 아니, 사실은 유성 저에게 화가 났다.

김태문에게 아현이 죽지 않게 지켜주겠다 약조는 하였으나 그렇다고 굳이 나서서 대신 맞을 필요까진 없었다. 한 대 맞는다고 죽는 게 아니니까. 한데 왜 그랬을까. 왜 팔을 뻗었을까. 그녀를 철저히 이용하자고 다짐했던 스스로가 우스울 정도였다. 그냥 생각이란 게 없었다. 단지 저도 모르게 화살을 막았단 것뿐. 머리가 인지하기 전에 몸이 먼저 움직였다.

피 맺힌 그녀의 입술을 보자 속에서 뭔가가 끓어올랐다. 이건 화와는 좀 다른, 어쩔 수 없는 사내의 난감한 신체적 반응.

엄지를 그녀의 입술로 가져가 피를 쓸었다. 붉게 덧씌워진 도톰한 입술이 먹음직스러웠다.

"전하, 적들이 접근해오고 있습니다."

붉은 피 때문인지 고운 이가 더욱 하얀 빛을 냈다.

'역시, 이상해. 이 와중에도 입 맞추고 싶다니 미친 게 틀림없다.'

짧지만 강하게 입술을 부딪쳤다.

'비릿해야 할 피 맛이 왜 달게 느껴질까. 왜 또 맛을 보고 싶은 거지?'

여행길 내내 수시로 자문하고 또 자문하여도 결론을 내리지 못했다. 황궁으로 돌아가면 이 혼란스러운 감정을 냉철히 분석해 찬찬히 생각하자.

유성은 입맞춤으로 저에게 묻은 피를 혀로 핥으며 아현에게 협박이 다분한 경고를 보냈다.

"산을 내려갈 동안 조금이라도 상처가 있다간 가만두지 않을 것이다."

"예, 전하. 이제 절대로 전하에게 어떤 해도 가지 않도록 하겠습니다."

유성이 이런 둔한 놈을 봤나, 하는 눈빛으로 아현의 이마를 툭 툭 밀었다.

"너 말이다. 너."

짧은 입맞춤이 무슨 뜻이고, 지금 이 말이 의미하는 바가 무언지 감히 그의 속을 내다볼 수 없으나 한 가지 확실한 건 그가 수하를 아끼는 주군이라는 사실이었다.

"조금 있으면 화살이 멈출 것이다. 우리 숨은 곳을 아니 지척에 와서는 활을 넣고 검을 빼들겠지. 그때가 출발신호다. 감각을 최대한 끌어올리고 하산하는 것만 집중해라. 저들은 황제의 비밀무사 집단이라 마을에선 몸을 드러낼 수 없다."

마음 같아선 자신에게 상처 입힌 저들을 모두 죽이고 싶었다. 대의만 아니었어도 당장 실력을 발휘해 단칼에 처리했으리. 너무 뛰어난 실력을 보인다면 황제의 경계가 더욱 심해질 터라 참고 있는 것이지, 제 성질이 온전히 발휘됐다면 저들은 벌써 이 산에 뼈를 묻었을 것이다. 목숨이 경각에 달린 게 아니니 적당히 맞아주는 것도 하나의 기지이리라.

"전하, 팔에 응급처치라도 하심이."

"그럴 여유가 없는 건 너도 알 테지. 그리고."

말을 잠시 끊던 황태자가 아현을 흘끗 보다 시선을 날아오는 수가 점점 줄어들고 있는 화살로 무심히 향하며 입을 열었다.

"그다지 아프지 않다."

유성은 아직 깨닫지 못하였으나 그것은 죄책감에 허우적대는 아현을 보다 못한 그만의 배려였다.

"준비해라."

황태자의 손이 당연한 동작처럼 아현의 손을 잡아왔다. 그의 말대로 발자국 소리가 지척에 닿자 화살이 멎었다.

둘은 한 몸이 된 듯 손을 맞잡고 즉시 아래로 뛰었다. 뒤에서 헛바람을 삼킨 몇몇이 급히 검을 갈무리하고 활을 들었으나 이미 이십여 장의 거리를 벌린 유성 일행에겐 큰 위협이 되지 않았다.

땀이 비 오듯 했다. 온몸의 수분이 모조리 빠져나온 양 의복이 축축하게 젖었다.

손바닥이 미끈거려도 황태자는 그녀의 손을 놓치지 않았다. 다리에 감각이 없어지고 숨이 턱에 차고 시야가 어지러이 흔들렸다. 오직 황태자와 그녀만 존재하는 듯 산속 그림들이 만들어내는 길이 현실성 없게 느껴졌다.

얼마나 달렸을까. 하늘을 가린 커다란 나무 수가 점점이 흩어져 줄어든다 싶더니 주위가 밝아졌다.

어느새 쫓아오는 발소리는 들리지 않았다. 눈앞에 마을이 잡힐 듯 나타났다. 비탈길을 지나고 다소 완만한 길을 달렸던 그들은 깊은 숨을 몰아쉬며 발을 멈추었다. 드디어 산을 내려온 것이다.

"여기요, 여기!"

저 멀리서 풍한도가 기쁨과 안도가 뒤섞인 표정으로 팔을 붕붕 흔들고 있었다. 아현은 저도 모르게 황태자를 향해 환하게 웃었다. 그도 보답하듯 입술 끝을 끌어올렸다.

이후, 황궁으로 무사히 돌아간 아현은 황태자의 옥체를 상하게 했다는 이유로 근신을 면치 못하였다. 하루 한 끼 음식만 섭취한 채 좁다란 독방에 사흘을 머물러야 했으나 마음만은 어느 때보다 편하였다.

아현은 독방 창을 통해 들어오는 달빛을 보며 은은한 웃음을 지었다. 아마도 황태자와 함께한 즐거웠던 미복잠행을 떠올리는 것이리라.

7
과거

"그래서 몰랐단 말이냐?"

황제 유백이 눈을 매섭게 만들어 아현에게 물었다. 굉장히 낮고 탁한 목소리였다.

"사전예고도 없었습니다. 시녀가 황태자의 부름이 있다는 말에 허겁지겁 달려갔더니 모든 것이 준비된 상태였습니다."

"그래서 그대로 끌려갔단 소리더냐?"

"예, 그러하옵니다."

근신이 풀리자마자 황제표식을 발견한 아현은 현재 지하의 비밀접견실에서 그를 알현 중이었다. 되도록 빨리 부르리란 예상은 했으나 이리 막무가내일 줄은 몰랐다.

"황태자에게 사람을 붙였었다. 한데 왜 붙인 사람들이 싸늘한 시체로 돌아온 것이냐?"

그게 간단히 사람을 붙였다고 할 만한 소리던가?

아현에게 그 경험은 꽤나 큰 후유증을 가져다주었다. 독방에서 잠시 눈을 붙일 때면 꿈속에서 화살을 맞은 황태자가 종잇장처럼 쓰러지곤 했는데, 그 장면이 묘하게 선명해 눈을 뜨면 온몸이 땀범벅이 되기 일쑤였다. 차라리 자신이 맞는 게 낫지, 정말 최악의 악몽이었다.

"절호의 기회를 네가 날렸다."

드디어 황제가 의심하기 시작했다. 침착해. 이럴 때일수록 말을 잘 해야 한다.

"폐하께선 황태자의 무위가 어느 정도 위치에 있다고 보십니까?"

그녀의 의도를 파악하고자 유백의 눈썹이 꿈틀했다.

"무슨 말을 하고 싶은 거지?"

"황태자는……. 저조차 가늠하기 힘든 실력을 갖고 있었습니다."

이것은 가감 없는 사실이었다. 약간 찜찜한 감이 없진 않지만 지금까지 몸 멀쩡히 지내온 황태자를 보자면 황제 측도 예상한 일이었을 것이다. 그녀는 단지 사실을 확인하는 절차만 밟았을 뿐이다. 언제라도 밝혀질 일, 황제가 먼저 아는 것보다 자신이 먼저 이르는 것이야말로 신뢰를 높일 수 있는 일이다.

"뭐라?"

"소신이 월훈에 들어가고부터 지금까지 단 한 번도 황태자의 빈틈을 찾지 못하였습니다. 사신위의 철저한 호위도 무시 못 하지만 그보다 무서운 건 그 본인이었습니다. 최측근이랄 수 있는 이태기가 옆에 있는데도 긴장을 놓지 않던 황태자입니다. 하물며 저와 둘이 있다고 다르겠습니까? 제가 폐하의 무사들에게 진심으로 대항하지 않았다면 당장 눈치 챈 황태자가 절 먼저 베었을 겁니다."

"하여, 목숨이 아까워 황태자를 도왔단 말이냐?"

아현은 땀이 배어나오는 손바닥을 불끈 쥐며 호흡을 조절했다.

"빈말이 아니오라 소신이 합세했어도 황태자를 처리하긴 힘들었을 겁니다."

"뭣이!"

"미복잠행에 수행원이 고작 저 혼자였다는 건 그만큼 무위에 철저한 자신감이 있어서입니다. 그 상황에서 판단은 하나였습니다. 괜히 본색을 드러내어 모두 괴멸될 바에야 그 일을 발판 삼아 신뢰를 높이는 것이 이익이라고 말이지요."

뭔가를 찾듯 유백이 낯을 한껏 찌푸리며 아현을 주시했다. 독방에 있었다더니 피로해 보이는 기색을 제외하면 평소 모습 그대로다. 괜한 기우였던가. 사실 그녀가 워낙 조용한 유형이라 대신들을 들었다 났다 하는 그조차도 아현의 속내는 솔직히 알기 힘들었다.

"으흠."

그녀의 말은 틀리지 않았다. 우유부단한 태도로 일을 크게 망치는 것보다 재빠른 판단이었고 옳은 선택이었다.

아현은 무심코 행한 사소한 동작에 꼬리가 밟힐까 봐 침조차 제대로 삼키지 못했다. 머릿속으로 규칙적인 수를 세면서 여유를 가장했다.

'저 뒤에 쥐가 숨었군.'

황제 뒤편 검은 휘장 뒤에 인기척이 느껴졌다. 이유 따위는 모르겠으나 황제가 일부러 데려온 것은 확실해 보였다.

대화를 엿듣게 한 걸 보면 측근 중에서도 황제의 더러운 막후

공작을 지지하는 인물이 맞으리라. 그녀가 알기로 궁부에서 그럴 인물은 딱 한 사람, 좌호군 향도식뿐이었다.

"그렇게 영민한 황태자가 오랜 기간 반격하지 않고 숨죽이고 있다는 건 말도 안 된다. 심저를 알 수가 없단 말이야. 분명 뭔가가 있긴 있는데 그걸 모르겠어."

혼자만의 생각에 잠긴 듯 턱수염을 쓸며 유백이 독백체로 읊는다. 그러다 번뜩 눈을 빛내 아현을 내려다본다.

"미복잠행 동안 무슨 일이 있었느냐?"

"추격을 피하기 위해 대성 주위를 떠돌다 입궁하기 하루 전에 대성에서 감찰을 감행하였습니다. 그 뒤부터는 폐하께서도 아시는 일입니다."

"정녕 그 일이 전부인가?"

"네, 그렇사옵니다."

황태자가 청도에서 야도의 수장을 만났단 사실은 어떻게 해서든 숨기고 싶었다. 황제 손아귀에 있을지 모를 부모의 안위가 걱정스럽긴 하나 생전 얼굴 한 번 못 본 부모보다 아현은 황태자가 더 눈에 밟혔다.

이런 생각만큼은 하고 싶지 않았지만 과연 부모가 생존해 있을까 하는 것이 아현이 품은 의심이었다. 거들먹거리고 유세 떨기를 좋아하는 황제라면 그녀의 부모를 찾은 즉시, 한 번쯤 상봉시키고도 남았으리라. 그러면서 명령할 테지. 너의 연로하신 부모를 생각하라고. 안 그러면 뼈도 못 추릴 거라고.

이렇게 긴 시간 동안 존재여부를 은근슬쩍 숨기는 걸 보면 필시 돌아가셨거나 황제 손에 없다는 것이 더 신빙성 있었다.

"그러한데."

또 무슨 말이 하고 싶어서 목소리에 비웃음을 담은 걸까.

"황태자와는 몇 번의 잠자리가 있었느냐?"

'헉!'

신음성이 터지지 않은 것만도 천만다행이었다. 그 어떤 질문도 자신 있었는데, 황제가 이런 민감한 사항까지 물을 줄이야. 대외적으로 황태자와 연인관계라는 소문이 파다하니 그런 거겠지.

그녀의 속눈썹이 당황으로 바르르 떨렸다.

황제는 홍조를 피우며 당황했음이 역력한 아현의 얼굴을 보며 비릿한 웃음을 머금을 뿐, 그다지 의심을 품지 않았다. 얼굴이 붉은 건 여인의 부끄러움이라 치부했고 황제도 솔직히 대답을 바라서 한 질문은 아니었기에 말문이 막힌 아현도 그러려니 한 것이다.

"너무 많아서 세기도 어려우냐?"

"폐, 폐하!"

몇 번의 입맞춤이 전부라고 진실을 밝힐 수가 없었다.

"전에, 짐이 한 말을 잊지 않았겠지?"

"예, 황태자와 감정적으로 얽히지 말라 하셨습니다."

"믿어도 되는가?"

"당연합니다, 폐하. 그리고 전……. 다정한 분이 좋습니다."

여전히 홍조가 남았지만 대답 하나는 다부지고 차분하였다.

"하하하하하!"

지하실이 유백의 파안대소로 쩌렁쩌렁 울렸다.

"황태자가 확실히 다정한 것과는 거리가 멀긴 하지."

인격이 두 개인 사람처럼 황제가 기분 좋게 웃다 말고 대번에 가면을 바꾸어 살기를 띠었다.

"만에 하나 그럴 일이 없다고 생각되지만, 절대, 황태자의 씨를 품어선 아니 된다."

"그건 걱정할 필요가 전혀 없는 일이옵니다."

"널 믿겠다."

"믿음에 보답하겠습니다."

비로소 살기를 거둔 유백이 가장 중요한 질문을 이제야 꺼낸다며 굳었던 자세를 풀었다. 얼핏 아현을 보는 눈동자가 의외로 부드럽게 휘어진다.

"태주갑을 기억하느냐?"

"전에 찾으라 칙명을 내리셨던 붉은 상자 말씀이옵니까?"

"그래, 혹 황태자 처소에서 본 일이 있었느냐?"

"대놓고 뒤질 수 없어, 오다가다 면밀히 살폈으나 애석하게도 발견하지 못하였습니다. 너무나 황송하고 죄스러워 낯을 들기 힘드옵니다."

"쉽게 찾을 물건이 아니다 하지 않았더냐? 실망하지 말고 차근차근 살펴보아라."

오히려 황제가 아현을 위로하고 나섰다. 기실 그녀의 미안함이 가득 찬 난처한 표정을 받는다면 어느 사내든 대놓고 냉정하게 대하기 힘들 것이었다.

"순시가 한차례 돌 시간이겠군. 너무 늦었으니 이만 들어가보아라."

"폐하의 이해심에 그저 감읍할 따름입니다."

아현이 장치를 누르고 지하접견실을 나가자 수 초 후, 휘장 뒤에 서 있던 향도식이 모습을 드러냈다.

"폐하, 정말 믿어도 될 계집입니까?"

향도식의 야비한 얼굴이 불만스레 뒤틀렸다.

"반반이지만, 되도록 믿고 싶다."

"소신은 아무래도 불안합니다. 왜 폐하는 매번 저 계집을 두둔하고 계십니까?"

"자네가 보기엔 두둔이라고 볼 수도 있겠지. 하지만 아니다."

"허면 왜 불안한 요소를 깨끗하게 처리하지 않으시고 두고만 보십니까?"

"앞날에 중요한 인질이 될지도 모르지. 그것도 여러 방면으로."

그제야 그의 속내를 짐작한 향도식이 역시 황제라며 비열한 웃음을 흘렸다.

유성은 붓으로 인물화를 그리다 말고 손을 멈칫했다. 유려한 선을 따라가다 어느 순간 깨닫고 말았다.

닮았다. 매끈한 둥근 이마와 모양 좋은 작은 코, 함초롬한 입술. 그것들을 한 공간에 묶어둔 부드러운 얼굴선. 머리 실을 일부분만 작게 말아 나비날개처럼 늘어뜨려 꽃장식을 얹어 놨다.

머리 외형만 빼고는 그림의 미녀는 아현을 쏙 빼닮았다.

미복잠행을 나가기 훨씬 전부터 미인도를 그리기만 하면 신체의 한 부분은 꼭 닮아 있었다.

어느 날은 둥글면서 긴 눈매가, 다른 날은 붉은 입술이, 또 다른 날은 가늘고 고운 손이. 처음엔 닮을 수도 있겠다 싶어 그냥 넘겼지만 날이 갈수록 닮은 부분이 점점 늘어갔다.

지금에 이르러선 의복과 머리모양만 빼면 판박이였다. 이젠 그녀가 아니라고 우겨봤자 그의 꼴만 우스워진다.

그는 서늘한 낯빛을 세워 그녀를 보았다. 호위랍시고 방에 들어와서는 가장 먼 자리를 택한 그녀였다.

시선을 느낀 아현이 작게 움찔하며 정면에 있는 청자화병을 죽어라 보았다.

몇 보 되지도 않는 이 정도 거리쯤이야 마음만 먹으면 일 초에 도달할 수 있거늘, 왜 그리 안절부절못하는지. 그런 태도가 귀여우면서도 거슬리는 이율배반적인 감정.

'확실히…… 예쁘군.'

이젠 대놓고 아현을 구경하고 나섰다. 검지와 중지로 턱을 쓸며 바라보는 자태가 식전의 음식을 보는 듯 굶주려 있음을 본인은 깨닫지 못한다.

'딱히 떠오르는 미인상이 없으니. 절로 움직인 손이 화폭에 담았겠지.'

비겁하고도 비약한 변명. 비아냥대는 자아를 누르며 유성은 먹이 마른 화선지를 아무렇게 접어 던지듯 보관함에 넣었다. 마치 생소한 감정을 인정할 수 없다는 무지한 태도로.

유성에게 있어서 아현은 황제의 첩자, 김태문의 손녀, 흔치 않은 여인무사, 있는 대로 이용해먹을 상대, 이렇듯 감정을 배제한 대상 이상, 이하도 아닌 존재였다. 아니, 그랬다.

어느 시점부터 그녀를 대하는 마음이 조금씩 삐긋하기 시작했지만 처음에 그녀는 그저 그의 계획에 필요한 장졸 말에 불과했다.

또렷한 설명은 할 수 없으나 어찌 되었든 예전과 지금의 차이를 인정한다. 아직까지 다른 여인들과 아현의 차이점을 확실히 명시하진 못해도 그녀에게 향하는 눈과 때때로 솟아오르는 불끈한 감정을 따져보건대 그녀가 단순한 한 명의 무사가 아니라는 건 인지한다.

이는 거미줄 집 안에 새로운 거미줄 집이 있고 그 작은 틈새에 실이 얼기설기 이어진 복잡 미묘한 느낌과 흡사했다.

'이 감정은 과거의 잔상인가.'

유성이 아현의 존재를 처음 알게 된 것은 황제를 통해서였다. 당시 그의 나이 열넷으로 또래보다 성장이 빨라 갓 청년의 기운을 물씬 풍기던 시절이었다.

연무장에서 무술수련을 간단히 끝내고 늦은 밤 록수정에 올라 기암절벽 아래로 도성을 내려다볼 때였다.

어떤 물체가 주위를 살피며 조심스레 움직였다. 그믐달이 떠 달빛조차 어두운 새까만 밤에 그 움직임을 포착할 수 있었던 건 순전히 수련으로 오래 다져진 동체능력 덕이었다.

살수가 침입하였나 싶어 가만히 지켜보자니 몸놀림이 그 정도까지 가벼워 보이진 않았다. 순찰대를 요리조리 피하며 황궁 길을 빠삭하게 아는 자가 흥미로워 몰래 뒤를 따랐더니 침입자인 줄로만 알았던 인물은 다름 아닌 황제 유백이었다.

황제로선 뼈아픈 실수였겠고 유성에겐 달이 내려준 축복이었다. 황제가 몰래 출궁하여 만난 인물은 의외로 눈이 맑은 노인

하나였다.

대화내용은 알 수 없었으나 황제가 친히 움직였다는 것은 노인이 보통 중요한 인물이 아니라는 말이 되었다.

용건이 끝난 황제가 돌아가도 유성은 움직이지 않았다. 노인 뒤를 밟을 생각이었다. 하지만 그는 의외로 출중한 실력이라 꽤 멀리서 뒤를 따라야 했다.

유성이 비록 어린 나이이나 일찍이 유가 정통계승자에게만 내려오는 대환단과 비급을 통해 실력을 쌓아왔던 터라 그를 쫓는 것은 그다지 어렵지 않았다.

노인이 도착한 곳은 깊은 산속 작은 초가집이었다. 그리고 한 여자아이를 보게 되었다. 예쁘장한 계집아이였다. 여덟아홉 살 남짓으로 보이는 아이는 지극히 존경하는 마음으로 노인을 대했다. 계집의 몸에는 제법 무인의 기가 흘렀다.

노인이 아이의 스승이라는 것을 쉽게 짐작할 수 있었다.

황제가 무슨 일을 꾸미나 했더니 남몰래 무인을 육성 중이었다. 설마 저 꼬맹이를 첩자로 삼을 요량인가.

유성은 가소로움에 입가를 비틀었다. 재미있다 여겼다.

한데 여러 가지 의문점이 그를 불편케 했다. 굳이 왜 계집인 걸까. 계집아이라면 기골 면에서나 체력 면에서나 사내를 따라가지 못하건만, 왜 계집 하나를 가지고 사서 고생을 하는지 모를 일이었다. 쓸데없는 일을 벌이지 않는 황제의 성격을 보자면 이것은 반드시 짚고 넘어가야 할 문제였다.

"오늘 수련은 마쳤느냐?"

"예, 스승님."

"그럼, 오늘은 좀 쉬려무나."

노인이 뒷짐을 지며 초가 밖으로 발을 떼자 어미를 따르는 오리처럼 계집이 급히 물었다.

"스승님은 어디 가시는 거여요?"

"긴히 만날 사람이 있으니 먼저 자거라."

"꼭 오시는 거지요?"

"늙은 노인이 갈 곳이 어디 있다고 아니 돌아오겠느냐?"

그제야 안심했다는 듯 배시시 웃는 계집아이의 얼굴이 귀여웠다. 가까이 있었다면 말랑말랑한 볼살을 꼬집고 싶을 만큼.

아이가 방 안으로 들어간 것을 확인한 노인은 보법을 이용해 순식간에 멀어졌다.

'이것 봐라?'

노인은 유성의 존재를 알고 있었다. 마치 용기 있으면 따라와 보시오, 하듯 거침없이 신법을 운용했다.

유성도 불같은 호승심이 끓어오르던 시기라 자신만만하게 그를 쫓았다. 이왕 들킨 거니 비밀스럽게 움직일 필요도 없었다.

산을 빙 둘러 반대편 산등성으로 향한 노인은 어느 한 지점에서 멈추며 유성이 오길 기다렸다. 그는 유성을 보고 두 가지에 놀랐다. 하나는 본인과 견주어도 손색이 없을 정도로 뛰어난 실력을 가졌다는 사실이었고, 다른 하나는 그 대상이 새파랗게 젊은 놈이라는 점이었다.

"누구냐?"

"노인장, 그건 내가 묻고 싶은 질문이군."

"따라온 용기만큼은 높이 쳐주겠다. 여기서 뼈를 묻더라도 나를 원망

마라."

"과연 누가 뼈를 묻을지 내기해볼까?"

두 사람은 동시에 상대에게 공격을 가했다.

노인이 중후한 내공을 바탕으로 한 묵직한 공격이 주였다면 유성은 현란한 검법을 활용한 다채로운 공수였다.

싸움은 의외로 싱겁게 끝이 났다. 공격을 주고받다 말고 노인이 거리를 벌리며 멈추라는 신호를 보냈던 것이다.

"잠깐만."

"왜 그러지?"

"정체가 무엇이옵니까?"

노인의 말투가 대뜸 바뀌었다. 유성은 재미있다는 듯 눈을 빛냈다.

"말투를 보아하니 이미 알고 있는 것 같은데?"

"황태자전하……십니까?"

"그러하다면?"

노인은 몇 합을 주고받으면서 알았던 것이다. 유성의 검법이 누군가와 닮았다는 것을. 그것은 전대 황제의 것과 비슷했다. 아니, 같았다.

예전 인덕제께서 노인에게 종종 비무요청을 하였기에 그와 같은 유성의 검법을 보고 쉽게 눈치 챌 수 있었다. 뭔가 뜨거운 기운이 왈칵 올라왔다.

노인이 주군을 향한 최상의 예를 갖추며 이마를 땅에 묻었다. 그리고 서럽게 울어댔다. 그것은 쉽게 그치지 않았고 유성 또한 지켜만 보았다.

한참 뒤, 감정을 가다듬은 노인은 모든 것을 소상히 밝혔다.

자신은 전대 황제 시절, 황룡대를 이끌던 대장 단우현이며, 황제의 명령으로 계집아이를 제자로 받아들여 목숨만 근근이 연명하고 있다고.

"단우현이라면 나도 염홍에게서 들은 바가 있다. 충심이 깊고 뛰어난 무공을 갖춘 자라고. 한데 왜 황제를 돕고 있느냐? 자네쯤이면 황제가 행한 일들을 모르진 않을 텐데."

"저를 죽여주시옵소서."

단우현에게는 단광이라는 외아들이 하나 있었다. 귀한 아들이라 오냐오냐 키웠던 게 독이었던가.

한창 자랄 땐 시정잡배들과 어울리더니 커서는 유백과 결탁하여 모반을 돕는 일을 꾀하였다. 역모는 아주 비밀스럽고도 은밀하게 진행되었다.

단우현이 알게 되었을 땐 이미 모반이 성공하여 유백이 황위에 오르고 난 뒤였다. 그는 아들의 배신으로 몸져누워야 했다. 입궁을 거부하고 집에서 두문불출하며 매일 밤 제를 올려 원한에 사무쳤을 인덕제의 혼을 위로하였다.

이후로 아들과는 인연을 끊다시피 하고 지냈다.

그러던 어느 날, 유백이 직접 그를 찾아왔다. 일가의 목숨을 보전하고 싶거든 그의 말을 따르라 했다.

처음에는 거부하였다. 자신의 실력쯤이라면 단칼에 유백의 목을 벨 수 있다 자신하고 검을 휘둘렀으나 함께 왔던 스무 명 남짓의 황룡대에게 제압당하고 말았다.

그날부터 일가의 목숨을 빌미로 유백에게 명줄이 잡힌 것이다.

"아들 단광은 어찌 되었느냐?"

"유백이 황위를 차지한 뒤 몇 년 지나지 않아 기선국과의 전쟁에서 목숨을 잃었습니다. 죗값을 치른 것입니다."

단우현의 일가는 유백의 손에 떨어져 어딘가로 압송되었다. 가족을 보지 못한 지 십 년이 다 되어 간다고 하였다. 간간이 유백이 서찰을 전해주곤 해 그를 배신하지 못한다고.

"초가에 있던 그 계집아이는 뭔가? 설마 살수라도 키울 요량이냐?"

"그 아이도 운명이 기구합니다."

노인의 설명으로 유성은 그 아이의 이름이 아현이고, 나이는 열 살로 태주갑을 만든 장인, 김태문의 손녀라는 내력을 알게 되었다.

황제 입장에선 아현은 절대 버릴 수 없는 장점이자 단점을 가진 패였다. 태주갑을 찾기 위한 중요수단이 될 수 있다는 점은 장점이었으나, 계집이 가진 불안한 실력은 어쩔 수 없는 단점이었다.

어쨌든 선거움과 거리가 먼 그도 당시엔 꽤나 놀랐던 사실이었다.

"아현이라는 아이는 본인의 처지를 알고 있느냐?"

"아니옵니다."

"왜 말해주지 않는 것이냐?"

"제가 죄인이라 그렇습니다. 떳떳치 못한 스승이라 그렇습니다. 손녀처럼 생각하는 아이옵니다. 만약 진실을 알게 되면 아이는 저를 보지 않을 테지요. 부모의 원수인 황제를 돕고 있다 하여 제게 칼을 겨눌 아이입니다. 그만큼 성정이 올곧고 바른 아이입니다."

"한마디로 아이의 원망을 듣고 싶지 않다 이것이냐? 비겁하군. 전 황룡대 대장 단우현이 고작 이런 인물이었던가?"

"신을 모욕하셔도 좋고, 이 자리에서 죽이셔도 좋습니다. 이기적인 욕심일 테지만 죽기 전까지 아현에게는 좋은 스승으로 남고 싶습니다. 늙은이의 마지막 소원입니다. 더구나 아직은 이릅니다. 아이에게 이 모든 진실은 너무나 가혹하옵니다."

"그래서 모른 척해달라? 황제의 끄나풀이 될 아이를 그냥 두고 보란 소리더냐?"

"아니옵니다. 이렇게 전하가 아셨으니 모든 것은 전하의 결정에 따르겠습니다. 단 하나, 부탁이 있사옵니다. 진실만은, 제가 죽고 난 뒤에 전하께서 직접 말씀해주시옵소서. 소인은 얼마 살지 못할 목숨입니다. 제발 그렇게 해주시옵소서."

유성이 곰곰이 생각하듯 잠시 말을 멈추었다. 그리고 곧 결정을 내렸다.

"좋다. 모른 척해주마. 자네는 최선을 다해 그 아이를 고수로 만들어라. 황제에게도 나와 만났다는 내색은 해선 아니 된다."

"그, 그렇다면 아이의 목숨은 어찌……?"

"목숨만은 보전하게 해주겠다. 허나 그 아이를 어떻게 이용해먹을지는 내 소관이니 결코 주제 넘는 행동은 하지 마라."

"정말 목숨을 약조해주시는 겁니까?"

"난 한 입으로 두 말하지 않는다."

모종의 거래가 성립되었다.

그이후로 유성은 가끔씩 황궁을 빠져나와 아현을 찾았다. 수련하는 모습을 몰래 지켜보다가 입궁하곤 했는데, 많게는 한 달에 한 번, 적게는 반년에 두어 번 매종산을 오고갔다.

유성이 간혹 찾아가도 단우현은 따로 그를 배알하지 않고 모른 척 본인 일만 묵묵히 해나갔다. 오히려 유성에게는 그것이 편했다.

아이는 순수하고 맑았다. 그리고 예뻤다. 시장에 홀로 두면 누가 납치해 갈 정도로 빼어난 외모를 자랑했다.

그때부터였는지도 모른다. 은연중에 아현은 그의 것이라고 내정한 것은.

그녀가 비록 황제에게 이용당할 운명이라도, 어쨌든 유성 자신의 소유라는 사실은 단 한 치도 의심하지 않았다.

작았던 아이가 점점 자랐으며 이에 비례하듯 배움도 빨라 나날이 일취월장하였다. 그것을 지켜보는 것은 또 다른 기쁨이었고 즐거움이었다. 물론 그런 관심을 보이는 것은 단지 자신이 심심하기 때문으로 치부했다. 진정한 마음은 본인조차 몰랐다.

황태자라는 입장상 자주 나올 순 없었으나 제법 오랜 기간 공을 들여 아현의 주위를 맴돌았다. 이때도 첩자를 지켜보는 건 당연하다며 스스로를 납득시키곤 했는데, 정작 아현이 바라는 일이 생기거나 그녀가 위험한 상황에 처하면 저도 모르게 도와주곤 하였다. 하지만 그의 존재를 그녀에게 들킨 적은 단 한 번도 없었다.

아현과 실제로 마주친 건 유성이 약관의 나이일 때 객잔에서였다.

그는 열혈 도덕군자가 아니었다. 억울함을 당하는 자들을 보면 자신의 백성이니 의무감에서 도와줘야겠다는 생각은 들지만 마음속에서 불꽃이 일어 감정적으로 대처하진 않았다.

객잔에서 백 냥을 넣은 비단주머니를 던진 것은 충동에서 비롯된 행동이었다. 사실 그날 백 냥을 던져놓고 스스로가 당황했었다. 산속에서야 위험한 날짐승에 해를 입을까 싶어 도와줬다지만 ―게다가 그때 그녀는 어렸다― 여기엔 목숨을 위협하는 존재도 없었다. 아현의 실력이라면 충분히 처치가 가능함에도 그답지 않은 오지랖을 보였다. 여린 몸을 툭툭 건드리며 수작 거는 걸렁패의 손목을 분지르고 싶었다. 그 화를 억지로 눌러가며 금전으로써 그나마 평화롭게 해결한 것이다. 그것도 머리가 명령하기 전에 손이 먼저 움직였다. 객잔 이 층을 살피는 그녀의 영민한 눈에 들킬세라 자리를 박차고 빠져나오면서 자신의 행동을 이해할 수 없어 잠시 얼이 빠졌다. 어처구니없기도 했다.

"왜 멈추는 건가?"

아현이 줄곧 따라왔다. 어미를 따르는 오리새끼마냥 종종걸음을 하던 그녀가 귀여웠던 것 같다. 그래서였을 것이다. 그녀 앞에 절대 모습을 보이지 않겠다던 스스로의 다짐을 무시하고 말을 하고 만 것이.

"여쭙고 싶은 게 있어 초면에 결례를 하였습니다."

여렸지만 당당하고 낭랑한 고운 소리였다.

"주점에서 백 냥을 던졌던 주인이 맞으신지요."

어깨에 닿지도 않을 작은 키로 계속 빚 운운하기에 장난 반, 호기심 반으로 그답지 않은 말을 하고 말았다.

"입맞춤."

빚의 대가. 그때 일을 지금 곰곰이 생각하자니 그것이 본격적인 시작이었다. 입맞춤에 빚을 묶고, 그것을 빌미로 달콤한 입술을 빼앗고, 즐기고, 또 빼앗고. 정말 제 발등을 찍은 격이었다.

자승자박. 그 일이 없었다면 아현을 사신위로만 대했을까. 아니, 그러지 못했을 것이다.

"아현."

"예, 전하."

"가까이 와라."

과거를 회상하자니 목이 말랐다. 술이나 물로는 채워지지 않는 초조한 목마름이었다.

"더 가까이."

조금씩 다가오는 망설임에 입안이 마르고 애가 탄다.

"더."

힐긋 쳐다보다 빠르게 제자리로 돌아가는 눈매가 더없이 관능적이다.

"더."

손 뻗을 거리가 되자 아현의 손목을 붙들고 잡아당겼다.

"아!"

깜짝 놀라 동그랗게 떠진 눈이 어여쁘다. 분을 바르지 않아도 뽀얀 살결이 눈부시다. 작은 조가비처럼 살짝 벌린 입술에 온 정신을 빼앗긴다.

움직이지 못하게 머리를 꽉 잡고 거칠 것 없이 혀를 집어넣어 노닐었다. 입술을 빨고 속살을 훑고 혀를 붙잡고 단물을 흡입했다.

질리지 않는 꿀물이다. 숨을 쉬도록 입술을 놓았더니 아현이 작게 할딱였다. 이성의 한 움큼이 날아간다.

참지 못하고 또 깊게 들어갔다. 이것은 무엇일까. 여인에 대한 사내의 욕구라고 단정 지을 수 있을까. 확신할 수 있을까. 저돌적으로 침범하는 과감성에 어쩔 줄 몰라하는 그녀가 어여뻐 미칠 노릇이었다. 어찌할까. 단숨에 먹어버릴까. 그냥 취해버릴까. 황제와 얽히고 싶은 생각일랑 추호도 없건만, 그래서 손대지 않고 있건만, 갈수록 인내의 한계를 느낀다. 그녀를 좋아하는가. 은애? 연모? 사랑? 그딴 건 모르겠다. 단지 속에 이는 꺼지지 않는 불길이 속삭인다. 불을 끄기 위해선 그녀가 필요하다고, 그녀뿐이라고.

뭇 사람들은 일국의 황태자라 하면 주체 못 할 부와 권력, 화려한 일면만 보고서 세상에 부러울 것 없으리라 착각들 한다.

유성이 지금에 이르기까지, 뼈를 깎는 고통보다 더한 역경과 헤아릴 수 없이 많은 죽음의 공포를, 어떻게 이겨내고, 어떻게 견뎌왔는지, 모두 모르고들 있다. 살아오면서 한시도 긴장을 늦출 수 없는 나날이었다. 한 번의 실수는 죽음과 직결이었다.

여덟이 되던 해에 염홍이 목갑 하나를 은밀히 전해주었다. 그 안에는 억만금을 줘도 구할 수 없는 대환단과 무공비급이 들어 있었다.

"이것은 대환단이라 하옵니다. 이를 복용하시어 무예정진에 힘쓰소서. 절대 이러한 것을 들켜선 아니 됩니다. 비급의 존재도, 무술수련 모습도 일체 감춰야 합니다. 영민한 전하시니 소인의 말이 무슨 뜻인지 아시겠지요?"

　힘이 절실한 유성에게 있어 가장 필요한 것들이었다. 믿을 건 오직 자신뿐이었다. 아무리 측근의 능력이 뛰어나다 해도 주군 되는 자의 실력이 미천하다면 돼지 목에 진주목걸이가 아니고 뭐겠는가. 게다가 독살은 둘째치고라도 살수를 피하려면 무예는 필수 중의 필수였다.

　"애석하게도 스승 없이 전하 스스로 연마하셔야 할 것입니다. 이 비급을 옳게 전수할 자가 없을뿐더러 있다손 쳐도 섣불리 데려올 수가 없습니다. 비밀이란 아는 사람이 적을수록 좋으니까요."

　그날 이후부터 유성은 두 가지 일을 병행하며 생활했다. 낮에는 제왕학과 무공지식을, 밤에는 실전연습을 통한 무공연마를. 제왕학의 여러 과목을 학습할 때 눈은 서책을 향해도 머릿속은 비급에 적힌 글귀를 떠올렸고 오의를 깨우치려 애썼다.

　자기네들이 기를 쓰고 가르치려던 내용을 유성이 이미 통달했다는 것을 그의 제왕학 스승들은 꿈에도 몰랐으리라. 그것도 모자라 무공지식까지 습득하고 있었으니 이 사실을 알았다면 얼마나 기가 찼을 것인가.

　시시때때로 스승의 말을 놓치는 것처럼 보였던 것은 다 이러한 이유에서였다.

　유성은 한 술 더 떠 염홍에게까지 비밀을 만들었다. 대환단을 복용해도 내공이 느껴지지 않거니와 비급의 내용은 내공 없이 익히기엔 난이도가 턱없이 높아 시도조차 할 수 없었다고.

　금세 감추긴 했으나 찰나로 스쳐지나갔던 염홍의 실망스러운 얼굴은 지금도 생생했다.

최측근에게 무능력한 주군이라는 인식을 심어줄 수는 없어서 학문에서만큼은 본실력을 내보였다. 물론 염홍과 이태기 앞에서만 보이는 한정된 능력이었다.

　이지가 생겨나면서부터 그에겐 적과 아군, 쓸모 있는 사람, 쓸모없는 사람, 딱 네 가지 부류의 사람만이 존재했다.

　적이라도 앞으로 쓸모가 있을 땐 살려두지만 아닐 땐 즉시 처리해왔다. 아군이었던 자들 중에서도 한 번 등 돌린 경험이 있는 자는 잔혹하게 밟으며 집안까지 멸문시켰다. 아무도 그의 소행인 줄 모르게 은밀히 움직였고 죄책감도 없었다.

　냉정해야 했다. 틈을 보여선 아니 됐다. 그것은 선택이 아니라 살아남기 위한 유일한 방법이었다.

　이렇게 살아온 그에게 인간적인 감정은 사치였다. 아니, 그러한 것들을 느끼게 해줄 소중한 존재가 없었다.

　유성을 낳은 부모는 그가 태어나고 얼마 안 있어 변을 당하였기에 핏줄의 애정도 받지 못하고 자랐다. 그나마 부모에 준하는 인물을 굳이 꼽자면 염홍이 근접하나 그 또한 이러니저러니 해도 어차피 타인이었다. 다른 자들에 비하면 친밀도와 우호도가 가장 높지만 그것은 상대적인 것뿐, 절대적인 측면에선 염홍은 그저 가장 쓸모 있는 아군 정도로 보는 것이 합당하리라.

　염홍이 서운하대도 이건 어쩔 수 없는 그의 본심이었다.

　아현을 처음 봤을 땐 적이지만 쓸모 있는 사람으로 넣어두었었다. 언젠가는 써먹을 수 있는, 황위를 되찾기 위해 필요한 소모품 정도로 묶었었다.

　그녀가 황제와 내통하여 첩자활동을 하고 돌아다녀도 방관자처럼 보기만 했다. 때를 기다려야 했기에 그러한 것이지 절대 그의 마음이 넉넉해서 그냥 두고 보아온 게 아니었다.

"하아……. 전하……읍!"

그런데, 왜 지금은 그녀를 단순히 '쓸모 있는 자'라는 범주에 넣지 못하는 건지. 혼란스러워 견딜 수가 없다. 자꾸만 이 입술이, 이 눈동자가, 이 체향이, 그를 붙잡고 가둔다. 심장을 울려대고 신경을 늘였다 놨다 조급하게 한다.

손을 부들부들 떨며 유성의 가슴을 밀어내려는 아현을 제지했다. 감히 호위 주제에 황태자인 저를 거부하려 하다니. 괘씸해서 잡아 뜯을 듯 입술을 세게 물었다.

"앗!"

터진 입술에서 나온 피가 타액과 뒤섞였다. 은은한 혈향이 그를 광포하게 몰았다. 연인인 척 눈가림만 해달라고 제의했지, 그에 따른 행동도 포함시킨다고 입 밖에 낸 적도 없으면서 유성은 괜한 분풀이를 하고 있었다.

아현 입장에선 참 어처구니없을 터였다.

그의 손이 막 그녀의 옷섶을 헤집으려는데, 문밖에서 소리가 났다.

"전하, 이태기입니다."

두 사람 다 움직임이 딱 멈췄다.

유성의 손아래서 달뜬 복사꽃 같았던 아현이 하얗게 질린 후 그의 품에서 황급히 벗어났다. 아현은 가늘게 떨리는 손으로 흐트러진 정복과 머리를 매만지며 침착하려 애써보지만 오히려 그게 더 애처로웠다.

'저런.'

유성은 속으로 혀를 찼다. 이성을 되찾아준 이태기의 방문에 다행이라 여기면서도 갑작스레 멀어진 온기가 아쉬워졌다.

"잠시 기다려라."

"예, 알겠습니다."

이태기의 대답을 확인한 유성이 거의 정돈이 끝난 아현에게 시선을 가져갔다.

"넌, 물러가라."

"예?"

'쯧, 저 얼굴 꼴을 보라지.'

눈가의 붉은 기운과 물고 빤 흔적이 역력한 퉁퉁 부은 입술, 거기다 지금도 조금씩 배어져 나오는 달콤했던 핏물까지. 허리 아래가 불끈하며 그를 불편케 했지만 겉으론 드러나지 않았다.

"호위는 됐으니 금일 하루 정도 숙소에서 나오지 마라."

"왜 그러시는지."

"터진 입술을 자랑하고 싶다면 굳이 말리진 않겠다."

아현의 얼굴이 확 달아올랐다.

그것을 보자 또다시 저 입술에 제 것을 넣고 희롱하고픈 욕망에 시달렸다. 유성의 눈이 짙은 남색으로 가라앉았다. 냉정을 되찾고자 시선을 문 쪽으로 돌린 그가 차디찬 축객령을 내렸다.

"나가라."

뭔가를 묻고 싶은지 아현의 입술이 달싹거렸으나 이내 망설임을 접고 인사를 했다.

"이 사는 들어오라."

문이 열리자 이태기가 들어왔고 아현이 입술을 들키지 않으려 최대한 고개를 숙여 방을 나갔다.

그런 그녀를 이상히 여긴 이태기가 인상을 살짝 찌푸리며 돌아봤다.

"앉아라."

심기가 불편하게 들리는 옥음에 이태기는 시선을 바로 하며 예를 갖추었다. 눈치가 빠른 이태기였다. 멀리도 아니고, 아무리 고개를 숙였다 한들 지척에 있는 사람을 못 볼 것인가.

'입술이 좀……. 그럼 전하와……?'

이태기는 가끔 황태자의 취향이 헷갈렸다. 여인을 대하는 냉정한 언사나 금욕적일 만큼 차가운 눈을 보면 과연 저분이 도성의 미인이란 꽃들을 죄다 꺾었다던 황태자가 맞을까 싶었다.

처소에 여인을 불러들여도 오래 관계를 가지지 않는지 금방 처소에서 나오질 않나, 그때의 용포는 한 점 흐트러짐도 없었다. 여인을 따로 불러 처소로 들어가는 건 봤어도 주안상을 차려놓고 계집을 끼고 흥청망청 노는 것은 여태껏 못 보았다.

여인이 작정하고 색스러운 눈길로 추파를 던져도 무시가 일상이었다. 색주가란 소문과는 달리 오히려 여인을 멀리한다는 느낌을 받았다.

황태자가 그에게 직접적으로 말하진 않았으나 지금까지 여인들을 처소로 불러들인 것은 다만 필요에 의한 사전계략 같다고나 할까. 그래서 아현과 그런 소문이 돌기 시작했을 때도 크게 걱정하지 않았다. 처음에는 의심했지만 황태자가 했던 말도 있거니와, 그 말처럼 황태자가 진심일 리가 없고 늘 한결같은 아현의 차분한 태도를 볼 때 두 사람이 연분 났다 하기엔 뭔가가 부족해도 한참 부족했던 것이다. 헛소문이거나 아니면 이것도 황태자의 계획에 의한 안배이거니 여겼는데, 지금 보니 그게 또 아닌 듯했다.

"결과를 말해보라."

황태자 특유의 서늘한 목소리에 이태기가 퍼뜩 정신을 차렸다.

"전하의 평가가 무사히 통과되었다고 합니다. 어디 흠잡을 게 있어야 말이지요. 미복잠행 보고서도 대성에서 올라온 문건과 일치하니 황제파가 입을 꼭 다물었다 합니다."

남 일처럼 건성으로 고개를 끄덕이는 황태자를 보며 이태기가 엿듣는 자가 있는지 없는지 인기척을 살핀 후 작은 소리를 냈다.

"청도에서 연락이 왔습니다. 수리가 상당히 까다로워 시일이 걸릴 것 같다고 하였습니다."

"좋은 소식이 아니군. 지체되어선 아니 되니 그쪽에서 필요한 건 아끼지 말고 모두 지원하라."

"예, 내일 답신을 보내겠습니다. 내리실 명이 없으시다면 소신은 이만 물러갈까 합니다."

이태기가 읍하고 일어나려 하자 유성이 절도 있게 손목을 짧게 비틀었다. 즉시 멈추라는 뜻이었다.

"다른 하실 말씀이라도 있으신지?"

"뭐, 하나만 묻지."

"하명하십시오."

느긋하게 기댄 동작에서 팔꿈치는 고정시킨 채 양손의 손가락과 손가락이 가볍게 만나 이어진다. 서늘한 눈매가 고심하듯 살짝 감겼다 뜬다. 한 장의 화폭에 담아내고 싶은, 절경과도 같은 자태였다.

이러니 월제국 내에 여인네들이 모였다 하면 황태자 얘기로 꽃을 피우지. 용모가 눈을 멀게 한다 하여 온갖 찬양시가 즐비하다지 않던가.

"자네가 공처가라지?"

귀가 잘못된 건 아니겠지? 황태자가 면전에 없었다면 당장 귀를 후볐을 것이다. 항상 공무에 관련된 일만 입에 올렸던 황태자가 아니던가. 어찌 답해야 할지 몰라 애매한 웃음을 흘렸다.

"그럼, 은애함이란 게 정확히 무엇이냐?"

이태기는 자신이 더 묻고 싶은 심정이었다. 저런 질문을 하시는 의도가 무엇인지. 무슨 답을 원하시는지.

"대답하기 어려운가?"

재차 묻는 황태자를 보며 한숨을 삼킨 이태기가 어렵사리 단어를 골랐다.

"마음에 들어 좋아하는 게 아니겠습니까? 아끼는 마음, 소유하고 싶은 욕심, 함께 하고픈 진심, 그 비슷한 거라 생각합니다."

"아끼고 소유하고 함께 하고 싶은 것이라……."

뭐가 성에 안 차는지 유성이 미간을 비틀었다. 그 모습에 이태기도 찔끔했다. 그로선 생각나는 대로 대충 한 말인데 황태자의 반응은 가볍지 않았다.

"이만 나가봐라."

"예."

이태기는 떨떠름함을 감추며 조용히 인사하고 밖을 나왔다. 잠시 서서 고민하는데, 고개 숙여 급히 방을 빠져나가던 아현이 일순 떠올랐다. 세상에! 그의 눈이 갑자기 커다랗게 변하더니 믿을 수 없다는 듯 신음을 삼켰다.

"설마!"

'전하께서 아현을?'

황태자가 이상하다. 이것은 기이한 모든 상황을 함축하고 있는 말이었다. 언제는 이상하지 않았냐마는 근래 들어 그 강도가 더해졌다는 데 문제가 있었다.

미복잠행 이후 아현은 속이 바짝 타들어가는 나날을 보내는 중이다. 그전에도 이랬다저랬다 여러 가지 태도로 사람을 괴롭히고 혼란스럽게 하더니 이젠 그녀를 말려죽일 작정으로 노선을 바꾼 모양이었다.

언제나 시선이 그녀를 좇았다. 끊임없이 집요하게, 갈구하듯 은밀하게. 뜨거운 눈길이 옷을 태울 것 같았다. 샅샅이 파헤치는 끈질긴 시선에 하루에 몇 번이나 몸서리쳐야 했다. 어딜 가나 시선이 따랐다. 조의 때도, 호위 때도, 월훈 공개훈련 월례행사 때도, 심지어 잠시 자리를 비워야 할 때도, 황태자의 눈은 절대 그녀를 놓지 않았다.

끝내 참지 못한 아현이 결국 두 손 두 발을 다 올려 묻고 말았다.

"전하, 저기……. 소신에게 하실 말씀이 있으십니까?"

"아니."

"계속 저를 보시는 것 같아서……. 혹 소신이 잘못한 게 있는지요?"

"없다."

"하온데, 왜 그렇게 보시는지 여쭈어도 되겠습니까?"

"나도 모른다."

"예?"

"나도 모르니, 네가 불편하더라도 참아라."

역시 이기적인 황태자의 발언이었다. 둘만 있어도 등골이 오싹해 곤혹스럽기 짝이 없건만, 제삼자가 있어도 뻔뻔한 태도는 좀체 변하지 않았다.

특히 사신위들과 한자리에 있을 땐 그만 사라지고 싶은 욕망이 일 정도로 심히 난처했다.

이태기나 풍한도가 무슨 말을 하든 고개만 끄덕, 오직 시선은 끝자리에 앉은 아현에게만 고정된 황태자가 어찌나 얄밉던지. 참으로 다양하게 사람을 괴롭힌다 싶었다.

아현은 착각하지 않았다. 다른 사내였다면 호감이라 할 만하지만, 상대가 황태자라면 얘기가 달라진다. 그녀는 지금도 미혼향이 가득했던 서쪽 침전에서의 일을 잊을 수 없었다. 여인을 바라보던 그 눈빛, 경멸도 혐오도 아닌 비생명체를 대하는 지독할 정도의 무심함.

그런 눈을 가진 자는 애정은커녕 인간이 지닌 기본감정도 모를 공산이 컸다.

간혹 그녀에게만 보여주는 미묘한 눈빛이나 심장 떨리는 깊은 입맞춤을 받을 때면 황태자가 자신에게 사심이 있는 게 아닐까, 두근거리기도 했으나 그 고민은 오래 가지 않았다.

자신의 처지 탓이었다. 착각은 금물이라고, 기대하다 크게 실망하지 말라고, 그렇게 스스로를 다독여야 했다.

"저에게 왜……, 이러십니까?"

둘만 남았다 하면 입을 맞추려 해서 밤잠을 설쳐가며 고민하다 겨우 쥐어짜낸 물음이었다.

"백 냥 빚."

"그건 록수정에서 값을 치른 걸로 압니다만."

"부족해."

"그냥 돈으로 갚겠습니다."

"불가."

너무나 곤란했다. 황태자라 거부할 수 없는 게 아니었다. 싫지 않아서 더 문제였다. 꼭꼭 숨겨뒀던 마음을 내비칠까 봐 불안했고 무서웠다. 그녀의 마음을 알게 되면 냉정히 등 돌릴 황태자를 아니까, 감춰야 했다. 설사 아니더라도 그녀가 처한 상황이라면 뭐든 희망은 없다고 봐야 했다.

이런 사정을 모르는 황태자는 그녀를 점점 궁지로 몰고 있었다. 차라리 월훈일 때가 나았다. 거리를 주신관계로만 한정한다면 가슴은 조금 아플지언정 분별할 이성은 사라지지 않을 테니까.

"휴우."

"왜 한숨을 쉬고 그러냐?"

황태자 처소 후원으로 향하던 중, 함께 나란히 걷던 풍한도가 물었다.

"아닙니다."

그녀의 고민이 뭔지 알겠다는 듯 풍한도의 표정이 다소 짓궂 어졌다.

"전하 생각으로 머릿속이 터질 것 같지?"

"풍 사님!"

"오호, 격하게 반응하는 걸 보니 내가 정곡을 찌른 거구만?"

"아닙니다."

"아니긴 뭐가 아니야? 요새 전하 눈빛이 상당히 뜨겁던데."

다부진 체격을 닭살 돋게 비비 꼬며 익살스러운 표정을 짓는 다. 희롱에 가까운 이 말을 다른 사람이 했다면 싸늘한 낯빛을 돌려주겠지만, 풍한도는 공무를 행할 때를 제외하면 매사 가벼 운 농지거리가 대부분이라 매번 화를 내고 고쳐주기도 지치는 일이었다.

무엇보다 진실로 화가 나지 않는 이유는 풍한도의 말에는 이 중적 의미가 없기 때문이었다. 방금처럼 '눈빛이 뜨겁다', 이것도 억양과 눈빛, 손짓에 따라 충분히 은밀한 의미를 내포할 수 있음 에도 그저 담백하고 호쾌하게 들렸던 건 풍한도의 단순하고도 꾸밀 줄 모르는 언어적 습관이 컸다 하겠다.

그녀가 사신위가 되고 처음엔 그렇게도 못마땅하게 굴더니 아 현을 인정하고 난 뒤로는 누구보다 친근하게 허물없이 대하는 풍한도였다. 가끔 백치미에 가까운 단순함을 볼 때면 그가 어떻 게 사신위가 되었나, 고개를 절레절레하다가도 본인이 믿고 있는 신념을 지킬 땐 물불 가리지 않는 그의 용맹함이 더없이 명쾌하 여 그 능력을 인정할 수밖에 없었다.

어쨌든 확실한 건 풍한도는 아현이 여태껏 보지 못한 인간유형이라는 것이다.

"아현 너 말이야. 혹시 전하께 잘못한 거라도 있냐?"

잠시 진지하게 고민하다 곧바로 고개를 저었다.

"그럼 왜 너를 못 잡아먹어서 안달이 난 것처럼 계속 보시는 거냐?"

그건, 저도 알고 싶습니다, 라는 말을 참으며 그저 고개만 흔들 었다.

"쓸데없는 잡담은 그만해."

바로 앞에서 곽남휘와 나란히 걷던 이태기가 돌아보며 경고를 날렸다.

"네, 죄송합니다."

"하여간 형님은 딱딱하다니까."

"시끄러, 저 앞에 전하 계신다. 말조심해."

그 말에 전방을 주시하며 아현은 금세 긴장하기 시작했다. 벌 써부터 황태자의 서늘하고도 집요한 시선이 달라붙는 것 같아 오싹 한기가 들었다.

"아현, 왜 이렇게 얼었냐?"

풍한도가 어깨를 살짝 툭 치며 친밀감을 보였으나 아현은 묵 묵부답으로 대신했다.

"이야, 전하가 우리 보이자마자 한쪽만 보시는데?"

움찔. 어깨가 더 굳어버렸다. 그런 그녀가 안쓰러웠는지 풍한 도가 쯧쯧 하며 어깨를 토닥였다.

긴장감을 풀어주려는 단순한 의도였으나 멀리서 지켜보던 유 성이 투기의 불꽃을 태우기에는 충분하였다. 아현의 몸을 살짝 쳤던 풍한도의 손모가지를 꺾어버릴 듯 눈빛이 푸른 날을 세웠다.

"갑자기 왜 오한이 들지? 으으."

올라오는 닭살에 양팔을 비빈 풍한도가 으으으 떨었다.

후원 연못가에서 다가오는 사신위를 지켜보는 황태자의 이목구비가 점점 뚜렷해졌다. 아현은 차마 마주하지 못하고 건장한 곽남휘의 몸을 방패삼아 시야를 가렸다.

그들이 들어온 입구 반대쪽 끝에는 잠시 출타한 아현을 대신해 다섯의 월훈무사가 호위를 서고 있었다.

"소신, 일을 마치고 도착하였습니다."

"그래, 나가서 한 일은?"

"황룡대에서 주도한 일이라 시키는 대로 짐만 날랐을 뿐입니다. 별다른 일은 없었습니다."

"그래."

유성이 애당초 사신위를 후원으로 부른 건 한동안 여러 가지로 고생한 이들에게 푸짐한 음식과 술을 직접 하사하려함이었다. 그래서 금일 오후일정까지 비워가며 아랫것들에게 착오 없이 준비하라 일러두었었다.

그런데 아현을 보자마자 마음이 흔들렸다. 아니, 풍한도 때문이었다. 그녀에게 동료 이상의 애정이 없는 걸 알지만 아까부터 풍한도의 그 작은 접촉이 상당히 거슬렸던 것이다. 그 예로 유성의 시선은 아현의 얼굴보다 풍한도의 손이 닿았던 어깨 부분에 눈이 박혀버렸다.

"상을 펴라."

유성의 한마디에 시녀들과 월훈들이 일사불란하게 상과 의자, 음식과 술을 옮기며 금세 잔칫상을 마련했다.

"이게 다 무엇이옵니까?"

"거하게 한잔하라고 너희들을 불렀다."

"역시 전하십니다. 아까 힘을 좀 썼더니 어찌나 술이 고프던! 악!"

이태기가 발을 가볍게 놀려 풍한도의 정강이를 세게 찼다. 입 좀 다물라는 뜻으로 매서운 눈을 부라린 건 두말할 나위가 없으렷다.

"앉아라."

유성의 명에 각자 자리를 잡고 앉으려는데, 그가 갑자기 아현을 불렀다.

"이 사, 너희들은 먼저 마시고 있고 아현만 날 따라와라."

"예? 어디 가시는지."

"따라와."

휭하니 찬바람을 일으키며 황태자가 앞서 걸어가자 아현이 무거운 걸음으로 그 뒤를 따라갔다.

두 사람을 걱정스럽게 보는 이태기와 왠지 씁쓸한 낯빛을 보이는 곽남휘, 오묘한 얼굴로 히죽거리는 풍한도, 남은 셋은 화려한 궁중상을 멀거니 보기만 했다.

먼저 침묵을 깬 사람은 당연 풍한도였다.

"먹고 죽은 귀신 때깔도 곱다는데, 형님들 한잔부터 하자고요."

"넌 지금 술이 들어가냐?"

"안 들어갈 게 뭐요? 전하께서 허락하신 일인데."

'저런 둔탱이 새끼.'

속으로 한숨을 푹푹 쉰 이태기가 억지로 술병을 들이댄 풍한도의 손을 마다하지 못하고 잔을 받았다.

곽남휘도 묵묵히 술을 받는다.

"어어? 곽 형님, 뭐가 급하다고 먼저 훌렁 마시는 겁니까? 거참."

벙어리마냥 입을 꾹 다문 곽남휘를 보며 이죽거리다 술을 남김없이 쭉 들이킨다.

"캬! 이 맛이라니까! 아, 근데 무슨 급한 볼일이 있으셔서 아현을 데려갔대요?"

"난들 아냐?"

곽남휘를 슬쩍 본 이태기도 속이 탄다는 듯 술을 마셨다.

"형님 보기에 어떻습니까?"

"앞뒤 다 잘라먹고 뭐가 어때?"

"황태자전하요."

"전하께서 왜?"

"전하하고 아현을 보면 뭔가가 팍 꽂히지 않습니까? 보는 눈빛도 그렇고."

"됐다. 시끄러."

점점 굳어지는 곽남휘를 미처 보지 못한 풍한도는 안 해도 될 말을 술술 불었다.

"우리끼리만 있어서 하는 말인데, 저번에 제가 뭘 봤는지 압니까?"

"뭘?"

"한번은 호패를 어디서 떨궜는지 그거 찾느라고 환보궁 내실 복도를 돌아다니다 우연히 봤는데."

침을 꿀꺽 삼킨 풍한도가 주위를 급히 살피고선 자세를 낮춰 아주 작은 소리로 킥킥거리며 발설했다.

"어디서 감칠맛 나는 소리가 나는 거요. 그 있잖습니까? 입술 박치기하면 나는 쪽쪽 소리."

곽남휘뿐만 아니라 이태기도 굳고 말았다.

그걸 아는지 모르는지 술과 기분에 취한 풍한도는 푸핫 웃고 나서 다시 술술 불었다.

"누가 감히 엄한 행동을 하나 싶어 열려진 문틈을 봤더니 아니 글쎄, 전하께서 아현을 요로코롬 끌어안고 잡아먹을 듯이 입술을 막 비비시는데!"

쾅!

"아이고, 깜짝이야!"

갑자기 일어선 곽남휘가 상을 내리치는 바람에 술과 그릇 몇 개가 엎어지고 말았다. 삽시간에 사위가 싸늘해졌다.

풍한도는 아닌 밤중에 홍두깨라고, 미처 못 넘긴 술을 턱으로 흘리며 눈만 끔뻑거렸다.

"곽 형님, 왜……, 그러십니까?"

주먹을 불끈 쥔 그가 화를 참듯 긴 숨을 내뱉고서 빠르게 자리를 벗어났다.

멀어지는 곽남휘의 등을 멍하니 본 풍한도는 당최 모르겠다는 억울한 표정으로 이태기에게 토로한다.

"형님, 곽 형님이 왜 저러는 겁니까?"

이태기는 혈압이 상승하는지 뒷머리를 잡고 눈을 감고 있다가 뜨는 즉시 매서운 주먹을 풍한도의 머리통에 꽂아 넣었다.

퍼억!

"아악! 갑자기 왜 때립니까? 말로 하라고요! 말로!"

"눈치 없는 놈은 맞아도 싸!"

"제가 뭘 했다고요?"

가슴을 팡팡 친 이태기는 깊은 한숨을 뱉으며 풍한도를 한심하게 쳐다봤다.

"네놈이 그렇지 뭐."

내가 뭘? 풍한도의 이마 위로 의문이 둥둥 떠다녔다.

황태자 처소에서 멀리 떨어지지 않은 마구간 뒤쪽 저장고.

마구간이 있어 사람들이 자주 지나다님에도 말의 식량인 마료가 쌓인 이곳은 오직 마식을 담당하는 관비만이 드나들어 출입하는 이가 극히 제한적이었다.

관비는 새벽을 제외하면 하루에 딱 세 번만 정확한 시간에 오고 갔다. 누군가가 마구간에 숨는다면 말들의 울음소리와 오고 가는 월훈들에게 딱 들키기 십상이지만 그 뒤편 저장고는 마치 사각지대처럼 무언가를 감추기에 안성맞춤인 장소였다.

"으응…… 하앗!"

"쉿! 소리……, 죽여라. 허억!"

"소운 님, 너무……, 좋, 아악……!"

"그래, 으읏!"

어둠을 품은 저장고 안에서 두 명의 남녀가 엉켜 있었다. 탄력을 받은 사내의 절구질에 아래 깔린 여인의 신음이 거칠다.

홀딱 벗어 허연 다리를 상대 허리에 옹골지게 감은 여인과는 달리 사내는 포를 벗고 허리춤만 내린 상태로 불기둥을 여인에게 내리꽂았다. 굵은 땀방울을 뚝뚝 흘리며 속도를 더해가던 사내가 사납게 율동하다 일순 몸을 경직시켰고 뜨거운 욕망을 터뜨렸다.

"하아악…… 소운 님."

"어헉!"

여인이 쾌감의 여운을 즐기며 향소운을 끌어안았다.

"규선아."

규선은 황태자 측, 음식을 관장하는 주간廚間담당 시녀다.

"네, 말씀하세요."

"이번에 있을 정기만찬회 때 네가 해줄 일이 있다."

"무슨 일이신지?"

향소운의 매끄러운 목소리가 더없이 진지해지자 규선도 살짝 긴장한다.

"황태자에게 돌아갈 술잔을 네가 바꿔치기만 하면 되는 일이다. 아주 손쉽고 가벼운 일이지."

"혹, 그 술잔에……."

"영원히 잠들게 할 궁극의 약이 발라질 예정이지."

독주. 황태자를 독살하려는 거구나.

규선의 눈이 화등잔만 해졌다. 아무리 소운을 은애하고 한 사내에게 푹 빠진 규선일지라도 될 게 있고, 안 될 게 있었다. 얘기만 들어도 이렇게 심장이 벌렁거리는데 만약 잔재주를 부리다 실수라도 하게 되면 그날로 세상을 하직하는 것은 물론, 황궁과 멀리 떨어진 고향에 계신 부모님도 온전치 못할 것이었다.

"제, 제가 어찌, 그 일을 할 수 있겠어요? 소녀는 간이 작아 그런 건 절대 못 하옵니다."

바들바들 떠는 목소리로 규선이 사정하듯 말하자 소운은 속으로 '멍청한 계집' 하며 혀를 찼다. 그러나 겉모습은 모든 것을 포용할 만큼 온화하였다.

"이런 것도 나쁘진 않지만 난 떳떳하게 사랑하고 싶구나. 이 일만 성공하면 황제께서 큰 상을 내리실 테지. 그때 널 달라고 할 생각이다. 이런 누추하고 어두운 곳이 아니라 비단금침에서 널 안고 싶은 게 너무 큰 욕심이더냐?"

"참, 참말이옵니까?"

"참말이고말고. 그렇게 되면 내 옆에서 편안한 여생을 보낼 수 있어. 규선이가 궁중에서 힘들게 일하는 걸 보는 내 마음이 얼마나 아픈지 규선은 진정 모를 거야. 함께 있고 싶구나. 며칠에 겨우 한 번은 턱없이 부족해. 매일매일 너를 눈에 담고 안고 싶다. 억지래도 어쩔 수 없구나. 그게 내 진심이니까."

손바닥만 한 창을 통해 들어오는 어슴푸레한 달빛이 촉촉한 물길을 담은 소운의 눈을 비추었다.

괴로워하는 그를 보자 규선의 마음에 균열이 생긴다. 그가 이렇게 자신을 생각해주는 줄 몰랐다. 가슴 가득 부풀어 오르는 애정을 느끼며 그의 목에 팔을 둘러 강하게 끌어안는다.

"하겠어요! 도울게요!"

소운이 규선의 귓불을 애무하며 몰래 야릇한 냉소를 흘린다. 금방 눈물을 쏟을 듯했던 눈은 규선이 얼굴을 그의 어깨 뒤로 묻자 금세 퍼석하게 말라간다.

'어리석은 계집.'

소운은 그 자신에 대한 세간의 평가를 모르지 않았다. 부모 뒷배를 믿고 천지간도 구분 못 하는 상종 못 할 개망나니.

이 일을 성공시키면 황제는 물론 항상 그를 탐탁찮게 여겼던 부친조차도 달라진 시선으로 보아줄 것이 틀림없다. 상상만 해도 성취욕의 쾌감이 하반신에 직격했다.

이미 행위로 인해 노곤하게 풀린 규선의 몸속을 한 번의 동작으로 강하게 꿰뚫었다. 상대가 흠칫 떨다 이내 동조하며 뜨겁게 호흡했다.

아현은 황태자궁에서 좀 떨어진 곳 구석에 한쪽 무릎을 꿇어 아래를 굽어보았다.

'이것도 똑같아.'

민망할 정도로 초라하기 그지없는 작은 화단. 이 주위는 주로 시녀나 관비 혹은 하급관직이 지나다니는 길이라 같은 궁이라 해도 황제나 황태자가 있는 곳에 비하면 제법 큰 차이가 있었다.

상전이 드나들지 않으니 눈에 잘 띄지도 않는 화단쯤이야 어떻게 돼도 관심 두는 이가 없었다. 일 년에 듬성하게 꽃이 필 때면 그제야 '여기 이런 꽃도 있었구나.' 하지, 화단관리관도 구석진 이곳까진 행차하지 않았다.

사람 손을 타지 않은 것을 보여주듯 봄기운에 활짝 핀 꽃과 함께 잡초가 무성하게 자랐다.

아현의 눈이 주위와 다른 이질적인 한 부분에 머문다. 싱그러운 초록과 어울리지 않게도 화단 가장 안쪽, 그녀의 시점 끝에는 누렇게 말라비틀어진 풀들이 자리했다.

'이상해. 왜 이것만 시들었을까?'

뜨거움이 내리꽂는 한여름도 아니고 찬바람이 쌩쌩 부는 한겨울도 아닌데 시들어 있는 이유를 전혀 모르겠다. 물이 모자랐다 하기엔 다른 풀들의 멀쩡한 상태가 더욱 의아함을 부추겼다. 얼핏 보면 앞의 풀들에 가려 쉽게 알아차리기 힘들다. 어떤 작위적인 냄새가 났다. 마치 일부러 죽여놓은 듯한.

얼마 만에 죽나 알아보는 어린아이의 순진함이 엿보인다면 지나친 상상일까.

며칠 전에도 이와 같은 일이 있었다. 개인물품을 구입하러 궁 밖으로 나갔다가 인근 기슭에서 발견했던 기이한 나무. 튼튼한 나무들 사이에서 홀로 말라비틀어져 썩어가던 나무 밑동을 보며 이유 모를 꺼림칙함을 느꼈다. 만지기도 꺼려지는 짙은 혐오감에 눈살을 찌푸렸었다.

돌아오는 내내 그 나무에 대해 곰곰이 생각하다 늘 다니던 길이 아닌 구석 길로 접어든 것을 늦게야 알아챘다. 그러다 발견한 것이 지금 보고 있는 이 작은 화단이다.

그땐 그냥 보고 넘겼지만 오늘 이렇게 무의식중에 다시 찾아온 것을 보면 은근히 신경 쓰고 있었음이라.

'이것과 그 나무의 연관성을 찾는 건 너무 비약된 생각일지도 몰라.'

신경 쓸 일이 한두 개도 아니건만 여기서 시간만 축낼 순 없다. 별일 아니겠지. 아현은 다리를 곧추세워 환보궁 방향으로 이동했다.

돌아가는 길에 시녀 한 명과 우연히 마주쳤으나 아현은 별 의심 없이 목적지로 향하였다.

그 시녀가, 좀 전까지 아현이 머물렀던 작은 화단에 가는 것도 모르고.

"어딜 다녀오느냐?"

황태자의 날카로운 물음에 아현은 당황스러움을 겨우 감추고 답을 하였다.

"화단을 잠시 거닐다 왔습니다."

"분명 옆에 있으라 하였는데."

"저……. 우호군께서 발걸음 하셨다길래 잠시 피해 있었습니다."

"앞으로 내 허락 없이 움직이지 마라."

"하오나……."

"대답."

차디찬 말투와 예기를 담은 강한 눈이 아현을 쏘아본다.

"예, 명심하겠습니다."

"이리 오너라."

황태자의 기세가 한결 누그러졌다.

아현을 가까이 부르고서 옆자리를 내주며 더 가까이 오라 한다. 당황스러웠다. 속내를 알 수 없는 차가운 표정은 그대로지만 어디서 기인하는지 모를 은근한 부드러움이 묻어났던 탓이다. 코앞에서 사람이 죽어나가도 눈 깜짝하지 않을 황태자가 친절해 보인다니, 말도 안 된다.

"차를 즐기느냐?"

"정식으로 배운 적은 없습니다만 기본은 아옵니다."

"그럼 한번 해보겠느냐?"

크고 강인한 손이 배열된 다기를 가리켰다.

"제가 어찌……."

"어려울 것 없다. 평소 하던 대로 해보아라."

명을 거두어달라는 눈빛을 계속 보내었지만 황태자는 고집을 꺾지 않았다. 입안의 속살을 살짝 깨물어 한숨을 삼키자, 웃음을 참듯 '쿡' 하며 목울음이 들려왔다. 반사적으로 그를 향해 얼굴을 치켜들다 다시금 빠르게 수그렸다. 귀가 잘못되었나. 웃으실 분이 아닌데.

그 예로 황태자의 반듯한 옥면은 그녀가 이곳에 발걸음 한 이후 시종일관 한 표정이었다.

떨리는 손을 진정시키며 숙우에 탕수를 받아 다관에 천천히 부었다. 다관이 적당히 데워지길 기다리며 왠지 모를 어색함과 낯부끄러움에 첩모가 파르르 떨렸다. 노골적일만치 그녀의 행동을 예의 주시하는 황태자의 영향이었다.

한동안은 뾰족하게 날이 선 시선으로 긴장의 끈을 놓지 못하게 하더니 이젠 칼날을 갈무리하듯 한결 편한 모습으로 아현을 관찰했다. 의뭉스럽지만 뱃속을 간질간질하게 하면서 끈적끈적한 비밀을 담은 눈길로.

그가 유해져봤자 냉기를 품은 본디 성격이 어디 가겠냐마는 변덕이 죽 끓던 며칠 전과 비교한다면 훨씬 안정감 있는 모습이었다. 착각일지 모르나 표정 또한 부드러워졌다.

풍한도가 알았다면 당장 눈을 부릅뜨고 '어디가 어떻게 부드러워 보인다는 거냐!' 하고 대경실색할 테지만 어쨌든 아현이 보기엔 그렇다는 것이다.

두 손을 얌전히 무릎 위에 포갠 채로 아현이 혼자만의 생각으로 골몰하자 유성이 손등으로 그녀의 뺨을 슬쩍 쓸어내렸다.

아현이 그 감촉에 흠칫 놀라 상체를 뒤로 쭉 뺐다. 무의식적인 거부에 불편한 심기를 나타내듯 유성의 눈썹이 미세하게 움찔거렸다.

"멈춰."

주종관계가 아니었대도 아현은 멈출 수밖에 없었을 것이다. 마치 옥음에 언령이 깃든 것처럼 그의 하명이라면 어떤 무리한 요구도 행할 수 있을 것 같았다.

"피하지 마라."

재차 뻗어간 손등이 목표했던 뺨에 도착했다. 곱디고운 살결을 음미하듯 약하게 비빈다.

아현의 몸이 잘게 진동하자 유성의 눈빛이 짙어졌다.

'이대로 취해버릴까.'

갈등은 길지 않았다.

유성은 손을 거둬 다관이 식는다며 한마디 툭 던져놓고 자세를 바로 했다. 아현, 그녀에게 향하는 생소한 감정이 단지 육욕뿐이었다면 진즉에 안아버렸을 터였다. 비록 사신위의 하나인 아끼는 수하라 하더라도, 애초에 그런 양심일랑 품지 않는 그로선 어찌 보면 당연한 사고였다.

어차피 황궁 내에 돌고 있는 소문으로 보자면 못 취할 것도 없었다. 황태자인 저가 소유하고 싶은 여인을 취한다는데 그 누가 막을 것인가.

유성은 참았다. 모를 때는 없이 살아도, 단맛을 알아버리고 나면 중독된 육체가 과연 옳은 판단을 할 수 있을지 자신이 없어서였다.

'아직, 때가 아니지.'

황위를 되찾을 적절한 시기가 따로 있듯 그녀를 가질 시기도 따로 있는 법. 확신할 수 있는 건 그 시기가 지금 당장은 아니라는 것이다. 참으로 아쉽게도.

"전하……."

차를 덜어내던 아현의 손이 차시를 잡은 채 머뭇거렸다.

유성이 계속 말해도 좋다는 뜻으로 고개를 작게 끄덕이자 그녀의 입술이 달싹이며 슬며시 열렸다.

"소신……. 수양이 부족한가 봅니다."

의문을 담은 유성의 눈이 좁혀졌다. 혼자서 골몰하느라 몰랐는데, 이제 보니 아현의 손이 가늘게 떨리고 있었다. 연유를 묻는 그의 날카롭고도 단정한 눈이 그녀에게 향했다.

"시녀를 불러야 할 것 같습니다."

"어이해서?"

아현은 죽어도 이 말만은 하기 싫었으나 도저히 손이 마음먹은 대로 되질 않았다. 눈을 질끈 감았다 떴다. 황태자 앞에선 뛰어난 모습만 보이고팠던 그녀였던지라 이 같은 상황이 심히 괴로웠다.

"손이 말을 듣지 않습니다."

"손에 이상이 있는 것이냐?"

"그게 아니옵고……."

황태자의 눈빛이 어서 말하라 채근한다.

"전하 앞이라 긴장이 되어 그런가 보옵니다."

심해와 같은 유성의 눈동자에서 기쁨의 작은 폭죽이 터졌다. 찰나의 순간이었다.

"그렇게 담이 작아서 어디 쓰겠느냐?"

"송구하옵니다."

아현은 억울하였다. 누군들 떨리고 싶었겠나. 예전처럼 없는 사람 취급하던 때였다면 모를까, 손 뻗으면 닿을 거리에서, 게다가 온몸을 훑어 내리는 뜨거운 시선을 받자니, 눈앞이 새까매져 오는 것을. 시선이 살결을 타고 오르내릴 때마다 피부가 그 뜨거움에 타들어가는 듯했다. 여타 다른 여인이었어도 자신과 별반 다르지 않았으리라.

"실수해도 좋으니 끝까지 정성을 다하라."

"예, 전하……."

혼란을 담은 어여쁜 눈동자가 눈꺼풀에 가려 아래로 내려간다.

유성은 본인도 인지하지 못한 흐뭇한 미소를 흘뿌리며 그런 아현을 눈 속에 담았다.

그녀가 보았다면 그렇잖아도 큰 눈을 더 동그랗게 뜨며 바라보앉을 만큼 치명적인 미소였다. 아쉽게도 아현은 맡은 바에 열중한 상태라 천금을 줘도 구경하기 힘든 절호의 기회를 놓치고 말았다.

유성은 느긋한 자세로 등받이에 몸을 기대었다. 시선은 여전히 아현에게 향한 채.

'이 여인이 좋다. 이제는 인정한다.'

8
본심

수긍하듯 턱이 천천히 아래로 내려갔다가 제자리로 돌아온다.

사신위들을 위해 후원에서 주안상을 마련했을 때 확실히 깨달았다. 풍한도의 행동이 동료애였다고 하나 타인이, 거기다 사내가, 아현의 어깨에 접촉했다는 사실이 실로 불쾌했다. 어처구니없게도 황태자인 자신이 수하를 대상으로 강샘한 것이다. 기실 풍한도뿐만이 아니다.

과거, 아현에게 친근한 척 접근하던 향소운을 비롯하여 곽남휘의 감정, 미복잠행 때 그녀를 주시하던 수많은 시선과 관심들, 이런 것들이 쌓이고 쌓여 풍한도의 작은 행동 하나가 기폭제가 되어 폭발하고 말았다. 절대 아니리라 끝끝내 거부해온 스스로가 우스울 정도였다.

아현에게 향하는 알 길 없던 마음의 정체가 분명해지는 그 순간, 본심을 깨닫자 그를 휘몰아친 감정은 허탈한 분노였다. 앞으로 갈 길이 먼 자신이 고작 여인 하나에 오만 감정을 섭렵하고 있었으니 얼마나 기가 찰 노릇인가.

지금에야 마음을 인정하고 그녀의 존재를 받아들인 상태지만 당시엔 누를 길 없는 화를 고스란히 아현에게 쏟아냈었다.

후원에서 다른 사신위들을 뒤로 한 채 아현을 환보궁 침전 안까지 끌고 가 피멍울이 들 정도로 거센 입맞춤을 퍼부었던 게 그 증거였다. 연정을 품은 사내의 치졸한 투기였고 담대하지 못한 스스로에 대한 실망이었다.

'그렇다면 언제부터 아현을……'

남녀 간의 애정을 기준으로 한다면 주점에서의 첫 만남이 아니었을까. 어떤 뛰어난 미모에도 시큰둥한 그가 주점 문을 열고 들어오는 설부화용 같은 아현의 자태에 그만 넋을 잃고 말지 않았던가.

여인의 성장은 하루하루가 다르다더니 일이 바빠 한동안 못 본 새 아현은 여인으로의 탈피를 준비 중이었다. 두 눈을 멀게 한 산뜻한 충격이었다. 뿌듯하면서 들뜨는 마음. 그런 저가 어색해 당시엔 그저 반가움의 한 형태라고 단정 지었다.

'사람 자체를 좋아한 감정만 따지자면 더 이전이라고 할 수 있겠군.'

본인의 성정이 차갑다는 건 누구보다 유성 자신이 더 잘 인지하고 있다. 대부분의 사람들이 사랑스럽다고 인정하는 어린아이조차도 단순히 아이라고만 받아들이지, 귀엽다거나 어여쁘다거나 눈에 밟힌다거나 하는 감정을 단 한 차례도 느껴본 적이 없다. 아현을 보기 전까지는.

간혹 길을 가다 무심코 눈길을 준 아이는 있었으나 그것도 찰나의 순간뿐이지 지속적으로 눈길이 간 것은 아현이 유일하였다.

'왜 그때는 그 차이점을 몰랐을까.'

본인을 빼고 누구도 인정치 않는 오만함 탓이었을까. 아님 인정하고 싶지 않은 자존심 때문이었을까.

어쨌거나 아현을 눈에 담은 그때부터 연모라는 이름의 씨앗은 발아할 준비를 끝냈음이라.

아마 오래도록 이어진 호好라는 감정이 너무도 익숙한 나머지 오히려 특별한 감정을 깨닫지 못한 게 아닐까. 먹물에 물든 화선지 위로 까만 글을 덧칠하면 그 뜻을 알기 힘든 것처럼.

"차가 알맞게 우러난 듯합니다."

"고개를 들라."

갑자기 왜? 자신이 무슨 실수를 했던가.

아현은 걱정스러운 속내를 뒤로 하며 낯을 들었다. 눈이 마주치자 허겁지겁 다시 내리깔았지만 심장의 박동은 불안할 정도로 거세어졌다.

"상처가 아직 남았구나."

유성의 시선이 그녀의 입술에 난 생채기에 박혔다. 아현은 상처가 만들어진 상황이 떠올라 뺨을 확 붉혔다.

물 흐르듯 이동하는 그의 옥수가 아현의 턱을 지그시 잡고 저에게로 끌어당긴다. 반사적으로 아현의 손이 단단한 가슴에 손바닥을 대며 막지만 이미 심지 없는 저항은 거절의 의미를 품지 못했다.

유성이 입술 근처에서 더운 숨을 흘리며 싸늘한 어조로 경고했다.

"다른 이의 손이 닿지 않게 해라."

"……예."

"개인적인 비무도 되도록 삼가라."

"……예, 전하."

왜 그런 요구를 하시냐고, 무엇 때문에 자신이 그래야 하느냐고, 혹여 사적인 감정을 지니신 거냐고, 목 끝까지 의문이 밀려왔지만 쉬이 물을 수는 없었다. 천한 신분이 어디라고 같잖게 그를 넘보느냐는 호통보다, 만에 하나 자신과 같을지 모를 그의 마음이 무서웠던 까닭이다. 여기서 더 손을 뻗어버리면 헤어날 수 없는 수렁에 몸을 던지게 될 것 같았다. 두려웠다. 행복하고 달콤한 상상이 죽음보다 더 두렵게 느껴졌다.

"내 말을 어길 시……."

"……아!"

유성이 사나운 기세로 밀어붙였다. 아물기 시작한 아현의 입술 검붉은 껍질을 사정없이 물어뜯었다.

따끔한 통증에 아현이 신음을 삼킨다. 딱지가 사라진 아랫입술에서 꽃물이 스며 나오듯 핏방울이 몽글몽글 맺혔다. 그것이 향긋한 과즙이라도 되는 양 유성은 다급하게 혀를 놀리며 빨아 당겼다. 저릿한 아픔이 아현을 강타했다.

마음껏 제 욕심을 취한 유성이 입술을 떼며 입가를 살짝 비틀어 올렸다.

"온몸이 이리될 것이다."

다시 가까워지는 황태자의 옥안玉顔을 보며 아현은 그저 눈을 감아 순응했다.

사신위 정복을 착용한 세 명의 사내와 한 여인이 담정전을 지

청동
첫 번째 이야기

나 동문을 향했다. 금일 오전에는 황제의 군대 황룡대의 정기야 외훈련이 있었다.

황제는 황궁 내 무사들의 친목을 도모한다는 명분하에 공식적인 날이면 그것을 빌미로 월훈무사 또는 사신위를 차출하였다.

명목상 그렇다는 것이지 실상은 규모 면에나 실력 면에나 월훈보다 월등히 앞선 황룡대를 보여줌으로써 상대적인 박탈감을 느끼게 하는 것은 물론, 황태자의 수하들을 빌려 그의 힘을 가늠해보는 척도로도 이용되어 왔다. 그것을 알기에 사신위나 월훈은 되도록 그들을 자극하지 않으려 조심했으며 비무를 걸어와도 적당히 대응했고 심지어 일부러 져주기까지 하였다.

오늘 같은 경우엔 사신위 모두가 호출되어 지금 막 잡일을 마치고 입궐하는 길이었다.

돌아오는 내내 풍한도가 얼마나 분노를 표출했는지 모른다. 바쁜 사람 오라 가라 하질 않나, 가서도 지나치다 싶을 정도로 단순노동을 시켜대니 그의 불만에 동조하지 않을 수 없었다. 한참 욕설을 뿌리던 풍한도가 어느 정도 분풀이가 끝났는지 표정을 싹 바꾸었다.

"어이, 아현. 요새 낯빛이 좋구먼?"

"아, 그렇습니까?"

약 올리듯 은근하게 묻는 풍한도를 보며 아현이 어색한 동작으로 얼굴을 쓸었다.

"야간호위를 안 해서 그런 거 아니냐?"

이태기가 자연스럽게 대화에 끼어들었다.

"아 맞다! 그러고 보니 전하께서 야간호위를 물리셨다고?"

"예, 더 이상 필요치 않으시다 하기에……."

"그럼 근접호위를 월훈 애들이 보는 거냐?"

"아니오. 그것도 필요 없으시다고……."

"하긴 생전 근접호위를 자청하지 않던 분께서 어쩐 일로 그러신다 했다니까."

풍한도가 그녀를 향해 손가락질하는 것도 아닌데 괜스레 낯이 붉어졌다. 며칠 전 근접호위 명을 철회한 황태자가 떠올랐던 탓이다.

"이제 밤 호위는 하지 않아도 된다."

"명을……, 받들겠습니다."

"그런 표정 지을 것 없다. 네게 화가 난 건 아니니."

"허면 왜 그러신지……?"

"견물생심이라, 참지 못할 것 같아서 말이다."

"아현, 얼굴이 붉은데. 감모가 든 건 아니냐?"

곽남휘가 무뚝뚝하지만 걱정이 깃든 말투로 물어왔다.

이에 제 발이 저린 사람처럼 화들짝 놀란 아현이 고개를 빠르게 절레절레한다.

"어쨌거나 현 사에게는 잘된 일이지. 그동안 밤낮이 바뀌어서 꽤나 고생한 걸로 아는데."

"아닙니다. 잠은 숙소에서 충분히 잘 수 있었습니다."

"그래도 볼 때마다 우리는 걱정했다고. 신경이 끊길 것처럼 예민했었잖아."

아현은 쓴웃음을 지을 수밖에 없었다. 그땐 피곤해서가 아니라 황태자의 종잡을 수 없는 행동으로 심신이 지쳐가던 때였다.

"사신위라는 직책이 막중하여 계속 긴장하고 있어서 그랬을 겁니다."

딱히 틀린 말이 아닌지라 자연스럽게 응대했다.

"어, 참말이냐? 어찌 나랑 그리 똑같으냐? 나도 처음 사신위 호패를 받고 한 달을 정신 빼놓고 다녔었지. 태기 형님에게 가장 많이 깨졌을 때가 그때였다고. 풍한도 인생에서 유일한 암흑시기라고 자신 있게 말할 수 있어."

가벼운 주제로 농을 주고받으며 사신위는 환보궁 근처까지 다다랐다.

"어? 저게 뭐시래?"

눈이 밝은 풍한도가 멀리 떨어진 담장 아래를 심각하게 주시했다.

전방을 향한 이태기, 곽남휘, 아현 셋은 풍한도를 봤다가 그의 시선이 닿은 지점에 눈길을 돌렸다. 그곳엔 작은 검은 덩어리가 퍼져 있었는데 그 모양새가 상당히 기괴했다. 가까이 다가간 그들은 너 나 할 것 없이 미간을 찌푸렸다.

그것은 도둑고양이의 시체였다. 뭘 잘못 먹고 장이 뒤틀렸는지 누런 음식을 토한 채 죽어 있었다.

"전하께서 보시면 어쩌려고, 대체 순찰대는 뭐 하는 거야? 아니지, 월훈을 잡아 족쳐야겠네. 좀 있으면 밥때인데 입맛 뚝 떨어지게 진짜."

거북하기 짝이 없는 표정이 분명한데도 한 술 더 떠 무릎을 꿇고 앉아 면밀히 살펴보는 아현의 태도에 곽남휘가 충고한다.

"아현, 그만 보아라."

"곽 형님 말씀이 맞아. 무에 궁금해서 그리 보느냐?"

"그냥, 좀 이상해서요."

"전혀 이상할 게 없는데? 자주 있는 일은 아니지만 도둑고양이 시체쯤이야 아주 못 봤던 것도 아니고."

확실히 풍한도의 말이 맞았다. 이상할 게 없는, 사소하게 웃고 넘겨도 될 일이거늘 왜 자꾸 눈길이 가는 것일까. 머리로는 괜찮다는데 왜 신경 한 가락에선 좀 더 살펴보라 경고하는 것일까.

이 도둑고양이 생김새가 낯설지 않았다.

"왜 죽었을까요?"

"딱 보니 음식 먹다 죽은 것 같군. 토사물에 생선가시 몇 개가 섞인 걸 보니."

그걸 보고 풍한도가 끙끙 앓으며 비위 상한 몸을 돌려 침을 뱉는다.

'생선가시라……'

순간적으로 번뜩 한 장면이 떠올랐다.

'맞아, 숙소 앞에서 봤던 고양이잖아!'

오늘 새벽 숙소 근처에서 보았었다. 단번에 알아보지 못한 것은 눈을 까뒤집고 날카로운 송곳니를 드러낸 채 죽어 있는 기이한 형태 때문이었다.

"독은……, 아니겠지요?"

"그게 말이 되냐? 어느 미친놈이 독을 한낱 도둑고양이에게 먹이겠어? 아현도 알겠지만 이 잇몸 색은 모든 시체에서 발견되는 흔한 색이라고."

"듣고 보니 그러네요."

마침 월훈무사 두 명이 지나가자 풍한도가 큰 소리로 불러 어서 도둑고양이 시체를 치우라 명령했다. 그만 신경 쓰고 가자는 채근에 그녀는 어쩔 수 없이 일어나 그들을 따랐다. 하지만 머릿속은 끊임없이 새벽에 보았던 장면을 곱씹었다.

기억한다. 시녀 하나가 그 고양이에게 음식을 주었다. 살을 바른 생선을 버린 듯 두고 갔지만 그것은 분명 도둑고양이에게 먹이를 제공한 것이었다. 음식쓰레기를 처리하는 장소는 따로 있으니 자신의 추측은 거의 맞았다고 확신했다.

'가만, 생선에 뿌려대던 그것은 뭐였지?'

도둑고양이가 생선가시 때문이 아닌 뭔지 모를 그것에 의해 죽었다고 단정한다면 역시 지나친 억측일까. 독이라면 즉시 시체에서 반응이 나왔을 터, 풍한도의 말대로 독은 아니었다.

'혹시 모르니 앞으로 더욱 전하의 어선御膳에 주의를 기울여야겠어.'

아현의 근접한 추측대로 도둑고양이의 사인死因은 독이었다.

바로 향소운이 시녀 규선에게 몰래 전달한 그것이었다.

독으로서 최고의 장점인 무색무취를 특징으로 가진 이 독은 몇 없는 단점이 있었는데, 그중 한 가지를 꼽자면, 들어가는 재료에 비해 추출물은 아주 극소량이라는 점이었다.

예를 들어 한 바가지 양의 첫 추출물이 나왔다 하더라도 농도는 지나치게 옅기 때문에 독이라고 할 수 없었다. 그것은 반흡법拌翕法을 통해 독성을 기르는데, 이는 절반의 양을 버릴 시 버려지는 내용물이 증기가 되어 남은 추출물에 흡수되면서 농도를

341

더하는 방법이었다. 시간배분에도 민감하기에 하루 한 번 반흡법을 사용할 수 있었다.

아현이 언젠가 보았던 썩은 나무는 향소운이 추출물을 버렸던 장소이기도 했다. 작은 화단의 꽃과 죽은 도둑고양이는 내용물을 전해 받은 규선이 강한 독성을 끌어올리기 위해 반흡법을 시행한 것이었다.

이 일로 인해 아현의 경계심이 높아졌으니 그들에겐 참으로 안타까운 일이리라.

환보궁, 황태자의 개인접견실.

상단 측에 앉은 유성에게 이태기가 그간의 보고를 올렸다.

"청도에서의 야도 수장의 연락입니다. 한 달 동안 수소문한 끝에 재료와 장비를 모두 구했다고 하옵니다. 본격적인 수리는 다음 주부터 가능하다 하니 염려치 마시라는 전갈입니다."

"생각보다 빨리 해결됐군."

"전하, 그나저나 걱정입니다."

"무엇이 말이냐?"

"담정전에서 내려오는 공문을 보더라도 그것은 진짜처럼 보였습니다."

이태기가 걱정하는 그것이란 현 황제 유백이 소유하고 있는 가짜 옥새를 뜻했다.

"그래봤자 진품이 되지 않는다."

"알고는 있사온데, 너무 정교하여. 예전 공문과 비교해도 큰 차이가 없을 정도입니다."

"이 사는 옥새가 단지 공문에 찍힌 형태가 전부라고 보는 건가?"

"직접 본 적은 없지만 손잡이의 특이한 조각은 저도 익히 알고 있사옵니다. 허나……."

"쓸데없는 걱정은 접어라. 아무리 대단한 장인을 데려와도 똑같이 만들 사람은 없으니."

"그래도 혹시 모르지 않습니까?"

차갑게 입술을 비튼 유성이 확실하게 단정 짓는다.

"없다. 내 이름을 걸어도 좋아."

"전하가 그러시다면……."

유성은 이태기의 소심병이 또 도졌다 싶어 속으로 혀를 짤짤 찼다.

"이 사, 소문 들은 적 있는가."

"무슨 소문을 말씀하십니까?"

"현 황제가 지닌 옥새를 직접 본 사람이 있는가 물어보는 거다."

곰곰이 생각하며 기억을 추려내던 이태기는 없다고 대답했다. 그러자 황태자의 입이 자신만만하게 열렸다.

"왜 없다고 생각하나?"

"그거야 함부로 보일 물건이 아니니……."

말끝을 흐린 이태기가 자못 심각한 표정을 지었다.

"이상하옵니다. 옥새가 국보이긴 하나 조의 시에 들고 나올 법도 한데 말입니다."

이태기가 이제야 알겠다는 듯 입을 작게 벌려 신음성을 내뱉었다.

"황제는 보여주고 싶어도 그럴 수 없는 것이로군요. 손잡이 부분이 전혀 다르니까."

"옥새가 든 태주갑을 찾아내라 측근들을 닦달하고 있을 테지."

'아현을 비롯해서.'

유성은 흐트러지는 표정을 숨기며 검지 끝으로 미간을 살짝 문질렀다.

'그녀를 어찌한다……'

그가 판단하기에 아현은 기존 첩자와 전혀 다른 행보를 보여주고 있었다. 벌써 기간만 따진다면 간계 한두 개는 벌였을 시기이건만 주위가 지나치게 깨끗하고 조용했다.

우습게도 그녀는 우위를 점할 수 있는 상황에서 몸을 바쳐가며 그 자신을 보호하기까지 했다.

'하긴 첩자라고 볼 수 없지. 분명 협박당했을 테니.'

유성의 고민은 아현에게 어떻게 하면 그녀의 정체를 실토하게 만드느냐는 것에 있었다. 자칫 들켰다는 충격에 앞뒤 상황 가리지 않고 자결이라도 하게 되면 심히 곤란할 것이다. 아니, 상당히 큰 타격이 될 것이다.

"저번에 한 번 말씀드렸습니다만 더 조사하라 이르셨던 지방 산적 떼들에 관한 정보이옵니다. 전하께서 말씀하신 청도뿐만 아니라 도성과 멀리 떨어진 지방은 하나같이 산적 떼에 골머리를 앓고 있다 합니다. 산적에 의한 피해가 점차 증가하고 있어 그 마을을 떠나거나 굶주림을 피하기 위해 아예 스스로 산적이 되고자 하는 백성까지 생겨났습니다."

유성은 사색하듯 턱을 쓸었다.

"생각보다 심각했습니다. 먼 지방이라 해도 어차피 같은 하늘 아래에 있는 월제국입니다. 궁부에서 모를 수 없을 텐데 찜찜한 구석이 많습니다."

황제가 움직이기 시작했군. 유성의 입술이 비릿한 웃음을 머금었다.

"다른 지시가 있을 때까지 비밀리에 계속 조사하도록."

"알겠사옵니다."

아현은 찌를 듯한 황태자의 시선을 견디며 묵묵히 제 할 일에 집중했다. 은젓가락을 쥔 채 수라상 위를 종횡무진 옮기었다. 독의 유무를 위해 시식을 담당하는 관원이 그런 그녀 옆에서 어색하게 눈치만 보고 있었다.

아현은 도둑고양이의 괴이한 죽음 이후로 황태자 어선御膳을 직접 관리하기에 이르렀다. 일차적으로 주간廚間에서 검사하고, 이차적으로 관원이 시식하는 방식으로 황태자의 식사가 이루어졌으나, 아현은 그것만으로도 안심되지 않았다. 설레발이라도 좋았다. 연유를 알 수 없는 이 더러운 기분을 지울 수만 있다면 밤새 불침번을 서는 것도 마다하지 않을 것이리라.

독일지 모른다는 가정에 오직 떠오른 단 하나는 황태자의 얼굴이었다. 피를 토하며 쓰러지는 그의 끔찍한 모습이 상상되자 무섭고 괴로웠다. 황태자를 죽게 하고 싶지 않았다. 아현 본인의 처지를 깡그리 잊을 만큼.

그래서였다. 사람들이 이상케 여기든 말든 양 소맷부리를 걷으며 나서게 된 것이. 여태까지 그녀에게 없었던 무모함이었고 적극성이었다.

"현 사만 남고, 모두 나가라."

시식관원과 시녀, 월훈무사 할 것 없이 발소리를 죽여 썰물같이 내실을 나갔다.

주위가 한산해지자 유성이 아현을 향해 참았던 질문을 던졌다.

"지금 뭐 하는 것이냐?"

"보시다시피 시식관원의 일을 돕고 있었습니다."

"왜 안 하던 짓을 하느냐 말이다."

"늦은 질문이라는 생각은 하지 않으신지."

유성의 눈이 흥미롭게 반짝 빛난다.

"지금 나랑 농을 주고받자는 것이냐?"

"그것이 아니옵니다."

"질문을 바꿔보지. 네가 이러는 걸 보면 어떤 낌새가 있었다는 건데……. 뭔가를 알아낸 게냐?"

아현은 순간 뜨끔했지만 평정을 가장하며 차분히 답했다.

"사건이라 부를 수 있는 건 없었습니다. 다만 꿈자리가 뒤숭숭하여 제 마음 편코자 욕심을 부리다 보니 전하께 그만 어리석은 모습을 보이게 되었사옵니다."

"정말이냐?"

"그렇습니다. 음식이 식으니 어서 수저를 드시지요."

"너는?"

"예?"

"식사하였느냐 묻는 것이다."

"소신은 나가서 끼니를 해결할 것입니다. 괘념치 마시옵소서."

"앉아라."

'앉아라.'가 지닌 본래 뜻이 아니라 보다 포괄적인 의미를 내포한 듯한데, 당최 무엇을 뜻하는지 모르겠다.

유성으로선 식사를 함께 하자 최초로 권한 것이거늘, 아현은 아예 그 가능성을 배제하였다. 감히 어느 안전이라고 그런 것을 꿈꿀까.

"어딜 앉으라는 말씀이온지……."

말끝을 흐리는 그녀가 답답했던 모양인지 유성이 대뜸 손목을 잡아당겨 앉혔다.

"읏!"

손목이 당겨지면서 새벽녘에 다쳤던 어깻죽지의 통증에 신음이 터졌다. 대비하고 있었다면 모를까, 유성이 멋모르고 팔을 잡았던지라 미처 참지 못한 것이다.

"뭐냐?"

황태자의 옥음이 낮게 깔리며 추궁했다.

"아무것도 아닙니다."

"어디 다친 것이냐?"

어깨 상처는 황제 유백이 만든 작품이었다.

새벽, 예의 그 지하실로 오라 하여 황제의 신호를 받고 갔더니, 변변찮은 성과에 유백이 노하여 들고 있던 둥근 옥을 그녈 향해 사정없이 던졌었다. 피할 수 있었으나 책잡히기 싫어 묵묵히 자리를 지킨 게 이 결과다. 늘 야비한 성정을 능구렁이 품듯 숨겨오던 황제가 대놓고 분노를 표출한 결과. 명령에 불복하거나 작전에 실패한 것도 아니건만 황제답지 않게 과한 반응이었다. 계획한 일이 잘 풀리지 않아 자신이 덤터기 쓴 게 분명했다.

"다친 곳은 없습니다. 조금 어지럼증이 있어 그런 거니 염려치 마십……. 전하!"

갑자기 사신위 정복을 벗기려드는 황태자의 손길에 대경실색한 아현이 옷깃을 잡고 뒤로 물러났다.

"이리 오너라. 직접 봐야겠다."

"하오나……."

"지금 내 말을 거역할 셈인가?"

황태자의 눈이 깊은 어둠으로 물들자 주위 온도가 한층 낮아지며 팽팽한 긴장감을 형성했다. 그저 말없이 손바닥을 위로 향한 채 그녀 쪽으로 내미는 유성의 손.

어찌할 수 없는 이끌림에 아현이 한 손을 들어 그 위로 겹친다.

강하지만 난폭하지 않은 움직임으로 아현을 이끈 황태자는 거부란 용납하지 않는다는 눈빛으로 그녀의 정복을 풀었다. 오래지 않아 매끄럽고 눈부신 하얀 어깨와 더불어 상처가 드러났다. 찰나 일렁이던 유성의 목광目光. 단순한 피멍이라고 하기엔 검붉은 보랏빛이 참으로 처참했다.

"어찌 된, 일이냐?"

큰 소리가 아니었다. 끊어내듯 말하였지만 강한 억양도 아니었다.

왜 등골이 오싹해지며 싸한 기운이 몰려오는 것일까. 착 가라앉은 어조가 이토록 무서울 수가 없었다.

"실수로……. 벽에 부딪쳐서……."

진실을 말할 수 없으니 거짓을 고한 건데, 어설프기 짝이 없는 변명조였다. 이걸 어찌한다.

계속 추궁할 것처럼 사람을 몰아붙이던 황태자는 다행스럽게도 재차 윽박지르지 않았다. 눈은 칼로 상처를 도려낼 듯 매섭긴 하였지만.

잠시 부동자세를 취하던 유성이 아현의 옷깃을 잡은 손을 놓고 자리에서 일어났다. 내실 가장자리에 놓인 허리께까지 오는 낮은 서랍장을 열어 금제로 된 원통을 꺼내었다. 다시 아현에게로 되돌아와 손에 쥔 물건의 덮개를 열었다. 그 안에는 침이 들어 있었다.

황태자가 저것을 가지고 무얼 하려는지 슬슬 불안해졌다.

"아파도 참아라."

침을 들고 어깨로 날아드는 황태자의 손을 본 아현은 흠칫 몸을 경직시켰다. 저도 모르게 두 손을 들어 막아버렸다.

"설마……. 피를 뽑으시려는 건."

"그래."

"괜찮습니다. 의녀에게 치료받으면 되옵니다."

"이렇게 만든 장본인의 생살을 도려내길 원치 않는다면, 그 입, 다물어라."

아현은 놀란 심장을 진정시키며 눈길을 슬쩍 돌려버렸다.

'역시 거짓말인 걸 아셨던 거야.'

낭패감에 황태자의 얼굴은커녕 어깨 위를 움직이는 옥수조차 똑바로 보기 힘들었다.

유성의 왼손이 아현의 목덜미를 살짝 잡아 고정시킨 채 오른손으로 침을 놓기 시작했다. 수십 개의 침을 박고 빼기를 여러 번, 핏물이 몽글몽글 흘러내리자 그의 눈에 살기가 맺혔다.

콰당!

유성의 손에 휘둘러진 금제 침통이 묵직한 음을 내며 추락했다. 그의 진노에 아현의 얼굴은 삽시간에 탈색이 되어버렸다. 싸하게 느껴지는 통증.

"으읏!"

충격과 짜릿한 고통이었다. 황태자가 잡아먹을 듯 달려들더니 피가 흐르는 상처자국에 입술을 내려 거세게 빨아들이기 시작했다. 피부가 아려왔다. 아니, 그보다 더 아팠다.

유성은 흡착한 검붉은 피를 퉤엣! 바닥에 뱉고 빨아들이는 행위를 오래도록 반복했다.

온몸의 피들이 모두 빠져나가는 기분에 아현은 작살에 꽂힌 고기처럼 수시로 바르작거렸다.

죽은 피가 거의 제거되자 유성은 손수 약재를 상처자국에 바르고 깨끗한 천으로 묶어주었다. 아현의 상처만큼이나 잔혹한 색이 유성의 입 주위에도 한가득 묻어났다. 붉은 피를 머금은 입술과 턱 아래까지 내려간 핏줄기. 비튼 입가가 살인귀처럼 잔인해 보였다.

"분명, 경고하였다."

"무엇을……, 말입니까?"

"다른 이의 손이 닿지 않게 하라고 하지 않았느냐? 그리고 그걸 어길 시……."

아현의 심장이 쿵, 하고 밑바닥을 쳤다.

"온몸에 그림을 그린다 하였어."

야릇함이 섞인 두려움으로 아현이 바르르 떨었다.

유성이 한껏 뒤틀린 입술을 도장 찍듯 그녀의 가슴 계곡 사이에 내리눌렀다.

"이건 두 번째 경고다. 명심해라. 다음이란 없으니."

금일은 근신전에서 황족과 대신들이 참석하는 정기만찬회가 있는 날이다. 점점 더워지는 날을 고려해 정오를 지난 미시에서 신시로 넘어가는 시간에 치러진다.

황제탄생일처럼 아주 거창한 대례에는 미치지 못하지만 꽤나 굵직한 정기행사라 소홀할 수 없었다.

이런 나랏일이 있을 때마다 각 처소에는 용모나 손재주가 뛰어난 시녀가 차출되어 갖가지 일을 도왔다. 꼭두새벽부터 일어나 신선한 재료를 준비하는 것에서부터 천 단위의 음식 수를 나르는 과정에 이르기까지, 체력이 있어야 가능한 중노동이었다.

이것은 어디까지나 손맛은 좋으나 외양이 볼품없는 시녀에게나 해당되는 일이고, 얼굴이 좀 반반하다 싶으면 만찬회 동안 높은 분들 옆에서 시중 들 수 있는 영광을 얻을 수 있었다.

운이 좋으면 황제나 황태자에게 눈도장을 찍힐 수 있는 절호의 기회라고 시녀들은 호들갑이었으나 여태껏 유성이 궁 안의 여인에게 눈길 준 적은 단 한 번도 없던 터라 실현가능성은 전무하였다.

유백도 애처가를 자처하는 이라 황후를 제외하고는 여인을 여
인으로 보지 않았다.

이번 만찬회에서 규선은 각종식기를 배치하고 근신전까지 음
식 나르는 역할을 배정받았다. 이것은 향소운의 입김이 작용한
것으로 독이 묻은 술잔을 황태자 자리에 놓기 위함이었다.

규선이 직접 시중을 들면 한결 편하게 일을 치르겠지만 황태
자가 독에 중독돼 쓰러지면 의심의 화살이 그녀에게 돌아가기
때문에 일부러 그 자리를 피했다.

황제의 제좌가 따로 있듯 다른 이들도 품계와 서열에 따라 좌
석이 지정되어 있었으므로 황태자가 앉는 자리에 독이 묻은 술
잔을 놓기만 하면 끝이었다. 단순한 눈가림이지만 그만큼 절대적
으로 실수가 없어야 하는 역할이었다.

'시간이 왜 이렇게 안 가는 거야.'

규선은 마음 같아선 발을 동동 구르고 싶었다. 새벽녘부터 준
비해야 하는 소주방으로 차출된 시녀가 아니라 그녀는 정오 전
까지만 근신전에 가면 되었는데, 한 가지 일이 발목을 붙잡아 시
녀들이 머무는 숙처 앞에서 이러지도 저러지도 못하고 있었다.

향소운이 맡겼던 독 때문이었다. 빈 술잔에 독을 부어놓으면
금세 들키기 마련이라 아주 극소량만 묻혀야 했다. 손톱만큼의
양으로 독살하려면 그 독이 얼마나 강해야 할까. 수차례의 반흡
법을 통해 충분히 짙어진 독이었으나 향소운은 뭐가 불안한지
당일까지 반흡법을 시행하라 일렀다.

'조금만 기다리면 시간이 대충 될 것 같은데.'

"규선아, 너 아직 안 갔어? 여기서 뭐 해?"

규선은 갑자기 들려온 호명에 화들짝 놀랐다. 그녀를 부른 이
는 같은 방을 쓰는 이였다.

"이제 막 가려던 참이었어. 왠지 떨려서 말이야."

"아, 너 정기만찬회 차출은 처음이라고 했지? 하긴 나 같아도
떨렸을 거야. 그래도 너무 부럽다. 난 이게 뭐니? 썰렁한 이곳에
서 솥단지나 닦아야 하잖아."

차출에서 제외되었다고 어젯밤 내내 징징거렸던 동무를 보며
규선은 짜증스러움을 속으로 삭여야 했다.

"앗, 늦었다. 이만 가볼게. 너 다녀와서 본 것 하나도 **빼놓지 않**
고 말해줘야 한다?"

"그래, 조심해서 가."

동무의 옷자락이 사라지는 것을 보며 규선은 급히 주위를 살
폈다. 이 정도 시간이면 되겠지. 어디에 독을 버릴지 장소를 물색
하기 시작했다. 바닥에 버리면 오히려 눈에 띄는지라 구석 여기
저기를 둘러보았다.

'그 화단이 적당한데 말이야.'

거기까지 갈 시간적 여유가 없었다.

그러던 차 소담한 텃밭이 눈에 들어왔다. 올해부터 시녀들이
힘을 모아 가꾼 곳이었다.

'옳거니 저기가 좋겠어.'

안쪽 흙 부분에 버리고 만찬회에 다녀와서 시든 채소가 있나
없나 살펴보면 되리라. 시든 게 보일 시 따로 처리하면 될 것이
고.

다시금 주위를 경계하며 텃밭 가장 안쪽에 가서 병마개를 열어 내용물 절반을 버렸다. 양을 확인하고 마개를 닫은 규선은 다른 사람과 마주칠세라 종종걸음으로 자리를 벗어났다.

규선이 사라지고 얼마 지나지 않아 한 인물이 숨어 있던 몸을 곧추세웠다. 아현이었다. 그 앞을 지나다 규선의 행동이 괴이쩍어 얼떨결에 몸을 숨기게 되었는데, 다른 시녀였다면 그냥 지나쳤을 테지만 규선이는 조금 다른 의미가 있었다.

이슬이 내리던 어느 새벽, 잠이 오지 않아 지붕 위에 올라가 달을 하염없이 보는데 살금살금 움직이는 한 인영을 포착하고 말았다.

모두가 잠든 어두운 시각이라 사방은 쥐죽은 듯 조용했다.

굳이 뒤를 밟을 생각까진 없었지만 환한 달빛이 시녀의 얼굴을 비추고 그녀가 누군지 알고부터 움직일 마음을 먹었다. 근 며칠 우연찮게 자주 마주치는 시녀인지라 잠도 날아간 판에 시간도 때울 겸, 겸사겸사 쫓아가게 되었다.

여기서 새롭게 알게 된 사실 하나. 황태자의 시녀인 이 여인이 향소운의 내연녀라는 것.

향소운의 더러운 추문이야 익히 알고 있었던지라 놀라울 것도 없었다. 그날 아현은 사내와 여인의 정을 통하는 소리가 메스꺼워 금방 자리를 피해야 했다. 이 사실을 상관에게 고하지 않은 이유는, 알려봤자 규선이라는 시녀만 내쳐질 뿐 향소운에게는 큰 타격도 없을 터라 그냥 입을 닫아버렸던 것이다.

아현은 얼마 전 그 일을 떠올리며 규선을 자세히 관찰하였다. 사람이 있나 없나 살피는 행동이나 불안한 마음을 대변하듯 손이 가만있지 못하는 동작이나 모든 게 수상쩍었다.

마치 큰일을 앞둔 자가 마음을 평정시키고자 하는 증세처럼.

'분명 이쯤이었는데.'

규선이 무언가를 버렸던 장소를 면밀히 살폈다.

'이것인가?'

다른 흙에 비해 짙었다. 극히 소량이라 물 한 방울이 툭 떨어진 것처럼 미미한 크기. 자신의 의심과는 달리 별다른 이상은 없어 보였다. 너무 예민했던 걸까.

그녀는 이내 허탈한 한숨을 쉬고 황태자가 머물고 있는 환보궁으로 발을 돌렸다.

아현이 떠난 지 일각이 지난 시간.

텃밭 구석의 채소가 급속도로 시들기 시작한다. 흙에 서서히 스며든 독이 채소 뿌리에 전이된 것이다.

아현으로선 참 아쉬운 시간차였다.

환보궁에 도착한 아현은 곧장 내실로 들어갔다.

"아현, 왔는가?"

"다들 바빠 보이는군요."

시녀들의 분주한 이동을 보며 아현이 풍한도의 인사에 답했다.

이태기는 늘 그랬듯 한쪽에서 문서와 씨름 중이었고, 곽남휘는 오가는 자들을 면밀히 살피며 경계를 게을리 하지 않았다.

내실로 들어오면서 황태자에게 한차례 예를 취했으나 만찬회 준비로 의장을 꾸리느라 그녀의 입실을 모르는 듯하였다. 평소 조용하던 궁이 분주해지자 생소한 마음에 시선을 이리저리 돌렸다.

순간 곽남휘와 눈이 마주쳤다. 그녀를 보고 있었는지 아님 어쩌다 시선의 자취가 일치했는지 모르겠지만 어쨌든 조금 당혹스러운 기분이었다. 어색한 속내를 숨기며 고개 숙여 알은체를 하자 남휘도 머리를 살짝 끄덕인다.

이따금씩 느끼지만 곽남휘는 다른 사신위들과 다르게 이질적인 기를 풍겼다.

이태기가 공명정대한 소탈함이라면, 풍한도는 불의를 참지 못하는 열정적인 화통함이었다.

한데 곽남휘는 딱히 성격이 어떻다, 라고 확답하기 모호한 흐릿함이었다. 언뜻 차가워 보이지만 가끔씩 드러나는 다정함은 그에 대한 인상을 확 바꾸게 만들었다. 부드럽다 싶다가도 어쩔 땐 지나치게 과묵해 함께 있기 주저되는 부류.

무엇보다 아현을 불편하게 하는 건 곽남휘의 눈빛이었다. 무슨 말을 할 것 같은, 어떤 이야기를 담은 눈이 거북함을 불러일으켰다. 여태껏 그의 입에서 나온 말들은 상투적인 안부인사가 전부였다.

그날 딱 하루만 제외한다면.

친목을 위해 사신위와 술자리를 한 적이 있었다. 그날 처음으로 술에 만취한 곽남휘를 보게 되었는데, 무인이라 자세가 흐트러진 건 아니나 느릿한 말투와 흐린 눈동자로 인해 취기가 한껏 올랐음을 알았다.

술에 취해 뻗은 풍한도를 이태기가 데리고 나간 뒤, 둘만 남게 되자 그가 물어왔다.

"전하를……, 사모하느냐?"

깜짝 놀란 나머지, 긍정도 부정도 아닌 애매한 표정을 지으며 침묵으로 일관했다. 하지만 그녀의 침묵은 여러모로 완벽한 긍정을 뜻했다.

"접을 수 없는 마음이더냐?"

갑자기 울고 싶은 기분에 휩싸였다. 사모해도 사모한다 말하지 못하는 상황이, 황태자를 적대해야 하는 자신의 처지가, 그를 바라보기만 해야 하는 자신의 신분과 배경이, 너무나 불쌍해서 견딜 수가 없었다.

밤의 장막이 만들어낸 기묘한 감정상태 때문인지, 오래된 외사랑에 지친 마음 탓인지, 갑작스레 찾아온 울적함이었고 슬픔이었다. 크게 신경 쓰지 않던 상처를 누군가가 아프지 않냐고 물을 때 느끼는 통증처럼, 곽남휘의 질문은 현실을 직시하게 만드는 힘을 지녔다.

그래도 아현은 울지 않았다. 심장에서 흘러나오는 눈물로도 충분히 아팠으니까.

"먼저 들어가겠습니다."

곽남휘는 말이 없었다.

아현은 주점을 나오며 신비한 빛을 머금은 달을 올려다보았다. 더없이 높고 고고한 미가 절대 소유할 수 없는 황태자처럼 멀게만 느껴졌다.

"사신위만 남고 모두 나가라."

준비를 끝낸 황태자가 거역하기 힘든 특유의 저음으로 명령했다.

그 소리에 막 현실로 돌아온 아현은 풍한도 옆으로 가서 정자세를 취했다.

유성은 이태기를 시작으로 사신위의 얼굴을 찬찬히 둘러보았다. 마지막 시선이 아현에게 닿았을 때 부드러운 기운이 맴돌다 사라졌다.

"조금 있으면 만찬회가 열린다."

높낮이가 없는 낮은 울림이 간결하고도 직선적이다.

"월훈의 수는 스무 명 내외로 하되, 곽 사와 풍 사에게 호위를 명한다."

"명을 따르겠습니다."

"분부 받들겠습니다."

아현이 호명되지 않자 곽남휘와 풍한도도 이상했는지 그녀를 힐끔거렸다.

늘 곁에서 아현을 떼어놓지 않았던 황태자의 전적을 보건대, 그들로서도 실로 예상치 못한 명령이었다.

황당하기는 당사자가 더했다. 아현은 당연히 호위를 맡을 줄 알았지, 황태자가 그녀를 제외하리란 예상은 전혀 하지 못했다. 사실 서운하지 않다면 거짓말일 것이다. 신하 신분에 감히 따져 물을 수 없기에 꿀 먹은 벙어리처럼 답답한 속내를 겨우 가라앉혔다.

최근에는 차가운 그의 성정치고 다정하게 대해준다 싶더니 변덕스러운 고약한 심보가 다시 돌았나 보다고 스스로를 위로하였다.

"황공하오나 전하, 소신이 한 가지만 여쭈어도 되겠는지요?"

이러한 질문은 의외로 곽남휘에게서 나왔다.

"말하라."

"항상 현 사를 대동하셨던 전하십니다. 이번 만찬회에선 왜 제하셨는지 그것이 알고 싶어 이렇게 무례를 무릅쓰고 여쭈옵니다."

유성의 눈이 설핏 가늘어졌다. 그의 정인의 일에 왜 곽남휘가 나서는가. 불쾌한 기운이 푸시시 피어났다. '감히 내가 내린 결정에 반박하는가.'라고 씹어 삼키려다 얼핏 보게 된 궁금증을 담은 아현의 눈이 어여뻐 까칠한 기색을 갈무리한다.

"부상자에게 내 몸을 맡기고 싶지 않아서다."

"부상자라니요?"

풍한도가 펄쩍 뛰었다.

'아현이 부상자라고? 두 눈 씻고 봐도 지나치게 멀쩡해 보이거늘 어디가 다쳤다는 거야?'

"현 사가 다……쳤단 말씀이십니까?"

"그럼, 이 몸이 거짓을 말한다는 것이냐? 현 사가 직접 읊어라. 어디가, 어떻게, 얼마만큼, 다쳤는지."

아현의 낯에 낭패감이 스쳤다.

"어깨에 작은 멍이 들었을 뿐입니다. 큰 상처는 아니니 염려하지 않으셔도 됩니다. 게다가 왼팔이라 검을 휘두르는 데 전혀 문제가 되지 않습니다."

황태자가 그녀의 허풍이 가소롭다는 듯 소리 없는 코웃음을 쳤다.

"곽 사, 너에게 묻겠다."

"예."

"검을 잡는 데 필요한 손은 한 손이니, 다른 팔은 전혀 쓸모가 없는 것이냐?"

"그렇지 않습니다. 검은 분명 한 손으로 충분히 쥘 수 있으나 균형이 맞지 않으면 초식이든 뭐든 한낱 철에 불과할 뿐입니다. 전하께서도 아시겠지만 다른 팔이 그 균형을 유지하는 역할을 해줍니다."

"그렇다면 이 몸이 굳이 팔 균형을 못 맞추는 호위를 데리고 가야 하는 것이냐?"

지나친 비약이 아닌가. 누가 들었다면 그 호위가 한쪽 팔이 불구가 되었다고 착각할 법했다. 그런데도 아무도 그 의견에 대해 이의를 제기하지 못했다.

아현은 서러운 마음을 감추며 주먹을 꽉 쥐었다. 나쁜 전하.

"표정을 보아하니 현 사는 내게 할 말이 많나 보군."

"아니, 없……."

그게 무슨 얼토당토않은 추측인지.

아현은 황태자에게 불만을 토로할 수 있는 위치가 아니었다. 그녀의 부정은 황태자의 다음 말로 삼켜졌다.

"현 사를 제외하고 모두 물러가라. 문밖의 호위도 마찬가지다. 십 장 안으로 개미 한 마리라도 보여선 아니 된다."

너무나 단호한 어조에 무슨 일인지 묻지도 못하고 사신위 셋은 자리를 비켜야 했다.

풍한도가 마지막으로 나가면서 아현을 보며 한숨과 함께 무언가를 중얼거렸지만 그녀에게 닿지 않았다. 아현의 신경은 온통 황태자에게 쏠려 있었기에 다른 이가 그녀를 불렀어도 몇 박자 느린 대답이 나왔을 것이다.

유성이 푹신한 넓은 의자에 앉아 아현에게 자연스레 손을 내밀었다.

"이리 오너라."

이건 반칙이다. 부상당했다 하여 호위를 아니 받겠다며 차갑게 내칠 땐 언제고, 이렇게 따뜻한 음성으로 그녀를 부르다니. 황태자의 행동을 어떻게 받아들여야 할지 모르겠다.

"어서."

그의 채근에 못 이겨 가까이 다가가자 황태자의 손이 그녀의 손목을 잡고 바로 옆에 앉게 했다. 대놓고 마주보기 민망했다.

불안한 마음이 여실히 드러나듯 아현은 눈은 허공에 계속 맴돌고만 있었다.

유성의 손이 당연한 듯이 아현의 뺨에 머물며 시선을 저에게로 붙잡는다.

"토라진 게냐?"

평소 딱딱한 데다 건조하기까지 한 황태자의 입매가 부드럽게 풀려 있었다. 보고 있는 지금도 믿기 어려웠다. 호탕한 웃음에 비할 게 못 되지만 황태자가 미소라니. 목소리마저 봄날 순풍처럼 포근했다.

낯을 붉힌 아현은 그래도 긴장을 늦추지 않았다. 언제 또 냉정해질지 모르는 황태자라 괜히 무방비로 있다 날카로운 혀에 칼침 맞지 않으리란 보장은 어디에도 없었다. 방비를 해야 했다.

"표정이 상당히 무엄하군."

"예?"

"이 몸이 웃는 낯까지 보였거늘 되돌려주지 않을 참이냐?"

이건 또 무슨 억지인가. 본인이 그러했다고 상대방도 그리해야 한다는 지독히 자기중심적인 심보가 아닌가. 역시 황태자는 아무나 되는 게 아니다. 뻔뻔해야 할 수 있나 보다.

"웃어보아라."

"웃고 싶지 않습니다."

어디서 나온 배짱일까. 간이 커지다 못해 목숨 아까운 줄 모르는 자신의 가벼운 입을 질책하며 두 눈을 질끈 감았다 떴다. 어쩌면 좋으랴. 황태자 앞에서 요망하게 세 치 혀를 놀려댔으니 분명 보복이 뒤따를 터였다.

"확실히 토라진 게로군."

생각 외로 황태자의 목소리는 평온했다. 아니, 좀 더 웃음기를 머금은 듯도 하였다. 황태자가 그럴수록 불안감은 더더욱 가중됐다.

"잘 들어라."

손바닥의 다소 거친 피부가 아현의 볼을 부드럽게 감싸며 그녀의 눈을 옭아맸다.

"난 네가 다치는 게 싫다."

"하오나 이 정도 상처쯤은 아무렇지 않습니다."

유성은 어제 아현의 상처를 치료하면서 흉포한 기운을 몰아내기가 상당히 힘이 들었다. 잠이 한참 들었어야 할 시간에도 단전에서 올라오는 분노의 불길이 좀체 가라앉지 않아 얼마나 고생하였던가.

유성은 그의 안위를 진심으로 걱정하는 아현의 맑은 눈동자를 들여다보았다. 다정하고 부드러운 눈매였다. 이 자리에 오기까지 얼마나 많은 시련과 고통이 존재했을까. 황제란 족쇄로 인해 이 여린 마음이 얼마나 짓밟혔을까. 그동안 귀한 여인을 오래도록 방치한 것 같아 속이 쓰린 유성이었다.

'늘 혼자서 잘났다 주변을 둘러보지 않더니 참으로 꼴좋구나.'

그는 쓴웃음을 참았다.

"내 마음을 한 번이라도 헤아린다면 이렇게 고집부리지 않을 터인데……."

황태자의 손가락 끝이 그녀의 부드러운 얼굴선을 그리며 다정하게 속삭이자 참을 수 없는 부끄러움에 아현은 고개를 돌려야 했다.

고개는 금세 황태자의 손에 의해 되돌아왔다.

"호위한답시고 몸을 불사르지 않아도 된다. 네 마음쯤은 이미 짐작하고도 남으니."

아현은 설마 하는 심정으로 되물었다.

"제 마음이라니요……?"

"네가 나를 사모한다는 것쯤은 이미 알고 있느니라."

아현은 저도 모르게 억눌린 소릴 내며 눈을 더없이 크게 떴다. 살짝 벌어진 입술하며 사정없이 흔들리는 눈동자가 혼란과 좌절을 보여주었다.

어찌 모르겠는가. 궁내에서 헌헌장부의 집합소라 불리는 월훈과 사신위의 틈바구니 속에서 눈길 한 번 돌리지 않던 아현이,

그가 이끄는 데에는 거부감을 보이지 않고 무작정 따르는 것이 이유라면 이유였다. 마음이 없고서야 아무리 황태자라 한들 함부로 입술을 내어주고 속절없이 끌려 다니진 않기 때문이다. 게다가 수많은 여인을 보아온 그로선 아현의 애타는 눈빛이 무얼 말하는지 모르지 않았다.

유성은 충격 받은 그녀의 모습조차도 어여뻐 당장에 만지지 않고선 견딜 수 없을 것 같았다. 얼굴을 반쯤 가리는 큰 손바닥으로 아현의 볼을 감싸 입맞춤으로 지분거리다 입술을 뗐다.

그녀의 표정은 여전히 얼이 빠진 채였다.

"이 몸이 그리 눈치 없을 것 같았느냐?"

"아니옵니다. 제, 제가 감히 어, 어찌 그런 발칙한 마음을 가졌겠습니까?"

"내 말이 틀렸다면 어디 이 눈을 똑바로 보고 말해보라. 사모하지 않는다고."

아현은 제 마음을 부정하기는커녕 황태자의 옥안도 제대로 마주하지 못했다.

그녀의 마음을 안다는 듯 목울음으로 황태자의 웃음소리가 나직이 흘렀다. 여인의 연모의 정을 두고 희롱하는 질 나쁜 웃음이었다.

"감추려 하지 마라."

웃음기를 거둔 황태자가 진지한 낯으로 다시금 고개를 숙여 아현의 입술을 훔쳤다.

"내가 왜 이리하는지 짐작하겠느냐?"

아현의 입술이 가늘게 떨렸다. 무슨 대답을 듣고자함일까, 무슨 말을 하고자함일까.

"모르……옵니다."

머릿속을 헤집는 달콤한 상상들이 날아오르며 아현을 괴롭혔다. 자신을 어떻게 생각하시느냐 묻고 싶었다. 입맞춤의 의미가 무엇이냐 묻고 싶었다. 하지만 무서웠다. 여인의 철없는 착각이란 허망하게 부서지기 쉬운 모래성이라, 그래서 더욱 묻기 힘들었다.

"절대 거짓이 아니니 귀 열고 똑똑히 들어라."

황태자가 그녀의 손을 가져다 그의 가슴 위로 올려놨다. 유성의 심장이 있는 곳이었다.

묵직하면서 깊은 울림을 선사하는 황태자의 심장고동을 느끼며 아현은 헛바람을 급히 삼켰다.

"내 너를 가슴 깊이 은애하고 있느니라."

황태자의 가슴이 거세게 뛰어댔다.

아현은 도무지 현실감이 없었다. 그의 고백도, 손바닥을 두드려대는 심장의 고동도. 꿈일까 싶어 볼을 꼬집고 싶었으나 손마디 전체가 감각이 없었다. 너무 놀란 나머지 신경이 흩어져버린 듯했다.

"너의 마음을 내 알고는 있지만 그래도 직접 듣고 싶구나. 말해보아라. 나를 어찌 생각하는지."

"저……."

'저도 같은 마음입니다'가 나오려다 가까스로 충동을 억눌렀다. 느닷없이 황제의 얼굴이 스쳐지나갔기 때문이다. 이제야 자신이 첩자의 신분이라는 것을 인지한 것이다.

아현의 눈 속에 절망이 자리 잡기 시작한다.

그녀의 일거수일투족 어느 것 하나 놓치는 것 없이 관찰하던 유성은 속으로 아현의 소심함을 나무라며 혀를 찼다.

"모든 상황을 버려라. 사신위라는 신분도, 너의 양심도, 오직 마음이 이끄는 대로 솔직해져라."

마치 그녀의 신분을 알고 있다는 듯 비밀스런 느낌을 풍겼다. 그런 잡생각을 몰아낼 요량인지 황태자는 쐐기를 박았다.

"이런 마음은 처음이다. 은애한다. 한없이 너를 아껴줄 것이야. 어떤 잘못을 하더라도 내 너를 내치지 않아. 믿어라. 인덕제이신 나의 부친을 걸고 맹세하느니."

절절하기까지 한 유성의 달콤함에 아현은 녹아내렸다. 이젠 첩 자라는 신분도 지웠다. 억지로 참아야 했던 본심을 숨기기 싫었다.

자신도 은애하는 임과 행복한 앞날을 기대해도 되지 않을까.

욕심이 생겼다. 이 손을, 그의 마음을, 그가 처음으로 보여준 진심을, 외면하고 싶지 않았다. 오히려 너무 기뻐 심장이 멈출까 걱정이 될 정도였다. 꿈이라면 혀를 꽉 깨물리라.

"저도……. 전하를 은애하옵니다. 첫 만남이었던 열여섯 소녀 때부터 사모하며 그리워해왔습니다."

기어코 눈물이 나오고야 말았다.

얼마나 절절한 마음이었던가. 내색할 수 없어 얼마나 속 끓였던가.

그의 행동 하나하나에 일희일비하며 숨죽여 지내온 나날이었 다. 힘들었던 과거가 주마등처럼 스쳐지나갔다.

"이런…… 널 울리려던 마음은 없었다."

흐르는 눈물 줄기를 엄지로 쓸었다. 욕정과는 다른 뜨거운 기운이 가슴을 시작으로 손끝 발끝으로 뻗어나간다. 무한한 애정의 기운이었다.

유성은 아현의 참아온 서러움이 모두 흘러가길 기다리며 지속적으로 눈물을 닦아주었다.

차츰 훌쩍임이 줄어들자 그는 아까 끝맺지 못한 본론을 꺼내었다.

"내 부탁을 들어다오."

감히 뉘가 황태자에게 부탁이란 말을 들을 것인가. 절로 수그러지는 얼굴을 유성이 막았다.

"고집부리지 말고 오늘은 쉬도록 해."

"하오나."

"내 마음이 편치 않다. 알았느냐?"

황태자가 이렇게까지 자존심을 꺾고 들어오는데 그녀가 어찌 고집만 부리겠는가. 알았다며 얌전히 대답하자 그게 또 좋은지 황태자가 그녀의 상처를 조심해가며 부드럽게 포옹한다.

아현의 상처가 걱정되긴 하나 유성이 호위에서 그녀를 뺀 것은 정확히 다른 이유 때문이었다. 정기만찬회에 가면 분명 황제가 있을 터, 아현과 마주치게 해서 좋을 게 없다는 것이 그의 솔직한 심저였다. 지금도 눈치 보는 그녀가 안쓰러울 정도인데 황제와 조우하게 되면 스스로를 또 얼마나 죽여댈 것인가.

사사로운 개인의 감정을 하나 더 내보이자면 남들 앞에 그녀를 내세우고 싶지 않은 사내의 욕심도 포함되었다.

"내가 돌아올 때까지 여기서 기다려라. 너에게 긴히 할 얘기가 있으니."

"중요한 얘기십니까?"

"중요하다마다. 한 사람의 인생을 바꿀 만한 얘기거든."

"지금 해주시는 건 무리겠지요?"

"곧 가야 할 시간이니 여유가 없겠구나. 궁금하여도 참고 있어라."

"예, 그러겠사옵니다."

서로의 마음을 확인한 지금, 그녀의 문제를 뒤로 미룰 수 없게 되었다. 실토하게 만들 작정이었으나 소심하기 그지없는 아현이 과연 진실을 밝힐 용기가 있을 것인가. 그걸 기다리다간 꼬부랑 노인이 되고 말지.

돌아오면 확실하게 할 것이다. 그녀에게 진실을 보여줄 것이다. 꼭두각시처럼 놀아나게 만들지 않을 생각이었다.

환보궁을 떠나기 전 유성은 헤어지기 아쉬운 마음을 뜨거운 입맞춤으로 대신했다.

황태자가 정기만찬회에 참석하기 위해 근신전으로 출발한 지 채 한 식경이 되지 않은 때였다.

문밖에서 복도를 오가는 시녀들의 음성이 흥분을 담고 있어 조금 이상하다 여겼다. 그네들은 쉬쉬한다고 속삭였으나 청각이 발달한 아현에게는 듣는 데 전혀 하자가 없었다.

"그래서? 죽었단 말이야?"

"그렇대도!"

아현의 눈에서 번쩍 번개가 일었다. 누가 죽었다고? 자리에서 벌떡 일어나 문을 쾅 소리가 나도록 열어젖혔다.

"에구머니나!"

시녀들이 아현의 등장에 혼비백산을 하든 말든 취조하듯 캐물었다.

"방금 뭐라 했느냐!"

"아현 님, 갑자기 무슨 말씀이온지……."

"발뺌하지 말고 어서 말해라. 누가 죽었다 하였느냐?"

"저……. 그게 말입니다요……."

아현이 간 곳은 시녀들이 기거하는 처소였다. 공교롭게도 오전에 환보궁으로 발걸음 하기 전, 규선의 행동을 보고자 그녀도 잠시 머물렀던 곳이었다.

죽은 이는 빨래와 다듬이질, 다림질을 맡던 시녀 중 하나로 시간이 지나도 일하러 오지 않자 다른 시녀가 찾으러 갔더니 마당에 죽어 있었다는 것이다.

현재 가타부타 어찌하라는 아현의 명이 떨어지지 않아 시체는 방치된 상태로 바닥에 있었다. 가까이 다가간 그녀는 시체를 자세히 살폈다.

무엇이 괴로운지 죽은 시녀는 두 손으로 목을 움켜잡고 눈을 까뒤집은 형상이었다. 손에 천을 감싸며 팔과 다리, 얼굴, 목 할 것 없이 만져보았다. 사후경직이 나타나고 있었다. 턱과 목의 근육이 막 굳기 시작한 걸 보아 죽은 지 한 시진이 지난 듯 보였다.

'그렇다면 내가 자리를 뜨고 나서 죽었다는 건데.'

아현은 무심코 시선을 돌리다 바닥에 떨어진 어떤 물체를 발견했다. 그것은 고구마였다. 깨끗이 씻긴 것하며, 한입 베어 문 듯 선명한 잇자국, 시체 근처에 굴러다니고 있는 점, 괴로운 듯 목을 잡은 채 죽은 시체를 유추해볼 때 무언가를 먹다 죽었다는 것이다. 그 무언가란 아마 이 고구마가 맞으리라.

"이 고구마는 어디 있던 거지?"

"어? 어제 들어온 고구마는 껍질을 죄다 벗겨 손질을 끝냈는 데, 이상합니다."

시녀들 저들끼리 고개를 갸웃하며 모르겠다는 듯 어깨를 으쓱한다. 그중 잠자코 보기만 하던 다른 아이가 슬그머니 입을 열었다.

"저기, 아무래도 직접 캐온 듯합니다. 다슬이라는 아이온데 평소 고구마를 좋아하여 요 앞 텃밭에서 종종 서리하는 걸 제가 몇 번 본 적이 있습니다."

아현은 낯을 심각하게 굳히며 되물었다.

"텃……밭이라고 하였느냐?"

"예, 저기 있지 않습니까?"

그 시녀가 가리킨 방향에는 오전에 규선이 서성거렸던 그 텃밭이었다. 눈 깜짝할 새 텃밭 코앞까지 간 아현은 마침내 보게 되었다. 덩굴 줄기가 바싹 마른 채로 죽어 있는 것을.

독이 분명했다. 독의 특징은 나타나지 않았으나 생명체가 죽은 이유는 하나밖에 없었다. 생명을 앗아갈 만큼의 강한 독성. 독의 특징이 아니되 효과는 독보다 강력한 것.

죽은 나무, 시든 작은 화단, 죽은 도둑고양이, 그리고 죽은 시녀까지.

"혹, 규선이라는 시녀를 아느냐?"

"소인이랑 같은 방을 쓰는 동무입니다만 무슨 일이신지……."

"어디 있느냐?"

바보같이, 오전에 규선과 이 시녀의 대화를 들었음에도, 그녀가 있는 곳이 어딘지 알았음에도, 확인절차를 거치고 있었다.

다급하게 캐묻는 아현을 이상하다 여기며 시녀가 다시 대답한다.

"정기만찬회가 있어 차출되었습니다. 오전에 벌써 근신전으로 간 걸로 알고 있사온데……."

순간 눈앞이 깜깜해졌다. 설마, 설마.

도둑고양이에게 무언가를 주던 규선, 수시로 궁을 누비던 규선, 기이한 죽음의 생명들, 근신전으로 떠나기 전 발을 동동거리던 규선, 그리고 정을 통하던 규선과…… 향소운.

이것이었다. 계속 꺼림칙했던 이유. 자신이 모르는 사각지대에서 독살명령이 진행되고 있었던 것이다.

아현은 한 가지만 떠올랐다.

'전하가 위험해!'

아현은 정신없이 달리고 또 달렸다.

월문을 통과해 제문을 향해 쉼 없이 몸을 움직였다. 숨이 턱 끝까지 찼으나 멈출 수 없었다. 저 멀리 근신전 지붕이 보였다. 손을 뻗으면 잡을 수 있을 것 같은데, 들어갈 수 있을 것 같은데, 아무리 발을 움직여도 건물과의 사이가 줄어들지 않았다. 아니, 그렇게 느꼈다. 조급증으로 인해 거리가 항상 일정하게 다가왔다.

"하아, 하아."

목이 말랐다. 뙤약볕 아래 퍼석퍼석 마른 논을 시리게 바라보는 농부의 한처럼, 아현의 눈은 근신전을 향해 한 방울의 물을 바라고 있었다. 지친 다리근육, 터질 것 같은 폐, 쓰라려오는 어깨, 이 모든 육체적 힘듦보다 더한 고통은 마음의 죽임이었다. 어깨의 피멍은 피를 짜내면 되지만 마음에 든 피멍은 무엇으로 뺄수 있을까. 모든 검은 피를 뽑아내고 고름을 짜내도 죽은 마음이 다시 살아나기란 힘들 것이다. 아니, 한번 죽은 마음은 치유가 불가능하다.

시야가 흐렸다 맑았다 변덕스런 날씨를 보였다. 땀인지 눈물인지 모를 액체가 바람을 타고 귀를 지나 머리카락을 훑고 보석처럼 떨어져나간다.

"으……."

일그러지는 입가를, 토할 듯 올라오는 통한을, 무엇으로 누를 것인가.

황태자를 생각하니 가슴이 먹먹했다. 죽을 것 같았다.

'안 됩니다. 이럴 수는 없습니다. 제발 전하만은 데려가지 마세요. 이제야 전하의 진심을 들었습니다. 이제야 서로의 마음이 통했습니다.'

심장이 쥐어짜여 혈관을 터뜨린다.

'너그러우신 달님, 차라리 저에게 고통을 주세요. 제가 받겠습니다. 독약이든 뭐든 달콤한 꿀처럼 삼키겠습니다. 맛을 음미하겠습니다. 환하게 웃으며 죽어갈 수도 있습니다.'

"전하……. 전……하……."

모든 것을 망각한 듯 오직 황태자의 일만이 머릿속을 장악한다. 첩자라는 신분도, 황제의 협박도, 부모님의 안위도, 모든 것이 하찮게 여겨졌다. 이렇게 쳐들어가다 덜미가 잡혀 황제에게 내침을 당하더라도 상관없다 느꼈다. 그의 마음을 가졌는데 여기서 더 뭐를 바라겠는가.

"제발……."

아현은 손을 들어 얼굴을 거칠게 닦아냈다.

제문을 넘었다. 목적지에 다다를수록 수많은 사람들이 분주한 걸음으로 각각의 일을 해나가고 있는 게 보였다.

드디어 도착했다. 헐떡이는 숨을 가라앉히지도 못하고 근신전 중앙문을 향해 잰걸음으로 뛰다시피 걸었다.

아현은 본능적으로 느껴지는 안도감에 그만 자리에 주저앉고만 싶었다. 이렇게 사람들이 각자 맡은 바를 하고 있다는 것은, 다른 의미로 정기만찬회가 원만하게 이루어지고 있다는 뜻이었다.

천만다행이다. 또다시 눈물이 쏟아질 것 같았다. 그제야 사람들의 시선을 느끼고 머리카락과 옷을 정돈했다. 아직 긴장감을 놓아선 아니 된다. 어쩌면 지금 당장 일이 진행되고 있을지도 모른다.

근신전 안까지 곧장 뛰고 싶었으나 사람들이 속속 모여드니 뛸 공간이 여의치 않았다. 일꾼 개미의 부지런히 움직이는 줄처럼 근신전 옆문과 주간廚間 용도로 쓰이는 인접한 건물 사이에는 시녀들이 제각각 음식을 들고 자로 잰 듯 이동 중이었다.

'저 중에 독이 들어 있을 거야. 시식을 철저히 해야…….'

이내 고개를 흔든다. 시식관원이 꼼꼼하게 살펴볼 터였다. 그럼 독을 어떻게 사용한다는 거지?

생각은 하되 발은 멈추지 않았다.

밖을 지키는 호위병들이 급박한 걸음의 아현을 보고 막으려다 사신위의 정복을 알아채고 고개를 숙인다.

웅장한 위용을 장악하는 근신전의 중앙문을 통과하면서 오만 생각이 판을 치고 돌아다녔다. 몇 발만 내딛으면 황태자가 보일 것이다. 초조함에 손과 발이 경련한다.

'아직은 괜찮아.'

두 손을 맞잡아 떨림을 겨우 진정시키려 애쓰며 스스로에게 용기를 북돋웠다.

'괜찮아, 괜찮아. 아무 일도 없을 거야.'

큰 기둥을 위시한 통로를 통과하자 주안문 광장 축소판처럼 넓은 실내가 뻥 뚫리며 시야를 확장시켰다. 워낙 많은 사람들이 모여 있다 보니 아현의 작은 움직임과 이동에 시선을 주는 이는 얼마 되지 않았다.

그 얼마 되지 않는 사람 중, 날카롭게 쳐다보는 황태자의 눈길이 느껴져 뜨끔하였지만 그 졸아드는 감각마저도 행복해 죽을 것 같았다.

'살아 계셔. 숨 쉬고 계시다고!'

아현이 점점 다가갈수록 황태자의 눈은 불쾌하게 일그러져갔다. 남들이 봤다면 그저 살짝 눈살을 찌푸리다 빠르게 무표정으로 돌아간 얼굴이 전부일 테지만 그 미세한 변화가 수많은 감정 표현을 담고 있다는 걸 사람들은 알지 못하리라.

황제는 아직 입실 전인지 자리에 보이진 않았다.

지나다니는 시녀들의 동선에 방해되지 않게 큰 원을 그리며 상석 바로 아래에 해당하는 황태자 자리로 이동했다.

움직이는 동안 황태자 뒤쪽에 있는 곽남휘와 눈이 마주쳤고 곧이어 풍한도의 시선도 받을 수 있었다.

그녀가 다가가자 주위를 급히 살피며 아주 작은 소리로 대화를 시도하는 풍한도였다.

"왜 왔냐?"

"볼일이 있어서요."

"무슨 볼일?"

"그런 게 있습니다."

그때 등을 보인 채 등받이가 높은 의자에 앉아 있던 황태자가 왼손을 살짝 올려 가까이 오라는 듯 손가락을 까닥댔다. 말로 하지 않아도 누구를 지목했는지 빤했다.

아현은 대놓고 노려보는 궁주 유소화를 의식하지 않으려 애쓰며 황태자에게로 천천히 다가갔다.

천자의 자리가 상석이라면 거리가 좀 떨어진 우측 아래는 황태자, 좌측 아래는 궁주 유소화의 자리였다. 황태자와 궁주 정면에는 아주 긴 탁자가 도합 열두 줄로 나란히 배열되어 있었다. 기가 질릴 정도로 긴 탁자였고, 그 수에 맞게 앉은 관료들의 수는 더 차고 넘쳤다.

그녀가 황태자에게 바짝 다가가자 몇몇의 노골적인 관심이 느껴졌지만 대부분의 대신들은 본격적인 행사 전 가지는 여유로운 담소시간을 최대한 즐기고 있었다.

아현이 인기척을 내며 뒤에서 우뚝 멈추자 황태자의 전음이

들렸다. 낮고 까칠한 음성이 불쾌하다 대놓고 경고한다.

[분명 오지 말라고 했을 텐데?]

아현은 아랫입술을 살짝 깨물었다.

뭐라 답한담. 독살의 위험이 있어 허겁지겁 왔다? 그럼 누가 독살하려 하느냐고 물으시면? 흉수를 밝히라 하시면?

심증은 있으되 물증은 없었다. 아무것도 확실한 게 없다 한다면 능력 없다 바보 취급하시겠지. 그런 면에선 냉철한 분이시니까.

[내 말이 말 같지 않더냐?]

[아닙니다.]

[그럼 무엇 때문이냐?]

이건 정말 무리수라고 여기면서도 눈을 질끈 감으며 딱히 거짓이라고 할 수 없는 연분홍빛 진심을 꺼내었다.

[보……. 보고……, 싶어서…….]

황태자의 몸이 경직되었다. 좀 전까지 아현을 칼같이 몰아붙이던 사람이 말조차 없었다.

아현은 그의 뒷모습을 넌지시 보다 몰래 한숨을 쉬었다. 언짢아하시는 건 아닌 듯하니 다행이라 생각하면서.

폭탄을 던져놓고 속 편해하는 그녀와 달리 유성의 속은 그다지 좋지 않았다. 그렇잖아도 어여쁘고 귀한 여인이라 어디 하나 만지지 않고선 가만있지 못하겠거늘, 이런 자리에서까지 달콤한 고문으로 사내의 염장을 질러대니 순간적으로 화한 기운에 몸이 굳어졌던 것이다.

[돌아가서……, 보자.]

두근.

은밀하면서도 상대방의 마음을 끄는 낮은 음성이 더없이 매력적이다. 아현은 붉어지는 얼굴을 가까스로 추슬러야 했다.

수천 가지의 음식이 탁자 위를 가득 메우자 관원 하나가 황제의 입실을 알렸다. 떠들썩했던 실내가 찬물이 끼얹은 듯 조용해졌다. 곧 모두가 자리에 일어나 황제가 상석에 앉는 걸 기다렸다가 깊은 예를 취한 뒤, 황제의 승인하에 도로 앉았다.

근신전 안에 오직 귀하신 분들만 한가득이라 수백의 시식관원들이 존귀한 분의 입에 들어갈 수천 가지의 음식에다 일제히 젓가락을 움직여 맛을 보았다. 아현은 시식관원들의 꼼꼼한 행동들에 안도하면서도 혹시나 하는 불안감에 빼먹는 음식이 있나 없나 집요하게 살폈다.

황제가 시작하라는 뜻으로 오른손을 올리자 용모가 출중한 시녀들이 하늘거리는 고운 옷자락을 나부끼며 술과 화려한 은잔을 곱게 들고 들어왔다.

사내라면 누구나 그렇겠지만 황제 또한 술을 꽤나 즐겼으므로 술병과 술잔에 더 각별한 신경을 써왔다.

그럴 때마다 사람을 불러 시음하라 하기 귀찮아 아예 술잔을 특제 은으로 제작하게 하였다. 승천하는 용 음각이 장식된 황제의 잔이 놓이고 그것을 시작으로 황태자와 궁주, 그 아래 서열에 따라 크기와 모양이 각기 다른 은잔들이 사람 수대로 놓였다.

검사를 끝낸 시식관원들이 썰물처럼 조용히 사라지자 술병의 우아한 목선을 잡고 선 시녀들이 각자 시중들어야 할 귀한 분에게 천상주를 한 잔씩 따르며 뒤로 한 발짝 물러났다.

은잔을 높이 든 황제를 위시한 모두가 팔을 쭉 뻗어 잔을 치켜 올렸다. 대신들의 눈이 일제히 한 모금 꿀꺽 삼키는 황제의 결후를 주시하였다. 본디 어떤 대례든 간에 황제의 첫 잔이 그 시작을 알리는 종소리였다.

경건한 분위기가, 저들끼리 은잔을 부딪치는 친목도모의 행동으로 단번에 역전되듯 소란스러워졌다.

황태자는 거기에 편승하지도 거부하지도 않는, 그가 가진 존재감으로 공간을 희석시켰다. 모든 미를 흡수시켜 만든 하나의 피조물처럼 첫 잔을 가져가는 손의 궤적이 깊고 눈부셨다.

'은과 독이 만나면 색이 달라지니, 술은 안전하겠지.'

아현이 큰 위험을 벗었다 여기며 속으로 안도의 한숨을 내쉴 때였다.

어쩌다 보게 된 향소운의 얼굴.

여길 들어오면서 찾았던 인물이지만 워낙 많은 수의 사람들이 들어차 있어 막상 찾으려니 쉽지 않았다. 한데 이상도 하다. 방금은 굳이 그를 찾은 것도 아닌데 눈에 들어왔다. 향소운이 특별한 행동을 한 것도, 그녀를 직접 부른 것도 아니었는데 말이다. 그냥 '어쩌다' 눈에 띄었다.

굳이 설명을 덧붙이자면 찜찜한 시선이 느껴져 그 기운을 따라가 보았더니 향소운이더라.

과거 유쾌하지 않았던 잠시의 스침이 떠올랐다. 게다가 규선과 그런 관계라니. 구역질이 올라올 것 같았다. 독살의 위험은 사라진 거나 다름없어 시선을 막 돌리려던 참이었다.

향소운이 환희를 닮은 이상야릇한 미소를 짓지 않았다면 분명 그리했을 것이다.

처음에는 아현 자신을 향해 희롱한다 여겼으나 이내 초점 끝이 미묘하게 어긋나 있다는 걸 알아차렸다.

향소운, 그가 보고 있는 건 황태자였다. 정확하게는 황태자의 손에 든 은잔이었다.

순간 척추를 타고 오싹함이 지나갔다.

황태자의 입술에 잔이 닿자 향소운의 미소는 더욱 진해졌다.

'독이다. 음식이 아니었어. 술잔이야!'

아현은 무슨 정신인지 몰랐다. 소리조차 나오지 않았다. 절대적으로 막아야 한다는 본능만이 그녀를 지배했다. 순간적으로 황태자의 잔을 꽉 잡았다.

"뭐냐?"

극히 낮은 소리라 군중소리에 묻혀 퍼지지 않았다. 아현의 돌발행동에 사신위 둘이 움찔거렸다. 그 와중에 아현은 안달하는 향소운의 낯빛을 확인했다.

'틀림없다. 이건 독이다. 은잔으로도 검출되지 않는 무서운 사신의 약이다.'

"뭐냐고 하였다."

독이라고 당장 말하고 싶은데 입이 떨어지지 않았다. 솔직히 독이라고 확신하기도 어려웠다. 정말 은으로 검출이 안 되는 독이 있을까. 그것이 긴가민가하였던 것이다. 심증은 굳어져가지만 시음하지 않고는 단정 짓기가 힘들었다.

독이라고 황태자에게 말한다 치자. 시식관원을 불러 마시게 했는데 만약 독이 아니라면 황태자의 입장은 어떻게 되는 걸까.

황제의 추궁을 피할 수 없게 되겠지.

'그럼 이 첫 잔만 버리게 한다면?'

만에 하나 얕은 수로 엎지른다 해도 새로 잔이 들어올 텐데 거기에 독이 없다고 누가 확언하는가. 어설픈 방식으로 버린 뒤, 두 번째 잔은 또 어떤 방식으로 처리할 수 있는 것이고. 운 좋게 두 번째 잔도 처리했다 치자, 그럼 세 번째는? 네 번째는? 그 상황까지 가면 모든 사람들의 의심을 사게 된다.

"싱겁긴."

다시 시도하는 그의 손을 막듯 은잔을 움켜쥔 아현의 손바닥에 축축한 땀이 뱄다.

'뭐라고 하지? 어떻게 해야 하지?'

"소신이 아직 시음하지 않았습니다."

이건 도박이었다. 독이 아니길 바라지만 만약 그렇다 하여도 누굴 원망해선 안 된다. 미리 눈치 채지 못한 미련한 자신을 탓해야 한다. 그래야 한다. 절대 황태자를 죽게 할 수 없었다.

"왜 왔나 했더니 고작 시식관원 흉내를 내고자 여기 온 것이냐?"

딱딱하고 건조한 말투 속에 숨은 웃음기를 감싼 다정함이 눈물겹게 달콤했다.

"요 며칠 소신이 항상 해오던 일이잖습니까?"

"어디 마음대로 해보려무나."

황태자가 방관하자 아현은 시음사발에 술을 조금 따랐다. 사발을 입으로 가져가기 전 그의 눈과 마주쳤다. 어찌할 수 없는 서글픈 미소가 지어졌다. 달짝지근한 향을 맡으며 사발 끝을 입술로 물었다. 액체가 입술을 적시며 목구멍을 통과해 식도로 넘어간다.

황태자의 눈이 설핏 굳어졌다. 이상한 낌새를 알아챈 그가 당장 막으려 손을 뻗었으나 사발 안은 이미 비워진 후다.

챙, 데그르르.

순식간에 닥쳐온 고통.

사그라지는 아현의 몸을 유성이 보듬듯 지탱한다. 풍한도와 곽남휘가 아현의 이름을 부르며 다급하게 다가온 것과 달리 유성은 그저 조용했다. 담담했다는 게 아니라 처음으로 겪는 막막함과 망연자실함에 넋을 잃어버렸다.

오직 절망의 혼돈을 담은 공허한 눈동자만이 그의 마음 상태를 대변하였다.

"으……윽."

창백하다 못해 푸른빛마저 도는 아현의 얼굴이 사정없이 경련한다. 뻣뻣하게 굳은 손이 괴로운 듯 목을 움켜쥐지만 그보다 더한 고통으로 말미암아 악력의 통증은 전혀 느낄 수가 없었다.

아프다. 뜨겁다. 온몸이 탈 것 같다.

모든 장기가 화염 속에서 뒹구는 듯한 착각. 생살을 찢어 배를 뚫는 한이 있더라도 다른 고통으로 전이시키고 싶을 정도로 괴로웠다. 아픔으로 인해 이의 공격을 감내해야 했던 입술의 여린 살들이 무참히 터졌다.

'죽는 것일까.'

꿈속을 유영하듯 몽환적인 시야에 기묘한 장막이 덧씌워졌다. 황태자의 얼굴이 보고 싶은데, 흐려진 눈앞이 자꾸만 방해를 한다.

'전하의 옥안玉顔을 볼 수 없어 슬픈 반면, 그 품에서 죽을 수 있어 행복하다고 한다면, 전하는 과연 무어라 하실까.'

생명의 촛불이 심지 끝에 걸리며 숨이 흩어지려는 찰나, 무언가가 그녀의 배를 거세게 강타했다.

유성의 주먹이었다.

"컥!"

쿨럭 하며 한 움큼의 피가 토해졌다. 순간적으로 시야가 맑아졌으나 곧 깜깜한 어둠이 몰려오며 정신을 잃었다.

시체처럼 눈을 감은 아현의 몸을 조심스럽게 안아든 유성은 지극히 평온한 얼굴로 좌중을 보다 황제에게로 시선을 멈췄다. 그의 입에서 나오는 옥음도 태도만큼이나 소름끼칠 정도로 담담했다.

"수하의 목숨이 위중하여 가보아야겠습니다."

황제도 어지간히 놀랐는지 단번에 그리하라며 윤허했다.

황태자는 곽남휘와 풍한도에게 은잔 안에 있던 독의 출처를 철저히 조사하라 눈짓으로 명령하고선 근신전을 나왔다.

어려울 것 없이 아현을 안은 채 말에 올라타 왼팔로 그녀의 몸을 고정시켰다. 강한 발길질에 말이 튕겨 오르듯 달려 나갔다.

이리저리 흩뿌려지는 아현의 머리채가 서글프게 흔들렸다. 버드나무 잎처럼 살랑대는 긴 머리가 처연하고도 아름다웠다.

아현이 쓰러지고부터 말에 올라타 고삐를 잡을 때까지, 시종일관 무표정했던 유성은 근신전과 거리가 벌어질수록 무장했던 갑옷을 하나씩 벗기 시작했다.

그는 허물어지고 있었다. 그녀의 상체를 잡은 가늘게 떨리는 손이 그 첫째였고, 무너져 내리는 표정이 그 둘째였으며, 핏발 선 눈의 이슬 맺힘이 그 셋째였다.

록수정으로 향하는 유성의 등은 힘을 기르기 위해 발버둥쳤던 어린 날보다 훨씬 불안하고 작게 느껴졌다.

9
노怒

황궁이 발칵 뒤집어졌다.

황제를 비롯해 황태자, 궁주, 수많은 문무백관이 모인 곳에서 독살이 버젓이 자행되다니 사람들은 경악하고 말았다. 흉수를 찾으라는 대신들의 분노가 끓어 넘쳤다.

그날 황태자의 은잔에 술을 따랐던 시녀는 모진 고문 끝에 '규선'이라는 이름을 남기고 숨이 끊겼다.

사주한 자를 알게 된 고문관들은 옳거니 하며 황태자 측 주간廚間에서 일하는 규선을 찾아다녔지만 보이지 않았다. 일의 전말을 눈치 채고 미리 도주했다고 판단, 전국적으로 방을 붙여 끝까지 추격코자 했다.

하지만 이틀 후 주안문 광장 담장 아래에서 규선의 시체가 발견되면서 사건은 오리무중이 되었다.

아현이 황족도 아닌데 대신들이 왜 그렇게 나서서 설레발친 것일까. 암투가 만연한 황궁에서 독은 생소하다고도, 딱히 흔하다고도 할 수 없는, 굳이 위치를 따지자면 적과 동지의 중간을 차지하는 필요악이었다.

독으로 걸림돌을 처리해 출세가도를 달릴 수도 있고, 역으로 본인이 당할 수도 있는 금전의 양면과도 같았다.

아현이 만약 일반 독에 중독된 상태였다면 간단한 안주거리로 전락되었을 가능성이 컸다. 그러나 아현이 마신 독은 보통 독이 아니었다. 색이 없고 냄새도 맡을 수 없으며 무엇보다 은에 어떤 것도 검출되지 않았다. 대신들이 중점을 둔 부분은 그것이었다.

세상에 은으로 검출할 수 없는 독이 존재하다니! 과연 어떻게 만들어진 독일까, 누구의 소유일까, 이것이 그들의 주요 관심사였고, 아현의 목숨은 그저 부수적인 일이었다.

황궁에서 우위를 점하기 위해서는 남들보다 먼저 독을 입수하는 게 우선이었다. 아무도 모르게, 아주 비밀스러운 거래를 이용해서 말이다.

그들과 별개로 이 사건의 주체인 향소운은 황제와 향도식에게서 호통과 꾸지람을 들어야 했다. 말이 좋아 꾸지람이지 실상은 목숨을 위협하는 경고였다.

"네 이 노옴! 천지분간 못 하는 망둥이처럼 날뛰다간 어찌 되는지 아느냐? 기어코 능지처참을 당하고 싶은 것이냐!"

더욱이 독을 마신 사람이 하필 황제의 수족 아현이었기에 향소운에게 날아가는 활은 어떤 때보다 날카로웠다. 그는 딱 죽을 맛이었다. 다 된 밥에 재 뿌리는 격도 아니고 왜 하필 아현이 독주를 마셨느냐 말이다. 그녀만 아니었어도 사경을 헤매고 있을 사람은 황태자 유성이었을 텐데.

무엇보다 소유하고 싶은 여인이 생사를 넘나들고 있다 하니 여러모로 수지에 안 맞는 장사를 했다며 입맛을 다셨다.

그렇잖아도 일이 틀어져 심사가 꼬일 대로 꼬인 참인데 황제도 모자라 현재 부친인 향도식에게까지 불려와 온갖 윽박지름을 받고 있었다.

"고얀 놈! 멍청한 놈! 천하에 둘도 없을 어리석은 놈! 혼자서 일 벌이지 말라고 내가 그렇게 누누이 말했거늘, 내 말이 말 같지도 않다는 것이냐!"

"아닙니다. 아버지."

"아니긴 뭐가 아니야?"

"이번에는 정말 성공할 수 있었단 말입니다. 아현 고년만 아니었어도!"

"그 입 다물지 못할까! 어디서 잘했다고 변명이야? 네가 무슨 짓을 했는지 알고는 있느냐?"

"걱정 마십시오. 앞으로 황태자의 경계가 강화되겠으나 마음만 먹으면 해치우는 건 문제도 아닐 것입니다."

"쓸모없는 놈! 하루아침에 해결될 문제였으면 이날 이때까지 머리 싸매고 고민하지도 않았다."

"하지만 그 독이라면 반드시……."

"소운이 넌 아직까지 황태자를 그리 모르느냐? 한 번은 속아도 두 번은 못 속인다. 제아무리 한 방울로 소도 죽인다는 그 무색무취의 독이라도 말이다. 아니, 애초에 황태자를 한 번이라도 속였는지도 의문이군."

"죄송합니다. 소자가 경솔하였습니다."

그날의 사건을 떠올리듯 향도식의 얼굴이 심각하게 변했다.

"그때 아현 고년이 직접 나서서 마시더란 말이지?"

"예, 황태자가 마시다 말고 잔을 순순히 아현에게 넘기는 걸 보았습니다."

한 공간에 있었다곤 하나 황태자와의 거리가 제법 떨어져 있었기에 아현과 유성 사이를 오갔던 대화는 알아들을 수 없었다. 잔을 잡고 놓지 않으려던 아현의 손조차도 멀리서 보기엔 시중의 한 형태처럼 보였다.

"혹 그 잔에 독이 있다는 걸 알고 아현이 마신 걸까?"

"제까짓 게 은으로도 검출 안 되는 독의 유무를 어찌 알겠습니까? 설사 안다고 해도 누가 독주를 직접 마시겠습니까? 미치지 않고서야."

"하긴 그건 그렇겠구나."

향도식이 한숨을 흘렸다. 제 핏줄이 사고를 친 덕에 주름살이 늘었다며 마음속으로 푸념을 하다 서슬 퍼런 눈으로 향소운을 매섭게 보았다.

"무슨 일을 하든지 간에 뒤처리는 항상 말끔해야 한다. 네가 데리고 놀던 년이 죽지 않으려 발악하다 주안문까지 도망가는 바람에 밑엣것들이 고생 좀 했다 들었다."

"제 불찰입니다."

독살을 사주한 흔적을 지우기 위해 살인멸구하는 것쯤이야 일도 아니지만 많은 밤 살을 섞어왔던 여인이었던지라 다소 아쉬운 마음이 들었다. 육욕을 느끼게 했던 규선의 말랑한 살을 금세 머릿속에서 지운 향소운은 간간이 봐뒀던 계집들의 얼굴을 차례대로 떠올렸다.

정기만찬회로부터 정확히 보름이 지났다.

독살을 사주한 자를 찾아야 한다던 대신들의 목소리는 이레가 지나자 다소 가라앉았고, 열흘째 들어선 펄펄 끓어오르던 냄비가 순식간에 식는 것처럼 마치 그런 일이 없다는 듯 일상생활을 이어갔다.

전체적인 분위기와 다르게 그렇지 않은 곳도 존재했다. 오직 황태자 처소만이 처음의 긴장감을 그대로 유지했다.

보름 전, 황태자가 호위도 없이, 게다가 정신을 잃은 아현을 안고서 환보궁에 도착했을 때 이태기를 비롯한 황태자 식솔들은 그야말로 발칵 뒤집어졌었다. 아현을 조심스레 안아든 황태자도 놀라운데 그에게 안긴 당사자가 줄곧 눈을 뜨지 않아 보통 큰일이 아니다 싶었다. 지엄하신 황태자에게 무슨 일이냐 대놓고 물을 간 큰 인물은 없었다.

평소에 곧잘 황태자와 대화다운 대화를 일삼던 이태기조차도 그의 음험한 기운에 반경 넉 장 안으로는 발을 디딜 수 없어 속만 끓였다. 급히 월훈 하나를 근신전으로 보내 대략적인 사건 개요를 알아보게 하였다.

진실은 잔혹했다. 황태자가 마실 잔을 아현이 시음하여 변을 당했다는 것. 그것을 지켜본 황태자의 마음이 오죽 괴로우랴 싶었다. 정황을 파악해도 해결의 실마리가 보이지 않았다.

독 잔을 부탁받은 시녀가 심한 고문으로 죽자 곽남휘와 풍한도는 수확 없이 돌아와야만 했다. 고문은 황제의 명을 받은 황제 측 사람이 하였기에 실제로 그 시녀가 고문으로 죽은 건지, 고문을 핑계로 살해당했는지, 사신위 둘은 알 수 없었다.

황태자는 그날로 아현을 안고 록수정으로 들어가 칩거하며 두문불출 상태였다. 아마 록수정의 영험한 물의 기운을 받아 독소를 제거코자 함이라.

황태자의 엄명으로 록수정 사방에는 개미새끼 한 마리 얼씬거리지 않았다. 예외는 오직 사신위뿐이다. 그것도 황태자의 명령을 즉시 수행하기 위해 바깥에 머무르게 한 것이지 록수정 출입까지 허락한 것은 아니었다.

필요한 물품이 있을 시엔 황태자가 글을 적은 서신을 상층입구에 놓았고 사신위가 돌아가면서 확인해 그의 명을 수행했다.

황태자가 원하는 품목은 희귀한 약초부터 시작해서 갈아입을 옷과 배를 채울 음식 등 다양하였는데, 가장 필요하리라 여겼던 어의를 부르라는 명은 찾아볼 수 없었다.

분명 황태자의 행동을 보면 열과 성의를 다해 아현을 치료코자 노력하는 모습이 훤히 보이는데 왜 어의의 도움을 받지 않으실까.

이를 궁금히 여긴 풍한도는 록수정으로 통하는 아래입구의 작은 바위에 걸터앉아 중얼거렸다.

"근데 정말 어의를 아니 불러도 괜찮습니까? 목숨에 지장은 없는 거지요?"

"무슨 사단이 났다면 전하께서 벌써 내려오셨겠지."

"그렇긴 합니다만, 이것 참 그냥 있어야 하니 죽겠습니다요."

풍한도와 곽남휘의 대화를 들으며 이태기는 저 높이 록수정 상층입구 끝자락을 쳐다보았다. 제발 아현이 무사해야 할 텐데. 따로 밝히지 않아도 그녀가 황태자에게 어떤 의미일지 쉬이 예상할 수 있었다.

만에 하나 아현의 신변에 이상이 있게 되면 어떤 후폭풍이 몰아칠까. 상상만으로도 소름이 바짝 솟아올랐다.

아닌 게 아니라 당장 숨겨두었던 힘을 개방해 황궁을 휩쓸리라. 쥐새끼 한 마리 남지 않도록 피의 궁궐로 만들리라. 피를 뒤집어쓴 황제가 등극하리라. 황제의 수많은 군대와 홀로 대립하는 일이 있더라도 악귀처럼 달려들어 생명줄을 물어뜯으리라.

한번 잔인할 때는 물불 가리지 않는 성정을 알기에 걱정을 아니 할 수 없었다. 황태자는 그럴 능력이 되거니와, 지금까지 본신의 힘을 숨긴 채 납작 엎드려 있는 것도 정당한 방식으로 합당한 절차를 거쳐 큰 희생 없이 황위를 받고자함이지, 복수에 눈이 멀어 황제를 시해하고 찬탈하려 했다면 진즉에 얻고도 남았을 자리였다.

만약 그랬다면 내전으로 인해 월제국은 쇠약의 길을 걸었을 것이고, 주변국들에게 끊임없이 위협받았을 것이며, 유성은 폭군이라는 멍에를 짊어진 채 역사에 오르내렸을 것이다.

"전하께서……. 아현을 깊이 생각하시는 겁니까?"

쓸쓸함을 머금은 곽남휘의 물음에 이태기가 안타깝다는 표정을 애써 지우며 살짝 미소 지었다.

"그렇다. 그것도 첫 정이시지."

"자고로 영웅은 미인을 좋아한다더니 옛말 틀린 게 하나 없습니다."

"한도 너는 지금이 어느 때인데 농이 나오느냐?"

풍한도는 금세 억울한 표정으로 그 큰 덩치를 축 늘어뜨렸다.

"저도 이러고 싶어서 이런답니까? 하도 답답하니 그러하지요.

그런데 전하께서 의술에 조예가 깊으십니까?"

이태기에게 물었는데 대답은 곽남휘의 입에서 나왔다.

"어의가 침술로 의술을 펼치는 것처럼 무인도 기로 혈을 다스릴 수 있다. 너도 알겠다만 심각한 내상을 입을 시엔 명의보다 고수의 치료가 훨씬 효과적이다."

"그건 고수여야 되는 거지, 전하께옵선……."

'둔한 놈'이라는 얼굴로 혀를 차는 이태기와 그저 지그시 쳐다보는 곽남휘의 시선을 받으며 풍한도는 경악스럽게 외쳤다.

"헉! 그럼 전하께서 실력을 숨……!"

급히 풍한도의 입을 틀어막은 이태기가 이를 갈며 협박했다.

"아주 동네방네 다 퍼뜨리고 다녀라? 눈치 없는 자식 같으니."

겨우 정신 차린 풍한도가 한껏 자세를 낮춰 소리를 줄였다. 본인은 심각한데 보는 이에겐 참으로 우스꽝스러운 모습이었다.

"정말입니까?"

"그래. 원래 숨기고 계셨다만, 남휘는 눈치가 있어 벌써 알아챈 것 같고, 이제 보니 너만 몰랐군그래."

"에엑? 그럼 아현도 알았다는 말씀입니까?"

"그럴걸? 전에 아현이 근접호위를 할 당시에 내게 지나가는 투로 묻더라고. 전하는 호위가 필요 없으신데 왜 굳이 저에게 명을 내렸는지 모르겠다면서. 그 말은 즉 실력을 안다는 뜻이겠지."

"와, 이건 배신입니다. 속았어, 완전 속았어."

"배신 개풀 뜯어먹는 소리는 그만하고 정신 사나우니 좀 앉아라."

"형님 같으면 서운하지 않겠습니까? 우리가 누굽니까? 최측근인 사신위가 전하에 대해 모른다니 이게 어디 말이 된답니까?"

"너 같으면 네놈 같은 녀석한테 비밀을 말해주고 싶겠냐?"

"그것도……, 그렇군요."

"싱거운 자식."

언제 시무룩해졌었냐는 듯 풍한도는 금세 두 눈을 반짝이며 무도인의 호승심을 표출하였다.

"그런데 전하의 실력이 어느 정도입니까?"

"이건 딱히 자랑하려고 하는 말은 아니다만 내가 약관 때 천재 소리를 들을 만큼 성취가 남달랐었다."

"그거야 저도 알지요. 그래서 제가 일찍이 형님, 형님하며 따라다녔지 않습니까?"

"도저히 면이 팔려서 말하지 못하였는데……. 졌다."

창피한지 이태기가 뒷머리를 살짝 긁적이며 작게 밝혔다.

"졌다니요?"

"당시 열다섯이던 전하께 된통 깨졌다고."

"으엑? 참말입니까?"

"그럼 참말이지. 설마 내가 좋지도 않은 얘기로 거짓부렁 하겠느냐?"

"그래서 황태자 호위입부시험을 치르셨군요?"

당시 이태기의 선택에 있어 다소 의문스러웠던 일이 이제야 안개가 걷히듯 이해되었다.

평온하던 이태기와 무심함을 담은 곽남휘의 눈이 순간 반짝 빛을 발하며 록수정 상층입구 쪽으로 머리를 획 틀었다.

풍한도는 두 사람의 갑작스런 반응에 '뭐지?' 하며 슬그머니 일어서 시선을 따라갔다. 그리고 이내 입과 눈을 서서히 벌리며 놀람을 담는다.

황태자가 올라갔던 날처럼 아현을 안고서 서서히 내려오고 있었다. 자줏빛 용포자락과 아현이 입은 흰색 명주 천이 부드럽게 너울지며 다리에 휘감겼다. 높은 지대라 바람이 제법 강한지 둘의 머리카락도 함께 대기의 기를 느끼듯 춤을 추며 흔들렸다. 마치 신의 사자처럼 인간이 낼 수 없는 절대적인 미를 품었다. 몽환적인 분위기와 록수정의 특색적인 절묘한 진입로가 한데 어우러져 현실감각을 잊게 하였다.

황태자가 점점 가까워지고 한 장 거리에서 걸음을 세웠다.

사신위 모두가 걱정이 가득 담긴 눈으로 정신을 잃은 아현을 바라보자 황태자는 예의 그 무표정으로 그들 셋을 보며 말하였다.

"목숨에는, 지장이 없다."

"휴우."

대놓고 안도의 한숨을 쉰 사람은 풍한도뿐이었지만 나머지 둘도 한마음이었다.

"환보궁으로 가겠다."

"그럼 요양을 현 사 숙소가 아니라 환보궁에서 하실 거란 말씀입니까?"

"그래, 그것도 내 침전에서다."

풍한도가 입을 크게 벌리며 뜨악했고, 한순간 평정을 잃을 만큼 곽남휘도 표정관리가 엉망이었다. 이태기만이 푸른 하늘을 슬쩍 올려다보며 속으로 중얼거렸다.

'아주 말 하나로 두 가지를 처리하시네.'

그 하나는 곽남휘에게 보내는 일종의 경고였고, 다른 하나는 아현을 귀히 여긴다 공공연하게 밝힌 음흉한 이허裏許였다.

"하오나 전하, 그렇잖아도 말들이 많은데 사람들이 수군거릴 것입니다."

순수한 걱정으로 간언한 풍한도이거늘, 그것을 모를 황태자도 아니건만 무면자라는 별칭이 무색하게도 불쾌한 감정을 오롯이 드러냈다.

"내 사람이다."

"그래도 이건……."

평소 눈치 없기로 소문난 풍한도라 직접화법이 아니라면 알아듣지 못하였다. 이를 잘 알고 있는 유성은 거리낌이라고는 티끌만큼도 없는 자신만만한 어조로 뇌우를 선사했다.

"나의 비가 될 여인이다. 입조심하라."

사신위 셋에게는 광풍이 휘몰아친 대사건이었다.

여태까지 황태자의 언행을 보아오자면 그의 마음이 어디로 쏠리는지 모르진 않았지만 아현을 정비로까지 생각할 정도라곤 그들조차도 상상 못 한 일이었다. 청천벽력 같은 한마디에 후폭풍이 어찌나 거셌던지 셋의 평정심은 단숨에 무너졌다.

풍한도는 벌써 숨이 꼴깍 넘어간 상태였고, 곽남휘는 눈을 부릅떠 황태자가 농이라고 말하길 바라는 눈치였으며, 마지막으로 이태기는 얼이 제대로 빠져 정신이 온전치 못했다.

그러거나 말거나 아현을 안은 유성은 어느 때보다 자연스러웠고 차분하였다. 사신위보다 네 걸음 정도 앞서던 유성이 별일 아닌 것처럼 걸음을 살짝 멈춰 옆모습을 조금 내보이며 그들에게 명했다.

"내가 부르기 전에, 절대, 침전 근처에는 오지 마라."

'단둘이 뭘 하시려고 그러십니까?'라고는 입이 찢어져도 묻지 못했다. 눈치라곤 약에 쓰려 해도 없는 풍한도 황태자의 의도를 충분히 알았기 때문이다. 떠오르는 민망함에 얼굴이 벌게졌다.

'어디 삼삼한 여인 없나? 옆구리 시려서 원.'

아현은 목이 탈 것 같은 갈증에 물을 찾아 손을 사방으로 뻗었다. 아무것도 잡히는 게 없다. 팔도 쉽게 움직여지지 않는다. 온몸이 땅에 짓눌린 듯 무겁게 가라앉아 숨까지 막혔다.

'내가 뭐 하고 있는 거지?'

이것을 인지하게 되자 의식이 점점 깨어남에 육체도 기지개를 켠다. 감은 눈에 잔떨림이 인다.

반쯤 떴다 감았다를 반복하는 눈꺼풀이 원상태를 복구하며 서리 낀 눈동자를 내보였다. 다시 몇 번의 깜박임. 뿌옇던 시야도 돌아왔다.

감각이 둔해졌는지 누워 있는 곳이 아현 그녀의 숙소가 아니라는 것을 뒤늦게 알아챈다.

'여긴, 전하의 침전인데…….'

누워 있는 곳도 황태자의 침상이었다. 벌떡 일어나려 하자 팔이고 몸이고 힘이 고갈된 육체는 제 것이 아닌 양 명령 듣기를 거부했다. 겨우 힘을 짜내어 억지로 몸을 곧추세웠더니 머리가

핑 돌았다. 이마를 짚으며 어떻게 된 일인지 차분히 생각하려 애
썼다.

'맞아, 내가 독을 먹고 쓰러졌었어.'

그러고 나선 기억이 없었다. 그 후로 며칠이 지났는지, 여기엔
어떻게 옮겨졌는지, 황태자나 사신위는 어디 있는지, 정리가 안
되는 의문들이 무작정 쏟아져 나왔다.

'설마, 죽은 건 아니겠지?'

너무나 현실감각이 없어 그나마 신경이 돌아온 손마디를 이용
해 몸 여기저기를 만져보았다. 목도 만져보고 어깨도 쓸었다. 아
프지 않다. 아프기는커녕 되레 상쾌하기까지 했다. 입고 있는 의
복에서 기분 좋은 향취가 흘렀다. 매일 몸을 씻은 듯 피부도 부
드럽고 머리카락 또한 매끄러웠다.

'딱 죽었다고 생각했는데…… 어떻게 살아난 걸까.'

황궁에 신의가 있었던가. 손바닥으로 심장의 고동을 느끼며
살아 돌아온 감각을 만끽했다. 침상에 다리를 내려 한 발을 디
디자마자 무릎이 꺾였다. 볼썽사납게 넘어지는 꼴은 면하였지만
심한 현기증으로 앉은 자세에서 눈을 뜨지 못했다. 속이 허한 것
이 며칠은 굶은 것 같았다. 어지러움이 가라앉자 다시금 서서히
직립을 시도했다.

천천히 문을 향해 걸음을 옮기려는데 마침 밖에서 인기척이
났다. 발소리와 몸놀림을 보아하니 어린 시녀 같았다.

"아현 님 기침하셨사옵니까?"

아현은 순간 몸이 뻣뻣해졌다. 아무리 황태자와 연인으로 소
문이 나 있고, 실제로도 마음을 나눈 사이가 되었다지만 그것을

떠나 그녀는 엄연히 황태자의 직속호위무사 사신위였다. 직분을 망각한 채 황태자도 없는 침상에 제 것처럼 누워 있었으니. 난처함에 낯이 뜨거웠다.

사람들은 이때다 싶어 해괴망측한 말들을 주워 담고 쏟아내며 이야기 한 편을 썼을 것이다. 당당하게 행동하자 마음먹었음에도 자신도 여인인지라 문을 열고 사람들을 마주하기가 쉽지 않았다. 숙소까지 갈 동안 얼마나 많은 사람들의 수군댐을 견딜 것이며, 그 노골적인 시선은 어찌 감내해야 할 것인가. 계속 정신을 잃은 채라면 모를까, 한번 눈 떴는데 도로 쓰러져 눕기에는 그녀의 낯이 지나치게 얇았다.

지금 소문이 나나 나중에 퍼지나 어차피 조삼모사와 다를 게 없다 여겨 마음을 단단히 먹고 문틀을 잡았다. 한데 문을 손 한 뼘만큼 열었을 때 밖에 있던 시녀의 호들갑에 행동을 멈춰야 했다.

"아현 님, 나오시면 아니 되십니다. 필요한 게 있으시면 말씀만 해주십시오. 즉각 대령해놓겠습니다."

"괜찮아. 내가 직접 하겠다."

뭐가 무서운지 어린 시녀가 바들바들 떠는 목소리로 아현에게 통사정한다.

"이대로 나가시면 소녀 죽사옵니다. 제발 여기 계시옵소서. 부탁드립니다, 아현 님."

생각지도 못한 반응에 아연실색한 것은 아현 본인이었다. 문을 사이에 두고 어린 시녀와 실랑이 아닌 실랑이를 벌이는 자신이 어처구니없게 느껴졌다.

"무엇 때문에 그러하느냐?"

"전하께서 명하신 일이옵니다. 한 발자국도 침전을 벗어나시게 해선 아니 된다고 신신당부하셨습니다. 아현 님이 문밖에라도 나가신다면 소녀의 목을 치신다 하셨습니다."

황태자의 냉혹한 명령에 아현은 아미를 슬쩍 접었다. 도망갈 생각도 없는 자신을 왜 잡아가두려 하실까, 하다가도, 사경을 헤맸을 게 빤한 그녀 때문에 얼마나 가슴을 졸이셨으면 그런 고압적인 명령까지 불사하실까, 이해하니, 괜스레 코끝이 찡해졌다.

"그럼, 물을 갖다주지 않으련?"

"조금만 기다려주십시오. 금방 대령하겠습니다."

빈말이 아니었다. 흐트러진 침상을 정리하기 무섭게 시녀는 쟁반 위에 물과 죽 그릇까지 대령했다.

아현도 허기진 상태라 물리지 않고 따뜻한 죽을 천천히 먹었다. 다 먹고 나자 너무나 무료하여 넓은 침전을 구경하기 시작했다. 그것도 얼마 지나지 않아 관심도가 떨어졌다.

'전하는 언제 오실까.'

실은 눈 떴을 때부터 가장 궁금한 사항이었다. 내색하지 않았으나 멀리서 발소리가 들린다 싶으면 황태자의 거동일까 신경을 바짝 곤두세웠다가 곧 아님을 알고 실망하는 수순을 계속적으로 밟았다.

이 정도 간격이면 아현이 정신 차렸다는 전달은 듣고도 남을 시간이었다. 그럼에도 황태자가 아직 오지 않는다는 것은 정말 바빠서 올 여유가 없거나, 일부러 무시한다는 뜻이렷다. 전자라면 상관없지만 후자의 경우는 정말 상상하기 싫었다. 분명 은애한다 하셨는데 마음이 그렇게 금방 바뀌실까.

속이 바짝 말라 다시 물로 목을 축였다.

그렇게 골머리를 앓고 있는데, 밖이 좀 소란스러워졌다. 소란이 가라앉자 종종걸음으로 문 앞에 다가온 시녀가 아현에게 공손히 아뢰었다.

"아현 님, 전하께서 오시고 계시옵니다."

"그, 그래?"

곧 만난다고 생각하니 심장이 무섭도록 뛰었다. 초조해서 애꿎은 옷자락을 잡았다 놓았다 반복하며 문이 열리길 기다렸다.

'많이 걱정하셨을 거야. 이제부터 시식관원 행세는 절대 하지 말라고 막으시겠지. 그래, 고집부리지 말자. 전하께서 원하시는 거면 뭐든지 들어드리자.'

"모두 밖으로 나가라. 어떤 소리가 들려와도 무시해라. 방해하는 자가 있다면 단번에 요절을 내주마."

문 하나를 사이에 두고 들려오는 황태자의 서릿발 같은 명이었다. 언짢은 일이 있으셨는가. 황태자의 냉랭한 어조에 기대감으로 가득 찼던 흥분이 알 수 없는 불안감으로 대체되었다.

"분부 받잡겠나이다."

여러 개의 발소리가 멀어지자 바위처럼 꼼짝 않을 것 같던 문이 드르륵 열렸다.

서서히 나타나는 황태자의 외양을 보며 아현은 반가움, 연모, 걱정, 불안, 많은 감정을 담은 눈으로 그를 하염없이 바라보았다. 그중에서 반가움과 애틋함이 가장 커 절로 미소가 지어졌다. 하지만 황태자와 눈이 마주친 순간 아현의 웃음은 힘을 잃었다.

그의 눈은 공허했다. 정확한 초점을 알기 힘든 눈빛이었다. 마치 생명력이 배제된 목각인형처럼 표정도 잃고, 감정도 없앤, 무생물과 다르지 않은 모습이었다.

"전하……."

감히 불러선 안 될 분위기였으나 넋 놓고 가만있자니 그것도 꼴이 우스웠다.

불렀는데 반응이 없다. 황태자 같은 고수가 바로 지척에서 부른 소리를 못 들었을 리는 만무하고, 이건 철저한 무시라고 봐야 옳았다. 그는 현재 침전에는 아무도 없다는 듯 그녀 옆을 스쳐 나가며 화초가 심긴 꽃분께로 다가가 섰다.

"전……하……."

용기 내어 한 번 더 불러봤으나 황태자는 미동조차 보이지 않았다.

아현은 덜컥 겁이 나고 말았다. 대체 무엇 때문에 자신을 본체만체하는 것일까. 아무리 화가 나도 이건 그답지 않았다. 예전이면 몰라, 정기만찬회가 있던 당일 서로를 향한 깊은 마음을 가감 없이 내보였었다. 황태자의 풍부한 감정이나 그녀를 은애한다던 달콤한 음성은 거짓에서 만들어질 수 없는 진심을 담은 고백이었다. 그것이 연기라고 생각하기도 싫었고 믿고 싶지도 않았다.

여태까지 여인과 밤을 지새운다, 소문만 무성하였지 황태자가 실제로 누군가에게 따뜻한 말 한마디 건네었던 적이 있던가. 사신위를 제외하고 지켜본 바로는 '아니'였다. 그래서 그의 웃음과 고백과 소유욕이 남다르고 값졌다.

아현은 다른 건 몰라도 한 가지만은 짐작이 가능했다. 열쇠를 지닌 사람은 그녀 자신이라는 것을, 스스로가 그보다 한 발 더 내딛어야 한다는 것을 말이다.

황태자의 애정이 어떠한지 이미 알아버렸다. 행복이 무언지 느껴버렸다. 벌써 그에게 중독된 마음인데 어떻게 포기가 가능할까.

굳은 마음을 다지듯 아현은 한 발짝 한 발짝 천천히 다가가 부르르 떨리는 손을 올렸다. 우선 황태자의 옷깃을 잡을 생각이었다. 그러면 없던 용기도 생겨나지 않을까 해서다.

허공을 가르며 황태자에게로 다가가던 손은 멈추어야 했다. 아니, 멈추어졌다. 황태자의 손에 의해.

강인한 손이 아현의 팔을 잡음으로써 자세가 돌려졌고 그 바람에 서로를 마주보게 되었다.

아현은 그를 다시 부르려다 내리쏘는 따가운 시선에 살짝 벌렸던 입술을 급히 다물었다. 공허했던 황태자의 눈이 언제 바뀌었나 싶게 불길이 일고 있었다. 꺼뜨릴 수 있는 붉은 불길이 아닌, 영원히 지속될 어둡고도 위험한 검은 불길. 심장이 태풍 속에 휩쓸린 듯 덜컹덜컹 요란한 소리를 냈다. 밤바다 같은 짙은 남청색 옥안玉眼은 화를 주체하지 못하겠다는 듯 화르륵, 더욱 검은빛을 더해갔다. 누구라도 한입에 삼켜버릴 분노의 불길은 주위 모든 걸 수증기로 화할 만큼 위력적이었다.

영원히 열리지 않을 것 같았던 황태자의 입이 무거운 기운을 풍기며 열렸다.

"하나만 묻겠다."

어렴풋이 느꼈다. 그녀의 대답이 어떠하냐에 따라 황태자의 분노가 더 끓어오를지 아니면 반대로 가라앉을지.

"은잔에 독이 있다는 걸 알았더냐?"

아현의 눈이 사정없이 흔들렸다. 거의 확신한 거나 다름없었다. 그러니 억지를 써가며 먼저 마신 것이 아니겠는가. 아니었으면 좋았을 테지만 결과적으로 은잔 안에는 독이 있었고 그녀의 불길한 예감은 들어맞았다.

"예, 그러합니다. 어느 정도 예상하고 있었습니다."

움찔. 황태자 주위에 살기를 동반한 화가 급격히 팽창했다. 아현의 대답은 그가 듣고자한 말이 아니라는 뜻이리라.

머리가 어지럽고 속이 울렁거렸다. 아현이나 되니까 이 정도지, 범인凡人이 여기 있었다면 오줌을 지리거나 토하거나 바로 기절했을 터였다.

"알고 있었다고?"

"예, 전하께서 그걸 드시게 할 수는……."

"닥쳐라!"

귀를 멍하게 할 크나큰 포효였다. 아현의 입술이 바르르 떨렸다. 두려웠다. 육체적 고통에 대한 두려움이 아니었다. 좀 더 근본적인, 좀 더 감정적인, 그가 이대로 자신을 저버릴지 모른다는 원초적인 두려움이었다.

심장을 태울 듯 뜨거운 화를 표출한 황태자는 처음이었다. 언제나 냉정한 그였으니까. 심히 노하여도 얼음 송곳니의 날카로움을 벗지 않던 그였으니까. 이성을 잃은 모습은 본 적이 없으니까. 능시로 둘러싼 뼛속까지 얼리는 차가움은 알아도 숨통이 턱턱 막히는 뜨거운 불길은 알지 못한다. 그래서 더욱 놀랐다. 무시무시한 화가 너무 무서워 자리를 피하고 싶을 정도였다.

신체가 움직여지지 않았다. 말도 목구멍까지 올라갔다 사라졌다.

"네가 감히, 네가 감히……."

아현은 솔직히 그의 분노를 온전히 이해하지 못했다. 호위가 주군을 지키는 것은 당연한 것이고, 고귀한 황태자가 해를 입지 않았으니 오히려 잘된 일이 아니던가. 왜 황태자는 그녀를 죽일 듯이 노려보는가.

"아!"

아현의 손목을 잡고 있던 황태자가 그녀를 거칠게 끌고 가서 침상 위로 던졌다. 몸 상태가 온전하지 못한 아현은 추풍낙엽처럼 쓰러져야 했다.

이제는 입술뿐만 아니라 몸 전체가 덜덜 떨렸다. 두 팔을 상체 뒤로 짚고 황태자를 피하며 주춤주춤 물러났다.

그것조차 불만인지 커다란 사내의 몸이 덮치듯 아현을 가두었다. 얼굴과 얼굴이 곧바로 닿을 것 같았다.

"감히, 네가!"

끊어내는 한 맺힘에 숨이 턱 막혔다.

"나를 두고, 죽으려고 해?"

착시인가. 부릅뜬 황태자의 눈에 약간 붉은 기가 돌았다. 동요하며 흔들리는 그의 눈동자. 한을 토해내듯 한 자 한 자 끊어내는 그의 진심에 아현은 어떤 말도 할 수 없었다.

"넌, 더 이상, 나를, 볼 수 없어도, 상관없었던 거냐?"

절대 아니라고 고개를 세차게 흔들었다. 가슴이 먹먹했다. 목

젖까지 치고 올라오는 안타까움에 심장이 옥죄어왔다. 아무리 목을 가다듬어도 소리가 나오지 않았다.

'전하 아니옵니다. 절대로 그런 게 아니옵니다.'

역지사지.

아현이 황태자였대도 똑같은 분노를 느꼈을 터였다. 왜 목숨을 함부로 여기냐 화냈을 것이다. 은애하는 이를 두고 죽으려고 했다니, 당시 최선의 선택이었다고 생각했는데 이제 보니 최악의 수였다. 본인 좋을 대로인 이기적인 판단에 혀를 깨물고만 싶었다.

"죽은 사람은 속 편하겠지. 남겨진 자의 아픔을, 네가 알기나 하느냔 말이다."

아현은 아니라고 계속적으로 고개를 흔들 뿐이었다.

"부모까지 잃었는데……. 이제 너마저 잃으라고?"

오롯이 슬픔을 내보이는 인간적인 모습이었다. 눈물을 흘리진 않았으나 그는 분명 통곡하고 있었다. 아픔을 알아달라 발버둥 치고 있었다. 황태자가 한 마디, 한 마디 쌓을 때마다 가슴이 지끈지끈 아려왔다.

부모의 죽음, 적들로 둘러싼 황궁, 한 치 앞도 내다볼 수 없는 앞날, 화려함 속의 외로움, 괴로움을 삼켜야 했던 많은 나날들, 그의 눈에는 수많은 것들이 담겨 있었다.

빽빽한 가시로 둘러싸인 심장이 피를 흘리며 절규한다.

그 아픔에 동화된 그녀의 눈에서 안쓰러움의 눈물이 흘렀다. 황태자가 스스로 울지 못해서일 것이다. 그것이 또 마음 아파 간헐적인 흐느낌이 끊임없이 새어나왔다. 죄송하다, 다시는 그러지 않겠다, 말해야 하는데 도저히 소리가 만들어지지 않는다. 현재로선 불가능했다.

주체할 수 없는 분노가 어느 정도 터져서일까. 완전히 갈무리된 것은 아니지만 좀 전보다 화를 담은 불길은 사그라진 상태였다.

"네가 왜 우는 것이냐? 정작 울고 싶은 사람은 나다."

무뚝뚝한 말투에 서늘한 눈매는 여전했지만 눈물을 닦아주는 손길만큼은 더없이 부드럽고 조심스러웠다.

"깨어나지 않는 너를 보고, 내 심정이 어떠했을지, 짐작이라도 하느냐?"

"으……. 흐흑……."

"바보 같긴……."

도저히 그냥 있을 수 없었다. 너무 미안해서, 그가 너무 애처로워서, 다정히 대해주는 그가 너무 좋아서, 이 마음을 표현하지 않고는 못 배길 정도로 애정이 끓어 넘쳤다.

아현이 손을 뻗어 옥면을 만지자 황태자의 손이 겹쳐와 그의 입술 위로 함께 이동시킨다.

뜨거운 사내의 입술이 손바닥에 깊게 입을 맞추면서도 독선적인 눈빛은 그대로 그녀를 직시한 채였다.

결국 참을 수 없어 두 손을 뻗어 그의 목을 감았다. 부끄러움도 잊은 채 입술을 가져가 그에게로 묻었다.

아현의 행동이 예상 외였는지 황태자의 몸이 순간 움찔한다. 그것은 아주 찰나였고 그의 두 손도 가녀린 몸을 억센 힘으로 압박하며 열린 그녀의 입속을 범했다.

뜨거움이 몰아쳤다.

꼭 죽을 사람처럼 한시도 떨어지지 않는다. 잡아먹을 듯 입술을 짓이기는 격렬함에 아현의 몸이 부르르 떨린다. 끈질기고, 집요하고, 욕심 많은, 설吻이다.

삼키고 삼켜도 모자라다는 듯 욕구는 지속적으로 이어졌다. 끝없는 마음의 표현이었다.

아현이 숨이 차 색색거리자 아쉬운 여운을 남기며 유성은 욕망을 잠시 유보시켰다. 복사꽃처럼 달뜬 얼굴이 어여뻐 여기저기에 입술을 찍었다. 바삐 움직이는 순문脣吻 사이로 떨리는 숨이 본심을 품고 있다.

'넌 내 것이다. 누구도 빼앗지 못한다.'

얼굴을 쓰다듬고, 머리를 쓸어 넘기고, 정상체온을 만끽하는 옥수가 잔잔한 진동을 만들며 지나간다. 이제야 요 며칠간의 악몽과도 같았던 공포가 점점이 흩어졌다.

"전……하……."

"나쁜 녀석……."

"죄송하옵니다……."

"다른 말이 듣고 싶구나."

"은애하옵니다. 사모하옵니다. 연모하는 정이……, 너무나 깊어, 어찌 표현해야 할지 모를 만큼…….."

그것으로도 충분하다는 듯 유성의 깊은 입맞춤이 뒤를 따른다.

생전 느껴보지 못한 가슴이 녹는 애틋함. 어떻게 손을 대야 할지 모를 안타까움. 절절한 마음이 만들어내는 애끊는 진심.

유성은 더없이 진지한 얼굴로 그녀를 내려다보았다.

"밝힐 게 있다."

습기를 머금은 아현의 촉촉한 눈동자가 의문을 품고 그를 향했다.

"이것만은 알아둬라. 너도 입장이 있듯 나 또한 그러했음을, 허니 이해하고 받아들여라."

"그게 무슨……."

"꼬아듣지도, 의심하지도, 불신하지도 마라. 과정이 어찌 됐든 결과는 하나니까. 너와 내가 연인이라는 사실, 서로 깊이 은애한다는 진실. 그것만 기억해라."

아현은 설마 하는 심정으로 황태자를 마주보았다. 말도 안 된다 여기면서도 불안함을 담은 눈빛은 계속적으로 흔들렸다.

그런 그녀가 안쓰러운지 그의 손이 다정스레 머리카락을 쓸어넘겨주었다.

"아현, 네가 황제의 첩자 신분이라는 것을 이미 알고 있었다."

헉, 아현이 숨을 멈췄다. 아니, 숨 쉬는 것을 잊었다는 말이 맞을 것이다.

유성은 속으로 쯧, 혀를 차며 옆으로 누운 채 아현을 더 가까이 끌어당겨 등을 토닥토닥 두드렸다. 아이를 달래는 그런 다정함을 담은 손길로.

"오래 전부터 알았었다."

새파랗게 질린 얼굴이 이젠 사시나무처럼 떨어댄다. 경련과도 같은 떨림이었다.

유성의 몸도 덩달아 떨릴 지경이었다.

도저히 어떻게 해야 할지 모르겠다는 듯 손바닥에 얼굴을 묻는 아현이 애처로웠다.

"날 보아라. 어서."

아현이 끝끝내 거부하자 작게 한숨을 쉬던 유성은 손을 천천히 그녀의 몸으로 이동시켰다. 골반을 스치는 감각에 움찔 반응을 한다. 손가락 끝으로 옆구리를 그리듯 올라가니 아현이 애처로우리만치 숨 가쁜 신음을 참아낸다.

'어디까지 버틸 수 있나 두고 보자.'

치고 빠지는 전술처럼 묵직한 손이 아랫배로 향하다 갑자기 쑥 올라가 봉긋한 가슴을 단번에 움켜쥐었다.

"웃……. 저, 전하!"

"이제야 얼굴을 보여주다니, 참으로 야박한 연인이로군."

황태자의 손을 떼어내려 아현은 자신의 두 손을 그 위로 포개어 잡았지만 아무리 힘을 줘도 그 손은 눌러 붙은 아교처럼 떨어지지 않았다. 가슴을 그에게 잡힌 것만으로도 기절하고 싶거늘, 황태자는 한 술 더 떠 느릿하게 주물러댔다.

이젠 그녀의 몸뚱이가 다른 의미로 떨렸다. 처녀의 부끄러움이었다.

난생처음 겪는 충격에 아현의 숨이 할딱 넘어가려 하자 유성은 무엇이 즐거운지 여전히 손으로는 부드러운 여체를 만지면서 입술은 제집을 찾듯 다시 한 번 붉은 앵두에 혀를 밀어 넣었다. 옅은 웃음기를 머금으며.

"으웃, 읍……. 저……전하, 이, 이, 손……. 좀……."

잠시 입술 공격을 멈춘 유성은 코와 코가 맞닿는 거리에서 예쁘게 달아오른 아현의 얼굴을 감상하며 부드러운 어조를 내보낸다.

엉큼한 손은 여전히 부드러운 둔덕을 배회하고 있었다.

"이제 대화할 생각이 들었느냐?"

"전하 손을……. 윽! 제발 놓아주시어요."

얘기를 마무리하려면 놓아야 하지만 솔직히 그냥 놓기 아쉬웠다.

유성은 입맛을 다셨다. 하지만 조금만 참자 스스로를 애써 위로하며 티끌만한 이성을 끌어모아 허리 쪽으로 손을 내렸다.

아현은 겨우 숨을 쉬었다. 평소라면 허리에 가 있는 손조차 어쩔 줄 몰라했을 테지만 가슴보다야 훨씬 안전했으므로 그나마 미친 듯이 뛰던 심장고동이 차츰 가라앉았다.

"너의 비밀을 알고 있다는 것이 그렇게 충격이었느냐?"

"당……연하옵니다. 왜……. 미리 언질을 주지 않으셨습니까?"

"그래서 원망스러우냐?"

아현은 곰곰이 생각에 잠겼다. 억울한 이 마음이 과연 황태자를 원망하는 마음과 같은 것일까. 그녀는 고개를 저었다. 다르다. 황태자가 자신의 정체를 알고 있다는 것도 모른 채 여태껏 갖은 마음고생을 겪은 걸 생각하면 억울하고 다소 분한 감정은 있을지언정 원망은 들지 않았다.

근본적으로 질 수밖에 없는 군신관계의 틀 때문인지, 황태자의 언행은 무조건 좋다고 보는 눈이 먼 여인의 깊은 애정 탓인지. 배신감은 물론 작은 원한조차 일지 않았다. 그녀에게는 서로가 서로를 은애하는 마음과 그것이 거짓이 아니라는 점이 훨씬 중요했기에, 오히려 온전히 좋아하는 마음을 표현할 수 있는 지금 이 순간이 정말 꿈만 같았다.

그것을 깨닫고 나자 놀람과 두려움을 내포한 떨림은 잦아들었다. 황태자가 알고 있었다는 사실이 너무나 충격적이라 순간적으로 본능적인 공포를 느꼈지만, 이제는 더부룩하게 남아 있는 체증이 일시에 해소된 것처럼 편안하기까지 하였다.

늘 아현을 사로잡았던 사악한 먹구름이 걷혀 밝은 달을 완연히 내보이는 기분이었다.

그래도 조금 더 일찍 밝혀주시지 하는 아쉬움은 자꾸만 생겨났다. 그러다 곧 스스로를 질책했다.

자신도 참 이기적이다. 먼저 움직일 생각은 않으면서 황태자가 늦게 밝혔다고 투덜대는 꼴을 보라지. 이래서 사람의 욕심은 끝이 없다고 하나 보다.

"궁금한 게 많은 눈빛이군. 무엇이 알고 싶으냐?"

"제가 황제 손에서……, 자랐다는 걸……, 아셨던 겁니까?"

"그래. 네 스승도 알고 있었느니라."

"네에?"

벌떡.

너무 놀라 저도 모르게 몸을 곧추세우다 황태자에 손에 이끌려 다시 침상 위로 눕혀졌다. 진정하라며 등을 토닥이는 황태자의 손길에 다시금 안정을 찾는다.

짧지도 길지도 않은 이야기가 이어졌다. 황제의 뒤를 밟고 나와서 그녀의 스승과 그녀를 보게 된 일. 아현이 모르는 스승의 내력까지.

무엇보다 경악한 것은 황태자의 무위였다.

"열넷의 나이에 제 스승님과 대등하게 겨루었단 말입니까?"

"장시간 이어졌다면 내공이 부족한 내가 밀렸겠지."

"하오나, 어찌 그래도 스승님과……. 전 일 합도 견디지 못하였습니다."

"넌 그때 어렸지 않느냐. 무엇보다 내겐 여러 가지 행운이 뒤따른 경우라고 보면 된다."

"아무리 대환단을 복용하고 무공비급이 있다 한들 누구나 전하와 같은 성취를 이루는 것은 아닙니다."

"당연한 소릴."

"예?"

"난 귀재 중의 귀재니 당연히 범인과는 다르다."

자신이 천재라며 당당히 말하는 황태자가 황당하면서도, 이는 반박할 수 없는 그대로의 사실이라 아현은 그저 꿀 먹은 벙어리가 되었다.

유성은 아현의 등을 부드럽게 쓰다듬며 살짝 벌린 입술 위를 혀로 덧그리듯 그녀의 촉촉함을 음미했다. 향긋하고 고왔다.

"입술에 꿀을 발라놓은 것이냐? 미향을 뿌린 것이냐?"

아현이 부끄러움에 그만 시선을 떨어뜨렸다.

그 꽃다운 모습에 흐뭇한 미소를 지으며 황태자는 손끝으로 그녀의 턱을 끌어올렸다. 언제 농을 즐겼냐는 듯 가벼운 웃음을 금세 지워버린 유성은 더없이 진지한 말투로 고백했다. 가장 솔직한 직접화법으로.

"널 처음 봤을 땐 이렇게 되리라곤 생각지 못하였다. 그저 지켜보는 입장만 고수했었지. 솔직히 첩자라는 너의 신분을, 상황을 역전시킬 발판으로 이용할까 생각했었다. 하지만 마주하게 되면 항상 너의 배경이 머릿속에서 지워졌었어. 이익을 따질 겨를이 없었다. 눈은 언제나 너를 좇았고 너를 향한 목마름으로 미칠 지경이었으니까."

"저도 마찬가지였습니다."

먼 과거를 회상하는지 유성의 초점이 점점 옅어진다.

"어릴 때의 너도 참 귀여웠지. 작은 손발로 뛰고 구르고 애쓰는 모습이 보기 싫으면서도 아니 볼 수 없었다. 그땐 말도 안 된다고 치부하였지만 나의 진심은 네가 다치지 않을까 걱정하였던 마음이더라. 너를 이용하자 다짐하면서도 결론적으로는 실패하고 말았지."

"오래 전부터……, 소녀를 마음에 두고 계셨던 것이옵니까?"

"그래……."

쪽. 다시 짧은 입맞춤을 해왔다.

"아니다, 아닐 것이다, 말도 안 된다, 입으로는 거부했지만 실상은 항상 너를 그리며 살았다. 서책을 보다가도 그 예쁜 어린 계집은 글공부를 잘 하고 있으려나, 수련을 하다가도 그 아이는 다치지 않고 잘 버티고 있는 건가. 넌 나에게 있어 인간의 감정찌꺼기를 느끼게 한 유일한 존재였어. 며칠 전까진 그것을 부인하고자 마음을 억제하곤 했지만 끝내는 그리되지 않더구나."

간질간질한 순풍이 가슴을 한 바퀴 돌아 지나간다.

황태자의 마음이 이러할지 몰랐다. 그저 빚이 묶어둔 관계에서 감정이 발전한 것이라 여겼지, 그가 오래도록 자신을 봐오고,

소중한 마음을 키워온 것이라곤 상상도 하지 못하였다. 그래서 더 감격스럽고 그의 고백 하나하나가 감동이었다.

"나는 참 비겁한 사내였다. 갖가지 말도 안 되는 핑계로 너를 취할까, 말까, 사내로서 욕심만 부렸었지, 마음을 깊이 따져볼 생각은 하지 못했었다. 어떻게 이리 어리석을 수 있을까."

"저도 마찬가지이옵니다. 첩자라는 신분을 망각하고 지냈으니까요. 황제가 전하께 빠져들지 말라고 경고했음에도 그 마음을 경계조차 하지 못했습니다. 정말 첩자로서 실격입니다. 지금도 그러하지만 그때도 전하를 위해서라면 무슨 일이든 할 마음을 가지고 있었습니다."

유성의 눈에서 슬쩍 살기가 스쳐지나간다.

"그래서 노한 게 아니더냐. 내가 미치는 꼴이 보고 싶거든 다음에 또 그리하려무나."

독을 마시던 기억이 또다시 살아났는지 황태자가 광포한 기운을 내뿜자 아현은 저도 모르게 '쪽' 하며 얕은 입맞춤을 하고 말았다. 그것은 황태자를 달래고자 하는 본능이었다.

언제 표정을 무섭게 굳혔냐는 듯 황태자는 허탈하고도 어이없는 웃음을 피식 흘렸다.

"감히 내 감정을 조종하려드느냐?"

"절대 그런 게 아니옵니다."

"괘씸한."

놀란 토끼마냥 아현의 어깨가 움찔거린다.

"귀여운 녀석."

눈을 동그랗게 뜨며 어색하게 눈동자를 굴리는 모습에 유성은 속으로 웃음을 삼켰다.

'보아라, 네가 이리 행동하는데 어찌 귀엽지 않을 수 있으랴.'

또 참지 못하고 아현의 말캉한 혀를 찾았다. 아무리 참으려 해도, 그 대단한 자제력으로도, 억제할 수 없는 충동이었다. 품속의 부드러운 여체를 이리 쓸고 저리 쓸며 불같은 욕심을 조금씩 드러냈다.

어느새 옷 속으로 침투한 크고 단단한 손이 부드러운 살결을 음미하듯 만진다.

너무 놀란 아현은 딱딱하게 굳은 채 헛바람만 삼켰다.

그녀의 몸을 침상에 바로 눕히고 유성이 흰 명주옷의 여밈을 하나씩 열어도 반응이 없다. 응해야 할지 불응해야 할지 갈피를 잡지 못하는 아현의 불안한 속내가 짐작되었다.

가학적인 사고를 부추기는 투명하고 새하얀 목덜미 쪽으로 입술을 들이밀었다. 세차게 뛰어오르는 맥박을 집어삼키듯 혀로 할짝거리며 쭉 빨아 당기기를 몇 번.

그제야 정신이 돌아온 아현이 팔을 잡아왔으나 악력은 강하지 않았다.

부끄러움도 부끄러움일 테지만 생소한 감각과, 거부할 수 없는 상대라는 점에서 제대로 된 저항은 사실상 힘들었다.

"전……하……."

"쉿."

거추장스러운 옷을 다소 거칠게 벗겨내자 아현은 얼굴이 발갛게 달아오르며 처녀의 수줍음으로 가슴을 가렸다.

강하지만 부드러운 손길로 아현의 방어벽을 허물어뜨린 유성은 쇄골에서 머물던 입술을 점점 아래로 길을 만들었다. 뜨거운 입술이 피부를 자극할 때마다 아현의 몸이 파드득 파드득 튀어올랐다. 그는 음흉한 웃음을 속으로 삼키며 볼록 솟은 둔덕을 타고 올라가 짙은 정점을 물었다.

"으읏!"

혀로는 유두를 굴려 핏물을 빨아 당기듯 강하게 흡착하고 한 손은 다른 가슴을, 남은 손은 둔부를 잡았다 놓쳤다 비틀다 약하게 쓸다를 반복하며 붉은 자국을 남겼다.

유성은 점점이 흩어지는 이성을 놓치지 않으려 애써보지만 쉽지 않았다. 아현의 향취가, 부드러움이, 애끓게 하는 반응들이, 이 모든 게 참을 수 없는 격랑을 만들어냈다.

속곳을 벗겨내려니 또 한 번 아현이 거부 아닌 거부를 보였다. 어찌할 수 없는 수줍음이라는 걸 알지만 거부당하는 것 자체가 익숙하지 않은 유성으로서는 언짢기도 했다.

그런 그의 상태를 짐작한 아현이 떨리는 음성으로 변명했다.

"좀……. 천천히……."

"더 천천히 했다간, 이 몸이 죽을 것 같다."

"짓……굿으십니다. 으흣."

아현의 모든 것을 먹어치우듯 배꼽 주위를 배회하던 유성. 그의 입에서 나오는 옥음은 뇌쇄적인 진한 욕망을 품고 있었다. 듣는 이로 하여금 낯을 붉힐 수밖에 없는 짙은 탐욕이었다.

"얼마나 많은 날들을 내가 참아왔는지, 네가 알기나 하느냐?"

유성의 목소리가 거칠고 급했다. 과감히 속곳을 벗기고 아현이 제지하기 전에 은밀한 곳으로 얼굴을 내려 단물을 가득 맛본다.

"거, 거긴……. 안……."

머리에서 뭔가가 번쩍 한다.

말로 표현할 수 없는 아찔한 촉감과 등줄기를 타고 흐르는 짜릿함에 아현은 그만 두 손으로 얼굴을 가리고 말았다. 충격이었다.

아래쪽을 드나드는 음습한 기운이 질척한 음을 낸다. 여린 살을 하나하나 정성스레 어루만지듯 핥고 빨아댄다.

미칠 것 같았다. 다리를 오므리려 해도 이미 힘이란 힘은 다 빠져나간 상태였다.

여인의 귀한 곳과 허벅지의 연한 살을 마음껏 취한 유성은 고개를 들어 얼룩덜룩한 색을 흡족하게 바라보았다.

"아현."

그녀는 여전히 얼굴을 가린 채 바르르 떨고 있었다. 황태자가 불러도 대답할 수 없었다. 그럴 정신도 없거니와 도저히 볼 용기가 나지 않았다. 입에 담을 수 없는 여인의 그곳을 어떻게…….

"얼굴이 보고 싶으니 손을 내려라."

유성은 말을 하면서 자신의 의복을 하나씩 풀어 바닥에 아무렇게 던졌다.

"꼭, 경고를 하게 만드느냐?"

움찔. 그럼에도 아현은 굳건히 얼굴을 사수했다. 황태자의 지엄한 명보다 여인의 부끄러움이 앞선 최초의 일이었다.

따뜻한 기운이 위를 덮쳤다.

말랑하고 부드러운 여인의 살결과 매끄럽고 단단한 사내의 피부가 맞닿았다. 음양의 조화가 그러하듯 작고 가녀린 여인의 몸을 감싼 크고 건장한 사내의 몸은 한 쌍의 정교한 예술품처럼 딱 맞게 어울렸다.

다시 움찔. 얼굴에 장벽을 세운 손등에 황태자가 느릿하게 움직이며 혀끝으로 맛을 본다. 예전 록수정에서 아현이 그의 긁힌 상처를 핥았던 그때처럼.

오랜 검 수련으로 다소 거친 유성의 손바닥이 아현의 다리를 슬그머니 벌려 분출하고픈 자신의 욕망을 노골적으로 가져다 댔다.

갖가지 자극으로 이미 축축해질 대로 축축해져 단물을 흘리는 그녀의 그곳에 딱딱하고 뜨거운 것이 살짝 비벼지자 아현은 그야말로 까무러칠 뻔했다. 그렇지 않아도 부끄러워 땅속을 파고들어가고 싶거늘 황태자는 한 술 더 떠 계속적으로 마찰시키니 어찌 버틸 텐가.

질척질척. 어서 얼굴을 내보이라는 황태자 특유의 심술이 발동한 것 같기도 했다.

"아현아."

경직. 농담이 아니라 아현은 말 그대로 몸을 뻣뻣하게 굳혔다. 순간 자신이 잘못 들었나 하였다. 한데.

"아현아."

그녀의 혼란을 비웃듯 유성이 더없이 달콤한 옥음으로 다시 한 번 자신을 불렀을 때에야 꿈도 환청도 아니라는 걸 깨달았다. 도저히 황태자의 목소리가 아닌 것 같았다. 이렇게 부드러울 순 없었다. 꿀물을 담뿍 삼킨 달달함보다 더한 녹아내림으로 그녀를 무너뜨리고 있었다.

"손……."

단지 한 음절이었지만 많은 말보다 더한 뜻을 함축했다. 서서히 힘이 **빠져나간** 손이 얼굴에서 떨어지자 그것을 기다렸다는 듯 아현의 가슴을 우악스럽게 잡아왔다.

"아앗! ……으읍……."

곧바로 이어지는 긴 입맞춤. 눈앞이 돌고 숨이 턱 끝까지 차올랐다. 매달리지 않으면 천 길 낭떠러지에 떨어질 것 같은 아찔함이라 힘없는 팔을 올려 황태자의 목을 겨우 감았다.

밀착된 몸이 흡족한지 그에게로부터 낮은 탄식을 담은 신음이 흘렀다.

힘겹게 입술을 뗀 유성이 진심을 담은 두 눈으로 아현을 마주본다. 어느 때보다 은빛 가루를 뿌리는 맑은 청남색의 눈동자가 기쁨의 소용돌이를 그렸다.

"나에게 정인은, 오직 너뿐이다."

"전하……."

울컥하는 격정을 이기지 못한 아현의 눈에서 눈물이 넘치자 끓어오르는 심장이 명하는 대로 유성은 하반신을 가져갔다. 시작은 천천히, 하지만 망설임 없이 한 번의 동작으로, 자신을 깊숙이 묻었다.

아현의 신음이 터졌다.

고통에 찬 상대의 할딱거림을 입으로 틀어막고서 혀뿌리가 뽑힐 강도로 아현의 정신을 쏙 **빠지게** 하였다.

그렁그렁 맺혔던 눈물이 관자놀이 위로 또르르 구른다.

청동 첫 번째 이야기

서서히 고통에 둔감해지기 시작하자 아현이 빳빳한 몸을 서서히 이완시켰다. 황태자의 어깨를 바짝 잡았던 손을 끌어올려 강인한 성품을 나타내는 그의 머리채를 만져댔다. 황태자가 그런 것처럼 그녀도 혀를 살랑살랑 움직여 상대의 흥분을 촉발시켰다.

큰 짐승의 위협처럼 유성의 목울대가 으르렁 소리를 내었다. 그것은 신호였다. 더 이상 참지 않겠다는 강한 수컷이 내뿜는 경고였다.

허리가 움직인다. 제어되지 않는 욕망에 온몸을 맡긴다. 거세게 압박하며 가열 차게 몰아붙인다.

"으……훗……. 하아……."

신경을 자극하는 뜨거움이 계속적으로 드나들었다. 가속을 붙인 유성의 허리 짓에 아현은 날아올랐다.

어스름한 수평선을 보는 기분으로 그녀의 가슴이 벅차오른다. 높아지는 신음과 그 속에 녹아나는 감정의 교류가 믿을 수 없을 만큼 행복하다. 끊임없이 두드려대는 둔통이 현재 그들이 무엇을 하는지 일깨워준다. 살아 있음을 알려준다.

"나만, 생각해라."

거친 숨이 더없이 달콤하다. 불타는 욕망에 심장이 떨린다. 시선 하나에 두 눈이 멀 것 같다.

굵은 땀방울이 단단한 그의 몸을 타고 흐르자 목이 바짝 말라왔다. 물로는 채울 수 없는 헐떡임. 지금 이 순간 그를 다 마셔버렸으면 좋겠다는 그녀답지 않은 소유욕이 온 정신을 지배했다.

이것은 폭주다. 이것은 폭발이다. 숨겨왔던 열정이고 본심이다.

아현은 그렇게 먼동이 터오는 새벽녘까지 몇 번이고 유성이 이끄는 환희의 세계로 녹아들었다. 아주 오래도록.

사신위 숙소 전각의 널따란 지붕 위.

한 인영이 긴 몸을 뻗어 팔베개를 한 채 달무리가 진 밤하늘을 멀거니 바라보고 있었다. 술이 담긴 작은 가죽주머니를 들고 이따금씩 내용물을 입속에 털어 넣으며 사색에 잠긴 모습이 더없이 쓸쓸했다.

"내 것이 아니라는 거……. 알고 있었잖아."

깊은 그리움을 담은 남휘의 눈에서 살짝 눈물이 내비쳤다.

"애, 애, 너 그 소문 들었니?"

"그 소문이라니?"

"전하고 아현 님 소문 들었냐고."

"아, 전하께서 아현 님을 완전 끼고 사신다는 거?"

"너도 알고 있었구나? 아휴, 완전 부러워 죽겠다니까."

"그러다 질리시면 내치시겠지."

"솔직히 그건 아니다. 전하의 편력을 몰라서 하는 소리니? 한 번 품었던 여인이라면 다음날 바로 내치신 전하가 아니었냐고. 근데 아현 님을 보라지? 내치기는커녕 독살사건 이후로 더 애지중지하시잖아. 아현 님한테 완전 빠지신 거야."

"그 정도였어?"

"그럼! 그리고 방금 환보궁에서 일하는 친한 동무한테 들었는데 말이야."

새치름하게 생긴 시녀가 주위에 아무도 없나 살펴보고 상대 동무에게 귓속말로 속삭였다.

"글쎄, 아현 님이 깨어나시고 전하께서 주위를 물리게 하시더니 나흘째 밖을 아니 나오고 있다지 않아?"

"참말이야? 대체 뭘 하시기에……."

무엇을 상상하였는지 두 시녀의 낯이 벌겋게 달아올랐다.

"소, 소리도 들리더래."

"무, 무, 무슨 소리?"

"그, 그 있잖아. 정을 통하면 나, 나, 나는 소……리."

"에구머니나!"

서로 등을 보인 두 시녀는 달아오른 얼굴의 열기를 손부채질로 급하게 식혔다.

가슴을 지분거리는 손길에 아현은 서서히 선잠에서 깨었다. 등 뒤에서 느껴지는 온기가 포근했지만 노골적으로 변해가는 욕망을 담은 손이 점점 아래로 내려가 수풀을 헤쳤다.

츄읍.

목덜미를 흡착하는 뜨거운 입술의 짜릿함과 여인의 촉촉한 입구를 쓰다듬는 황홀함에 아현은 작게 경련하듯 바들바들 떨었다. 두텁고 어두운 휘장이 쳐진 실내라 지금이 낮인지, 밤인지, 그 후로 며칠이 지났는지, 가늠할 수가 없었다. 계속 이러고 있어도 되는지 판단력이 흐릿했다.

"으……. 응……."

쉼 없이 황태자를 받아들였던 몸이라 금세 반응이 올라온다.

첫 관계 이후, 몸을 씻겨준다는 핑계하에 욕탕에서 두 번이나 아현을 괴롭혔던 황태자는 무엇이 그리도 부족한지 몸이 채 식기도 전에 침상에서 또다시 그녀를 취하였다. 한번 둑이 터지자 걷잡을 수 없는 홍수로 아현을 표류하게 만들었다. 망각의 강을 건너게 하여 오직 이 세계에 황태자만이 유일한 존재인 양 깊이 새겨진 곳에 재차 각인시켰다.

그는 집요했다. 최소한의 음식을 섭취하고 최소한의 수면을 취하는 것 외에 나머지는 황태자의 품에 갇혀 있어야 했다. 아현의 몸에 황태자의 입술이 미치지 않는 곳이 없었고, 잠시 피부가 닿지 않는 것도 참을 수 없어 했다. 거친 소유욕에 오싹 한기가 들면서도 다시없을 행복감에 짜릿한 전율을 느꼈다.

아현은 황태자를 제외하고, 모든 상황을 잊었다.

"뭘 생각하느냐?"

"으음……."

유성의 손길에 속절없이 신음만 흘리는 아현이었다.

그녀의 깊은 곳은 이미 그를 반길 준비를 갖춘 상태였다.

우아한 선을 그리는 날갯죽지를 황태자가 혀끝으로 맛을 본다. 그러다 성이 안 차는 무언가가 있는지, 못된 성격이 삐죽 모나게 튀어나왔다.

"으흑!"

적나라하게 붉은 열꽃이 핀 살결. 다리 안쪽 여린 살을 잡아 벌려 거칠게 들어오는 황태자의 욕망에 아현은 속절없이 끌려갔다.

"누구를, 생각하는 것이냐?"

"전……."

무성한 음모가 둔상 아래쪽과 찰싹찰싹 부딪칠 때마다 머릿속에서 뇌편이 번쩍 빛을 발한다.

"누구냐?"

불규칙적인 박자감으로 출입을 행하는 유성의 거센 욕구에 아현은 그저 흔들리는 낙엽이었다. 아현이 말이 없는 건, 호흡이 고르지 못한 사정도 있지만 긴 시간 지속적인 쾌락과 허기진 욕망에 노출되어 육체의 모든 기능이 정상상태가 아닌 까닭이었다. 비명과 신음, 그로 인해 잠겨버린 목. 눈물을 한 움큼 뽑고 시작하였으니, 목이 쉬지 않았다면 그게 더 놀라운 일이리라.

"네 머릿속에, 누가 있느냐?"

아현의 입에서 나올 말이 뭔지 빤히 알면서도 참으로 얄궂은 황태자다. 대답하지 않으면 몇 번이고 괴롭힐 그인지라 그녀는 꽉 잠긴 목을 억지로 짜내며 겨우 답했다.

"전하……이옵……. 윽!"

"그래, 오직 이 몸만, 눈에 담아라."

아현의 다리를 팔에 걸치고 몸 앞쪽으로 뻗어간 손은 출렁 흔들리는 가슴을 한가득 잡으며 안으로, 안으로, 무섭게 파고들었다. 통째로 집어삼켜지는 기분에 몸서리가 쳐진다.

"아현아……. 사랑한다."

은혜로운 말과 함께 경직하는 두 나신. 화한 뜨거운 기운이 몸 속 전체에 퍼졌다.

등줄기를 타고 흐르는 저릿한 쾌락, 실내를 후끈 달아오르게 한 열기, 숨 가쁜 호흡에 들썩이는 가슴.

모든 것이 무섭도록 아찔하다. 의식이 점점 멀어지고 있었다. 모든 힘을 소진한 탓이다.

아현이 깊은 잠에 빠지자 유성의 입술은 만족의 곡선을 그리며 따뜻한 여체를 조심히 안았다. 그녀가 안전하게 그의 손안에 있음을 확인이라도 하듯 쓰다듬는 손길은 멈추지 않는다. 곤하게 잠이 든 그녀에게 방해가 되지 않도록 세심하고, 부드럽게.

"누구라도 너에게 해를 가하는 자가 있다면……. 지옥 끝까지 쫓아가, 사지를 찢어죽일 것이다."

아현을 소유한 지 닷새째를 맞는 아침.

여러 날을 수없이 가지고 또 가지면서 유성은 불안함과 분노를 겨우 누그러뜨릴 수 있었다. 끝없이 타올라 터져버릴 듯, 용암 같은 불길을 잠재우자 아직 끝맺지 못한 일을 마무리 지어야 함도 알았다.

아현의 태생이 소담주의 태수, 김태문의 손녀라는 것과 부모는 한 줌의 재가 되어 세상에 존재하지 않는다는 것, 청도에서 본 야도의 수장이 그녀의 조부라는 것까지.

아현이 혼란스러울 걸 알지만 지체하고 싶지 않아 일사천리로 알렸다. 가급적 피하고 싶었던 주제였으나 밝히지 않을 수도 없는 노릇이었다.

부모가 죽고 없다는 대목에서는 아현은 결국 눈물을 보였다. 설움이 담긴 눈물이었다.

유성은 그녀가 모든 것을 훌훌 털어버리듯 다 쏟아내길 원했다. 하지만 온전히 슬픔을 말하는 얼굴을 보자니 속이 쓰려 마냥 두고 볼 수가 없었다. 눈총 받을 걸 빤히 알면서도 무뚝뚝한 입매를 움직였다.

"울지 마라."

"그, 그래도……. 마음이 너무 아프옵니다. 부모님이 그리 억울하게 돌아가셨다니."

"쯧, 성정이 이리 여려서야 지금까지 첩자행세는 잘도 했었군."

"그것과 이것은 다르옵니다."

"이젠 제법 말대답도 하는군."

많이 컸다는 듯 눈썹을 살짝 올리는 모양새가 보통 날카롭지 않다.

아현도 이젠 황태자의 진담과 농을 제대로 구분하는 경지에 올랐다. 그의 툴툴댐이 단지 그녀의 기분을 풀고자 하는 노력임을 왜 모를까. 그래서 더 애틋하고 감사하는 마음이었다.

아현이 손을 뻗어 황태자의 나신을 슬그머니 끌어안았다. 그런 그녀가 귀여워 응답하듯 그의 손도 여린 몸을 마주 안는다.

토닥토닥.

"앞으로 절대 울지 마라."

"슬프면 눈물은 나오게 마련입니다."

"그래서 내 말에 토를 다는 것이냐?"

"사람이 어찌 울지 않을 수 있단 말입니까?"

"나."

"예?"

"울지 않는 사람, 내가 있지 않느냐?"

아현이 독주를 마시고 쓰러졌을 때 내상을 치료해주면서 눈물을 보였다는 건 죽을 때까지 비밀이었다. 그러니 이렇게 뻔뻔하게 자신은 울지 않는다 말하는 것일 테고.

"그럼 울고 싶을 땐 어찌합니까?"

"흠, 딱 한 가지는 봐주지."

"어떤 한 가지를요?"

"내 품안에선 울어도 좋다. 더 안아달라 졸라대면서 운다면 언제든 환영이다."

"전하!"

아무리 황태자가 편해졌다고는 하나 이런 야릇한 농지거리를 자연스레 주고받는 경지까진 오르지 못했다. 죽었다 깨어나도 자신은 그를 이기지 못하리라 예감하며 포기의 한숨을 쉬는 그녀였다.

황태자의 웃지 못할, 위로 아닌 위로에 아픈 감정이 빠르게 아물었다. 어느 정도 진정된 아현은 순간 떠오른 사실에 서운한 마음을 감추지 못하고 중얼댔다.

이미 맞붙은 가슴은 옷감 한 장 비집고 들어가기 힘들 정도라 그녀의 작은 웅얼거림도 유성에겐 잘 전달되었다.

"왜 미리 말씀하지 않으셨어요? 너무하십니다."

역시나 유성, 작은 원망을 하는 그녀에게 그는 특유의 뻔뻔함으로 가볍게 묵살했다.

"너도 날 속이지 않았느냐?"

"그래도 전하께선 모든 사정을 알고 계시지 않으셨습니까?"

"네가 무슨 생각을 품고 있을지 누가 알아서?"

"해가 될 사람이 아니라는 걸 미리 아셔놓고선."

늘 무언가를 참듯 꾹 다물어져 있던 입이 제 세상을 만난 듯 귀엽게 종알거린다.

흘러내려온 머리카락을 넘겨주며 유성은 새하얀 이마에 쪽 소리가 나도록 입맞춤하였다.

"지금 앙탈인 거냐?"

삐뚠 그의 성정이 어디 갈 것인가. 손길은 갓 태어난 아기를 다루듯 부드럽기 그지없으면서 못된 입은 여전했다.

"그게 아니옵고!"

"과정이야 어쨌든 결과가 좋으면 된 거 아니더냐?"

"너무하시어요. 청도에서 미리 말해주셨음……. 조부께 인사하였을 텐데……."

"누구 좋으라고?"

"예?"

"이 몸은 너에 대한 고민으로 매일매일이 편치 않았거늘, 누구 좋으라고 날름 알려줄까?"

"그런……. 심술이 어디 있으십니까?"

"여기 있다."

아현은 순간 할 말을 잃었다. 황태자가 그렇다는데 어찌 반박하리.

나는 지금 행복하지 않으니, 너도 행복하면 아니 된다.

이런 심지 굳은 생각은 어찌할 수 없는 황태자의 독선적인 성정이었다. 평생을 가도 결코 고쳐지지 않을 그 바탕에 깔린 중심축과도 같은 성격이었다. 그래도 황태자가 좋은 걸 보면 그녀야

말로 눈에 콩깍지가 제대로 씐 것이 분명하다.

"이제 황제 말은 곧이곧대로 듣지 마라."

부모의 원수라는 걸 알아서일까, 아현의 눈에서 보기 드물게 살기가 피어올랐다.

"가만두지 않을 것입니다."

"유백은 나에게도 원수다. 결단코 편한 죽음을 주지 않을 것이다."

아현의 두 눈을 내려다보는 유성의 눈동자가 설핏 흔들린다.

"솔직히 너의 입장은 상당히 불안한 위치에 있다. 유백에게 등 돌려 나에게 온다면 황제는 괘씸죄를 적용해 더욱 간악한 수를 써 너를 위험에 빠뜨릴 테지. 물론 내가 다 막아줄 것이다. 허나 다른 경우의 수도 생각하여야 한다."

얼굴을 서서히 내려 아직도 부은 기가 남은 촉촉한 입술에 마음을 담아 입 맞춘다.

"이런 행복도 처음이고, 이런 불안도 처음이다. 하지만 나쁘지 않아. 너만 내 옆에 있다면 뭐든 잘될 것 같은 좋은 예감이 든다."

"그렇게 생각해주시니 저 또한 기쁘고 행복하옵니다."

황태자의 옥안을 물끄러미 보며 아현은 결심을 다졌다. 자신이 어찌 행동해야 할지 윤곽이 서서히 보였다.

"전 지금까지 해왔던 대로 황제를 만나겠습니다."

"아현."

"그렇게 걱정스럽게 보지 마시옵소서. 전하께선 제가 황제를 배신하게 되면 집중적인 공격에 노출되리라 염려하시는 거지요?.

그렇다면 답은 하나입니다. 계속 첩자인 척 행동할 것이옵니다. 오히려 우리가 더 좋은 위치를 선점할 수 있는 기회가 될지 모릅니다."

착 가라앉은 유성의 눈이 암울한 빛을 띠었다.

"마음이 놓이질 않아."

고뇌의 한숨을 작게 쉬던 그가 곧 눈에 예기를 담고 확고하게 말했다.

"그래도 너를 믿는다."

그것은 연인이 아닌 황태자 최고 호위무사인 사신위에게 보내는 신뢰의 눈빛이었다.

"이것 하나만은 약조해라."

"무엇이옵니까?"

"위험하다 싶으면 절대적으로 내 말부터 들을 것."

"그것은 당연합니다."

"명심해. 빠지라고 하면 눈앞에 어떤 큰 이익이 있어도 빠져야 한다."

"예, 알겠사옵니다."

절대 놓지 않으려는 속내를 보여주듯 아현을 한참 안고만 있던 유성이 뜨거운 숨을 몰아쉬며 그녀를 침상에 곱게 뉘였다.

"전하?"

복부를 찔러오는 익숙한 자극에 아현의 볼이 붉게 변한다.

얼마 지나지 않아 침전 안에는 애달픈 신음이 넘쳤고 후끈한 열기가 가득 찼다.

아현의 혼이 이탈한 이때를 놓치지 않고 유성은 여러 가지를 묻고 또 물었다. 대답하지 않으면 거칠게 굴다가 순순히 불면 흥분이 최고조로 달리게 정신을 쏙 빼놓았다.

"언제, 독을, 의심하였느냐?"

벌써 며칠이 지난 일인데도 황태자는 집요했다. 독주와 관련된 인물이 누군지 알면 가만있지 않을 황태자를 알기에 입을 싹 닦으려는 그녀를 채근하고 괴롭혔다.

이미 지나간 사건, 이런 일로 황태자의 무위를 노출시킬 순 없었다. 그가 모든 준비를 마칠 때까지 되도록 숨겨두고 싶은 마음이었다. 이것은 연인보다 주군을 향한 충성심이었다.

그런데 말하란다. 밝히란다. 강력한 무기로 자신에게 채찍도 주었다가 당근도 선사한다.

"으흑……. 전하, 천……천히. 앗!"

"어서."

"향소운과 시녀가……."

결국 아현이 백기를 들었다.

간헐적으로 끊어지는 말로 이야기가 이어졌지만 유성이 이해 못 할 정도는 아니었다. 사건 전말을 완벽히 알게 된 그는 야릇한 미소를 끌어올렸다. 수없이 많은 사냥감 중 하나를 포착한 수사자의 예리함과도 닮았다.

"권선징악, 참 좋은 말이지."

입은 웃되 눈빛만은 차디찬 얼음장이다.

2권에서 계속.

첫 번째 이야기